高腔

任彩虹 著

西安出版社

图书在版编目（CIP）数据

高腔 / 任彩虹著. -- 西安 ：西安出版社，2025.

1. -- ISBN 978-7-5541-7843-0

Ⅰ．I247.5

中国国家版本馆CIP数据核字第20249WF003号

高　腔
GAOQIANG

著　　　者：	任彩虹
出 版 人：	屈炳耀
组织统筹：	李宗保
责任编辑：	李　丹
责任印制：	尹　苗
出版发行：	西安出版社
社　　　址：	西安市曲江新区雁南五路1868号影视演艺大厦11层
电　　　话：	（029）85253740
邮政编码：	710061
印　　　刷：	西安市建明工贸有限责任公司
开　　　本：	787mm×1092mm　1/16
印　　　张：	26.25
字　　　数：	350千
版　　　次：	2025年1月第1版
印　　　次：	2025年3月第1次印刷
书　　　号：	ISBN 978-7-5541-7843-0
定　　　价：	78.00元

△ 本书如有缺页、误装，请寄回另换。

目录

第一章　女人与少年 .... / 1
第二章　福地 .... / 5
第三章　旧光阴 .... / 15
第四章　六月开的蜡梅花 .... / 21
第五章　归人 .... / 30
第六章　春寒 .... / 37
第七章　暖 .... / 41
第八章　来历 .... / 44
第九章　长口子 .... / 48
第十章　喜鹊 .... / 54
第十一章　唠嗑 .... / 61
第十二章　口传心授 .... / 67
第十二章　大把式 .... / 72
第‖四章　雕刻和粉彩 .... / 76
第十五章　老行当里出了一个奇人 .... / 79
第十六章　梦 .... / 85
第十七章　羊毛坎肩 .... / 91
第十八章　醒事 .... / 97
第十九章　捡皂角 .... / 100
第二十章　一盏明灯 .... / 105

I

第二十一章	芳邻	/ 114
第二十二章	六月六	/ 118
第二十三章	传说	/ 125
第二十四章	人间真情	/ 133
第二十五章	厚道	/ 141
第二十六章	人活一张脸	/ 145
第二十七章	出门唱提线木偶戏	/ 153
第二十八章	人生有大道	/ 160
第二十九章	真味	/ 165
第三十章	端午节	/ 176
第三十一章	小心思	/ 180
第三十二章	迷戏	/ 183
第三十三章	丑角	/ 186
第三十四章	节外生枝	/ 190
第三十五章	台上台下皆是戏	/ 193
第三十六章	年俗	/ 198
第三十七章	戏篓子	/ 201
第三十八章	虚惊一场	/ 205
第三十九章	底色	/ 208
第四十章	一物降一物	/ 211
第四十一章	初次相见	/ 213
第四十二章	故乡人	/ 215
第四十三章	患难与共，情同手足	/ 218
第四十四章	拾炮皮	/ 220
第四十五章	豁豁牙牙	/ 222
第四十六章	过寿辰	/ 225
第四十七章	有谱	/ 228
第四十八章	即兴编戏	/ 230
第四十九章	新意与不同凡响	/ 232

第五十章	情义	/ 235
第五十一章	银耳冰糖雪梨	/ 239
第五十二章	善有善报	/ 244
第五十三章	说透	/ 247
第五十四章	真心实意	/ 250
第五十五章	做"鱼鱼"	/ 254
第五十六章	粉色手巾	/ 257
第五十七章	话柄	/ 259
第五十八章	走远方	/ 265
第五十九章	路途	/ 267
第六十章	难肠	/ 269
第六十一章	葱花豆腐臊子面	/ 273
第六十二章	大恩情	/ 275
第六十三章	稀奇古怪的话	/ 277
第六十四章	云往南，水漂船	/ 279
第六十五章	醒悟	/ 281
第六十六章	北风的气息	/ 284
第六十七章	在异乡	/ 287
第六十八章	浓眉大眼布老虎	/ 290
第六十九章	玉米地	/ 297
第七十章	放河灯	/ 299
第七十一章	柿子红了	/ 302
第七十二章	下雨	/ 305
第七十三章	人心都是肉长的	/ 307
第七十四章	绕了一个弯儿	/ 311
第七十五章	外乡人	/ 319
第七十六章	牛庄祈雨戏	/ 322
第七十七章	卸纼纼	/ 324
第七十八章	揣"棉花娃"	/ 326

第七十九章　多事之秋 …………………………… / 328

第八十章　有喜 …………………………………… / 332

第八十一章　恋歌 ………………………………… / 334

第八十二章　梦从心头起 ………………………… / 338

第八十三章　红红绿绿纸窗花 …………………… / 341

第八十四章　靖边之行 …………………………… / 344

第八十五章　方向 ………………………………… / 346

第八十六章　好兄弟 ……………………………… / 348

第八十七章　伤口 ………………………………… / 350

第八十八章　还乡 ………………………………… / 355

第八十九章　永恒 ………………………………… / 359

第九十章　夜的气息 ……………………………… / 364

第九十一章　艺术的春天 ………………………… / 371

第九十二章　迟到的消息 ………………………… / 375

第九十三章　好嗓子 ……………………………… / 380

第九十四章　修来的福 …………………………… / 383

第九十五章　传承 ………………………………… / 385

第九十六章　灯火可亲 …………………………… / 388

第九十七章　守艺人 ……………………………… / 390

第九十八章　中秋节 ……………………………… / 392

第九十九章　粉色蝴蝶 …………………………… / 395

第一百章　生生不息 ……………………………… / 405

后记　坚韧与珍贵融合的生命回响 ……………… / 407

第一章　女人与少年

天色近黄昏，风头正冽，团团疙瘩云罩在头顶，只一会儿，就没了踪影。一位少年站在黄河边，野野地吼了几嗓子。一口好嗓子跌跌撞撞，被西北风追逐到空中，苦味儿加重了，给广阔的天地间，涂了一抹飒飒的寒凉。

少年面相敦厚，一头乱蓬蓬的自来卷儿，目光直直地瞅向黄河。忽地，少年的唇轻轻地动了一下，也就那么一下，泪水酸了鼻腔，奔涌而来，挡都挡不住。少年没有伸出手来擦拭，而是由着眼泪和着清水鼻涕，肆无忌惮地往下落。

"虎娃子——虎娃子——你在哪里？你在哪里呀？急死娘了！"一声接一声急促的喊叫，从远处传了过来。

虎娃子是少年的小名儿，其大名杨天音。这一刻，因了情绪太过投入的缘故，少年没有听到娘亲在喊叫他，眼睛依然直直地瞅向黄河。

"虎娃子——虎娃子——"一阵焦急的喊叫声夹杂着一股惊惧的颤音，由远及近。近了，更近了。一个模样儿俊秀的女人在黄河边疾步行走，东瞅瞅，西望望，鬓发有几缕醒目的灰白，在西北风的撩拨下，不停地飘啊飘。

冷呃，少年下意识地大大颤抖了一下，眨了眨湿漉漉的眼，清晰地听见从远处传来的女人喊叫声。对，她是在喊叫他的名字。少年开始凝神细听，马上反应了过来。这种反应，很快蔓延到了少年的脸上，他不由自主地对自个儿嘀咕道："对，是我娘，是我娘的声音，是我娘在喊叫着我的小名儿。"

少年怀着紧张而兴奋的心情，脸上露出唯有孩童脸上才会有的那种稚气,飞一般地朝俊气的女人跑去。一边跑,一边挥舞着双臂,一边热热地叫嚷着:"娘——,娘——我在这儿,我在这儿,我在这儿呢。"

"呢"字的音儿刚落地,少年气喘吁吁地跑到了女人面前。女人的脸色憋得通红,硬是没忍住心中的怒气,将手突地往起一挥,在空中画了一个半圆,一个响亮亮的巴掌,重重地落到了少年的脸上。少年突然感到脸上只是那么轻轻地摩擦了一下,或者更应该说是那么轻轻地撞了一下,也就那么一下,一阵热烘烘、胀乎乎、火辣辣的疼痛慢慢地浸入、漫及他的整张脸。少年怔住了,被点穴一般地怔住了。他的脸上,猛地出现了一个五指并拢的巴掌血印子,令人触目惊心。

女人顾不得瞅这个,用脚踱着地面,又用一种责备的、发狠的、声嘶力竭的嗓音冲少年吼道:"你这娃憋胆儿肥,这还了得?你才多大?开裆裤缝起来没几天的娃,就不声不响、莽莽撞撞地跑到黄河边。我问你,路上出了啥事情,娘还咋活?"

女人说完这些话,泪水从眼睛里奔涌而出,她赶紧用双手捂住嘴。泪水唰唰唰地流了一脸,如同被雨水洗过一样。她真的是急坏了,说话时也因了心里过于着急的缘故,浑身止不住地颤抖着、哆嗦着。在很短的时间内,呼吸也变得急促起来。放大了的声量,也在很短的时间内,变得疲惫不堪。

少年低垂着头,一副做错事的模样儿。说话的声音虽然很低,语气却极为淡定,不像是从这般年纪的娃嘴里说出来的:"娘,我一想起爹,心里就难过。不知道是咋啦,不知不觉地,一个人就跑到黄河边。娘,我爹活着的时候,常带我来黄河边吊嗓子。那时候,我爹可能行了,一个人吼,一个人唱,一个人手忙脚不乱,生旦净末丑,一张嘴全包揽了。我爹用一张嘴,唱尽了人世间的酸甜苦辣,也唱尽了人世间的悲欢离合。"

女人听了少年一番很有深意的话,身子抑制不住地惊抖了一下,怒气克制住了,泪水却止不住地从眼睛里涌了出来。她瞅着少年,心中的火气,也在这一眼一眼地瞅中，一点一滴地削弱了。她以特别温柔的口吻对少年说："我的儿，你还小，都不知道人世间还有'害怕'这两个字。"

女人说完话，深深地吸了一口冰凉的空气，但因了过度惊吓和着急的缘故，脸上看起来依然疲惫不堪。过了一会儿，女人把少年的手紧紧地攥在掌心，语调又恢复到平日那种温和的、软软悠悠的、很好听的腔调："我的儿，娘是叫人世间的事情经怕了。你再有个啥闪失，娘还能活吗？活不成了。娘就是不活了，道理也说不过去，没法给老杨家的祖宗交代，也没脸给你爹交代。我的儿，你是娘心尖尖上掉下来的一疙瘩肉，娘疼都疼不过来，咋忍心打呢？这一巴掌落下去，打在你的脸上，疼到娘的心上。我的儿，你要牢牢地记着，老杨家连着摊上那么些愁苦事，都是剜心割肺的疼，都是剜心割肺的痛。这愁，这苦，这疼，这痛，捶打得娘受不住，娘受不住也得受哇！我的儿，你要牢牢地记着，活在这人世间，你并不孤单，你有天天为你操心、疼着你、爱着你的娘。"

女人说完这一番话，偏偏地抹了一把泪，继续对少年说："我的儿，你能理解娘吗？你能理解娘说的话吗？娘此刻的心情，你能理解吗？"

少年瞅着女人，含着泪点点头，并以极其肯定的语气回答道："娘，我能，我能理解娘。"

女人听了少年的话，一直不住地咳嗽着。少年五指并拢，手指微微弯曲，用手心轻轻地拍着女人的背部，让娘能舒服一些。过了一会儿，咳嗽声总算是消歇了。女人瞅着她的儿，继续说着话，就跟特意要强调一样，重复着解释。其间，女人的情绪才算是稳了下来，语气温和平静，却也无比地坚定，无比地有力量。

那些远去的，却又没远走了的悲伤；那些远去的，却又没远走了的过往；那些远去的，却又没远走了的寒凉，是女人心底最深的、最痛的、最苦的、最难受的地儿，时时在她的心头缭绕，时时在她的脑海里闪过，咋能忘记呢？永远忘不了。

有些时候，女人真的是没有勇气让自个儿回想，回想起那些命中注定的不幸。这一刻，女人稳住了自个儿的情绪，不让眼泪再一次流出来。但眼泪还是在眼窝里打着转儿，脚步也有些站不稳。匆忙中，女人紧紧地抓住了少年的手。

少年眨着骨碌碌的眼，热热地叫了一声"娘——"双手使出了一个有力的姿势，这姿势是母子之间的一种心心相印的感觉，这感觉令母子二人的心中，充溢着不断增强的力量。

"是啊，人世间有些路，没办法绕回去重走，是要往前走的。"女人这样想着，调整了一下情绪，将自个儿的脸，贴在少年的脸上，心里漾起了一阵暖，又漾起了一阵痛。暖暖痛痛的感觉交织在一起，让她宽慰，让她温暖，让她颤抖，也让她心碎。

第二章　福地

女人是西河县西窝村杨姓人家的媳妇，名叫柳玉秀。没嫁到老杨家之前，是杏林洼柳疙瘩的宝贝闺女。宝贝闺女模样儿俏，是方圆十里出了名的俊闺女。俊闺女的脸蛋，时常会映现出两坨儿红晕，不用涂胭脂粉，也能闻见一股子不寻常的香。

俊闺女的爹，是杏林洼的巧手木匠，村里人尊称他为柳师傅。在木工活这行当中，只要是从人们嘴里能说出来，柳师傅都能做出来。他最拿手的，是做棺材活。棺板大小档上雕刻的，有二十四孝图、戏曲人物、蹄腿（走兽）、翎毛（飞禽）、花卉等图案。这些图案，不是胡编乱造，而是从远古一辈一辈传下来的。柳师傅是靠这行当吃饭的，干活从来不马虎。村里有人觉得纳闷，说柳师傅画的刀工活草图，潦草得没办法用眼睛瞅，雕刻成后咋就变得那么好！那么好呢！简直是出稀奇古怪事了。别说是有的人会这么想，就连柳师傅自个儿独坐的时候，一瞅见画的草图，竟会是那般囧模样儿，也觉得实在是可笑。

有时候，柳师傅瞅着瞅着，会"嘿嘿嘿"地笑几声。即便是这样，所有的名堂，还是在柳师傅的刻刀精雕间，见到了真正的功夫。柳师傅为了能让雕刻的八仙人物更为形象，用了几个不眠之夜，编出了八句让自个儿好记又易懂的口诀，内容如下：

　　　　李拐先生道德高
　　　　钟离磐石把扇摇
　　　　采和手执云阳板

国舅怀抱品玉箫

洞宾背箭逍遥坐

果老骑驴过仙桥

仙姑送来长寿酒

湘子花篮献蟠桃

不知是柳师傅啥时候念出来的口诀，被哪个记性好的人无意间听到了，这八句口诀如同生了一对儿翅膀，在方圆十里及十里以外的地方，呼啦啦地传开了，越传越远，越传越神。其实，在方圆十里及十里以外传开了的，不只是柳师傅的好手艺，不只是柳师傅自个儿编出来的八句好记又易懂的口诀，还有土生土长的野杏子。

杏林洼这地方，因了地理位置的特殊，漫山遍野盛产着忍冬、蒲公英、车前草、酸枣仁、茵陈、槐米、艾叶、王不留、五味子、地骨皮、益母草、菖蒲、苦参、荆芥、大苏、小苏、枸杞、连翘、苍术、地榆、沙参、葛根、木槿等野生珍贵药材。这地方除却盛产这些野生珍贵药材，还盛产着指头脸大的野杏子。野杏子个头虽说小，铃铛一般大，果肉却厚实，里里外外都是宝。晾晒干了的野杏脯，肉厚，味甜，也有嚼头。用舌头轻轻地舔一下，只是那么一下，就会有一股子鲜劲儿从舌尖荡漾开来。

村里有人开动脑壳，想了几天几夜，想出来一些好办法，将野杏仁做成杏仁酱，也有人干脆将杏子用柳条筐淘洗干净，一股脑儿地捣，捣得稀碎稀碎，再往里面加糖，搁些自制的酵母，放到缸缸罐罐里，连着发酵七八天。七八天过后，墙角会多出来一溜大小不一的缸缸罐罐，装的全是自酿的杏子酒。

杏香袭人，酒香醉人，隔老远就能闻见杏花香。走亲访友，逢年过节，杏子酒便是杏林洼人不可缺少的稀罕物。去掉核壳里的苦杏仁，也是一味中药。杏林洼人常常起个鸡叫唤，挎个竹篮儿爬几十里坡去集上。从街南到街北走一圈儿，竹篮里的杏脯和苦杏仁都不见了，换成了油盐酱醋、针头线脑，换成了娃们馋嘴的好吃的。当然，这些个稀罕物，也吸引了西河县"得裕堂""聚仁堂""裕顺堂""草仁坊"等几家大药房。每到入秋之前，去杏林洼收购药材，也算是几家大药房一年之中的大事情。

西窝村有一许姓人家，家里骡马成群，顿顿吃饭指定一个专人敲铃铛。虽说许家的药铺比不得西河县"得裕堂""聚仁堂""裕顺堂""草仁坊"几家名气响亮，但在西河地界有几处旺铺，名气也是响当当。许老东家年纪大了，吩咐胡管家和年轻的许少爷去杏林洼收购药材。许老东家吩咐这话的第二天，一行人车马相随，浩浩荡荡地来到了杏林洼。一进村，最先映入许少爷眼帘的，是坐在柳家门前的柳玉秀。

这当儿，柳玉秀手搭凉棚，透过树枝杈间的缝隙，瞅了几眼头顶的红花日头，低下头来忙手中的活儿。柳玉秀手中，拿着一根银亮亮的、散发着光芒的、从母亲的母亲那里传下来的绣花针。绣花针在一双纤巧的手中起起落落，一扎一挑，忽上忽下。时间，也在这起起落落，一扎一挑，忽上忽下中，静静地流淌着。

过了一会儿，又过了一会儿，土布上多了两只翩翩起舞的蝴蝶、多了几朵状如漏斗的大瓣儿金针花、多了几只舞动着一对轻盈翅膀的细腰蜂、多了憨足劲儿疯长的白梨花……鸟有鸟的性情，花见花的趣味。两只蝴蝶是被土布上的同类和白梨花自带的鲜劲儿招来的，一门心思地扑扇着翅膀，往土布上翻飞歌唱。

几只细腰蜂，像是受到了两只蝴蝶的惊扰，或者说是感染，或者更应该说是嗅到了白梨花自带的香气，跳跃着、张狂着、喜颠颠地飞来飞去。在绸布上的花丛间嘤嘤嗡嗡，嗡嗡嘤嘤，自由自在，尽情玩耍。这天底下，怕是没有比她更好看的了。许少爷眼前的绣花姑娘，穿戴质朴，圆圆脸，黑头发，白白手，红指甲。他的魂，被眼前的一切勾住了。

许家的生意涉及门类多，忙，应该是平平常常的事情。许少爷常去西河县和各大省城，经见的世面也就多了，只是眼前这个姑娘，散发出来的别样韵味，实在是不一样。许少爷瞅着瞅着，心里竟然滋生出一种强烈的、真真切切的感觉。对，他想长长久久、一辈子握住这双天赐的手。只是这一刻，因了过于激动的缘故，他没有将心里的想法藏起来，眼睛也不听使唤了，多瞅了这姑娘几眼。

一眼一眼地瞅，变成了一条看不见的红绳，将眼前的这个俏人儿和他绾成了一个结，他的心也就变得更不平静了。这种更不平静的感觉太美好了，是他这辈子从来没有过的一种美妙的感觉。他真切地意识到，只是这么一会儿工夫，他对眼前的这个姑娘，已经产生了一种一生一世、生生世世想要在一起的感觉。

离开杏林洼的时候，许少爷一脑门上烙的都是掩饰不住的兴奋和喜悦。他扭身回了一下头，朝杏林洼的方向，深情款款地瞅了一眼。瞅过之后，又忍不住地瞅了一眼。

"大喜啊！"胡管家从心里惊喜地喊道，懂得了许少爷此刻的心思。

胡管家是许家的一门远亲，来许家二十一年了。在某种程度上来说，许家也算是他的家。这一刻，他将刻在许少爷身上甚至于脸上的一切细微琐碎的变化，都瞅到眼里，记挂在心上。是啊，胡管家是眼瞅着许少爷的个头，一天天地往高里长。这一回，他认定许少爷被眼前的这位用红头绳扎着大辫子、大辫子垂到膝窝、会绣花的俏姑娘，真真正正地吸引住了。一回到许家，胡管家没来得及喝一口水，适时地去见许老东家，当作一件大事情给许老东家汇报。

"哈哈哈，好事情嘛！"许老东家听了胡管家的话后，笑着对胡管家说。说完后，许老东家的心里激动了一阵子，又吩咐刘妈泡了一壶热腾腾的花茶，两个人挑灯夜谈，谈到了鸡叫唤。长谈的结果是，许老东家心里对这个还未谋面的大辫子姑娘做许家的儿媳妇很满意。当然，这种在婚事上贸然轻易满意的感觉，是有一些潦草。之所以会这样，多数是缘于多年来对胡管家的信任。

许老东家是个慈心人，也是个急性子。第二天一早，托胡管家亲自去邻村央了一个能说会道、嘴上功夫了得的赵媒婆。将赵媒婆央好后的第三天中午，又请人择了个黄道吉日，派胡管家赶着胶轮车，备了四样儿重礼，和赵媒婆前往柳家门上提亲。

跟大户人家攀亲，柳师傅活了这一把年纪，这种事情从来没想过。别说是从来没想过，脑壳里连一丁点儿想的念头都没有。等到穿着蓝袄灰裤的赵媒婆将自个儿和胡管家真正的来意给他挑明说了，柳师傅也就明白了，在原地愣怔了一下，眼里有了一抹按捺不住的喜意。当然，在他脸上的这一抹喜意，并不是嫌贫爱富，而是啥也不图，真心期望闺女能嫁个善良的好人家，就心满意足了。

胡管家和赵媒婆离开了柳师傅的家，柳师傅高兴地在院里来回转圈儿。是啊，他很看好这一桩找上门的亲事，暖心窝的话给闺女说了许多。谁知柳玉秀将大辫子往后一甩，从嘴角硬绷绷地蹦出来"不能够"三个字。

对于柳玉秀的这种表现，柳师傅很是不惑，大为吃惊。其实，胡管家和赵媒婆来到柳家门上之前，已经将柳家的根根梢梢打听遍了，并不惜重金托柳师傅的几位近亲，专程来找柳师傅撮合。柳家的几位近亲三番五次地来到柳师傅的家，你一嘴，她一嘴的，把嘴说得能磨成锥子尖。说到筋疲力尽了，说来说去的，嘴上挂的依然是重复了无数遍的话。

柳玉秀眉心紧蹙，几位近亲再咋说，她都不同意这门亲事。这种极不配合的抵触态度，将柳家的几位近亲惹躁了。有个近亲哀叹了一声，扭屁股走了。有个近亲狠狠地剜了柳玉秀一眼，又用胳膊肘捣了一下柳师傅的胳膊，以意味深长的语气挖苦道："缎袄绸裤花鞋子，沟蛋子底下搁着绣墩子。大碗吃肉，大碗吃豆腐，大盘装水果，人家那才叫气场，那才叫活了一辈子人。你家闺女头发长，见识短，眼窝浅，眼眶窄，把福气拿脚踢哩！还神气个啥？不就是依着一副耐看的脸壳嘛！说破天，也是个养人眼目的憨子！哼，憨也就罢了，偏还长了一双天脚，就这，还以为自个儿能成的、有多了不起！"

尖酸刻薄的话儿，字字句句剜扎到柳师傅的心根子上。柳师傅的脸如同被人用一把毛刷子，均匀地涂抹了一层灰，想要反驳的话在腔子里悬着，想要反驳的话在肚里搁着，只因碍于脸面，没说出来。他尴尬地揉了揉眼睛，由了近亲的嘴，爱说啥叫说去，想说啥叫说去。

强扭的瓜不甜，强摘的花不香。许老东家明事理，晓知这个走遍天下都行得通的大道理。对于柳玉秀的断然不接受这门联姻之事也就没往心里记，坦然地接受了，只当这事情是生活中的一个小插曲，只当许家少爷和这个叫柳玉秀的姑娘缘浅情薄，这一桩虽说是有前因，有序曲，却没有后续的所谓的亲事，在一声长长的惋惜和哀叹声中过去了，如同从来没发生过一样。

前来柳师傅家当说客的几位近亲，他们也一定不会知道，柳玉秀的心里早就揣了个活物，哪里容得下其他人？！容不得呀。别人的家道好不好，有钱没钱的，跟她有啥关系？她心里稀罕的是那个活物。那个活物不是杜撰出来的，不是虚无缥缈，是真真正正地存在着，也是真真正正地有来头的。

柳玉秀只要一想起那个活物，她的脸，她的前额，她的脖颈，甚至于她的眼角边，都会不由自主地泛出来一抹极不自然的红晕。这抹红晕，是世上最心动的颜色；这抹红晕，是世上最喜悦的颜色；这抹红晕，是爱的颜色。这所有的颜色糅合在一起，扭成了一股劲儿，给予柳玉秀的，是一种无与伦比的力量，是一份美妙无比的心情。这力量，这心情，令她心旷神怡，令她精神饱满。是的，她和那个活物，早已在月老面前磕过嘭嘭响的三个头，早已在月老面前一起合掌起过誓——

这辈子，心心念念的两个人，说啥都要在一起；这辈子，心心念念的两个人，说啥都要相依偎。对，两个人，心心念念的两个人，谁都不能撇下谁。

这个夜晚，柳师傅嘴里砸巴着铜烟锅，一个人愣磕磕地瞪着黑漆漆的夜，在院里走来走去。这会儿，他的心里捋不顺溜了，郁结了几个时辰。硬是没憋住情绪，用粗憨的大手敲了几下老花木格窗，隔着老花木格窗叫了几声闺女，说："叫爹咋说你呢？这事儿爹咋着都想不透。你今晚给爹不说，爹会两眼瞪到天大亮。你给爹说一说，究竟是为了啥？究竟是啥意思？你心里到底是咋想的？是不是还有啥打算？唉，爹咋着想都想不明白，那么好的家道，那么殷实的人家，打着灯笼都难找。你咋就不动一点儿心？你咋就不稀罕？闺女哎！你给爹说一说，给爹说一说你的心里话，说一说你心里最真实的想法，爹听明白了，就不纠结了。"

柳师傅隔着老花木格窗说的所有话，柳玉秀字字句句都听见了，她听得很认真，也听得很清楚。这个时候，她没有睡觉，甚至连一丁点儿睡意都没有。

一个儿女一条心，父母的心操在儿女上。柳玉秀明白爹的意思，也知晓爹心里的所思所想，更知晓爹之所以会这样，完全是为了她一生的幸福着想。有那么一瞬，柳玉秀想直戳戳地将心里潜藏的秘密一股脑儿地给爹说出来，但又觉得脸皮太薄，给爹张口说出来很难为情，咋着都没办法张开这个口。

那是一份奇妙的神思，那是一份微妙而激动的愉悦感觉，那种神思和感觉是羞于见人的。讲也讲不出，说也说不得。她隐瞒着没给爹说，并不是故意要隐瞒，也不是对爹的不敬，是她不知道该如何开这个口，开口的第一个字该咋说？她心里真的是没有一点儿谱。

是啊，潜藏在少女心中的那一份羞涩，是一份幸福的瞬间，是一份独特的微妙，是没办法用语言来形容出来的美好。她甚至还会这么想，上天总会赐予她一个适当的机会，她会一字不漏地说给爹听。即便是爹不问，她都会主动说出来。

过了好长一阵子，柳玉秀打开了屋门。柳师傅进来了，眉头结打得很重,脸色也不太好看。他闷闷地坐下来,将铜烟锅在木桌的边角上磕了几磕,装满烟,吧嗒吧嗒地猛吸了几口。由于心情太过着急,也由于吸力过于猛烈,咽喉被呛着了,止不住地咳嗽着,一声比一声响。

咳嗽声刚刚停下来,柳师傅不眨眼地瞅着柳玉秀,耐着性子说:"闺女,你给爹说一说,爹猜不透你的心思。"

"瞧爹的样子,今晚是要闺女将事情敞开来说,是要闺女说透。不敞开来说,不说透,爹是不会捂着被子睡觉去;说不出个横竖道道来,爹定是不依,爹的心情也好不了。"柳玉秀如是之想。

时间一点一点地流逝,不知不觉,夜已经深了。烛光如豆,一抹孤黄在暗夜里跃动着,将柳玉秀那张俏生生的脸,连同印在她脸上的纯真和喜悦,一股脑地映在了一扇老花木格窗上。一切,早已是命定了的。一切的一切,早已是被老天爷安排好了的。关于柳玉秀心中的那个活物,关于老杨家的一些旧时光,随着柳玉秀的神色凝重,随着柳玉秀的眼里涌入了一层悲凉之后,在这阔大的夜色下,回到了过去,回到了往昔,回到了从前。

不能说的话,不好意思说出口的难为情的话,在这个夜里,面对着她的爹,都说出来了。说的人投入,听的人也投入,不知不觉,油灯灭了几回。这个时候,才知道该续添灯油了。柳玉秀一晚上续添了好几回灯油,每回续添灯油的时候,柳师傅的嘴里都会说着相同的话:

  白龙卧乌江

  乌江岸上放毫光

  吸进乌江水

  倒在沙滩上

说完之后,依然会发出一声长长的叹息。叹息过后,柳师傅会将铜烟锅在鞋壳上磕几磕,又滋滋润润地吸几口。过了好长一会儿,柳师傅扬起脸,脸上隐着一丝看得见的笑容。他以低沉的语气,似乎在对自个儿说话,似乎是被杨家人的高尚品质所感动,又似乎是在对他的闺女柳玉秀说:"学艺,听着简单,实则难。学艺,先学德,有德才有艺。人做不好,戏就唱不好。"

兴由心头起,喜从心里生。柳师傅的话掷地有声,在柳玉秀心里移动着。虽然说她这会儿还不知道啥叫个爱情,也不会自个儿给自个儿说些情意缠绵的温情话,但她明明听见了自个儿的心,在"扑通扑通"地狂跳着,跳得欢实着呢。她还能听见自个儿已经在内心深处,轻轻地呼唤着那个活物的名字。那声音,那感觉,那说不出来的令她心动的欢快和美妙,在耳边左冲右突,令她心潮澎湃,久久难平。

一份喜意,漾在柳玉秀的眼波里,漾在她那张俏美的脸庞上。这抹喜意隐含着的某种意味,是庄严的、美好的,也是幸福的。倏地,柳玉秀将身子扭向一边儿。显然,她是为了不让爹看到脸上呈现出来的过于夸张的喜悦神情,故意将身子扭向一边儿,并将目光移向老花木格窗上。

她一个劲儿地盯着老花木格窗上的花木纹,一个劲儿地盯着老花木格窗上的红绿纸花花。是啊,她曾经无数次地透过老花木格窗缝,望向远处,望向她想望向的地方,望向她想望见的那个活物。那个活物,是她心中的期盼,是她心中的美好,是她心中的激动,更是她心中的阳光。

过大年,贴窗花,窗花就是我的家。过家家,吹喇叭,腊月家家贴窗花。家家户户贴窗花了,用不了几个日子,就该过年了。油灯摇曳出来的微黄色的、朦朦胧胧的光,铺满了整个屋子,也铺洒在老花木格窗上的纸塑窗花上。

夜深了,静了。纸塑窗花在一抹孤黄的映照下,泛着温情的、亮亮的、不一般的神秘。这种神秘蕴养了一种格外生趣、格外蓬勃、格外芳香的节奏和韵律。一窗的红红绿绿,一窗的团团簇簇,一窗的鸟语花香,一窗的吉祥如意,一窗的红红火火,一窗的相思离愁,一窗的勃勃生机,无声地叙述着千般景致,万种风情。虚虚幻幻中,满是温馨,满是真情。这一切,这一切的一切，代表着柳玉秀的审美，也代表着柳玉秀对生活、对美好、对未来生活的憧憬。每一个纸花花，总有些来历。这些来历，柳玉秀都能说出些横竖道道。是啊，这些个横竖道道，是与她心心念念的活物有关，是与她心心念念的活物有着千丝万缕的扯拽，是与她心心念念的活物有着万缕千丝的勾连。

第三章　旧光阴

柳玉秀心中惦记着的那个活物，是西窝村一个叫杨守艺的后生。这个活物的出现，圈住了她对人世间的别的念想。

杨守艺是杨家的独苗苗，他的父亲在四十五岁的时候，得了这么一个定心干粮。那天，伴随着女人要死要活的声声呻唤，接生婆将跌落到灰包上的一疙瘩肉团团连忙捡起。一阵子拍拍打打，"哇哇哇"的声音从门缝间挤了出来。接生婆挥动着胳膊，甩了一脸子汗，脸上露出了一道道皱纹，扬起嗓门朝门外的杨百能喊："他爹，生了个带锤锤的，壮实着哩！"

"玩把戏得有一个好场子，唱戏得有一副好嗓子。啊呀哈，这洪亮的哭声真带劲儿。好嗓子，好嗓子，是我老杨家亲咣咣的骨血！"杨百能的心里一下子有了依托，疼了好长时间的牙也不疼了。喜颠颠地跪到祖宗牌位前，给祖宗上了三炷香，恭恭敬敬地磕了三个"嘭嘭"响的头，嘴里嘀嘀咕咕着："今天是个好日子，我们老杨家添丁进口了。感谢祖宗保佑，大人娃娃平平安安。"

一年一年的，日子过得飞快，一转眼，杨守艺也已经长大成人，与自己的意中人柳玉秀成了亲，并有了一个男娃，取名杨天音，小名儿虎娃子。虎娃子出生的第七个年头，杨守艺告别了年迈的父母，告别了年幼的虎娃子和媳妇柳玉秀，跟着同村萧福祥的吉祥戏班，前往潼关扎园售票。在吉祥戏班里，艺人们个个儿都是好把式、大把式。只要唱提线木偶戏的家伙一响，艺人们浑身都带着劲儿。能拉能唱能提线，能坐到"古板怀儿"里敲各种响器家伙。

吉祥戏班在潼关扎了戏台，满打满算刚五天。五天内，兵痞与当地流氓，三番五次地前来闹事，扬言说吉祥戏班既然来到这里，就要按这里的规矩行事，必须演够七七四十九天，才能离开。演到第五天中午，十五个当地流氓又来闹事，张嘴就说要地皮费，要保护费……一系列莫须有的费用高得吓人。艺人们心灰意冷，又惊又怕，不能声张，也不敢声张。提线木偶戏，实在是没办法演下去了。

这时候，适逢陕西大旱，是百年不遇的贱年，地皮裂得卷壳壳，灾荒严重罕见。在身无分文、身心俱疲、万般无奈的情况下，吉祥戏班的十五位西河人，惶恐地撂下吃饭的家当，逃出了潼关城。

在通往关中的大道上，遍地苍凉，不忍目睹。逃亡者难以计数，卖儿卖女者随处可见。灾民们因长期吃不饱，遍地哀嚎。有人赤着一双脚，带着儿女一并投了枯井。有一家五口人，活活地被饿死。树皮剥光了，野菜挖没了，草根、刺荆搜绝殆尽。瘟疫又起，吉祥戏班的十五个人，除却箱主萧福祥和他的女人韩梅，其余的人头疼发晕，浑身酸痛，身上出现了大面积的浮肿。无意间用手捺一下，便会出现一个凹，一个坑。大半天过去了，凹还是凹，坑依然是坑。一连着几日，十三个艺人腿肚抽筋，发烧发冷，上吐下泻，一步也挪不动，把命丢在了半道上。

来时还活腾腾的十五个人，十三个没了，韩梅难过得都忘记了人世间还有一个"哭"。她双眉紧蹙，沉默不语，往自个儿的头上插了一个醒目的草标，将穿在身上的蓝色大襟袄撕了一块，咬破手指，写了几个带血的大字："事急无措，卖身葬亲。"

在很短的时间内，韩梅就地将自个儿卖给了一个江西男人，将卖身得到的银两，小心翼翼地放到萧福祥贴身的衣兜里，一字一句地叮嘱："把弟兄们都安顿好。你就是爬，也要爬着回西河。"

萧福祥听了韩梅的一番话，一脸悲啼。韩梅瞅着萧福祥的脸，心中疼痛难忍，仿佛要哭出声来，但她硬是忍住极度的悲伤，对萧福祥说："我都不敢想，活不见人，死不见尸，这才是天底下绝无仅有的绝望啊！"

一切来得太快了，令人猝不及防。萧福祥快步追上江西男人，破命地拉住江西男人，不让他将心爱的女人带走。瞅着那恓惶的架势，江西男人不忍心，以平静而令人无比信赖的口吻对韩梅说："算了算了，我这人心肠软，见不得离别。人活着难肠，活着都有难肠，活着都有没办法说出口的痛。跟着你男人走吧，这些银钱，我捐了。"

听了这么一番感动人心的话，便知江西男人的为人和性情了。韩梅的眼中泪花闪闪，用双手拦住萧福祥，颤着声音对江西男人说："好心的大哥，善良的大哥，慈心的大哥，眼下这年头，人人都不容易，活着更不容易。您能出银钱买了我，便是善行义举。但凡世间的事情，都有一理，这个理便是良心。我说啥都不能昧了良心，我说啥都不能不懂这个理。您是好人，是个大好人，从今往后，您尽管将我支配，可以将我当劳力使唤。这是应当的，是我该做的，我也愿意。"

韩梅对江西男人说的这一番动情的话，连同她说话时的节奏、语调、语速、神态，令江西男人大吃一惊。他默默地瞅着她，感觉从这个西河女人的身上，流露出一种难以描绘出来的宽厚、庄重、柔和、平静、崇高、正义，还有圣洁的意味。他的内心，对眼前这个西河女人，生起了一种无限敬畏之情。

韩梅将脸转向萧福祥，一边对萧福祥说着话，一边用蓝花头巾将自个儿的头裹了个严实，声音虽说是异常淡定，让人听了，还是有一股说不出来的悲伤："天爷爷呀，十三个活腾腾的人命。杨守艺大哥是西河响当当的大把式，还是西河雕刻偶头的好把式，他至死都牵心着老祖宗留下来的老本事，至死都牵心着老祖宗留下来的老行当……当家的，你是坠着两个蛋的爷们，是咱西河的汉子。是汉子，是爷们，就要提起精神，让自个儿活下去。这年月，能活着难，再难也要活着。就是爬，也要将艺人们留下来的话，也要将老祖宗留下来的这把皮弦胡，带回西河。"

说完这一番话后，韩梅低下了头，抖抖索索地将手伸进蓝色大襟袄里，使了一把蛮力，扯下贴身穿的锦缎肚兜，又一把将锦缎肚兜塞到萧福祥的怀中，将嘴凑近萧福祥的耳根，声音压得很低很低，低到唯有她自个儿和萧福祥两个人才能听得见："石榴树上不结瓜，至死都是你的花。"

话说到这里，韩梅在萧福祥干瘪、沙黄、沾着尘土的额头上，狠狠地"哑"了一口。至于别的，韩梅没有说，但她想要说的话，连同还没有来得及说出来的话，都含在这简短的话里了，都含在这当着众人的面、那自自然然的、灼热的、意味深长的、亲亲的一口"哑"上了。

对，眼前的这个西河汉子，是给她暖脚的，是和她在一个被窝里滚了十一年的男人。每到冬季，萧福祥会往炕洞里塞一截儿从柴垛上取下来的树根，六七天，甚至于十几天，炕头上都是热热乎乎，不用人侍弄一下。家里的老花木格窗上，贴着她喜欢的西河纸塑窗花。炕墙上的画，贴得讲究，画得更讲究。各种各样儿，有人物图谱，有生活景象，有历史的印迹，有传统戏曲，也有民间传说……一张张、一幅幅，潜藏着一种文化内涵，潜藏着一种无以言说的、无限神秘的地域之美，也潜藏着一种令人敬畏的、无法用语言来形容出来的民间艺术力量。

有时候，月光照进窑屋里，两个人盘着腿，坐在炕头唠闲话。要么就是静静地瞅着炕墙上的画，瞅着老花木格窗外，也瞅着老花木格窗外的月亮，尽情地发挥着各自的想象，想象到时间的纵深处，想象到时间的幽深处。其间，有过往，有遥远的遥远，慢慢铺展开来。这想象中的一切，有味道，有景致，有清香，有色彩，触及两个人内心的柔软，她和他，不由自主地沉湎于其中。

土炕舒舒适适，冒着腾腾热气。炕上的两个人，痴瞅着对方，一个温柔似水，一个热血蓬勃。夜里，除却突然发出的几声狗吠直冲夜空，到处都是静悄悄的。夜的黑，在这份悄然中荡漾开来。

有时候，两个人会躺到炕上，萧福祥把她揽在怀里，神态和神情不慌不忙，说着令她醉心的、沉醉的、她一辈子都听不腻的滋润话。他说话的时候，语气不疾不徐，双目自自然然地瞅着她。对于她来说，他说的那些话好听极了，字字句句都好听，所有的烦恼，在两个人眯眼睡觉之前，消失得无影无踪。

韩梅知道，眼前的这个西河汉子，心里稀罕着她，咋着都稀罕不够。此刻，泪在韩梅的眼里打着转儿，她硬是憋着，佝佝地抹了一把酸鼻涕，在心里对自个儿说："两个人过日子，愁苦过，红脖子涨脸争执过，见过几天世面，走过一些地方，过了几天舒舒畅畅的日子，该知足了。"

每年一到春季，院里的梨树会结一树芽苞，一个芽苞就是一朵花儿，一朵花儿就能结一个梨子。风儿轻轻地吹，花儿扑簌簌地落。没落下来的花儿在韩梅眼里，都是希望。一朵花儿能结一枚鸡腿形样的梨子。对了，四婆家的老鹅腆着白胸脯，晃着肥身子，踱着悠闲的步子，来到院里的梨树下，发出"嘎嘎嘎"的声音。

但凡地里没活干，韩梅就会坐在梨树下摇纺车，纺车发出"嗡嗡嗡"的声响。大白鹅偎到她身旁，听她唱着从远古流传下来的古歌子，听她有一句没一句地唠唠叨叨着。说隔世的亲人，说如梭的岁月，说一春一夏，一秋一冬。

西窝村，就这么一棵鸡腿形样的梨树，萧福祥稀罕着哩，韩梅稀罕着哩，村里人也稀罕着哩。梨子有指头脸那般大的时候，会招来贪吃嘴的娃们。娃们噘着鼓嘟嘟的嘴，敲韩梅家的老花木格窗，叩韩梅家的老双扇木门，一声接一声地喊："梅婶婶，梅姑姑，梅娘娘，娃们馋嘴呢，想吃鸡腿梨子了……"

这会儿，韩梅又想起窑垴上还挂着三四串用麻绳串起来的南瓜圈、香菜串、白萝卜干。啊哦，对了，还有几串辣椒干。她记得清清楚楚，辣椒干一共有五串儿。这样生动活泼的日子，这些难忘的场景，这些关于岁月的勃勃生机，都是韩梅熟悉的场景，都是韩梅熟悉的记忆，都是生命里的活水在流动，令她无比陶醉，无比沉醉，也勾起了她内心无尽的美好。这一切，她舍不得，她舍不下，舍不下啊！

韩梅相信，萧福祥应该明白她为啥要这么做。他若还不明白，还不解她的意，就是被驴皮蒙了眼，瞎得连眼眶都没有了。

"萧福祥，你就是爬，也要爬着回西河。"这是韩梅和萧福祥分开时的那一瞬，望着他的男人说的全部的话，也是这一辈子，萧福祥听到韩梅给他说的最后一番话。

"梅啊，你是我心尖尖上的一疙瘩肉肉，是和我心心相连的亲人。我……我……我舍不得……我……我……我舍不得，让我再瞅你一眼，就一眼啊……"萧福祥心里苦，苦到哭不出来了。他喊着韩梅的小名儿，喊着喊着，冷不丁儿僵在了原地，痴瞅着头上裹着蓝花头巾的韩梅的影子。

倏地，影子从他的视线里闪了几闪，闪了几闪，不见了。萧福祥的眼前变得愈加黯淡，愈加沉重。他呆呆地望着韩梅远去的方向，艰难地从怀里掏了几掏，掏出来一个做工精美的锦缎肚兜，一对眼珠子一动不动了。

他在瞅，瞅呆了，瞅傻了。锦缎肚兜的上部是黑色质地，下部则是暄腾腾的红颜色。贴绣着由绿、粉、黄三种颜色绣制而成的彩色蝴蝶纹，做工精致，图案也很精美。萧福祥瞅着锦缎肚兜，舌头僵得一个字儿也吐不出来。鲜活活的颜色哇！有着天然的野泼和意趣，刺扎着他睁不开眼睛。

萧福祥用双手死死地捂住脸，泪水从指缝间"吧嗒吧嗒"地落下。他再也控制不住自个儿的情绪，先是一阵"哇哇哇"地大哭，又对着那个远去的瞅不清的影子，带着变形了的哭腔喊："老天爷呀，保佑我的梅，平平安安……"

萧福祥的声音一波三折，在无边无际的空中来回穿梭着，跳荡着，来不及落地，已经被湮没了。

第四章 六月开的蜡梅花

大路朝北的拐弯处,一个瘦脸枯黄的老乞丐,偏着干瘪的脑袋,靠在一棵枯死的树桩上。老乞丐披着麻袋片,敞着补丁摞补丁的脏褂子。脏褂子的颜色被晒褪了,裤筒掖在同样脏旧的袜筒里。一只瘦骨嶙峋的手,攥着一根用老树枝杈做成的拐杖,另一只手抓着一个用藤条编成的筐,筐里放着缺了边角的瓷碗。

老乞丐眉目紧皱,眼睛深陷,爬满皱纹的一张脸上,浮着一层灰扑扑的土。他痴了般地凝视着突然发生在眼皮下的一幕,脸色阴了下来,无奈地望着天,浑身抑制不住地颤抖着,一连打了好几个,将他的心撕开了一道长口子。

这道长口子激起了老乞丐心中无限的痛楚。这无限的痛楚,也将他团团地裹住了,围住了。刻在他内心深处的过往,于瞬间之内油然而生。一件件,一桩桩,记忆和往昔,洪流般在他的心中滚滚流淌。

老乞丐叫季胡子,他的家在一个叫大韩村的山沟里。大韩村有五十五户人家,在很短的时段内,一半儿成泥门绝户了,剩下的二十七户举家外逃。季胡子的妹妹季变瑛,嫁到与大韩村相邻的小韩村,季胡子的妹夫走村串巷收棉花,将收回来的棉花拿到北山上换钱换粮食,日子还算是往前过。

季变瑛心地善良,心疼娘家哥的难肠日子,哪怕自个儿少吃,也总想着法子来接济。没出嫁前,季变瑛和娘家二侄女一起睡,两个人的关系好到无话不谈。隔一段日子,娘家二侄女也会去小韩村看望她的姑姑。这不,娘家二侄女又来看望她的姑姑了,季变瑛见到娘家二侄女时,想起娘家哥的难肠日子，心里不由得酸得很。思来想去，便将两个干玉米棒偷偷地往娘家二侄女兜里塞。没料想这一幕，恰巧被进门的婆婆瞅见了。

婆婆长相丑，心胸窄。在她看来，别说是两个干玉米棒，就是一个，不，哪怕是半个，甚至是半颗、半粒，也成了天底下最大的事情。她气坏了，紧咬牙关，凶巴巴地瞪了季变瑛一眼，又将季变瑛狠狠地推了一把，厉声说："小贱人，你给我跪下。我就不信，你有多大的能耐？我要叫你这个小贱人明白，我要叫你这个小贱人醒悟，我要叫你这个不知天多高、地多厚的小贱人知道，在这个家，是我说了算，不是你这个小贱人说了算。"

一口一句小贱人，一口一句地骂着儿媳，婆婆嘴里胡诌八扯的话，将季变瑛的耳朵听得都长出老茧子了。她还是努力地让自个儿忍着，她不敢顶撞婆婆，也不敢说不跪之类的话。战战兢兢、哆哆嗦嗦、轻飘飘地跪下了。

婆婆拿起一把铁铲，从手中抡了出去，瞎了季变瑛的一只眼。就这，婆婆还不依不饶，手往起一挥，狠巴巴地打了季变瑛两个脆响的耳光。接着，又拿起一根桐木棍，"啪啪啪"地对住季变瑛的背部，又是一阵猛抽猛打。桐木棍在婆婆的手中忽上忽下，棍棍都打在季变瑛的身上。究竟遭受了多少次这样的猛抽猛打，季变瑛记不清了。接着，又是一阵喋喋不休的叫骂声。叫骂的声音太大了，传遍了小韩村的角角落落。

季变瑛性子耿直，成天遭受婆婆不公平的待遇，心里觉得卑贱、憋屈，她硬忍着。以前那些忍受了无数次的委屈、痛苦、折磨，以前那些无数次糟心的感觉，那些无数次的深切感受，于这一刻，一齐涌上心头，没有什么能挡得住。她一动不动，整个人看起来很疲惫，很憔悴。是啊，内心的苦痛让她疼，她疼得都不知道啥叫个疼了。这一刻，她清晰地感觉到，内心的荒凉和乏味也到了极致，偏就没有活下去的理由，尽往绝处想。

忽地，季变瑛大叫一声，脸庞痛苦地扭曲着，声嘶力竭地对自个儿说："每天都有一连串的抱怨等着我，每天都有一连串的担惊受怕等着我，这是人过的日子吗？这是要把我往死的豁口上推，这是不叫我有好日子过，明摆着是折磨我，一而再、再而三地折磨我。活着难，死还不容易？季变瑛的命苦，活得艰难，活得苦涩，活得够够的。"

　　季变瑛的心情变得复杂起来，脑壳里乱乱翻翻，像喝醉酒一样。她是头一回生发出这种冷硬的复杂情绪。以前，她不是没有自个儿的心思，也不是没有过抵触的情绪，她是将心思和所有的情绪，埋藏在心的最深处，想着日子还长着呢，会好起来的，一切都会好起来的。而在这一刻，世间别的对她来说，已经不重要了。一种想要逃离的情绪，在她的心里滋长，滋长的速度非常快，快到一下子堵住了她的心，令她猝不及防。

　　亮晃晃的日头很刺眼，季变瑛趁着婆婆不备时出了家门，孤零零地朝村西的方向走去。一路上，走得很慢，走得很闷，走着走着，发现自个儿重复着绕了两个大弯儿，又绕回到一棵老柿树下。她停下灌了铅般的脚步，瞅了一眼杵在眼前的老柿树，又瞅了一眼天空，抱着老柿树不由得哭开了。哭着哭着，内心倏地挣扎了一下，哭声也随着这一下戛然而止。

　　她在心里一遍一遍地问自个儿："季变瑛，你哭啥呢？你在哭啥呢？拖拖沓沓的，哭啥呢？"

　　饱尝了生活的沮丧和苦涩，悲伤在心中流成了河。季变瑛的脸怔怔的，像一块木头。脑壳里尽是婆婆恶狠狠的目光，尽是婆婆用铁铲抡瞎眼睛的那一瞬，也想起了婆婆扬起手来打脸的画面。她僵僵地站着没动，思虑重重。一张漂亮的脸庞变得呆滞而木讷，由着泪水在心中流淌。她努力地让自个儿的脸上挂着一些好看的表情，算是对自个儿的安慰。在这种说哭不是哭、说笑不是笑的茫然的表情之下，是死的念头在蠢蠢欲动，在反反复复，在来回闪现，死死地缠住了她。

　　倏地，季变瑛对自个儿吼道："季变瑛，你不哭。这里与你格格不入，活着，不该是你这种样子，不该是这种牢笼般束缚你的样子。你要解脱了，知道吗？在你心里，你应该是巴不得能解脱。对，是巴不得呢。只有这样，你就解脱了；只有这样，你就自由了；只有这样，你就有机会让自个儿好好地睡一觉，爱睡多久睡多久；只有这样，谁都不会来打扰，更不会有谁来无缘无故谩骂你。那段挨打受气、辱骂你的日子，备受挫折的日子，将会被掐断，一去不复返。再也没有人用世间最恶毒的语言来伤害你，诅咒你，蹂躏你，你也就不再有任何烦恼了。"

一吼完，季变瑛抬起头来，望了一眼空中飘浮着的朵朵白云，闷闷地发出了一声叹息。如果说这一声叹息背后有什么隐衷的话，那么，随着这一声叹息过后，一切的一切，似乎被掩埋了。整个人一下子变得极其平静，极其沉静，内心也变得平静而镇定。

季变瑛的腿脚，也随着这份沉静、平静和镇定，往前挪移着。她挪移了四步，对，只是四步。在跨出第四步的当儿，猛地站住了，保持着一种站在原地不动的姿势。这时候的她，也意识到了不妥，犹豫了一会儿，迟疑了一会儿，激动了一会儿，惶恐了一会儿，也不安了一会儿。这激动、这惊慌、这不安、这犹豫的念头，这难以表述的心绪，一股脑儿在她的脑壳里回旋着、翻腾着、挣扎着。没过多久，理智还是被一些浮现在脑壳里的过往击碎了。

呈现在她面部的表情，已经说明她拿定了自个儿的主意。是的，在自救和自绝两种情况下，她稀里糊涂地选择了后者。她绷足劲儿轻轻地一跃，义无反顾地跳了枯井。

没有人知道，季变瑛在跳进枯井时的那一刹那，是喊叫了一声"娘"。这一声"娘"叫得特别响，在空中飘飘荡荡，仿佛是和这个人世间作最后的诀别，也仿佛是对亲情的呼唤。只可惜，这声"娘"字还没落地儿，嘎的一声就断了。也没有人知道，这充满深情的喊叫声，是多么的凄凉，多么的无奈，多么的绝望。

一个活生生的女子，天生就有着一张俊美的脸庞。这俊美要是搁在别人家，会被日子疼的，会被岁月疼的，会被一家子人疼的，疼都疼不过来。但在这个家，连个猫狗都不如。一个活泼泼的生命，就这样被一天一天地摧垮；一个活泼泼的生命，一瞬间没了，是以她从来没有想过的决绝的方式，走到了生命的尽头。败给了日子，败给了横在她心中的一道无法逾越的坎儿。

眼尖的人发现时，枯井旁整齐地摆放着一双蓝色绸缎绣花鞋。从这双蓝色绸缎绣花鞋的颜色来看，估摸是上大花轿的时候穿过一回，依然新崭崭的。

天旱无雨，生活中的重压，生活中的重负，失去亲人的痛苦，内心的煎熬，在多重压力的围困和围攻之下，季胡子的日子变得更艰难了。为了一家人能糊口，他的婆娘季王氏拖着蹒跚的步子，将麦秆放到石窝里捣，捣得稀碎稀碎，掺着杂草让一家人吃。

就这，还是饥一顿饱一顿。就这，也撑不了几顿。一家人又出去翻草垛，从草垛里寻找有限的干红薯秧嚼着吃。实在是饿极了，啥都敢往嘴里填，啥都敢往嘴里送，啥都敢往肚里吞。季胡子甚至于突发奇想，将房顶上发霉发烂了的梁椽拆下来，捣碎后掺入干红薯秧一起吃。

吃了后，季王氏捂着肚子，又去村外背回一些矸子土，将矸子土碾碎后掺上一些榆树皮，焙成干饼。季胡子的儿吃了这种干饼，活活地憋死了。

苦哇！找不到吃的，娃们存活不住，不送到别处，就剩下活活地饿死。慌乱年月，为了能给三个闺女讨活命，季胡子把泪吞到肚里，硬着心肠把他们送人了。他是眼瞅着闺女们一个个从季家大门走出去的。他记得，他的大闺女和二闺女坐在门槛上哭着不走，是被他用榆木棍赶着跟人家走的。跟了人家走，兴许能讨个活命。

后来听人说，二闺女送人后没几天，偷着跑了，半道上碰见了人贩子，连哄带骗被领走。领到啥地方？具体去了哪个方向？说啥的都有，就是说不清。唉，没法找哇！是死是活都难说。这辈子还能不能见一面，更难说了。一个儿女一条心，儿女都是娘身上掉下来的连心疙瘩肉，季王氏经不起这一连串的刺激与打击，在很短的时间内，变得白发苍苍，痴痴呆呆。

这天，季胡子出门讨吃的去了。出门前，往屁股后边吊了一把干刺角，是为了给自个儿壮胆，也是用来对付狼。出门时，他对婆娘叮嘱："地里有狼，千万不要一个人外出。"

季王氏因为饥饿难忍，忘了季胡子出门时的声声叮嘱。到中午了，季王氏用手捂着肚子，去地头找树皮和刺根。一路上，季王氏口中挨个儿念叨着三个闺女的名字，一遍又一遍地念叨着。念着念着，被一条恶狼从身后扑倒，季王氏没来得及扭身和反抗，就被恶狼把脖子咬断了。等到季胡子找见了季王氏，已是惨不忍睹，身子被恶狼掏空了，蛆虫爬满了，多到数不清。

心痛如碎，寒凉逼近。眼前发生的一切，刺扎着季胡子的眼睛。他的心被眼前的一切，置进了疼痛的记忆里，烙进了往昔的阴霾中，烙进了他身体的每一处，硌得生疼。吃够了苦头的季胡子，心里明明是有酸楚，心里明明是有难以言说的人间大痛，泪却落不下来。是啊，落不下来。他早都忘记了，忘记了自个儿有多久没有张开嘴巴说话了，他不知道自个儿有多久没有落下一滴泪。他也不知道，他还会不会落泪。

季胡子狠狠地哑巴了一下干裂而枯皱了的嘴唇，喉结上下滚动了几下，旁若无人地嘎嘎唱道：

天上下雨地不滑

一口吹开青石峡

葫芦无酒人自醉

六月开得蜡梅花

这带着忧伤的颤音，这带着悲伤的调调，苍凉而沙哑，又因了季胡子长了一张带豁形样的嘴巴，声音怎么都发不流畅，怎么也发不出原字的最准确的音，竟然将"青石峡"念成了"铁石夹"，将"六月"念成了"忧月"，将"梅花"念成了"没花"。更因了季胡子的悲痛心境和心情，"没花"二字的尾音被拖得软悠悠，长又长。这掩饰不住的愁绪，这掩饰不住的伤感，这掩饰不住的悲怆寒凉，极具穿透力，刺得每一个赶路人鼻头泛酸，悲怆滋味从心头滚滚而来。

有人扯下裹在头上的脏烂毛巾，不停地擦眼。有人停止了赶路的脚步，茫然地瞅着前方，突地又转过身来，满腹惆怅地瞅一眼，忍不住地又瞅了一眼。

坐着的、躺着的、走着的、肩挑的、车推的，无数双大大小小的眼睛，被他的悲伤调调吸引着，心里滋生出酸酸痛痛的感觉，不由得忧伤满面，不由得扭转身子，木然地瞅着前方。

天地间安静了那么一瞬，人群里嘈杂声顿起，有了痛苦的呻吟，有了无望的"嗷嗷"哀号。好多人被一脸茫然包围着，远远地望一眼那个令他们魂牵梦萦的、叫作故乡的方向。无边无尽的凄凉和悲伤，在辽阔的关中大地弥漫开来。

有人抖着身子发出了尖锐而凄厉的哭音；有人用枯瘦肮脏的手不停地抹眼泪；有人干脆一屁股坐在地上放声悲哭；有人木木地瞪着眼睛，无望地用手在空中胡乱挖抓，一阵号哭声随着双手挖抓的动作脱口而出；也有人双手合十，嘴里念念有词。念着念着，竟也忍不住地发出了一声哭。这所有的哭，这所有的大呼小叫，以及机械而木讷的动作，把天地震得一摇一晃。

粮价在飞涨，一斗麸卖一串儿铜钱，两斗麦竟然能换一座房院，一个活人的身价，抵不过半斗麦。井泉枯竭了，干裂了的河道，能扬起鞭子赶车。

旱情越来越厉害，树皮、树叶、荒草，被人一窝蜂地吃光了。许多人的脸色煞白，瘆人得很。有人捡到了有毒的干蘑菇，眼里放着光，直接往自个儿的嘴里送，吃了后浑身水肿，没多久暴病而亡。牲口粪、观音土、石炭，这些不能吃的，也有人用来充饥。能充饥不能充饥，就是说破天，终归是土和石头。吃后没多久，有人得了红眼病，有人的脸肿得像个盆，有人的腹部有一块铅坨在坠着，越坠越沉，越坠越沉。脸神也随着这种沉变得凄苦不堪，在原地抽搐一阵子，疼痛而亡。

百年不遇的"贱年"，早已经让生活在这片土地上的人再也经不起一点点的伤害了。在这种艰难的情况下，萧福祥用韩梅卖身的银两，掩埋了吉祥戏班的十三位艺人。

萧福祥在饥饿中苦熬着，撑持着身子捡拾大雁粪、牛粪、草根、干刺角、蒿草籽，又去寻水将干刺角、蒿草籽泡软，将大雁粪淘洗，挑寻粪中没有完全消化掉的粮食粒，用以充饥。对萧福祥来说，能捡着几颗大雁粪，就是宝物，就是香饽饽，就是不幸中的万幸。逃荒的人像蚂蚁一样，路边、田野、树旁……饥民遍地，哭声震野。光秃秃的树底下，躺着就地歇息的饥民、倒地而亡的老人、饿得"哇哇"大哭的妇女和娃娃。

一些日子下来，萧福祥饿得眼冒金星，瘦成一把干筋了，去潼关时黑乌乌的头发，在韩梅离开时的那一刻，由黑变灰，由灰变白，继之，变成白的了。令人惊奇的是，萧福祥的背上，背着一把被西河人叫作"母胡胡"或"皮弦胡"的胡琴，却完好无损。

一路上，萧福祥不时地用手摸摸捆绑在背上的皮弦胡，时不时地双手合十，嘴里祷告着："老天爷保佑，老天爷保佑，保佑我将皮弦胡完好无损地带回到西河。只要能把皮弦胡带回到西河，就是要我的命，我也愿意。"

萧福祥身上背的这把皮弦胡，是吉祥戏班留下来的唯一念物。在提线木偶戏演出的过程中，这把皮弦胡属于文乐器，决定着提线木偶艺术的格调，具有非常特殊的作用。皮弦胡的琴柱、琴壳和弦索，分别是用枣木、槟榔和牛筋制作而成的。也因了特殊的材质，造就了独特的音域。在逃出潼关的时候，杨守艺冒着生命危险，硬是将这把皮弦胡带了出来。闭眼的那一刻，鼓足气力将这把皮弦胡，放到萧福祥的手中。

等到萧福祥爬进西河地界，一副干筋变成了一副瘆人的鸡架骨，脚底下打着晃儿，站都站不稳。浑身的血口子粘着破烂的袄，一双裸露的脚被路面磨损得不像样子,看不出那是一双人的脚。

　　这个饱受苦难的人儿,这个挣扎在死亡线上的西河汉子,硬是鼓足心劲儿和气力,以西河人固有的韧劲,以西河人固有的执着和坚韧,走走爬爬,爬爬走走,以爬代走,爬回了西河。

第五章　归人

　　这段日子，西窝村的大户陆济慈，在村口支起了一口大铁锅，设棚赈灾，用小米和玉米熬成黄粥，帮背井离乡的灾民度命。附近几个村里的几家殷户，也相继吩咐管家，用胶轮车或木轮车，将粮食送到粥棚。村里的其他几家大户，常年做铁货、棉花、耕地、酒坊、染坊，以及海菜等生意的，这当儿，也将家中囤积的粮食，用胶轮车和木轮车往村口拉。

　　陆济慈在业界有着良好的口碑，从他爷爷的爷爷的爷爷那一辈起，就开着"恒聚德"商号，做的是药材和玉器方面的生意。陆家的药材从甘肃到西安，由西安到丹江，又从丹江到汉口，再经过长江、湖北，到达广州。路途非常遥远，有时用车拉，有时用船运，每到一个地方，陆家都会高价雇佣和聘请当地的人来押镖。这样，也就避免了因为口音不同而遭受劫难。

　　陆济慈不但生意做得大，还有一副菩萨心肠。陆家人吃饭不讲究，简简单单地吃饱就可以了。时不时地，陆济慈在吃饭的时候会对家里的人说："陆家上上下下几十个人在吃饭，一个人一天省一口，就够贫寒的人家吃一个月。"

　　陆济慈的祖上，也曾捐资修建村里的城墙、庙宇、戏楼。但凡有人家里困难，找上门来需要帮扶，陆济慈总会倾力相助。陆家设棚赈灾期间，西河县周边的一些村民，连同韩城、大荔、白水、阎良一带的灾民，一窝蜂地往西窝村的方向赶。灾民太多了，人手不够用，柳玉秀带着年幼的虎娃子，来到粥棚帮忙，并将家里屋檐下悬挂着的五十五个葫芦，一个不剩地拿来给灾民装水喝。年幼的虎娃子拿着葫芦，提着用麻绳系的陶罐，解了好些灾民的焦渴。

一连多日，柳玉秀在粥棚里劳作，瘦得失去了人模样。她见到萧福祥的那一刻，听了他一番艰难的讲述后，双腿不停地打着哆嗦，人虚脱了一样，跌坐在门槛上。

从这一刻，柳玉秀的心里下雪了，下的是铺天盖地的茫茫大雪。她来不及伤感，来不及悲哭，来不及呼天抢地扶桌号哭，哆哆嗦嗦地站起来，往前挪移着步子，摇摇晃晃地硬撑着身子，从屋里的草垛里挖出一个黑釉色的瓦罐，又从这个黑釉色的瓦罐里取出一小布袋能活命的玉米糁，一小布袋菜籽，一小布袋蓖麻。这是杨守艺去潼关前留下的。出门前，杨守艺指着黑釉色的瓦罐，对柳玉秀一再叮嘱："不到万不得已，别取出来。"

这当儿，柳玉秀用打着哆嗦的手，将装着菜籽和蓖麻种子的两个小布袋，放回到黑釉色的瓦罐里。将从玉米糁布袋里抓出来的一把玉米糁，均匀地撒进锅里，一会儿工夫，熬好了玉米糁。柳玉秀把剩余的玉米糁连同布袋，塞到萧福祥的怀里，满怀深情地说："大兄弟，这些你留着，都留着。"

好多天牙齿没搭米面了，饥肠辘辘，鼻子却很灵。萧福祥一下子闻见了能活命的味道，眼里有了一层雾气。他舔了一下极度干裂的、已经豁口的嘴唇，一把将这诱人的盛着玉米糁的碗夺到手中。天呐，这能活命的玉米糁哇，稀罕死人了！萧福祥瞅着这碗能活命的玉米糁，眼里泛出一抹薄薄的亮光。

柳玉秀抖着嘴唇，心酸酸地对萧福祥说："大兄弟，慢慢喝，慢慢喝，把这一碗玉米糁喝了，嫂子再给你盛一碗。"

萧福祥准备仰脖喝玉米糁的时候，无意中瞅了虎娃子一眼。这娃，细脖子上支着人脑壳，平头正脸的，眉眉眼眼的，和杨守艺大哥简直是一个模子里刻出来的。

"这是杨守艺大哥在世上留下来的一粒种子！"萧福祥瞅着虎娃子瘦溜溜的身子骨，落泪了。顿了顿，泪眼里漾出来一丝笑意。呈现在萧福祥脸上的这种叫作笑意的表情，已经不单单是笑意了，或者更应该说是爽净的、欣慰的代名词。对，这是一种知足的美好，这是一种舒坦的表情，这更是一种坚韧的姿态。这抹笑意的背后，实则是萧福祥对自个儿做了一个极其艰难的决定。

"眼前的娃，是杨守艺大哥撇下的一棵独苗苗，是杨守艺大哥亲不溜溜的亲！老行当的重担，往后得指望这开裆裤缝严没几天的嫩苔苔娃了。我连抬手动脚的力气都没有，老天爷不叫活，就活不成。命数到了，横竖是个死，和孤儿寡母抢食吃，没脸了，也活不到树叶全。"

这样想着，萧福祥倍觉羞愧难当，刚才从柳玉秀手里夺碗，在孤儿寡母面前活走样儿了。他面露一抹羞愧之色，将碗重新搁回到柳玉秀的手中，咳了咳嗓子，对柳玉秀说："嫂子，兄弟没几个日子了，刚才乱了心神，没掂量自个儿的轻重，糊涂哇！家里粮食奇缺，这碗玉米糁留给娃喝。嫂子，您记着，学提线木偶戏，从娃抓起。咱西河地界的老行当，咱西河地界的这一副重担子，往后得指靠嫩苔苔娃来挑了。"

萧福祥发自肺腑的话像刀子一样，深扎着柳玉秀的心，她抖着嘴唇喊："老天爷呀，这可咋办呀？这可咋办呀？我一个女人咋办呀？"

柳玉秀的心碎了。年幼的虎娃子瘦筋干巴，泪眼望着萧福祥，并以响亮而坚定的语气，说了一些不是他这种年龄的娃能说出来的话："萧叔，虎娃子记住了。虎娃子也答应您，我长大了，一定要把咱西河地界的老行当传下去！"

说完，虎娃子恭恭敬敬地给萧福祥磕了三个"嘭嘭"响的头。

柳玉秀从萧福祥的手中接过碗，舀了一勺往萧福祥的嘴里送，萧福祥死死地抿着嘴，死活不张。虎娃子"嘭嘭嘭"的磕头声和往萧福祥嘴里喂玉米糁这个暖心的动作，暖乎乎地击中了萧福祥的心。尤其是虎娃子说话时的神态和语气，让萧福祥一下子触摸到了某种欣慰的东西，这感觉着实令他愉悦，令他痛快。是啊，这娃有情有义，心里端正着呢，是能扛住大梁的料，和杨守艺大哥在世的时候，是一个样儿。

萧福祥死死地瞅着虎娃子，用粗糙干巴的手，将皮弦胡放在虎娃子的手中，吃力地喘着粗气、声音时断时续："虎娃子……牢牢地记住你爹说过的这些话，人心要正，人心要善……先学做人，再学唱戏……有德才能有艺，千万不敢把事情做颠倒了。把老行当，传下去……一定要传下去。等你唱成大把式的那一天……别忘了到你爹和萧叔的墓堆前，给我们打声招呼。"

萧福祥硬是撑着力气，憋足劲儿，一连着说了这么多，悬着的心终于放下了，是一种从来没有过的舒坦之感。

"老行当有指望了，我也就安心了。"萧福祥舒了一口长气，脸色越来越差，越来越白，身子也越来越软，连一丁点儿气力也没有了。脑壳里飘飘忽忽，跟做梦一样，他似乎看见了天那头的母亲、父亲，脸上被褶子爬满了的外爷外婆。对，还有他心心念念的一个人的声音，一个劲儿地往他的耳窝里钻。他们，似乎在等他，召唤着他。对，这画面感觉就像是真的一样，萧福祥似乎又感觉到腿脚轻飘飘的，踩在一疙瘩七彩云上。

恍恍惚惚，朦朦胧胧，是他这辈子从来没有过的感觉。倏地，萧福祥的身子猛地抖了一下，眼里迅速地亮了，腾起了一团儿光。这一团儿光，是萧福祥在这人世间最后的温情；这一团儿光，也是萧福祥对这人世间最后的依恋。

他死死地瞅着虎娃子，啥都说不出来了，连支起眼皮的那一丁点儿劲儿也没有。阖了阖眼，猛地下了死力气睁开。老天爷呀，总算是睁开了眼。他努力地、艰辛地望着虎娃子。倏地，这一团儿光在他眼里闪了那么短暂的儿闪，黯淡了，一点点地消失殆尽。周围的一切，模糊一片。

萧福祥深切地感觉到，完结的时候到了，这一辈子的里程走到头了。命数到了，无常已经拽住胳膊敲了门，谁都留不住。刚才还捏着虎娃子的那双可亲可敬的枯枝般的手，一点点地发僵，不动了。人世间真正的光线离他越来越远，未知世界里的某种气息穿越心智，悄无声息地来了。在这张刚才还是活人的一张脸上，隐然可见。

风起了，在西河大地上晃晃悠悠地荡了几荡，闪了几闪，几缕如同镶着金边的阳光，直截了当地从头顶洒下来，散落在萧福祥枯瘦的脸上，散落在萧福祥枯瘦的身上。就那么悄无声息地晃了几晃，给这个光着双脚的西河汉子，满满当当地铺了一层亮晃晃的色彩，如同披了一身金黄色的衣裳。

虎娃子的心不由得悸动了一下，捏着萧福祥伤痕斑斑的手，无声地抖动着，泪水悄悄地漫了他的脸。柳玉秀身子稀软，双目眩晕，她强迫自个儿鼓起力气，却发现萧福祥的眼睛是圆瞪着的。

柳玉秀的心又悸动了一下，硬撑着身子，用手将萧福祥的眼睛轻轻地合住，却怎么也合不住。

柳玉秀颤着声音对虎娃子说："我的儿，往后站一些，有话快赶紧说。再往后站一些，泪水跌到你萧叔身上，他会走得不轻省。"

虎娃子轻轻地往后挪了挪，哭凄凄地说："萧叔，您放心，西河的老行当，虎娃子挑得起，扛得动！萧叔，您放心，等虎娃子长大了，一定能！"

这话儿一说出口，瞬间打破了令人窒息的寂静，落地的当儿，一双圆瞪着的眼睛，奇迹般地合上了。柳玉秀怀着复杂的情感，撩起衣摆擦了一下眼睛，用一张苦脸绸盖住了萧福祥的脸，哽咽着对虎娃子说："我的儿，你萧叔要的就是你这些能立得住的硬气话。"

说完，柳玉秀摇晃着身子，趔趔趄趄地走到屋里，从箱子里取出杨守艺曾给他自个儿置备的一套新衣裳，还有一双新崭崭的圆口布鞋。

这双圆口布鞋是柳玉秀在油灯下，一针一线用心缝制的。这套新衣裳，是杨守艺得了虎娃子这么个定心干粮的当天下午，专程前往西河县，花了大价钱定制的。那天，他喜颠颠地对柳玉秀说："老祖宗的老行当能传下去了，等到我的儿登台唱提线木偶戏的那一天，我就高高兴兴地穿着这套新衣裳，从村东走到村西，从村南走到村北。我就是一句话不说，一个字不说，只是随意地走一走，人家就都晓得我的儿，成才啦！"

这一刻，柳玉秀泪眼望着这套新衣裳，记忆悄然嵌入，爬上心头。她的嘴唇抖动得厉害，还是强压着心中的剧痛，忍了几忍，对虎娃子说："我的儿，你萧叔和你爹的个头差不多，叫你萧叔体体面面地穿着这套新衣裳和圆口布鞋上路吧。"

柳玉秀说话的当儿，虎娃子的思绪抛锚了，他似乎没有听见娘亲在对他说话，而是想起爹上回从外面回来，像往常出门回来时一样，用手指肚轻轻地在他的脑门上弹了一下，笑着往他的手心，搁了一块用红薯熬成的老糖，敞着嗓子问："我的儿，你给爹说，这老糖甜不甜？"

"我的儿，你萧叔是好人，是个难得的大好人。"爹的这些话忽地灌入到了虎娃子的耳朵里。

"我的儿"这三个字，是人世间最温情的字眼，也是虎娃子最喜欢听爹和娘喊他的三个字。此刻的虎娃子，似乎感觉到爹的声音来了，来得很神速，在他的耳边循环往复着："我的儿，你给爹说，这老糖甜不甜？我的儿，你给爹说，这老糖甜不甜……"

虎娃子望向门外，望向空中，憋足劲儿高声喊："爹，这老糖甜得很！"

甜字如泪水般蹿上虎娃子的鼻头，虎娃子的脸上流露出了一抹激动和惊惶的神色。他一鼓劲儿地跑到门口，踮起脚尖四下里望着。只有风吹过的哨音，发出"呜呜呜"的声响。呜呜呜的声响撩拨着虎娃子的心，撕心裂肺的声音从他的喉咙里一跃而起."我成了没爹的娃了。"

虎娃子的泪布袋一下子打开了，他抑制不住地放声悲哭。稀里哗啦地哭了一会儿，他意识到自个儿不能这么哭，在娘跟前这么肆无忌惮地哭，实在是不妥。再咋哭，也换不回那个活鲜鲜的爹；再咋哭，只会加重娘的伤感和疼痛。虎娃子倏地意识到了这个，强忍住内心的疼痛，回到家里。

在很短的时间内，虎娃子觉得娘眼角的皱纹一下子增多了，就连双鬓也变成花的了，和霜染成的颜色是一个样儿。

柳玉秀粗粗地抹了一把泪，忍着痛告诉虎娃子："我的儿，老天爷要剥谁的皮，谁就没天了；老天爷从空中抡下来一截子棒槌，棒槌砸中谁，谁也就没天了。我的儿，咱不能叫生活的重负打趴下。要牢牢地记住你爹说过的话，一辈子都不能忘。爹想儿，一缕风；儿想爹，一梦中。我的儿，往后要是你想爹了，梦中可相见。你爹想你了，刮一缕风，也会相见。"

"娘，有花花草草做证，有天地日月做证，我要照顾娘，一生一世一辈子。"虎娃子说话的声音变了腔，双眼刺痛难忍，泪水改道儿进了嘴角。

这时候，一阵寒凉吹了过来，杨家的桐木门被风吹得嘎吱嘎吱响。地上的树叶被风卷起，又被卷走了，天色暗了下来，是一点一点暗下来的，变成了黑沉沉、黑灯瞎火的那种，变成了黑沉沉、黑乎乎的那种状态。这一切，应该是被母子俩的哭声晃黑的，西河大地的角角落落，陷入夜的黑里。

第六章　春寒

这一年的正月十四，刺骨般的严寒倏地袭来，西河大地下了一场百年不遇的大雪。这场雪铺天盖地，雪片子比铜钱还大，持续了三天两夜。凛冽刺骨的寒风挟裹着漫天飞雪，冷到了极致。两尺多厚的雪，冷得没办法化到土里，慢慢地风干了。有着一百多年树龄的老柿树、木瓜树、榆树、槐树、皂角树，多数被冻死了。更为严重的是，村里有人的手指头被冻掉了，有人的脚趾头也被冻没了。

三月十二日那天，天色忽明忽暗，又刮了一场罕见的大风。树被刮得连根拔起，石头和瓦砾在空中飞滚。西窝村一于姓人家的窗扇和门扇，还有搁在院里吃饭用的木饭桌，被风吹到了空中。距离西窝村五十五里路的地方有个大象寺，寺内有一口一百来斤重的大铁钟，也被狂风刮落到地上。

这一年的七月份，庄稼可劲儿地往熟里蹿，眼瞅着庄稼成熟就在眼前，西河人的眼中流露出抑制不住的喜悦。这天，红花日头好好地挂在天上，柳玉秀和虎娃子一人拎着一把铁锄，去地里锄玉米。这时节的玉米刚刚吐出缨子，给人的感觉是丰收在望，就在身边，就在眼前。柳玉秀和虎娃子到地里没锄多久，从东南方向刮来一股风，一会儿的工夫，红花日头不见了，天色暗了下来，空中出现了令人惊悚的"嗡嗡"声，一阵比一阵大。

柳玉秀和虎娃子受了惊，只见距离头顶有七八米高的空中，黑压压地连着一大片。天呐，柳玉秀定睛一瞅，心头猛地一震，惊住了。不得了，三四寸长的虫子成群结队，紧紧地偎在一起，紧紧地咬在一起，紧紧地啃在一起，一疙瘩一疙瘩，一团儿一团儿，滚雪球般地由南向北涌动。密密麻麻地飞奔到树上，落到庄稼地里，滚到草庵上，跳到沟壕里，爬到道路旁……但凡能附着的地方，都能觅见这东西，多得不得了，多得瞅不到头，望不见尾。所有能容身的地方，都能觅见这东西乱钻乱撞的影踪。这东西贪婪地、拼命地啃噬着庄稼的茎叶，发出沙沙沙的响声。

虎娃子惊叫一声，抡圆了声音对柳玉秀说："娘啊娘，这是啥？多得很。"

柳玉秀将身上的衣裳脱下来，迅速地捆绑在铁锄，开始拍打着爬在玉米秆上的虫子，边拍打边皱着眉头骂："瞎东西，都是瞎东西。祸害，都是祸害。"

柳玉秀骂了几声后，又扬声冲虎娃子喊："啥东西？蝗虫。这是个恶主，是个祸害，专门来糟蹋咱的庄稼。"

蝗虫越来越多，越聚越多，越拍打越多。柳玉秀急急地吩咐虎娃子："我的儿，赶紧把玉米秆用铁锄锄倒，堆成捆平放到地上。"

说完，母子俩开始挥动着臂膀忙开了。即便是这样，蝗虫依然往玉米秆里钻，往平放到地上的玉米捆里钻。两三天内，蝗虫由绿颜色变成了黄颜色，西河的庄稼、树叶、野草，被糟蹋得不成样子，一棵苗苗都不放过。蝗虫成灾了，一个摞一个，手往空中随意一抓，到手的都是双数。村里的男女老少，一个个的都跑到地里，用脚踩、用手抓、用簸箕赶、用簸箕撵……

有人瞅见这种情况，认真地想了想，感觉是轻慢了神。如此这般一想，急急地去地里叫了几个人，把自个儿的想法说了出来。几个人一听，觉得这想法很有道理。一商量，结伴去了镇上，又急急地返回来。拿着香和祭灶时搁在神像前的几个桃子形样的馍，到庙上虔诚地上了三炷香。

庙里的泥胎塑像稳妥妥地坐着。泥胎塑像的头顶、帽子、脸、嘴角、胡子上，都爬满了蝗虫，地上也爬满了。一个牵一个，一个拖一个，没一块能下脚的地方。有个人瞅见了这一幕，心被揪得生疼，赤胳膊光膀子要赶走蝗虫。有人却觉得这样做对神不敬，赶忙打手势阻止。

这时候，又有人撩起嗓子发出了绝望的惨叫："这也不成，那也不成，老天爷呀，祸是祸，躲不过！我们咋办呀？我们咋办呀？"

蝗虫一拨一拨地上来了，一个一个地跟得紧，从泥地上、门缝里、墙背面……密密匝匝地，一团儿一团儿，一串儿一串儿地进了庙，进了各家各户的屋顶、房檐，聚成了一面又一面蠕动着的墙。锅边、案板、碟碟碗碗、坛坛罐罐、筷子筒、水缸边……蝗虫挨挨挤挤着，蠕动着，爬行着，齐整的样子，跟提前商量过一样。

村里几位大寿数的老人上了三炷香，跪地磕头。一个连着一个磕，嘴里不停地念念叨叨："天爷爷呀，您发发慈悲吧，给娃们讨个活命……"

老人将额头磕破了，血色糊了一脸，还一个劲儿地磕。

有人抱着炕上的被褥，疯了一般地跑到田间地头焐蝗虫，就连演提线木偶戏用的马锣、大鼓、小鼓、铮子等各种各样的响器家伙，也被拿到地里。一阵敲敲吹吹，一阵吹吹打打，各执其事，嘭嘭嘭，嗵嗵嗵，各种各样的声音敲炸了天。有人用双手使着蛮力气，挥动着铁锨用土掩，用土埋，用土盖。有人干脆在地头点起火，让浓烟的呛味儿将蝗虫熏走。蝗虫受了惊，四下里乱逃乱窜，一会儿，逃窜得没了踪影。

火熄灭了，人们长长地吁了一口气。没多久，嗡嗡嗡的声音又从远处隐隐约约地传来，那种令人惊悚的声音又响起了，一个咬着一个，一个啃着一个，撕扯着又飞来了。肆虐的程度比先前还要蛮，还要恶。不可思议的是，蝗虫不但啃噬庄稼，啃咬布门帘，还啃咬门扇，啃咬门框，啃咬老花木格窗……房檐下用柳条编的笼子、门卜贴的对联、农家常用的物物件件，也没能逃过蝗虫的嘴。

"挨千刀的混东西，我就不信，还由了你的嘴祸害？老人娃们跟着你遭罪，该死的东西，造孽啊！兵来将挡，水来土掩。不信今儿个还就由了你？把你扔到铁锅里，看你还能蹦跶几下？看你还能作啥孽？"柳玉秀满眼都是层层叠叠的怒火，气恼地咕咕哝哝着，听到脚底下发出了几声脆响，低头一瞅，一脚下去踩了五个蝗虫，裤腿上溅满了黑黑绿绿的颜色。

柳玉秀将头发拢了几拢，用笤帚将案上的蝗虫扫到簸箕里，倒进加了水的铁锅里。蝗虫在铁锅里横冲直撞，柳玉秀用木锅盖盖住铁锅，架着柴烧。水滚之后，又用笊篱将蝗虫从热水锅里捞出来，一个一个地全晾晒到毒日头下。

日和夜不慌不忙地交替着，一天天地溜走，虎娃子和柳玉秀母子俩，搭配着吃了几个月晒干了的蝗虫。蝗虫的壳和翅膀干涩难咽，因为吃得太多了，舌头和嘴，麻得都不是自个儿的了。

唉，糟心的日子，饥荒才刚刚过去，蝗虫就来了。西河的人们，用汗珠子和苦心经营出来的鲜活活的庄稼，被这些瞎东西无情地糟蹋了，一片树叶子都没剩。一切来得太急迫了，令人猝不及防。人们站在田间地头，望着眼前苍黄而荒凉的景象，止不住地叹气，满目都是忧伤，都是落寞和迷茫，心情变得灰塌塌的。有人天不亮赶紧爬起来，叫醒儿女，叫醒家里的其他人，走很远的路去寻树叶，找树皮……但凡能活命的东西，都有人在寻找。

西河的各个岔路口、街角、枯树旁、老碾盘边、打谷场……又多了满脸茫然、瘦得只剩下皮包骨头的灾民。妻离子散，骨肉分离，是常有的事情。铁轨旁，也多了随地卧着的、奄奄一息的、嘴上衔着杂草的灾民。

浩浩荡荡的灾民中，多了挨饿的乞讨声，多了咒骂蝗虫祖宗八辈的恶毒话，多了骂天骂地骂命的愤恨抱怨，多了埋怨物价飞涨的长吁短叹，多了寒凉和惊惧的目光，也多了抱头号啕的一个个瘦弱而疲惫的身影。一股挡不住的悲怆滋味，在关中大地曼延，击中和裹挟着每一个赶路人。

第七章　暖

西河县有个莘镇，莘镇有个顺村，村里有个李姓人。李姓人将红薯从河南引进到西河，取名为老红薯。为了庆祝老红薯引进到西河这件大事情，顺村的人各家各户捐款，请了两个戏班前来热闹。一个是白水的皮影戏班，另一个就是西河地界很有名气的吉祥戏班，班主是萧福祥。

当然说的这些，都是吉祥戏班十几位艺人生前的事情，也是过去的事情了。那时候，艺人们在顺村唱戏时吃过老红薯，都觉得老红薯的味道真不错。有个艺人结合老红薯自身的特点，总结出了三个字：甘、面、甜。也有个艺人，当场将这三个字变成了更具有地方特点和地域特色的九个字，分别是：甘得很，面得很，甜得很。还有个艺人操着地道的陕西方言，夸赞说："老红薯嘹咋咧，咥起来美得很。"

杨守艺从顺村回到西窝村后，一个人在村外踅来踅去，在来回踅的过程中，相中了一块儿多年没人要的荒地。这块儿荒地里长满了刺芽儿，刺芽儿的根深深地扎在泥土里。种庄稼的话，庄稼便成了"十亩地里一只谷"的荒凉景象，也就一年一年地荒下去，成了无主之地。

那天中午，杨守艺站在这片荒地里，甩开膀子干开了。硬是下了几年蛮力气，将这块儿无主的生地，变成了熟地，又将熟地变成了红薯地。

秋庄稼被啃秃了，蝗虫也将这片红薯地里的红薯叶啃秃了，而深埋在地里的几十窝红薯却保住了。在最为艰难的日子里，柳玉秀和虎娃子靠着荒地里长出来的老红薯，靠着剥榆树皮，也靠着给人家做工，支撑着逃过了一个人间大劫。

隔着墙皮的秦家人，嚷嚷着要到外面讨活路。秦仁义垮着身子，说话的底气很冲："这里埋着我祖父我祖母，这里埋着我爹我娘，我哪里都不去。就是死，也要死在这里。"

艰难时期，搁下这么一个孤身人，会发生啥样的结果？一家人不敢想，又都能预料到。毕竟是亲不溜溜的一家子亲啊，以后怕是见不着了，秦家的其他人淌着眼泪，一步三回头地离开了西窝村。

柳玉秀知道这一切后，对虎娃子说："我的儿，但凡这世间之事，都有道理。隔壁住着这么一个孤身人，咱娘俩得时时在心里揣着，他的日子就热乎了，接住了。这也是道理。"

虎娃子睁着大眼睛，很懂事地对柳玉秀说："娘，您说的道理，我都记住了。"

柳玉秀对虎娃子是这样说的，也是这样做的。只要天天灶屋里拉风箱，只要她们有一口吃食，决不会忘了隔着墙皮还住着一个孤身人。

在艰难的日子里，柳玉秀用一身心爱的绸缎衣裳，换了六个柿饼。换的柿饼没进家门，就被别人抢走了五个。母子俩心里都明白，实在是饿得慌哇！

"剩下的一个该咋办？"柳玉秀盯着他的儿，没有说话。

虎娃子心知娘此刻没有说出来的话。当然，这话也是他心里最真实的想法，他瞅着柳玉秀说："娘，剩下的这个柿饼，给秦爷爷吃。"

柳玉秀听了虎娃子的话，眼睛发亮了，以无比快活的语气说："我的儿仁义，我的儿有一颗比金子还珍贵的心。"

说完，柳玉秀的脸上堆满了笑，心里爽气得很。娘和儿牵着手，来到了秦仁义的屋里，虎娃子将这个柿饼搁到秦仁义的手心，握着他的手说："秦爷爷，等到虎娃子长大了，用大笸箩盛馍给秦爷爷吃，叫秦爷爷吃个够。"

秦仁义瞅着虎娃子，嘴唇颤抖着，带着哽咽的声音说："天爷爷呀，可怜的娃呀，你咋这么懂事，这么懂事呀！"

这一刻，秦仁义真真切切地感觉到，在煎熬的日子里，这份人间真情温暖着他，让他感觉到了亲人般的爱和家的温暖。

　　树发芽，枝开花，春意盎然的日子来了。该到地里下种子了，柳玉秀往地里撒了一些油菜籽，点了几十株蓖麻。没几天，下了一场及时雨。这场及时雨连着下了几天几夜，油菜籽和蓖麻受到了春风春雨的恩惠。不几天，绿芽儿就从地里不管不顾地拱出来，齐刷刷的，柔嫩柔嫩，见风就长。

　　这一季的油菜和蓖麻招招摇摇，腾腾腾地往高里长，往肥里长，获得了好收成。疙疙瘩瘩的日子，总算是捋出些顺溜。柳玉秀不管是从外面回来，还是外出有啥事情，脚底下都带着一股劲儿，脑门上也都写着藏不住的喜悦。

　　有一天，柳玉秀带着虎娃子去镇上买了一些彩纸，给庙里的泥胎神像做了几件大衫，还给庙里的泥胎神像前准备了一些香烛。柳玉秀忙完这些，又摘了一些蓖麻叶，送给村上的五福娘、六子老婆，还有福海的瘦脸婆娘。秋天到了，柳玉秀挖了一些蓖麻根，均匀地摊在院里，不几日，被红花日头晒干了。柳玉秀又将晒干了的蓖麻根送给五福娘、六子老婆，还有福海的瘦脸婆娘。

　　这几个人各自用捣烂了的蓖麻根外敷，治好了令他们烦恼多日的疮疡，以及风湿关节痛。就连福海的瘦脸婆娘犯癫痫的老毛病，犯的次数也少了。福海双腿弯曲跪对着地，虔诚地说："天爷爷啊，可愁坏俺了，吓坏俺了，赖毛病总算是消歇了。"

　　自打闹蝗灾那一年起，日子过得飞快，不知不觉地，几年过去了。这几年里，秦仁义没有得到家人的一丁点儿消息，甚至于连只言片语也没有。他也曾外出找寻过多次，每次都是满怀希望，却又徒劳而返。长途的跋涉，最是耗费人的体力，秦仁义每每外出归来，变得越显苍老，像是得了一场大病。

　　为了便于照顾秦仁义，柳玉秀和午幼的虎娃子，用铁锨在土墙上挖了个一人多高的门洞。一到饭时，虎娃子会将热腾腾的饭菜，双手递到秦仁义的手中。在柳玉秀和虎娃子母子二人的心中，秦仁义不再是隔着墙皮的孤身人，而是他们命定的亲人。

第八章　来历

西窝村有两个庙，一个是观音庙，也叫娘娘庙；另一个是马王庙。日复一日，年复一年，两个庙和西窝村一代一代人为伴，和天地同在，日月同辉。老早老早的时候，西窝村发过一场罕见的大水，村里的史料记载全被冲没了。关于西窝村最初的来历，用文字记载的形式，也就在这场罕见的大水中齐格茬掐断了。民间口口相传的，却有无数个版本，其中最有意思的一个版本，具有拙朴和真实的人间烟火气息，得到了村里人的普遍认可。

西窝村，原来叫戏窝村。西和戏两个字，音同字不同。不知从啥时候起，"戏"字便被写成"西"字了。西也罢，戏也罢，不管咋着说，人们都知道说的是同一个村。在当时，虽说有人在这里春种秋收，却没有人在这里住下来。一天中午，这里来了一对面相憨实的年轻夫妻。听口音，是土生土长的西河人。男人会拉皮弦胡，会雕刻提线木偶头，还会唱提线木偶戏。女人会织布，会纺花，做饭干活，都是一把好手。为了在坡坡梁梁上种地方便，男人和女人在朝南的一面土墙上，下狠力气挖了一个窑洞，买了一些简单的生活用具，在这里住下了。

虽然说是住下了，女人心里还是有一些不安，怕这个地方养不住人。想了几天几夜，想出来一个自认为很好的办法。这天，女人早早醒来了，醒来头一句话，就是吩咐男人去集上。男人睡眼惺忪，猛地记起夜里睡觉前，女人叮嘱他要办的大事情。

他急急地起来了，水都没顾上喝一口，去集上买回来一只母鸡和一只公鸡。不多久，母鸡在土窑里抱出来五个公鸡娃。女人和男人认为，鸡娃能在这里存活，人就能活。男人和女人瞅着五个公鸡娃，有些高兴，也有些落寞，但还是住下了。

一年一年地过去了，女人和男人在这里住久了，生了五个男娃。时间再过得久了些，男人和女人挖了五个坐东朝西的土窑洞。又过了几年，娃们长大了。

一天，女人的二娃趁着女人和男人去地里干活，偷偷地装了家里一麻袋粮食，跑到镇上卖钱花。二娃的这个举动被女人的大娃看到了，一字不漏地对女人和男人说了。这个晚上，一家人围坐在一起，就这件事情郑重地讨论了一整夜，之后没几年，一个家分成了五个家。

虽说西窝村沟多坡多，有"七沟八梁十二面坡"之说，并不影响当地的一些人，还有在西河给大户人家做工的一些外乡人，在这里安家落户。慢慢地，这里的异姓人多起来了，也热闹起来了。鸡鸣狗吠，鸟鸣羊叫，声声入耳，声声不断。各种声音一个劲儿地往一起汇，各种声音一个劲儿地往一起聚，村里活泛了，沸腾起来了。

至于观音庙和马王庙，是何年何月修建成的，连几个豁嘴豁牙的老寿星也回答不上来。马王庙旁边有一片地，观音庙就建在这片地上面的另一片地里。逢年过节的时候，村里人先去一个庙，再去另一个庙，都会给两个庙上香。马王庙里有四个泥胎神像，三个大的，一个小的。泥胎神像前有一个供桌，供桌不是木的，是用砖块垒砌而成。庙门口没刻对联，正上方则刻着"庶蕃马锡"四个字。

每年农历六月六日这一天，村里人潮如海，也是西窝村最热闹的时候。后来，人们将这一天叫作马王会。马王会在西河境内和方圆好多个地方，很有名气。遇会期间，西窝村人山人海，给村里增加了浓浓的热闹与喜庆的气氛。

西河周边的各地商贾，提前来到了西窝村，就连几家大药行里的仁丹、眼药水、跌打损伤之类的常备药，也出现在马王会上，吸引了许多人的目光。马王会上,还有粮食、土布、棉花、牲畜等各类交易。也有西河县很有名气的石子馍和农具、景德镇的瓷器、阎良的关山刀子、澄县窑头的瓮和碗……算命的、卖菜的、粜粮的、锔盆锔碗儿的、剃头的、打银器的、卖糖葫芦的、捏面人儿的、耍猴的、耍把戏的……琳琅满目,啥都有。

听,这边有人在大声地喊:"过来,过来,快过来瞧稀罕!"

循着声音的方向望去,有个耍大刀的男子,腰间系着布带子。瞅一眼那举手投足的架势和派头,就知道是练就了一身好本领。他拱手作揖,对围观的人说:"父老乡亲们,有钱的捧个钱场,没钱的捧个人场。"几句简单的开场白之后,就开始向众人展示自个儿过硬的本领和绝活。

这时候,不知是谁家的娃因了个头低,踮着脚尖够不着瞧稀罕,急得哇哇大哭。爹赶紧抱起娃,一使力气,娃骑到了爹的脖子上。

有个心灵手巧的女人,拿着一把小剪刀,从贴身的衣兜里取出一沓红红绿绿的彩纸。变魔术似的在手中一转一扭,一剪刀下去,就是一个盖脸盆的大团花;一剪刀下去,就是门顶上贴的门笺;一剪刀下去,就是往灯笼上贴的灯花;一剪刀下去,就是墙上贴的墙花……

在西河,但凡有闺女出嫁,红绿纸花花是必不可少的。一会儿工夫,吸引了好些待嫁的闺女们。闺女们围着心灵手巧的女人,叽叽喳喳个不停,你说要剪个这,她说要剪个那。心灵手巧的女人抿着嘴一笑,都答应了。一把小剪刀一上一下,一左一右,旋转之间,闺女们心里所期望的、所盼望的,都在她的手中剪了出来。

西河县店铺里卖的糕饼、仁丹、胭脂粉、眼药水等,都能在马王会上找到。当然,也有从远道儿赶来卖丝绸的、卖茶叶的。临时摊点挨挨挤挤,大大小小百十来家,真要说马王会上最惹人注目的,有窑头的大碗,也有西河的提线木偶戏和甑面。"不吃甑面不看线,如同没到西河县。"这句民间流传的谚语,便是对甑面和提线木偶戏所受到的欢迎程度最好的诠释了。

收秋不收秋,就看五月二十六;五月二十六滴一点,家家户户买大碗。

老话说得好哇，这一年的五月二十六下了一场雨，预示着土地要结出丰硕的果实，买碗则预示着庄稼有大丰收之意。即便是家里啥都不缺，往肩上搭个褡裢，一双大脚板往前一迈，赶几十里路到马王会上走一圈儿，买几个窑头的大碗。买了大碗后，再去饭摊前吃一碗搁着葱花猪油的醒面，外加一个垫着花椒叶的锅盔。老话说了，要知世上，先看戏上。对了，再看一场老祖宗留下来的提线木偶戏，是西河人最快乐的事情，更是这一年内最有意义的事情。

西窝村的戏楼，面向着观音庙和马王庙，建在两米高的土台上，四周是用清一色的砖砌制而成。砖上还雕刻着洗脸盆大的"福"和"寿"字。戏台的前面有明柱，前后台都是用雕着图案和花纹的木屏风隔着的。戏楼上的壁画，则是邀请当地很有名气的画匠，精心绘制而成的。画面上的线条，可以说达到了流畅分明、精美绝伦的地步。虽说是经了日月和时间的磨洗，仔细一瞅，却没有斑斑驳驳之感。不难瞅出来，画面的内容，应该是"木兰从军"。戏楼的上场门写着"声闻于天"，而下场门的上方，写的则是"钧天之乐"几个字。

当时，西河的提线木偶戏班多达几十个。无论在哪个村的戏台，或是临时搭建的戏台演出，戏班班主均会吩咐艺人在戏台的明柱上贴一副老早流传下来的线戏台联，内容是"一线串成天下事，双手拨弄古今人"。

而柳玉秀和杨守艺真正意义上的认识，也是在西窝村马王会的日子里，提起这个话题，许多记忆便会悄然而至。即便是杨守艺在"贱年"时节离开了她，柳玉秀每每想起他们之间的一些生活片段，依然会沉浸在点点滴滴、丝丝缕缕的回忆里。

第九章　长口子

那一年，柳玉秀刚满十一岁，节令刚进入冬月天，柳玉秀的娘得肺痨蹬腿脚走了。给亡人烧过百日纸，柳师傅得外出做棺材活。家里突然失了个人，把个如花似玉的闺女搁家里，他实在是没办法安心。柳玉秀因了娘亲的突然离世，极度悲伤。一段日子里，一头乌油油的头发落得只剩下几根了。

那段日子，柳师傅找了几个很有名气的先生，先生瞧过后，就差拍着胸脯说豪气话。熬成黑乎乎的药水水，没少往肚里灌，药坛坛、药罐罐没少往窑屋里搁，庙会没少赶，泥娃娃没少摸，几个钱几个钱地加起来，没少给镇上的药铺先生送。把人都喝成药葫芦了，就是没疗效。

这事儿要是搁在任何人身上，都磨人。这种时候，有人见了柳师傅说："西河县洞子巷有个鼻梁上架着眼镜的先生，专门治疗这类病症，药到病除。"

鼻梁上架着眼镜的先生那里，柳师傅去得没次数了。每前往一次，柳师傅的心里就跟揣着一疙瘩火团儿，想着十多服药一吃完，闺女的头发就长出来了。唉，吃过的药渣能装几罐子，一根头发都没长出来。

柳师傅实在是没有办法，带着闺女又去找鼻梁上架着眼镜的先生。先生晃着脑壳，呃巴着嘴，没当是啥大事情，嘴里说出来的，依然是千篇一律的话："俺有招数哩，俺有药单子哩，俺还有祖传的秘方哩。"特别是在说"祖传秘方"这几个字的时候，先生的舌头在嘴里不打一个弯儿，腰杆子杵得溜溜直，比任何时候都直，不叫人信服都不行。

几个月过去了，柳玉秀的头上还是不见长出一根头发。从柳玉秀面相上倒是看不出来个啥，但她的话明显比以前少了。每每外出，或者是在屋里，即便是晚上睡觉的时候，柳玉秀的头上都裹着用老土布做成的头巾。柳师傅瞅着头上裹着土布头巾的柳玉秀，心里像是压着一块巨石，他心疼他的闺女，心疼得能榨出血水水来。但他又没有一点儿办法，几个月下来，闺女喝药水头发没长出来，他的一头乌发变成白的了，一根杂色都没有。

村里娃们瞅见了，搁老远喊叫着："白头翁爷爷——白头翁爷爷——"

再过几天，就是西窝村马王会的正日子，这天，柳家的远房表妹张欣意带着出锅的白馍来到了杏林洼。节令已是五月天，张欣意看到长相俊美的柳玉秀头上还裹着土布头巾，忍不住地将她的土布头巾往下扯，边扯边说："都到啥季节了，这是捂着叫头上生虱子哩！"

柳玉秀不撒手，死死地护住裹在头上的土布头巾，似乎是在用命去维护这个半新不旧的土布头巾。

"怪哩，这闺女以前不这样啊？是不是我远天远地地赶了几十里路，把啥不干净的带来了，冲撞了神？她才会变成这样的。"

张欣意这般一想，双脚着地跺了几下，又连着冲空中吐了几口唾沫。这时候，柳师傅尴尬地给张欣意倒了一碗水，又因了思绪开溜，将一瓢水全倒在桌子上。

"疙瘩哥，你？"张欣意焦急地问柳师傅，眼里充满了层层疑惑。

"唉！"柳师傅没有回答张欣意的问话，而是发出了一声长长的叹息。

这声长长的叹息深揪着张欣意的心。因了心里极度着急的缘故，也就没理性了，啥话都敢从嘴里往出说："疙瘩哥，在自家人面前摆啥谱呢？你这究竟唱的是哪一出？"

柳师傅抬头望了望天，嘴巴动了动，没说出来一个字。

"咋就不说话呢？红花日头下出怪事情？玉秀，你给姨说一说，咋啦？还有啥不好意思在姨跟前说？"张欣意盯着柳玉秀问道。

"给姨说一说。"眼前的这个姨说话的语气和神态，和去了天那头的娘简直是一模一样。于此刻，这语气和这神态，激发了柳玉秀对娘太多的怀恋，眼前被一层雾罩住了。

柳师傅心疼他的闺女，对张欣意说："妹子呀，活人难呐！自打你姐走了以后，咱闺女的头发就一点一点、一撮一撮地脱落。苦药药没少喝，就是没疗效。方子找了几十个，还是眼瞅着一头乌油油的头发，落得只剩下几根了。"

说完这话，柳师傅难过地蹲到地上，用粗憨的大手朝自个儿的脸"啪啪啪"地打，一边打一边说："你这个没能耐的爹，苦了自个儿的亲闺女！"

听了柳师傅的一番话后，张欣意的腿软得撑不起身子，嘴张了几张，鼻子抽搐了几下，一口哭腔很快从嗓子眼里涌了出来。

这时候的柳玉秀，不知是从哪里聚来了一股子倔气，握住柳师傅的手，很是懂事地说："爹，我真真正正地想通了，也想开了。喝了那么多的苦水水，头发还没长出来。没长出来就没长出来，想通了也就没啥。过了这几天，我用绿绸布绣个花头巾遮住，绣花图案美美的，能招引一群蜜蜂和蝴蝶。"

柳玉秀的话让柳师傅和张欣意的心情好了一些。即便是这样，两个人脸上呈现出来的，还是说哭不是哭、说笑不是笑的多味表情。

第二天早上，杏林洼的鸡还没叫头遍，柳师傅就早早地起来了。去了一趟后院茅房，简单地洗漱之后，往大门上挂了一把葫芦形样儿的锁，背着"家伙"去了老伴儿的墓地。

柳师傅起得早，走路时草上的露珠湿了裤腿，也湿了鞋。他似乎是浑然不觉，一股劲儿朝老伴儿的墓地方向走。六月的风吹皱了柳师傅的心绪，有眼泪在眶里打着转儿。老伴儿的墓堆上插的柳木哭棍，已拱出来寸把长的绿芽。柳师傅在外做活的时候，主家每顿饭变着花样儿叫他吃好喝好。七碟子八碗儿的，将柳师傅当座上宾招待。柳师傅吃得再好，只要是白天忙完活儿，他总会想到几十里以外的杏林洼，想他的闺女柳玉秀。

这当儿，柳师傅放下搭在肩上的"家伙"，坐在墓堆旁给天那头的老伴儿唠叨了一会儿，又安静地坐了一会儿，用粗糙的大手一遍遍地抚摸着墓堆上的土，这才背着"家伙"依依不舍地离开了。落在他身后的杏林洼，一片鸟叫，一片狗吠，一片鸡啼。所有的声音在他的耳边缠缠绕绕，起起伏伏。新的一天，在缠缠绕绕、起起伏伏中，又开始了。

张欣意来到杏林洼的当天下午，柳玉秀换了一身新衣裳，跟着张欣意坐着驴车去了西窝村，柳师傅这下可以暂时安心出门了。

柳玉秀的娘还活着时，每年西窝村过马王会的前几天，都会被她这个叫张欣意的表妹用驴车接到西窝村。每去一回西窝村，张欣意都会让柳玉秀母女俩多住几天，不管是在灶屋里，还是在油灯下，两个表姐妹总有唠不完的话题。这种时候，表妹总会央求她的表姐，多住一些日子。表姐点头答应时，她会像个娃一样兴奋、激动，也会像个娃一样咧开嘴巴笑。

两个表姐妹的娘那一茬人还活着时，颤巍巍地踮着小脚，一个见了一个，也是和她们一样亲。以前马王会的这一天，柳玉秀的娘会牵着柳玉秀的手，到马王会上给闺女扯几尺长的红头绳。柳玉秀从小到大，就稀罕娘在马王会上给她扯的红头绳。她对红头绳爱不释手，如同见了宝贝一样。

每次跟着娘出村、去集上、正月初一过大年、正月十五元宵节，柳玉秀都会将红头绳系在辫梢上。老远看去，搭在她背上的辫子像火苗一样，随着柳玉秀迈动着步子的节奏，火苗在她的肩上一跳一跳，可好看了。

过了大年，过了初五，过了十五，一月二月跟着来了，柳玉秀学着娘平日掐算日子的办法，一遍一遍地用手指头掐算，一月、两月、三月、四月，几个月都过去了，再过两个月，就到了西窝村马王会的正日子。

柳玉秀心里期盼着这个六月天能早点儿到来。其实，她稀罕的不只是能买到那些颜色鲜亮的红头绳，更重要的是她还能见到一个叫杨守艺的后生。

六月六日这一天，张欣意家来的亲戚吃罢午饭，一个一个地拖儿带女，到马王会上瞧稀罕去了。张欣意迷的是提线木偶戏，饭桌上的碗筷来不及收拾，拉着她的儿和柳玉秀去马王会上看戏去。

走到半道上，柳玉秀的心中突然有了一种无来由的惆怅和沮丧。她没心情往马王会上瞧稀罕，便以困觉为由不去了。一个人在路上走走停停，停停走走，不知不觉地走出了西窝村。

这时节的蒲公英、车前草，还有一些叫不出名字的野草，因了阳光的润泽，因了风的拂动，憋足劲儿往出拱。车前草结了穗子，叶面光鲜葱郁，甚是喜人。蒲公英疯生疯长，开了一团儿一团儿好看的黄花，繁茂地点缀着这人间的六月天。

过一些日子，花儿就变成了一把又一把小伞儿，一阵微风轻轻吹过，小伞儿四处张狂着乱飞，飞向四面八方，一鼓气能飞几十里。好神奇的小生灵呦，柳玉秀止不住地用手摸呀摸，又忍不住地掐了一朵凑近鼻头。

一股新鲜的浓郁气息，哗啦啦地入了喉。这是草的滋味，这是大地的滋味，这是红花日头散发出来的味道。柳玉秀瞅着手中的花儿，忘记了郁结在心中的所有烦恼，禁不住地扬起嗓门，唱道：

  蛋蛋笼笼提梅花
  一下提到我伯家
  我伯叫我出门去
  我娘叫我先回啦
  隔窗看着我家家
  大花眼儿黑头发
  白白脸儿红指甲

柳玉秀的声音清脆如铃铛，她的心情好极了，唱罢一曲古歌子后，扬手又摘了一朵花儿往头发上别。指头肚触到了裹在头上的土布头巾，脸上的笑容一下子没了。

柳玉秀很沮丧，有些憎恨这朵美丽的花儿。唉，还唱啥大花眼儿黑头发，大花眼儿倒是不假，一头乌油油的黑头发在哪里？在哪里呢？柳玉秀烦闷极了，用手将花儿使劲地攥，使劲地捏，使劲地揪。花儿挣扎发出的呻吟，柳玉秀是听不到的，但她能瞅见花儿在她的手心一丝丝地散开，继之，落了一地的黄。

柳玉秀有些心疼花儿了，她呆呆地站在路上，一个人痴痴地瞅着，闷闷地嚼着心思。没多久，一股火辣辣的疼痛，把她的心豁开了一道长长的口子。

第十章　喜鹊

多年之后，与头发有关的一些事情，与杨守艺曾经的一些片段，时常会自自然然地唤醒柳玉秀对往昔岁月的一些记忆。每每想起，柳玉秀禁不住地感慨万千，泪水涟涟。她也无数次地问自个儿，如果没有毛葫芦，如果没有那个关于头发脱落的方子，自个儿还会不会有这一头乌油油的长发？

那时候，西河这地儿虽说在黄河边，但周边一些村庄吃水还是比较难，得走一段路到邻村去挑，要么就是到相对较远的一些地方去挑。庄户人殷勤，出村挑水对他们来说，不算啥难肠事，已经成了日常生活中必不可少的家常活。早上从炕上爬起来，鸡子还没叫头遍，就出门挑水了，等到红花日头露出脸，见底的水缸都装满了。一瓢水，全家五六口、六七口，或者一大家子，都把脸洗了。有的人家更为仔细，洗脸水舍不得倒掉，直接端到槽头，让牛马骡子驴喝了。

这天，年轻的杨守艺从黄河边吊嗓子回来，正沿着大路朝西窝村的方向走。虽说这一天是马王会的正日子，但各家各户有亲戚，用水量比以往多，就有人挑着水桶又去担水。杨守艺一边往村里走，一边和路边遇见的担水的村里人打着招呼。他的手里，拿着用纸板、手绢、线绳、一小块木头、旧布头等制作而成的提线木偶人。杨守艺为了制作这个提线木偶人，花了不少心思，也下了不少憨力气，点灯熬夜，硬是做成了。

在西窝村人的眼中，杨守艺比村里的同龄娃更懂事。这个提线木偶人是经过剪、绑、缝等十几道复杂的工序，折腾了一些日子才捣鼓出来的。瞅着这个奇奇怪怪的、是又不是、不像又像的提线木偶人，杨守艺的心情出奇的好，迈着大步往前走，远远地瞅见站在路上的柳玉秀。

杨守艺的家距离张欣意的家，也就是前后两条巷的路程，那会儿他还小，去过张欣意的家，还在她家见过几次柳玉秀，和柳玉秀说过几回话，互报过各自的姓名呢。

这当儿，柳玉秀也瞅见了从不远处走过来的杨守艺，喊了一声："守艺哥——"

喊完后，脸色羞红了。

杨守艺走到柳玉秀跟前了，问："我咋感觉你和去年来的时候不一样？"

柳玉秀红着脸，怅怅地对杨守艺说："我的大辫子没了。"

杨守艺回答道："我还以为是咋了，没事没事。绞了就绞了呗，头发长得快，过几年又会长成一条大辫子。"

柳玉秀唉了一声，对杨守艺说："还大辫子呢，落得就剩下几根了。"

听了柳玉秀的话后，杨守艺格外的震惊，这才发现柳玉秀的头上还用绿色土布头巾裹着。一种悲怆的滋味朝他漫来，一个女娃没了头发，那真是没法想象的难过。

突然，杨守艺发出了一声惊叫，把柳玉秀吓得不轻。柳玉秀瞪着一双大花眼，痴愣愣地瞅着杨守艺，不知道眼前的他究竟是咋啦。

年少的杨守艺对同样年幼的柳玉秀说："我敢拍着胸脯向你保证，到明年这个时候，你一定能长出来一头乌油油的头发。"

"喝了那么多的药水水，见了五六位先生都没用，你的话说得没边没沿了。瞧把你能成的，咋不到自个儿的脑门上贴个'王'字？"柳玉秀最后这句开玩笑的话从嘴里蹦跶出来，她自个儿先抿着嘴乐了，咋就说出这样一句没来由的话呢？柳玉秀的脸更红了。

杨守艺一急，赶紧接住柳玉秀的话茬："你别不相信，西窝村有发的头发，就是落得没剩下几根，他娘去药铺给他抓生头发的药，熬成黑乎乎的一碗又一碗，有发喝了两年，喝得舌头都不知道饭香屁臭了，还是没长出来。村里有人说，把鲜生姜切成方块状，一天擦六次头皮，比生发灵还管用，不多日就能长出来。有人说，将韭菜用捣蒜的木槌捣碎，涂抹头皮，不多日就长出来了……反正嘛，说啥话的都有，啥稀奇古怪的方子都有。"

柳玉秀着急地问："后来有发的头发长出来没？"

杨守艺回答说："有发的头发长出来了。但不是这些方子的功效，而是用别的办法。"

柳玉秀说："他用的是啥办法？你快给我说。"

杨守艺笑着对柳玉秀说："这已经是几年前的事情了，说起来有些稀奇，其间还有一段故事呢。"

柳玉秀急急地对杨守艺说："守艺哥，你就别卖关子了，赶紧给我说。"

杨守艺对柳玉秀说："有发头发稀稀落落的情景，如同'十亩地里一枝谷'一样，成独苗儿了。他的娘瞅着越发心疼她的儿，思来想去的，给有发做了一顶特别耐看的帽子，有发偏就不爱戴帽子。村上几个娃隔着老远喊叫有发是疤疤娃。也不知道哪个嘴损的随嘴嘟噜出来这么一个绰号，被村上的几个调皮捣蛋的娃们听到了，娃们不但隔着老远叫，还时常跟在有发背后大声念：'花头怪，花头怪，头上几根焦毛毛。疤疤娃，疤疤娃，头上几根焦毛毛。'烦心事擦在肚里成堆了，有发气急了，却不忍心打娃们。一屁股蹲到地上，'呜呜哇哇'地哭开了。"

柳玉秀调整好了心态，像个大人似的叹息着说："唉，我能体会到他的心情，这是一种不是滋味的滋味，这是一种令人讨厌的难过。"

杨守艺对柳玉秀说："你别唉声叹气了，听我接着往下说。"

柳玉秀冲杨守艺点点头，抿着嘴不再说话了。

杨守艺说："就在年幼的有发'呜呜哇哇'地哭的时候，身后传来了一阵爽朗朗的大笑声，笑过之后，只听得有人说话了，'男子汉大丈夫，哭啥呢？有事情解决事情嘛。'有发扭身一转，用衣袖抹了一把泪，将从爹和娘说话的时候听来的话用上了，也不管用得对不对、合适不合适，'说这话都不嫌牙疼？'有发的话又惹来了一阵爽朗朗的大笑声。这笑声洪亮、浑厚，听着底气很足。有发感觉到了这声音的力量，便有一些不好意思，像姑娘一样羞红了脸。"

"发出大笑声的是一位戴着竹编草帽、上了年纪的白发老人。老人的嘴被白胡子围严了，腰上别着一个形状奇特、硕大的葫芦。葫芦上有细细的花纹，像云朵又不是云朵，像鹿又不是鹿，像鸟也不是鸟。这似像非像的纹路有一种高人的气场。有发从来没有见过这么大的葫芦，也没感受过这么大的气场，死眼儿盯着瞅。"

"白发老人说话了：'娃，我走远路来到这里，口渴得很。你端一碗水过来，我可以治好你没头发的顽疾。'"

"'你这是在红花日头下说天话哩。'有发没大没小地挪用上了他爹和他娘掐嘴时说的一句原话。说完，用手抓挠了一下头皮，傻着脸瞅白发老人。"

"白发老人又说：'你这憨娃，说的话听着还怪有意思。娃，信与不信，你端一碗水过来就明白了。'这话说得嘎嘣脆，不容人不相信。有发摸摸自个儿的脑壳，撒开腿就往家跑，半道上又拐了回来，气喘吁吁地对白发老人说：'我给你把葫芦装满，路上渴了，你还能喝。'白发老人遂将随身携带的葫芦递到有发手中。望着有发憨实的样子，点点头自语道，'这娃是难得的好。'不一会儿工夫，有发的腰间用麻绳缠着葫芦，手中端着一碗水，还拿了一个馍。有发家的院墙根下有两垄韭菜，有发为了给馍提味，随手掐了几掐，嫩嫩的一撮绿掐到了手中。"

"白发老人离开的时候对有发说话了，'娃，一碗水在你门前不算稀罕，咱一老一少以这种方式遇上，就不只是缘分那么简单，是上苍的馈赠。'说完，白发老人拍拍有发的肩，给有发说了如何治疗脱发的方子。后来，听有发说治疗脱发的方子，是白发老人家祖传的一个秘方。秘方是从道光年间，一辈一辈人口头传下来的。其实，这秘方很简单，简单的只剩下三个字，毛葫芦。但'毛葫芦'这三个字对于有发来说，散发着某种神秘的气息。这种神秘的气息跟能否治好他的脱顶，有着紧密的联系。至于如何使用毛葫芦，方子上没说，是白发老人的祖辈们一代一代口头往下传的。白发老人将使用方法给有发说得清清楚楚。有发的头发长出来以后，将这个秘方，说给村里其他有需要的人。"

杨守艺一连着说了这么多，说完后，和柳玉秀两个人一起往前走，不知不觉地，西窝村远远地落在了两个人的身后。

这当儿，两只喜鹊在空中发出了欢快的鸣叫声，两个人大吃一惊，羞涩的眼神碰到了一起，撞出了一堆儿火花。接着的，是一句相同的、没有商量的腔调从两个人的嘴角同时迸出："喜鹊。"

不用商量却相同的语调和内容令两个人格外惊讶，你瞅着我，我盯着你，两个人都沉默不语。无声的沉默胜过万语千言，于这一刻，彼此将对方印在了各自的心底。这感觉像是一条看不见的红绳，将两颗年轻的心，一点点地往一起拉，一点点地往一起牵。

清明前后，西河的许多人家，都有到房前屋后种葫芦的习惯，至于白发老人秘方里所说的毛葫芦是个啥，便是刚刚生长出来的还未褪去绒毛的小葫芦。在西河，毛葫芦并不是啥稀罕物，柳家的院里也年年种葫芦。自从柳玉秀的娘走了以后，种葫芦这件事情，就落到了柳师傅和柳玉秀的身上。到季节了，柳师傅依着土院墙，搭了一个两米高的葫芦架。绿芽儿拱出泥地皮，探出头来憋足气力长。不几天，豁豁牙牙的土院墙，变成了一面绿绿翠翠的葫芦墙。

这段日子里，柳玉秀早上起来最要紧的事情，就是像娘活着的时候一样，用手轻轻地将葫芦蔓往葫芦架上引。这个简单的动作，也是有技术含量的。柳玉秀的娘活着的时候对她说："如果不将葫芦蔓往葫芦架上引，葫芦蔓就弯下来了。往上引的时候，不能用手硬拉，也不能用手硬扯。要沉住劲儿，还得把握住'度'。"

柳玉秀一直谨记着娘说过的话，她跟着张欣意来到西窝村的那个下午，柳家院里的葫芦蔓还没结出嫩嫩黄黄的花。架上的葫芦蔓铆足劲儿地爬上了屋顶，爬到了墙外面，十几天后，叶蔓间开出了一朵又一朵嫩嫩的葫芦花。

太阳在空中晃了几晃，又晃了几晃，嫩嫩黄黄的葫芦花缩了，蔫了，葫芦架上结出了小小的、嫩嫩的毛葫芦，瞅着甚是喜人。一个一个的，给柳玉秀传递着某种振奋的力量。柳玉秀望着结在蔓上的毛葫芦，心情好极了。一个人站在葫芦架下，数着蔓上长了多少个毛葫芦。一个、两个、三个、四个、五个、六个……她一口气连着数了六十六个。

"这么多，够用啦。"柳玉秀的脸上露出了笑意，将从镇上买回来的生姜淘洗干净，切成片，用手在头皮上均匀地揉搓了一个时辰。其间不用再揉搓头皮，稍等一会儿，将从葫芦蔓上摘下来的一拃长的毛葫芦用手掰开，再用新鲜的毛葫芦将头皮均匀地擦拭六遍。然后用土布头巾将整个头部裹严，该干啥还干啥，连着三天不能去掉裹在头上的绿色土布头巾。每天就是这样重复着揉搓和擦拭两个动作，然后将头部裹严，直到葫芦蔓上的毛葫芦没了那一层薄薄的、嫩嫩的毛茸茸。一天一天地过去了，小葫芦渐渐长成了大葫芦，柳玉秀的头发也长出来了。

这事儿在相邻的几个村子传了一个遍，人们都说柳师傅一家子人好，好人注定该有好报。

从柳玉秀用手触摸到头发真的长出来的那一刻起，这个叫杨守艺的活物，足够令她浮想联翩。也就是从那一刻起，这个叫杨守艺的活物，真真正正地嵌到了她的心里。当时，虽然说她的年龄还小，并不能明白人世间的爱情到底为何物。但她知道，这个活物已经深深地、牢牢地嵌到她的心根子上；她也知道，她和这个叫杨守艺的活物之间，一定会发生点什么，或者说一定会有美丽动人的故事发生。

一想起他，她的心里就不素净了，乱乱翻翻，跑调调呢；一想起他，她的脸色就变得红红朗朗，呼吸也变得不匀称了。她的心里，也会滋生出一种说不出来的意味；一想起他，她会想到用不了多久，头发又该长长了，能扎红头绳了，还能用红头绳将辫梢绾个结儿；一想起他，她心慌意乱，彻夜不眠；一想起他，她热泪滚滚，期盼中带着心烦，心烦中带着惦念，惦念中带着孤独，孤独中带着安静，安静中带着苦闷，苦闷中带着悲喜，悲喜中带着甜蜜。无论咋样，她的心情都是美好的；无论咋样，她的心情都是甜蜜的。这一份甜甜蜜蜜带来的美好感觉，是不需要做任何解释的，却令她的每一天，特别是每一个夜晚，变得更长了。

第十一章 唠嗑

一场连阴雨没完没了地下着。每逢这种天气，西窝村的人们比平时清闲得多。邻里邻居的，十多个人会坐在一起唠话，唠着唠着，话就多了，绵绵不断。唠的话即便是分散的、凌乱的，前后不一致，也丝毫影响不了他们唠话的兴致。这不，又唠起了杨家曾经的一些过往，你一言他一语的，越唠话越多，就连逝去了的杨百能、杨王氏、年幼时候的杨守艺……一个个远去了的身影，一些旧事旧时光，在十多个人的唠话过程中，变得历历在目，鲜鲜活活——

那时候，杨百能还活在这人世间，是个在土里刨食的庄稼汉。但在庄稼汉的眼中，杨百能不是一个简单的庄稼汉，而是一个奇人。唱提线木偶戏是个好把式，全套纸扎活，没一样儿能难得住他。雕偶人头、给偶头粉彩、做裱糊活、画炕围、画顶棚，都是他的看家好本事。

更令人称奇的是，杨百能还是个木匠，见啥会啥，做啥像啥。从柴垛上取下来一截子柳木，一些日子没见，雕刻成栩栩如生的偶人头了。用他常常自嘲的话来说："刀子在木头上走，手底下便有了分寸。有了分寸，就承担起了一份责任。我这一辈子，就爱涂颜色，爱抹颜色，爱做纸扎活，爱雕刻木偶头，还爱唱提线木偶戏。"

就连杨守艺的娘，一个整天围着锅台转，被村里人叫作杨王氏的农家女人，因受男人的影响，对提线木偶戏这个奇特的剧种，也有着一种别人无法比拟的情愫。

西河县方圆多里的几十个村子，流传着关于杨王氏看提线木偶戏的真实故事。说是有一年，也就是西窝村过马王会的先一天，村上请了西河县几个著名的戏班前来凑兴。天刚擦着黑，杨王氏抱着炕上的娃去看提线木偶戏，到戏台下碰见了邻村的一个女人。这时候，提线木偶戏刚开演一会儿，女人拧着脖子，用手去逗杨王氏怀中的娃，突然觉得不对劲儿，吓得在戏台下大喊："天呐，这个人被提线木偶戏迷住心窍了！"

女人的喊声急促，喊得邪乎，戏台下的人听得真真切切。杨王氏还不明白女人究竟是咋啦，反问道："说话咋咋呼呼，哪有做女人的样子？你说，是谁被提线木偶戏迷住心窍了？"

杨王氏说完这一番话，往自个儿的怀里瞅了一眼，这才发现把脸面丢大了。她没敢吱一声，也没敢再瞅女人一眼，急急慌慌地往家的方向走。

女人被稀奇心驱使着，紧随在杨王氏的身后。到杨守艺家的门口时，听到炕上躺着的娃的哭声传了出来。女人一愣，便明白过来事情的缘由。

虽说事情的缘由说起来可笑，但可知杨王氏对于提线木偶戏是真的从骨子里透出来的热爱和喜欢。这种热爱和喜欢不是一般意义上的爱，是融到骨头里的爱，是嵌到骨头里的爱。她怀中抱着的娃，竟然是因为要去看提线木偶戏，心里太过着急的缘故，思绪抛锚了，误将炕上的枕头当成了娃抱到了戏台下。

骑大马骑了个驴驹子，走大路走了个沟渠子，简直是出笑话哩。这笑话捂都捂不住，一些日子下来，成了西河人茶余饭后挂在嘴上的一个重复了无数遍的话题。不多久，杨王氏的名字连同那个被她抱在怀中的枕头，跟雪花一样满天飞。十里八乡的人就都知道了，杨王氏这个成天围着锅台转的女人，在一段时间内，名气盖过了她的男人。她的男人杨百能，对于提线木偶戏的爱恋，对雕偶头这行当的喜爱之情，是与爹娘分不开的。

杨守艺对于提线木偶戏的爱恋，也与爹娘分不开。杨守艺小时候调皮，常给杨百能惹些小祸端。一年到头，邻里邻居的，没少登门找杨百能告状。

那天，杨守艺从学堂一回来，眼里隐着一抹虚虚的光。杨百能瞅了杨守艺一眼，心里想："这娃怕是又没干啥好事情？"

杨百能举起拳头，在杨守艺的眼前晃了几晃，随口骂了一句："没脸货！"

"一个离开鼻涕涎水没几天的娃，还长了能耐？不行，得抻抻你的野性子。"杨百能瞅着杨守艺说道。

虽说杨守艺调皮捣蛋，但心眼儿不坏。杨百能从来没重骂过他的儿，今儿个说了这么重的话，如同敲了杨守艺一榔头。

杨守艺抓了一下脑壳，没大没小地从嘴里迸出来几句，算是反驳："芝麻大点儿的事情，把人看扁了？！"

说完，闪身跑到祖母的屋里。

杨百能冲杨守艺的背影说："你就没憋啥好屁，还好意思说出来，不知羞。我先去学堂问一问王先生，问一问你今儿个是咋了？等我一会儿回来，再跟你说事情。"

杨百能嘴里说的王先生叫王文丰，是土生土长的西河人。将家里的三间大房做成学堂，义务给西窝村上不起学堂的娃们教书识字。这一坚持，便是几十年。西窝村和杨守艺一般大小的，或者比他大一两岁、小一两岁的娃，除却家里条件好的去了私家学堂，其他娃们，都被家里人送到王先生这里。村里有些父与子，曾经都是王先生的学生，也不稀奇。

时间久了，家境贫寒的家长心里过意不去，根据自个儿的经济境况，给王先生送一些自家做的吃食。有的家境实在贫寒，就在家里和些杂面，往锅里搁几粒蓖麻，用饭勺压，直到压出蓖麻油，再将用杂面烙成的锅盔，热乎乎地送到王先生家里，补一点儿心意。

王先生的儿在兰州做生意，家里啥都不缺。他不忍心接受家长的心意，却又没办法拒绝，只能怀着一种复杂的感受和感动的心情接受了。在王先生的学生中，有个叫林瑟的娃，他的娘走路一步一颤悠，吃人家的东西可以，谁要是吃她一个馍，无异于剜她的心。有人背地里送了她一句很形象的话："牙在外面刺着长哩。"

这天，林瑟的娘拿着两个刚蒸熟的糜面馍给王先生送来了，恰巧被杨守艺瞧见了。杨守艺的眼珠子滴溜溜地一转，走上前说："婶，你咋不往兜里揣个冷馍？"

林瑟的娘说："这娃，红口白牙的，说的是啥话。先生叫我娃读书识字，我总得拿出一些实诚来。"

杨守艺的话不遮不掩，令林瑟的娘脸红："婶，你这也叫实诚？你在屋里吃馍夹菜，却给先生拿几个这？"

这会儿，王先生口渴，因了上课着急，往肚里灌了半瓢凉水，正在后院蹲着起不来。起来了又想蹲，关键处发了一声长长的"啊欠"声。前边院里发生的一切，他听到了，却顾不上。而王师娘的耳朵稍微有一点儿疾，声音小了听不见。王先生的"啊欠"声，她没听见，娃们闹出个啥动静，她一点儿都不晓得。

太阳爬一竿子高了，墙底下蹲着一串子娃，这一串子娃与杨守艺的年纪大致相仿，在一旁跟着瞎起哄。杨守艺来劲儿了，双手往后一背，学着王先生平时走路的步调，也学着王先生平时说话的腔调说：

    进了学堂真格龟

    顶棚和墙一样黑

    炕上席子是豁豁子

    铺的单子是烂烂子

    被子短个角角子

    水烟捏的是锅锅子

    糜面馍馍就辣子

    你把我先生当傻子

    我教下你娃是瞎子

杨守艺这一番顺口溜似的话，招来了娃们的一阵大笑，这笑声令林瑟的娘更尴尬。她气抖抖地往地上一坐，说："哎哟，我今儿个真是倒了血霉，撞见这么一个霉日子，碰见这么一个活冤家。"

　　林瑟的娘说啥不说啥的，丝毫影响不了杨守艺，这一刻的他说得正来劲儿。有人从杨守艺的身后拍了拍他的肩，他不知道是谁，还以为是哪个娃，说："你别拍了，别拍了，我替王先生出一口气，哪有这样对待先生的？"

　　杨守艺说完话后，转过身来一瞅，脸色唰的一下变了，惊叫了一声："我的娘呀——"

　　站在他面前的不是哪个娃，而是王先生。王先生咳了几声，就算是清了嗓子，对杨守艺说："你的嘴巴不是能说吗，咋不说了？"

　　别的娃冲杨守艺噘噘嘴，想笑而不敢笑的表情挂在十几个娃脸上。能瞅出来，娃们实在是憋不住了，用手捂住嘴，不让笑声从嘴里发出来。只是挂在脸上的表情，实在是有些囧，也有些好笑。

　　毕竟是个娃么，杨守艺闷闷地站着，亮亮的眼睛不敢瞅王先生。脑门沁出了汗，手心也渗出了汗，像是刚从水里捞出来的。

　　王先生用两根手指头在他的脑壳上轻轻地弹了一下。坐在地上的林瑟的娘，双手拢了拢自个儿的头发，恢复到来时的状态，又觉得不甘心，当着王先生的面，不遮不拦地凶了杨守艺几句。啥话逆耳，嘴里说啥话，啥话恶，她就说啥话。说完后，脸上漾起了一瓣儿又一瓣儿笑。那笑层层叠叠，是自豪的、斑斓的、坦然的，更是神气的……

　　杨百能见到王先生时，还没说出这一趟来找他的真实缘由，王先生就已经猜透了八九分，笑着邀杨百能进屋里说话。

　　杨百能和王先生是小时候的玩伴，两个人在一起说话，便没了其他家长和先生之间的客套和过度的寒暄。

　　杨百能心里揣着疑惑，还没张嘴说话，先是长长地叹了一口气，这才对王先生说："乳臭还没脱落，开裆裤缝严没几天的娃，怕是叫黑芝麻吃多了，肚里净是些损点点。刚放学回来，我一瞅见那脸神，就觉得不对劲儿。这不，他一进门，我凶了几句，抬脚就过来了。"

接下来，杨百能将杨守艺在学堂的表现和近期的一些学习情况，根根梢梢地都问了个详细。王先生把一杯热水递到杨百能的手中，这才坐下来，将事情的来龙去脉，以及杨守艺平时的学习情况，一五一十地说给杨百能听。

"一个娃么，还能得不行，吃饱了就知道耍贱劲儿。"杨百能说完，"扑哧"一声，自个儿说的话先把自个儿惹笑了。

王先生的眼睛眯成了一条线，笑着对杨百能说："娃是块好料子。"

杨百能说："没羞没臊的，净说些四不沾边的话，说瞎话卖干嘴顶不住吃。说到底，也就是个没轻重的二货。拎不清哪头是嘴，哪头是屁股。"

杨百能刚说完，王先生接住话茬说："我倒是觉得，这娃仁义。杨家修下福了，你是有福人。"

"我咋就是有福人呢？"杨百能说啥也想不透这句话的真实含义，他不知道接下来该说啥，疑惑地瞅着王先生。

"娃随嘴说出来的话，听着是有些调侃的味道，但仔细一琢磨，却能琢磨出另外的一番真味。你仔细地想一想，他随嘴说出来的话，像极了民间流传的古歌子韵味。最难得的是，蕴藏着尊师重教的大道理。你可别小瞧娃随嘴说出来的这几句话，实则是在替天下的先生抱不平呢。你仔细地咂摸咂摸，是不是这个道理？你一会儿回去了，不要对他使性子，还是个娃么。不过嘛，我不能顺着他的脾气。我得让他知道，这世间，还有一个怕字。"王先生说这番话的时候，不疾不徐，慢条斯理。

听了王先生说的这一番话，杨百能笑出了声。笑过之后，细一思忖，觉得王先生刚才说的话很有道理。在返回家的路上，杨百能又在心里琢磨了一遍王先生刚才说的话，心里充满了一种说不出来的感激和欢喜。

他笑着摇摇脑壳，自言自语地对自个儿说："这娃，这娃。"

第十二章　口传心授

收罢新麦子，下了一场雨。这天中午，又下雨了。杨百能望了望天，自个儿对自个儿说："这雨，还下得没完没了。"

说完，去屋里将正在背戏词的杨守艺叫到祖宗牌位前，父子俩一齐跪下了。其实，这天早上一起来，杨百能已经往老祖宗的牌位旁摆了几样儿干果，还先一天吩咐女人特意蒸了桃儿形样的油心馍。杨百能对着老祖宗的牌位，和杨守艺一起，恭恭敬敬地磕了三个头，就算是跟老祖宗们打了招呼。

也就是从这一天起，杨百能决定真真正正地将从老父亲、老祖父那里传下来的老手艺，传给杨守艺。唱戏，得有一副好嗓子，嗓子好，就算有了本钱。有的好嗓子，是生出来的；有的好嗓子，是练出来的。很显然，杨守艺的嗓子虽说好，但后音短，局促。吃这碗戏饭，得下苦，还得克服嗓子不过关这道最难缠的一道坎儿。

杨百能和杨守艺每天赶十几里路，就是为了让杨守艺站到黄河边吊嗓子。杨百能小的时候，也是跟着他的父亲站在黄河边吊嗓子。当时，年幼的杨百能问他的父亲："爹，咱为啥要赶这么远的路？站到地头，站到沟边，一样能吊嗓子呀。"

他的父亲笑着对他说："爹打小也是站在黄河边上吊嗓子。你祖父说，站在黄河边吊出来的嗓子，喉咙里发出来的音，和站在其他地方吊出来的嗓子不一样。"

这时候的杨守艺，也忍不住地问爹："有啥不一样？"

杨百能说:"你问爹的这句话,爹几十年前,也问过你的祖父。记得你的祖父当时只回答了一个字,那就是'润'。你祖父说这个'润'字的时候,语气意味深长。爹现在回想起来,觉得这个字从你的祖父口中说出来的那一刻,就很特别。多年之后,我才真正地明白了,当时你的祖父说的时候,就很有感觉,听起来特别的圆润,也特别的饱满。圆润和饱满的感觉很有气场,似乎是把爹肚里还想问的问题,一下子给锲住了。不,或者更应该说是这个'润'字,回答了潜藏在爹心中所有的疑虑和问题。"

杨守艺又忍不住地问杨百能:"爹,这个'润'字究竟是啥?我咋越听越糊涂了。"

杨百能瞅着他的儿,笑了笑,回答道:"你的祖父说,只有站到黄河边吊嗓子,才会达到'润'这么一种奇妙的境界和效果。说到底,这'润'字啊,不是啥,也是个啥,得站在黄河边,还得等到你唱过无数本提线木偶戏之后,你自个儿才能琢磨出其中的真味。哦,给你咋说呢?爹现在不管咋着给你解释这个字,解释得有多透彻,有多明白,你知道和理解的,也只是一知半解。至于真正的缘由,你得亲身经历过之后,才会弄明白。那时候的爹,跟现在的你一样,也是稀里糊涂的感觉。啥都不明了,还嘴硬,靠在一棵糙皮柳上嘀嘀咕咕,净说些疯疯傻傻的憨话。现在回想起来,爹那时候是多么的愚笨和无知。那时候,一年四季,你的祖父起得比鸡还早,睡得比狗还晚,爹到现在都还记得你的祖父说过的一些话。对于爹来说,这些话记忆尤为深刻。你的祖父常说,红花日头在眼皮下一晃一晃,把一整天晃到头了。其实,关于强调时间的珍贵和重要性,民间还有许许多多的谚语。你祖父之所以会这样对爹说,就是强调时间的重要性。对,要珍惜时光,珍惜自个儿所做的事情,珍惜眼前人。嗓子嘛,一月不行,咱吊两月;两月不行,咱吊半年;半年还不行的话,咱再吊个三百六十五天。啥时候把嗓子吊出来,就能吃这碗戏饭。"

杨守艺听了这一番话后,止不住地点头称是。

提线木偶戏的唱腔，自由奔放，似说似唱，有线腔调和乱弹调两种。为了让杨守艺能吊出来一副好嗓子，唱戏时又不伤他的嗓子，杨百能专程拜访了西河几个著名的老艺人，还有几个熟识戏路的老戏迷。在当时的西河，老戏迷都有响当当的名气。几个老戏迷每每坐在戏台下看戏，是脊背对着戏台，竖起耳朵听。他们都不用眼看，饱的是耳福。有的人遇到这种情况，会撇着嘴一笑，一个对一个说："几个老壳壳活透了，有大境界，能听出来提线木偶戏的真味。"

之后，杨百能领着杨守艺，多次拜访了很有名气的老艺人魏润生和炳麟儿，还有十三娃。几个老艺人就杨守艺的嗓子，专门制订了一套站在亮子背后唱戏时护嗓的好办法。在演出提线木偶戏中，亮子指的是帷帐。演出时，艺人站在亮子的后面，双手提着木偶在亮子的外面。而"鼓板怀"，也是提线木偶戏的鲜明符号，又是演戏过程中的一个重要部分。在西河，能坐到"鼓板怀"里的人物，都是大把式，能操纵各类乐器，又能站到亮子背后扬起嗓子唱戏，乡亲们将这样的大把式，亲切地称为"说戏"的。杨守艺对于亮子、帷帐、"鼓板怀"这些称谓的最初印象，是听他的祖母说起的。

过了几年，杨守艺肚里已经装了二百多本戏，一口好嗓子在黄河边荡来荡去。杨百能笑望着他的儿，很欣慰地点着头。当杨百能再次将杨守艺叫到祖宗牌位下，对他的儿说："能真正称得上提线木偶戏艺人，只会提线不行，只会唱戏也不行，还要会雕刻或制作传统的傀儡头像。傀儡头像，就是咱西河人嘴上常说的偶头，也有人说是木偶头。"

从这一天起，杨守艺又开始和锯子、平刻刀、圆刻刀、斜刻刀等这么些"家伙"绞缠在了一起。木偶头的雕刻有十几道工序，工艺虽说是烦琐，杨守艺却对此表现出了极大的兴趣和热情。

杨百能高兴地对杨守艺说："要是到了那一天，我杨百能有脸面，也能体体面面地见杨家的老祖宗了。"

这时候，节令已是九月天了，杨百能又被人邀请，说是要去做裱糊活，一连着有五户人家要做裱糊活。另一个村里，还有三户人家要画炕围画。杨百能将干活的"家伙"往褡裢里一装，又变成了裱糊匠和画匠了。

杨百能背着"家伙"出门的那一天，鸡没叫头遍，杨守艺就起来了。半瓢凉水灌到肚里，去灶屋的陶盆里取了一个馍，一个人走着去黄河边吊嗓子。杨守艺一边走路，一边啃着手中的馍。没过多久，馍啃完了。杨守艺边走路，边在心中默念和复习着这天早上要唱的戏词。

风儿习习，东边出现了一抹鱼肚白，黄河边传来了《百宝箱——奉琴》中杜十娘唱的"花音二八板"：

  李郎呀，听音着，听音着

  雪花飘飘，雪花飘飘

  飘来飘去，我好心焦

  飘下个雪人儿，三尺三寸高

  更比奴家俏

  太阳出来了

  雪人儿不见了

  奴的憨哥哥，奴的乃哥哥

  岂不知露水夫妻

  怎能怀中抱

  形只影单，为何悲戚哟

  叫奴家怎逍遥

  ……

杨守艺唱的这种"二八板花腔垛句"，源于西河民间古歌子。这种唱腔的变化特别丰富。年幼的杨守艺将唱腔和民间古歌子所独具的地域风情，自自然然地融合到了一起，唱出了情，唱出了韵，唱出了味。这情，这韵，这味，也将他的眼泪惹出来了。用袄角擦拭眼泪的那一刻，忽听从背后发出一声极其响亮的赞美声:"这娃是吃戏饭的一块好料!"

"喊话的人是谁呢?"杨守艺转身瞅了瞅,自个儿对自个儿说,"咦,一个人也没有,刚才说话的人是谁呢?"

疑惑归疑惑,杨守艺还是冲着刚才那个声音的方向,野野地喊道:"你是谁?你是谁呀?"

第十三章　大把式

这场连阴雨还在没完没了地下着，西窝村围坐在一起的十多个人，正唠到了兴致上。此刻，他们依然唠着去了天那头的杨百能、杨守艺、杨王氏，也唠起了依然健在的王先生和王师娘——

那会儿，王先生的儿花重金雇人骑马，专程到西窝村给王先生送来了一封加急家书，说是叫王先生和王师娘即刻动身，媳妇得了不太好掌控的病，里里外外，乱成一锅粥了。王先生看完这封加急家书后，面露一抹焦急之色，急急地去了屋里，给王师娘打了个招呼，并吩咐王师娘赶紧收拾，收拾得越快越好。然后和学生们打过招呼，连夜坐马车去了兰州。

在王先生去了兰州的这段日子里，杨守艺空闲的时间相对多了，晨起去黄河边吊嗓子，更是雷打不动的事情。中午和下午，一个人抱着从柴垛上取下来的一截桐木，或者一截柳木，画呀琢呀雕呀的，总是不停歇。每每这种时候，杨王氏都会远远地站着，一动也不动，眼神专注地瞅着她的儿。要么就是透过老花木格窗缝瞅着忙忙操操的儿，一个姿势，一站就是几个时辰。在几个时辰内，她不打扰她的儿，只是每到饭时，会往碗底搁一个鸡蛋，将饭菜做得更细详，都是她的儿平时喜欢吃的。

这会儿，一截桐木已经在杨守艺的手中拿了几个时辰。他没动手，死眼儿盯着桐木瞅，瞅着瞅着，曾经和杨百能的一些对话入了他的耳："我的儿，你的祖父在世时，时常教导爹，磨刀不误砍柴工。雕刻或制作偶头之前，不要拿起一截木头，就吭哧吭哧削木如泥。这种干，是鲁莽，是蛮干，鲁莽和蛮干，都要不得。制作偶头前，必须治一治木头的性子。有些木头，性大得很。"

杨守艺问道："爹，性大是咋回事？"

杨百能回答说："性大嘛，这是咱西河人说的行话，字面意思可以理解为木头变形和扭曲。用咱西河人的土话来解释，所谓性大，就是脾气大。木头也有专属于它自个儿的脾气。"

杨守艺又问："爹，如果不蒸的话，会出现啥样的变化？"

杨百能回答说："变化？那变化就大了。雕成了的偶头，会因季节的寒暑冷热而发生变化。如果遇到了特别冷的天气，或者特别潮湿的日子，木头就会发脾气。木头一旦发了脾气，好不容易雕刻成的木偶头，就会顺着木头的纹理裂开。裂开了的木偶头，丑得不像样子。唉，劳心劳神费了力气，好些个日子瞎忙活了。真正的好把式、大把式，一定懂得这些道理，也懂得雕刻木偶头过程中的一些禁忌和技巧。在没遇到木头发脾气之前，要想办法将即将来临的变化，降低到最低。桐木和柳木，农家院里常见的这两种木头，性都比较小，用蒸的办法就可以。老祖宗对于性大的木头，还有烤、吹、泡、蒸等几种方法去除性子。我们常用的办法是蒸。有些把式干活，嫌蒸木头去性的工序太麻烦，索性不蒸了，虽然说是省了一道工序，却也将隐患留下了。一觉睡醒后，辛辛苦苦雕刻好的工艺，全顺着木头的纹理裂开了。会不会出现这样的情况，就很难说了。"

杨守艺仰起脸又要问时，杨百能说道："我的儿，你爹这辈子最不会的，最不想学的，也不愿意瞅的，就是睁着一对眼睛说瞎话。我的儿，不管到啥时候，你都要记住，活在这人世间，做人做事，谨记'真诚'二字。做人，来不得半点儿虚假。你是真诚的，别人能感觉到；你是虚假的，别人也能感觉到。头顶三尺有神明，老天爷都能瞅见。"

杨守艺点点头，点头的当儿，一些话又在杨守艺的耳边响起："雕刻偶人造型，不是说你想咋弄就咋弄。要先把戏词吃透，吃透了戏词，是雕刻木偶头的根本之根本，也是极其重要的依据。只有了解了提线木偶戏剧本里塑造的人物习性，是善美，还是丑恶，心里得有个基本。这个基本就是特征，特征不是上下牙齿一搭一磕，凭空捏造就能编撰出来的。这得下苦心，得动脑壳，还得动脑壳好好地钻研。有了这个基本和钻研，雕刻出来的偶人头造型，才能形象，才能夸张，才能逼真，才能托得住戏中人，才能托得住戏中事，才能托得住戏中深意。早期，老祖宗是用桐木雕刻偶人头，如今，也是用桐木雕刻。当然，有时候也用柳木和槐木雕刻。这些木头，咱农家随处可见，家家户户的门前，都有一个像模像样的垛。垛上放着的，好多都是雕刻偶人头的基本用料。"

"对于提线木偶戏中偶人头各类角色的制作重量、长度、宽度，都是老祖宗在无数次的实践中留下来的。这个，不能依着自个儿的性子随意地去更改，想雕刻多大就多大。你要记住，不能多一寸，也不能少一寸。这个度，一定得把握住，不能变，说啥都不能变。我的儿，把耳朵抻长些，下面的这一番话，你别嫌冗长，对于雕刻偶头这行当尤为重要，得牢牢地记到心里，吃到自个儿的肚里。"

"爹，您的儿将耳朵抻长了。您说的，儿都牢牢地记着，记到心里了，吃到自个儿的肚里了。"

"对于偶人头的雕刻或制作，工艺特别复杂，又特别精细。这么对你说吧，是粗中见细，细中见粗。这所谓的粗，是粗粝，而不是粗糙，有着特殊的手法和独特的地域特色。而偶人头的造型，是在传统的风格上发展和创造的。提线木偶戏中的角色，各种各样，各不相同。制作偶人头的时候，它的长度和宽度也就不相同了。偶人头制作的角色大致有正旦、小旦、丑旦、丑生、老生、花脸、井字头、鬼头、大花脸；重量分别为八两、七两、九两、七两、六两五钱、七两五钱、九两五钱、八两五钱、一斤一两；长度分别为三寸八分、三寸七分、三寸八分、三寸五分、三寸五分、四寸、四寸三分、四寸五分、四寸五分；宽度则为二寸五分、二寸七分、三寸、二寸七分、二寸八分、二寸七分、二寸八分、三寸、三寸。我的儿，爹一下子说了这么多一溜一串儿的数字，看似无味的尺寸，却有着无穷无尽的味。得凭自个儿悟，千万不敢当了耳旁风。"

"我的儿，这行当虽说是不起眼，却是个细致活。说句实在话吧，活儿做得好与坏，瞅一眼便能知晓，欺瞒不了人的。把活做不好，即便使足蛮劲儿，也是白耗费力气。要知道，提线木偶戏班里用的偶人头，都是奔着师傅的手艺去的。偶人头的雕刻和对偶人头的粉彩，工序琐碎，还繁杂，艺人要能做到不怕苦，不怕累，有韧劲儿，更重要的是还要有巧劲儿。说起这巧劲儿，话题又该扯长了。我的儿，爹相信你，要对自个儿充满信心。头顶三尺，自有神明。你的祖父，你的祖母，还有咱杨家的老祖宗，都在天那头瞅着呢，你别想着偷懒。"

"我决不偷懒！"杨守艺不由自主地冲天空大大地喊了一声。这声音太大了，震了杨王氏的耳膜。

第十四章　雕刻和粉彩

　　杨家院里的窗台上，齐齐整整地摆放着九个偶人头。有的造型饱满，面部表情含笑，有着说不出来的意蕴和雅姿；有的雕刻比例看似失调，却有着滑稽风趣的味道；有温柔敦厚、秀丽动人的；有眼大脸方、器宇轩昂的。这些，都是杨守艺在杨百能外出做活的这段日子里，一个人雕刻出来的。只是其中一个偶人头的分量，稍微有一点儿轻。就这一点儿轻，还是让杨守艺作了难。

　　杨王氏瞅着杨守艺作难的样子，对他说："脖子上支着个大脑壳，是用来思考的，不是用来做样子当摆设。想一想你爹常给你说过的那些规规矩矩，想一想你爹常在你耳边念念叨叨的那些道理，再想一想你爹自个儿总结出来的那些关于偶头雕刻或制作的来龙去脉，还有关于偶头雕刻或制作的横竖道道。兴许，你还真能悟出些道理来。"

　　杨王氏这么一提醒，杨守艺的脑壳一下子变通透了，他想起了爹在一个阳光暖暖的午后给他说过的话："如果雕刻好的偶人头分量过于轻了，也不要紧张。但凡遇着这种情况，给偶人的头部打一个孔，根据分量的多与少，插入适当分量的铁棒，这是最简单的办法，也是最可行的好办法，既不影响美观，也不影响造型。雕刻偶人的面部，是偶头雕刻的关键之关键，一刀一刀，手底下都得掌握住分寸，还得拿捏住'度'。至于这个'度'，得靠自个儿去领悟，也得靠自个儿从无数次的实践中，总结出经验和教训。"

　　第二天，杨守艺一个人出门了，照例走了十几里路去黄河边吊嗓子，等到太阳爬几竿子高了，杨守艺从黄河边赶回到西窝村，连着走了十几里路，因杨守艺今儿个要给雕好的九个偶人头粉彩，他是一路小跑着回来的。腿脚刚跨进门槛，气喘吁吁地叫了一声娘，杨王氏围着用三色布头拼在一起的围裙，端着一碗红豆米汤从灶屋里出来了。

杨王氏笑着冲刚进门的儿说："瞧把你急慌成啥了。洗洗脸，吃饭。娘给我娃烙了油馍，还熬了红豆米汤。"

说完，杨王氏满脸堆笑着走进灶屋，端出一个方形木盘子。木盘子是经了日月的，却也油光锃亮，里面放着四个碟。一碟凉拌红萝卜丝、一碟自制的黄豆酱、一碟油泼辣子、一碟盐，外加一碗红豆米汤，算是四菜一汤了。

杨家上一辈人在的时候，也是这么个吃法，只是随着季节的转换，节令的推移，将一碟槐花菜变成了韭菜，韭菜变成了金针菜，金针菜变成了红萝卜，红萝卜置换成了白菜。变来变去的，一碟油泼辣子和一碟盐，是固定不变的。

吃完饭，杨王氏去了灶屋刷锅洗碗，杨守艺从木凳上站起来，伸了个懒腰，开始忙开了。他用过滤好的胶土和成糊状，均匀地涂抹在偶头上，等到胶泥干燥以后，擦得光光滑滑，平平整整。粉彩之前，杨守艺到灶屋里舀了一瓢水，取了一个粗瓷瓦盆，将白蜡、猪油、铅粉、胶水和清水按照比例和成糊糊状。杨守艺听爹说过，将这糊糊状的东西涂抹到湿布上，再用湿布将偶头来回擦拭，叫作相粉。相粉在粉彩的过程中，就是用来打底用的。

打底完成后，还得用熬热的桐油涂抹偶头。在这里还得说，饰演关公和红生的偶头，用掺入胶水的广红打底，再均匀地涂抹一层熬熟了的桐油。用桐油涂抹过的偶头，能达到颜色鲜亮、色泽持久的良好效果。

粉彩之后，还得给偶头用竹篾编制身体。在西河，把用竹篾编制身部叫作装胎子。胎子装好以后，就要给偶人安手安脚。手是用木头雕刻的，脚是用粗布和棉花缝制而成。每当演出需要时，只要按照角色搭配不同的服饰，就可以了。有时候，服饰不变，头上的汗巾换成别的颜色，偶人便成了另外一本戏中的人物。

这天黄昏来临之前，杨百能背着褡裢从外面回来了。一进家门，他将褡裢从肩膀上取下来，把油酥麻花祭献到窑屋里的供桌上。然后大踏步地从窑屋里走出来，浑身携带着走远路的人身上特有的气味，边走边对女人说："回家了，回家了，浑身上下都舒坦了。"

杨王氏从屋里出来了，脚步走得急，把鞋反着穿了。杨百能"哈哈"一笑说："你这老毛病呀，一辈子改不了。"

"娘胎里带来的，想改都改不了。唉，提起这个茬，我只想跑到没人处好好地哭一场。"杨王氏说着话，羞得面红耳赤，不好意思地笑了。这笑，极其真实、淳朴、可爱，杨百能喜欢。他左瞅瞅，右看看，将手中的一包糖炒栗子递到杨王氏手中，问道："艺娃子呢？"

"刚出去了。"杨王氏的话没说完，手往两个窑屋的窗台上分别一指，对杨百能说："他爹，你仔细瞅一瞅，窗台上都搁着些啥？"

站在屋檐下的杨百能，看到了杨守艺雕刻好的九个偶人头，眼睛睁得老大、老圆。这是杨家几辈人苦心传下来的老手艺，一个十几岁的娃，竟然能做到这种境界，天分是老天爷给的，任谁都挡不住。

这一刻，杨百能不由得想起了王先生曾说过的一番话："小小年纪，肚里装的都是整本戏。""能看出来，这些偶人头，都是精心雕刻出来的，我的儿用心了。"杨百能拉了一下衣襟，对杨王氏说。说完后，杨百能仰起头，发出一阵爽朗的笑声。

杨王氏瞅着杨百能开心的样子，抿着嘴跟着一起笑。

第十五章　老行当里出了一个奇人

这一场连阴雨依然没完没了地下着，西窝村的十几个人，依然坐在一起。他们嘴里唠的话题，也像连阴雨一样，一直没完没了——

王先生去了兰州，一去就是几年，等到儿媳妇的病情痊愈，便和王师娘、卫厚岱赶着马车回到了日思夜想的西窝村。回来的当天晚上，王先生和王师娘来不及收拾完毕，打发卫厚岱去了一趟杨家，将杨家父子俩叫过来。一同被叫过来的，有西河的几个文人，还有著名的艺人田谋二、汪莱莱等人。

杨百能和杨守艺知道，王先生去兰州之前，说是要将发生在清顺治年间的一个真实的故事，编撰成提线木偶戏剧本。这个真实的故事，活到大寿数的西河人都听过。说是清顺治年间有个官人叫潘桂，他在任期间，关心民疾，为人贤孝。潘桂小的时候，有一个弟弟比他小五岁，因家中出了突发事件，不得不把他的弟弟送到同姓中一位嫂子的家中。当时，这位嫂子也有一个和潘桂的弟弟一样大的娃儿。

有一天，天气燥热无比，蝉鸣声撕破了天，屋里变得奇热难耐。穿着蓝花袄的嫂子，带着两个娃儿在院里乘凉。夜已经很深了，屋里依然闷热无比，嫂子和两个娃儿没有进屋，在院中的芦苇席上睡觉。

睡觉前，嫂子特意让潘桂的弟弟紧挨着自个儿，把自个儿的娃儿放到外面。没料想夜半时分，院里进来了一只狼，将嫂子的娃儿叼跑了。

十几年后，潘家的两个兄弟都长大了，也成家立业了。他们对待嫂子，就像对待自个儿的亲母亲一样。其间，嫂子的闺女也到了该出阁的年龄了，潘家两个兄弟为堂妹选择了一个好人家的后生，置备了最好的嫁妆。

为了便于照顾嫂子，潘桂将嫂子接到自个儿的家中，和妻儿兄弟共同照顾嫂子的饮食起居，并为嫂子养老送终。两个兄弟对待嫂子像亲母亲一样，尤其是老大潘桂，只要是与嫂子有关的，哪怕是一件细小的事情，他都想得特别周到。

一天一天地过去了，一年一年地过去了，关于两个兄弟对待嫂子像亲母亲一样的事情，在西河大地传开了。有一天，从西河县来了几十个人，敲着锣，打着鼓，专程给潘桂送了一个大匾，上书"多义"二字。隶书字体，极有韵致，极富味道。

王先生和几个文人、几个著名的艺人，彻夜商榷，将这个发生在生活中的真实故事编撰成提线木偶戏剧本，九天后，名字叫作《兽报恩》的剧本创作出来了。

此时节令已是冬天，飒飒的北风吹得急，扑扑跌跌地顺着门缝往屋里钻。夜里睡觉前，王师娘坐在矮个儿木凳上，往炕洞里塞了一截一尺来长的树根，又将炕洞里的火和灰归拢到一起，五六天不用人管，整个炕上都是热热乎乎的。

为了和几个文人、艺人改写剧本方便，这天，王先生叫来村里几个人，在自家门前搭了个简易的戏台，"亮子"也让人挂起来了。王师娘和王先生，早早地在房檐下吊了一对直径有六寸来长的圆形生铁盆。

这对圆形生铁盆，是王先生打发人从邻村借来的，用来做油灯。油灯的灯捻子大致有七八分粗细，中间是用柳树细条子做成的灯芯，灯芯的外面裹着棉花。不多不少，每个油灯里放六根，火点着以后，半条巷被照得明晃晃的，如同白天一样。

这个夜里，负责往油灯里添油的是王师娘。其实，续添灯油这种事情，根本轮不到王师娘来做。戏试演之前，卫厚岱为此事还和王师娘、王先生说起过。没料想王师娘对王先生说："我虽身为女人，但为了西河大地的提线木偶戏，我也想尽自个儿的一份力。"

王先生瞅着眼前这个面慈心善的女人，中意地笑了，算是应允了。

几天之内，有人将晚上要唱戏的消息传了出去，说是王先生和西河的几个文人、艺人，一起写了一部新剧本。为了方便修改，九号晚上在王先生家门前搭上了简易戏台，试演这本新戏。

这个夜里，西窝村的乡亲们，邻村的乡亲们，隔着三五十里地懂戏的老戏迷，一个一个地都来了。老戏迷往褡裢里放了几个馍，塞一根剥好了的葱，两条腿配合着两只脚，走着就来了。

但凡来看提线木偶戏的人遇着好久没见的朋友或亲戚，都会乐呵着问一句："你是咋来的？"

被问的人会满脸堆笑着说："哈哈哈，我还能是咋来的？当然是迈着我自个儿的两条腿，走来的么。"

听的人就完全明白了，人家没有坐马车，也没有坐毛驴车，是走着来看戏的。

在提线木偶戏中，提线偶人分头道线、二道线、三道线。操头道线的，是在全本戏中负责操纵主要角色的。而说戏的主要任务有两种，一种是在整本戏中的重要说唱，一种是坐到鼓板怀里掌握截子、干鼓、堂鼓、战鼓、手锣、马锣等六种乐器。口中说唱，手中奏打乐器，嘴和手搭配和谐一致，都不能耽误。乡亲们知道了西窝村这个夜里要试演新编的这部戏，至于头道线、二道线、三道线，这些角色将由谁来演，就都不知道了。

在简易戏台下，说啥话的都有，真正是由谁来演，却没有人能说清楚。即便是没有人能说清楚，也丝毫不影响乡亲们看戏的热情。戏开演之前，简易戏台下喧闹声不断，挂在每个人嘴上的话题，如同商量好的一样：今夜戏台上演新剧目的主角会是谁呢？

这时候，王先生家的窑屋里坐着十几个人，除却曾经一起商榷过这部戏本的几个文人、艺人外，还有被说成是老棺材壳壳的老戏迷。经过再次商榷，唱《兽报恩》的是王文忠和王文成。王文忠和王文成是同姓结拜兄弟，他们和他们的父辈们一样，也是忙时种地，闲时唱戏，有着双重身份的大把式。

十几个人一致认同让王文忠和王文成唱这本新戏比较合适，在座的所有人都答应了。答应的同时，感觉到每个人的身上，多了一种无以名状的庄严和使命。

也就是在这种时候，王文忠突然想起了一个画面。那是一个早上，他和戏班里的人准备坐着羊皮筏去山西唱戏，在黄河边看到了一个背戏词的少年。少年逐字逐句地背，然后再唱。内行人都知道，唱戏讲究的是心上有，身上就有。戏子无声则无本。一个年纪轻轻的娃，能做到口齿清晰，本来很沉重的一个字眼，发出来的却是动人的声，感人的音，醉人的韵，入心的调。如此"野蛮"之美，不敢说是天才，却也有着相当高的艺术水准了。

"干这行当太久了，老了，越来越感觉到手脚不灵活，还有些赶不上趟儿。可眼前的少年壮实，有灵气，活脱脱的一个好根苗。"

想当年，自个儿也是个娃，如今脑壳上全是白发。那天早上，王文忠站在原地没动，竖起耳朵，倾听着少年的唱腔。一口好嗓子真个好听，王文忠的眼里，闪烁着一抹喜悦的光芒。当时，王文忠打量着站在黄河边的少年，很高兴，很激动。因情绪过于激动和高兴，竟然忍不住地落了几滴泪。

此时的王文忠，依然记得自个儿站在黄河边听少年唱提线木偶戏的画面，他感觉到眼前的这个娃，和那个少年的画面重叠在一起。对，是这个娃，就是眼前的这个娃，没错，就是他。王文忠注视着眼前的杨守艺，心中有了一个明晰而大胆的想法。他将王文成叫到一边儿，两个人嘀咕了一阵子。之后，王文忠又将正在用骨关节敲着桌腿、嘴上配着响器家伙的王先生叫到一边。几个人连说带比画，说了一会儿，又比画了一阵子，间或瞅一眼站在墙角的杨守艺。

谁都不会想到，这个夜晚唱提线木偶戏的主角，竟会是一个十几岁的娃；谁都不会想到，这个十几岁的娃一开腔，声音在亮子背后传出来，腔腔调调入了戏台下乡亲们的心，也勾了所有人的魂。

简易戏台下一片静寂，老老少少，男男女女，乡亲们听得入了戏。没有了窃窃私语声，没有了嗑瓜子发出来的哑巴声，没有了婴儿的哭闹声，没有了鸡子鸭子不三不四的乱叫声，有的只是字正腔圆的唱腔和唱腔过后的余韵。

这天夜里，西窝村村口的皂角树上，停着一只长着黑脑袋的鸟。这只鸟灰身子，烟灰色的长尾巴，时不时地，翅膀在夜色里扑棱一下，又扑棱一下。戏音刚落，长着黑脑袋的鸟又扑棱了一下翅膀，在树上欢快地蹦跳着，而后，恋恋不舍地朝村外的方向飞去。

天寒地冻，月亮爬上来了，空阔的夜幕上散落着几颗星星。一会儿，隐身不见了；一会儿，一颗一颗地又都悄然出现。这时候，有人在戏台下喊："没油了，该续添灯油了。"

这喊声不小，王师娘听见了，踮着小脚走上前一瞅，自言自语地说："对对对，是该续添灯油了。"

王师娘小心翼翼地往生铁盆里续添了灯油，拨弄了一下稍微暗了一些的灯花，油灯又发出了微光。正戏唱完之后，临时搭建的简易戏台下，没有一个人要急地离开。因乡亲们的极力要求，杨守艺接着又唱了两折捎戏。

在捎戏中，苦戏尤为少见，内容大多是以幽默风趣、生活气息浓郁为主要特点的戏本。唱捎戏之前，戏台边探出来两张老旧核桃皮皱脸。这两张老旧核桃皮皱脸是两个老戏迷，一个老戏迷拿着一丈长的红绸子，一个老戏迷手里提着一长串红鞭炮。其中的一个戏迷，又用一根麻绳，将红鞭炮绑在红绸子的两边，点着了红鞭炮后，用力往戏台的方向扔去。

演出暂时停歇了，两张老旧核桃皮皱脸将红绸子披在杨守艺的身上。捎戏唱完之后，王先生请两张老旧核桃皮皱脸吃了一顿"十碗席"。其间，王先生和杨百能，让杨守艺给这两张搭红的老旧核桃皮皱脸作揖、磕头，以此大礼来致谢，也向王文忠和王文成两兄弟，以此大礼来表达谢意。

此时的简易戏台下，无数双手拍得"噼噼啪啪"响，隔十几里地都能听见。戏台上的杨守艺从亮子背后站到前台的时候，像个大人一样面对着台下的观众，自自然然、大大方方地作着揖，拱着手，嘴里连连道谢。

提线木偶戏唱得好与坏，常听的人一听就能听出来。《兽报恩》这本戏虽然说是头一回试演，却得到了乡亲们的喜欢和认可，便也有了其应有的意义和价值。

《兽报恩》试演后的第五天早上，西河的第一场雪就来了。雪片子铺天盖地，没完没了。天气很冷，竟成了聚在一起热闹的好日子。西窝村好些人聚在一户人家的门楼下，隔着几十米地儿能听见几个人在大声说话。

街头巷尾，夸赞一场好雪的同时，又都在议论西窝村出了一个奇人，西河提线木偶戏这个老行当里出了一个奇人。议论的人们给这个所谓的"奇人"起了一个艺名，叫"石榴红"。

自此，十六岁的杨守艺，走上了忙时种地、闲时唱提线木偶戏、雕刻偶头的艰辛之路。

第十六章　梦

那一年，杨守艺十九岁了。老杨家托人央媒婆带着精挑细选的礼物，去杏林洼柳师傅的家里提亲。

赶得巧不如赶得妙，这天，柳师傅外出做寿活回来了，在炕边刚刚落座，嘴里吸着水烟锅。由于吸力过猛，咳得直不起腰来。他缓了缓气儿，将手中的水烟锅放下，和柳玉秀唠了几句家常话。就在这时候，杨家请的媒婆进屋了。

柳师傅和媒婆说了一会儿话后，将柳玉秀叫到另一个窑屋，问明了闺女的心迹，才知道这回媒婆上门提说的，是闺女一直心心念念的那个活物。

柳师傅常年在外，脑壳也算开明。在他心里，闺女情愿，闺女喜欢，比啥都重要。这一刻，柳师傅瞅着有些害羞的闺女，清了清嗓子，轻轻地拍了一下大腿，杨家和柳家联姻的事情落到了实处，当天就定好了。几天后，柳家选定了吉日，又打发媒人来送喜帖，速度之快令西窝村的人惊奇。男大当家，女大当嫁，大家细一思量，觉得很正常，没有啥惊奇的，也觉得柳玉秀和杨守艺这两个年轻人都不错，很般配。

这一年的六月十九日，是杨守艺和柳玉秀的大喜之日。柳玉秀从娘家带过去的嫁妆，都是和柳师傅去西河县精心挑选出来的。那天去西河县之前，柳师傅动情地对柳玉秀说："爹这一辈子，就你这么一个宝贝闺女。我的宝贝闺女要出嫁了，爹就是砸锅卖铁，也要让我的宝贝闺女，体体面面地出嫁。"

柳玉秀心里最喜欢的，是柳师傅精心为她打的一架纺花车和织布机，还有娘留给她的一对儿银镯子。银镯子上雕刻着的鱼纹别具一格，是柳玉秀娘的娘传下来的，不知不觉中，传了几辈人。

夜深人静的时候，柳玉秀将一对儿银镯子捧在掌心，满腹心思地走出窑屋，望向空中，深情地呼唤着她的娘。声声呼唤，真真切切，招惹出许多眼泪，柳玉秀的心情瞬间有些激动，沉醉在过去与往昔的日子里。她的脸上，有些落寞，也有些慌乱，捂住鼻子无声地呜咽着，任由泪水可劲儿地落。

她想娘了，太想她的娘了。自打结婚以后，只要是杨守艺在家，每逢柳玉秀想娘的时候，她的背后总会有一双大手，轻轻地拍着她的肩。她知道，那是她心心念念的活物，两个人啥都不用说，任时光静静地流淌着。

有时候，杨守艺将一件厚实些的衣裳，披到柳玉秀的身上，然后默默地离开，将一份属于她的私密空间留给她。日常生活中，柳玉秀擅长刺绣活，至于其他的，做起来就显得有些拙了。

杨王氏在世的时候总是对她说："衣帽鞋子袜子，靠的是女人的一双手。"也总是在说完这话后，手把手地教她纺花、织布，给织好了的布染颜色。更令柳玉秀高兴的是，杨王氏买齐了各种颜色的丝线，教她学做虎头鞋。做虎头鞋看似简单，实则很费工夫。鞋底、鞋帮、鞋头……得经过几十道工序才能做成。得有一整坨时间，还得有动手的能力和经验。心不能着急，得一针一线地绣，还得将颜色搭配好。搭配颜色，特别考验审美能力。那会儿，杨王氏从用布打袼褙开始给她做示范，一边做，一边不厌其烦地说："一双又一双虎头鞋，都是吉祥如意，娃穿到脚上，倚着的都是祥瑞，都是福气。"

杨王氏对柳玉秀说这些话的时候，一脸的慈祥，一脸的幸福。

"婆婆也是娘。有娘，知足了。"柳玉秀瞅着慈祥的婆婆，从心里对自个儿说。那个热腾腾的美劲儿，如同盛开了的花朵。

再则，她的儿因了一头天生的自来卷儿，头发蓬得老大，家里人、村里人，谁都没和谁商量，都叫他虎娃子。虎娃子面相憨厚，有一双黑润润的大眼。声音驴子一样的野，把一家人的日子，野得通透晴朗。

杨守艺那天出门回来，发现虎娃子的个头又蹿高了不少。让杨守艺更为欣慰的是，虎娃子的眉眉眼眼，随了他这个爹，喜好也随了他这个爹。小小的年纪，就晓得站到爹跟前，看爹如何给偶头粉颜色。

杨守艺忙着手中的活儿，没留神虎娃子是从哪里蹦出来的，自个儿到灶屋端了个比娃脸还大的葫芦瓢，用水和成稀泥，又用泥在脸上涂抹，把自个儿涂抹成花脸怪了。身上的衣裳却干干净净，没溅着一丁点儿泥巴。

杨守艺瞅着虎娃子乐了，笑着问："我的儿，你这是弄啥哩？"

虎娃子笑了，露出白生生的牙，以格外清晰的声音对杨守艺说："爹，我这是粉彩哩！"

好一个粉彩哩！杨守艺听了虎娃子的话，眼睛热乎乎的，对他说："老祖宗留下来的这门绝活儿，说啥都不能丢。失传了就没脸了，对不起老祖宗。"

于这一瞬间，虎娃子的面色显得尤为平静，目光痴痴地瞅着杨守艺正在做的半截子活。脸庞上呈现出来的这平静，这份痴，还夹杂着一点儿说不出来的忧伤气息，是异于同龄娃们脸上的表情。

一个娃儿，想啥呢？咋就？这是经历了人生起起伏伏之后，才会有的表情。杨守艺瞅着他的儿，心里沉沉的，脑壳里突地涌现出来三个字："伤离别。"

咋莫名其妙地蹦出来这三个令人忧伤的字？这三个字坏了杨守艺的心绪，他的心有些恓恓惶惶的。这个中午，他睡了一觉，梦中梦见了一棵柿树。醒来后他独自嘀咕道："红花日头下，竟然出这等怪事情了。"

说完，摇晃了一下脑壳……

天气越来越热，火辣辣的红花日头炙烤着大地，地皮晒得裂壳壳了。西窝村的几位大寿数的人，一个一个地又凑到一起，一个对另一个说："老天爷又要人了。"

其实，这场大旱的先一年冬天，没有落一片雪。从第二年春天开始，只下过几滴雨。几个大寿数的人，一个一个地又凑到了一起，一个对一个说："雨洒尘，饿死人。唉，怕是要遇着皮条贱年了。"

眼瞅着夏庄稼快要蔫干了，秋庄稼种不上，人们的心情灰塌塌的。杨百能和杨守艺父子俩将家里的余粮，周济给了家境贫困的几户人家和唱提线木偶戏的艺人。就连做的虎头鞋、绣花枕、绣花被子，窑屋里搁了多年的三根椽，也被杨百能换成钱，周济了提线木偶戏班敲勾锣的、拉皮弦胡的、给偶人穿衣戴帽子的几个艺人兄弟。

其间，柳玉秀给张欣意送去了一布袋玉米。唉，说到张欣意，实在是让人心酸，她的脑壳上突地冒出来一个毒疮，咋治都治不好，家底也让这个毒疮折腾得没剩几个，愁死人了。艰难的日子里，柳玉秀送去的这一布袋玉米，顶了重用，但她还是因为毒疮失了命。

就是在这个关头，吉祥戏班的班主萧福祥来到杨家，邀请杨守艺一同到潼关扎园唱戏。不管咋说，一家老小得吃得喝，需要帮助的亲戚还得活命，杨守艺便也有了在这个时候外出挣钱的想法。萧福祥说明来意之后，杨守艺决定跟着萧福祥的吉祥戏班外出唱戏。

杨守艺外出唱戏了，好长时间不见回来。走的时候说是去潼关，这么久了，都能从潼关走十几个来回。杨百能担心他的儿，想一个人走远路去看看，家里一老一少两个女人，还有一个年幼的，他熬煎的整夜整夜睡不着。心神恍恍惚惚，从早到黑，嘴里一个劲儿地念叨着杨守艺的名字。

那天晚上，杨百能做了一个梦，梦见杨守艺躺在一棵柿树下，脸色辣黄，抬头瞅见了他，兴奋得两眼放光，说话的语调短促而急促，反复说着他要回西河。还梦见萧福祥的女人韩梅满脸愁容地对杨守艺说着话，对萧福祥说着话，杨守艺和萧福祥两个人都瘦成鸡骨架了。

这不是一般的梦，太阴郁，太恐惧，太悚人。这哪里是在做梦，这是在叫人窒息，这是在叫人绝望，这是在叫人活不过来啊！几天内，杨百能的心被这个梦狠狠地揪着，脑壳里混混浑浑，如同受了巨大的刺激一样。但他的心里，分明有一种真切的感觉，感觉这不是一个梦，就像是现实中真真切切发生的，或者正在发生的。

有一天夜里，杨百能在炕上躺不住了，悄悄地爬起来，黑灯瞎火地往外跑。跑到空旷的野地里，扯着嗓子吼。这个夜晚之后，杨百能对啥都失去了热情和兴致，一个人不停地喃喃自语。碰见家里人问他话，便会目不转睛地盯着年幼的虎娃子，要么就是浑身哆嗦着躲到一边儿。走起路来步子慌乱，七扭八歪，十分难看。没有人知道他是咋了，问话的时候，他谁都不理。

十三号对于老杨家来说，是个灰蒙蒙的日子。杨王氏想念他的儿，也心疼自个儿的男人，心里极度着急，急火攻心，躺到炕上了。躺到炕上的杨王氏对柳玉秀说："玉秀，娘的胸口火烧火燎，跟猫挖抓一样，难受得很！"

柳玉秀三步并作两步地跑到灶屋，给杨王氏端了一碗水。

杨王氏喝了一碗水，肚里舒服多了，话也稠了，对虎娃子说："青竹竿，薄细篾。上山去，逮活鱼。"

虎娃子听到杨王氏说这个，"扑哧"一下乐了，对杨王氏说："奶奶，您说的是逮虱子呢。"

杨王氏对虎娃子说："我的虎娃子真机灵，奶奶昨夜里梦见你爹在喊叫着娘，一个劲儿喊叫着娘呢。你爹说，娘，我头上好痒，痒死了，快来帮我逮虱子。哦，你爹坐在奶奶的怀里，和小时候坐在奶奶怀里的姿势一模一样。奶奶的眼力见儿准准的，一逮一个准。你爹瞅着奶奶说'娘，外出扎园唱戏，想挣个仨瓜俩枣，没料想出这一趟门，回不去了……'说到这里，你爹就再也不说话了。奶奶骂都不顶用，急，就用脚踹，也不顶用。"

说到这里，杨王氏夹着哭腔，又对柳玉秀说："我疼我的儿。这一辈子，我没踹过我的儿一脚，在梦中咋就狠心踹呢？哦，玉秀，娘昨晚还梦见水缸里飘了三个梨。"

"梨？"柳玉秀一听，内心一下子紧张了。她张着嘴，这个字还是从嘴里蹦跶了出来。她急得直跺脚，往空中一连着唾了几口唾沫，就当是自个儿啥都没说。

红花日头爬一竿子高了，杨王氏嘴里净说些鬼腔怪调，听着特别吓人。虎娃子瞅见奶奶的眼角湿乎乎的，手打着战，抓住奶奶的手说："奶奶不哭，奶奶不哭。"

"奶奶瞅见你爹手里拿着一根槐木棍，就是瞅不见他的脸。奶奶心里翻搅着，着急得不行，不由自个儿地落泪了。"杨王氏唠唠叨叨着。

不知不觉地，夜黑透了。杨王氏捂了被子团到炕上，身子太疲倦了，却没睡意，一双眼，傻傻地瞪在暗夜里。夜半时分，她听见近日一直不说话的杨百能抬高了声音在说话："夜黑梦见一棵槐，三个人抱不住，槐中间还长了一棵桑树。怪哩，我的儿坐在桑树杈上，头肿得像南瓜，喊叫着爹呢。"

这种话，无论是对于说者还是听者来说，都是戕害，都是虐心。杨百能和杨王氏，两个人的心中泛着潮气，脸上挂着愁闷焦苦。只是因了夜色的掩映，没能看出来。

"命命命，天注定，想得多了没有用。"这是杨王氏在无奈之中，在长长的沉默之后，晃着脑壳说的话，也是她在这人世间，说的最后一番话。

杨王氏走了，杨百能腿脚瘫软地挪不动步子。一嘴不吃，一口不喝，一个字也不出口。在杨王氏离开人世的第五天，想儿的杨百能，也被日子熬走了。

第十七章　羊毛坎肩

　　虽说杨王氏和杨百能蹬蹬腿脚走了，关于他们生前的一些生活片段，时不时地依然会被西窝村的人提起。这不，窗外的那一场连阴雨，还在没完没了地下着，坐在屋里的那十多个人，也没完没了地唠着。这会儿，又唠到了杨王氏、杨百能，还有杨王氏身上的羊毛坎肩——

　　那时候的杨王氏，一年到头，总是穿一件斜襟大袄，斜襟大袄的外面，罩着一件羊毛坎肩。这种不按季节的怪模怪样的穿法，西窝村的人已经瞅习惯了。习惯了，也就不觉得有啥稀奇。

　　杨王氏一闲下来，总忘不了给杨守艺唠叨一些关于这件羊毛坎肩的故事："艺娃子，你别小看娘身上穿的这件羊毛坎肩。这可不是一般的羊毛坎肩，而是一件老货。是你爹到榆林演提线木偶戏的时候，瞅见有个人在风地里站着，手里拿着的，就是这件羊毛坎肩。这些话，是你爹给我说的。你爹说那个人拦住他，叫买这件羊毛坎肩。你爹问明缘由后，知晓这个人是个大孝子，为了给瘫躺在炕上的老娘治病，将该卖的都卖了，不该卖的，也卖了。这件羊毛坎肩，是家里仅剩的一件值钱货。你爹听得落泪了，想都没想，就将随身携带的盘缠，全部搁到这个人的手里。对这个人说'你把这件羊毛坎肩拿回去，当是念想，回家给老娘看病要紧。'说完，你爹转身就要离开。这个人硬拽着你爹的袄角跪地不起，那份真诚和实在啊，令人落泪。你爹只得将羊毛坎肩拿上。这个人望着你爹，一步三回头地走了。人活一辈子不容易。艺娃子，以后要学你爹，活端正，做个好人。"

　　杨守艺每每听到这里，都会仰起脖子对杨王氏说："娘，等我长大了，也要像我爹一样，活端正，做个好人。"

杨王氏听了杨守艺的话，将一脸的中意挂到整张脸上。杨王氏额宽唇厚，嘴边挂满了横七竖八的皱纹，一笑起来，像长在山野里的菊花。曾在月子里，她的手和身子过早地沾了冷水，一遇着风，凉飕飕地直往骨缝里钻。自从将这件羊毛坎肩穿到身上后，再没喊叫过一个疼字。人虽说是上了年纪，记忆力却丝毫未减。关于家族记忆、民风民俗、历史印痕、西河地界的林林总总以及提线木偶戏的前世今生，只要是从她嘴里说出来的字字句句，都有来头。而所有的来头，汇聚了民间口口相传所给予的质感，汇聚了民间口口相传所给予的分量，汇聚了民间口口相传所给予的庄重和力量。

一到夜里，那些天地间的丝丝缕缕、缠缠绕绕在杨王氏的记忆里铺展开了，也在头上留着"茶壶盖"的杨守艺的心中划过了一道又一道隐隐的痕。这一道一道的痕，如同撒了一把优良的种子，被土地滋润着，润泽着，是会发芽的。

杨守艺小小的年纪，常会做出一些看似出格的事情，给人的感觉是野糙，收拢不住性子，但他明事理，心里端正。杨王氏也常常在叙述一些"古"的时候，给杨守艺说些做人的大道理。这些大道理，都是经过几辈人，在日子里滚打摸爬总结出来的。例如：人上十人，必有能人；口善心不善，妄把弥念；世间公道，在人心；人在做，天在看；人敬我一尺，我敬人一丈；要打通通鼓，离不了二三人……

杨王氏说这些俗语的时候，杨守艺的眼睛眨都不眨一下，字字句句都记在心里。有不明白的地方，杨王氏会用说故事的形式，将要表达的大道理告诉他，传达给他。杨守艺听了，皱着的眉头舒展开了，心中的那份感，或者说是不明白，没了踪影。每到这种时候，一老一少两张脸会贴在一起，发出"哈哈哈"的笑声。

方圆几十里地的乡亲们，谁家娃该娶媳妇了，谁家盖了新房，谁家把旧房翻新成了新房……却会请杨百能上门扎顶棚。一把刷子，一把棕笤帚，一把刀子，一个墨斗，一个极其简单的专用裱糊工具，将几样儿东西往褡裢里一装，他就变成了名副其实的裱糊匠。这家顶棚刚裱糊好，邻村又有人来到家里，说是叫他绘炕围画。杨百能将装着工具的褡裢往肩上一背，这时候的他，又变成了画匠师傅。

每每动刷子拿画笔之前，杨百能总会坐下来和主人聊天。在聊的过程中，知道了主人的审美和喜好，是该画桃园结义、四郎探母、三娘教子、八洞神仙，是该画花鸟、虫鱼、山水、松石，还是该画喜鹊登梅、并蒂莲花、富贵牡丹、交颈鸳鸯……他的心里清爽着呢。每一幅炕围画，色彩鲜明，巧妙自然，一笔一画融入形象之中，都有着特殊的寓意、特殊的审美价值。

杨百能每每做完一家的活，都会绕道儿去一趟西河县，给杨王氏买几斤酥麻花，杨王氏好这一口儿，杨百能一直记挂在心里。对于杨百能来说，裱糊活是大事，画炕围画是大事，买酥麻花是大事，种庄稼是大事，跟着提线木偶戏班出门唱戏是大事，雕偶人头是大事，把老行当传下去更是大事。

在西河，会唱提线木偶戏的艺人很多，而真正的大把式，是既会唱戏，又会坐到鼓板怀里敲响器家伙，还会雕偶人头的一职多能的人，这样的人并不多，十里八乡的，也就那么几个。杨百能不敢也不能忘记老父亲咽气时硬撑着力气说的话："把老行当丢失了，就没脸见杨家的老祖宗。"

那时候，杨百能雕刻偶人头的时候，常常会挑选在年幼的杨守艺不去学堂的日子，这样可以让他观看雕刻的工序和过程。因了杨王氏和杨百能潜移默化的影响，年幼的杨守艺能将整本整本的提线木偶戏唱完。而一个完整的偶头，从造型、泥塑、石膏翻模、贴纸、上腻子、打磨到头部装置机关、粉彩等好些个工序，才可以完成……

这些，柳玉秀也时常会想起。家里来个人喊一嗓子，会将柳玉秀从这些记忆的深处拉回到现实。等到这个人一走，柳玉秀的脑海里，会时断时续地出现关于杨家的另外一些往事。这些往事挤挤撞撞，蜂拥而来，挡都挡不住。

杨王氏的身上，也曾出现过一些反常的举止，一家人当时只是觉着怪异，可又不明白她的举动能说明什么，就没在意。有一天，杨百能将镰刀从窑屋里拿出来，按照"阴面磨三下，阳面磨七下"的老口诀，将镰刀磨锋利，又搁回到窑屋里。

这个时候，杨王氏很奇怪地将老花木格窗用一块包衣裳的蓝颜色的布遮住，就这，还担心蓝颜色的布猛地掉下来，于是她便专门做了糨糊将整块布紧紧地糊在老花木格窗上。窑洞很深，被蓝颜色的布遮住了光，变得黑乎乎的。有个村里人前来串门，忽地上到炕上，一把将蓝颜色的布从老花木格窗上扯下来。

杨王氏不乐意了，硬是将蓝颜色的布重新糊上，还神神秘秘地对来人说："窗子遮不严，叫不下乐人。"

窗子遮得严遮不严，与叫得下乐人扯不上一丁点儿关系。村里人瞅着从蓝颜色的布边投进来的一抹微光，笑着说："活糊涂了。"

杨王氏听了这话，晃晃脑壳笑了，脸上笑出了朵朵菊花，说道："眼明心亮鼻子灵，能闻见麦子香，就怕是吃不上。一辈子过得真快，经了风，经了雨，经了年头，经了悲喜。把个青嫩嫩的闺女，经成了豁嘴豁牙的老婆婆，跟做梦一样。"

这番话杨王氏说得轻松，说过这话的几天后，杨王氏笑着对虎娃子说："今晚咱祖孙俩，坐下来好好地说一说。"

这天下午，林瑟的娘来到杨家借镰刀。看见杨王氏正坐在院里的梨树下望着天。林瑟的娘一边走一边喊："老婶子，老婶子，我家的镰刀钝，豁豁牙牙的，借你家的镰刀用一用。"

"要我家的盐哩，我没嫌。"杨王氏听了，回答道。

"平日个老婶子眼不花，耳不聋，今儿个咋就听不清楚？活糊涂了？"

林瑟的娘以为自个儿的声音太小，老婶子没听见，索性将声音放大些："老婶子，借你家的镰刀用一用。"

杨王氏不急不慌地说："我没钱，这几天紧张哩，该置备衣裳了。"

林瑟的娘觉得几天没见老婶子，她的确是活糊涂了。要不是亲眼所见，亲耳所听，给谁说谁都不信。

林瑟的娘笑着摇摇头，不知怎样才能接住话茬，自个儿对自个儿说："算咧，不借了。"

说完，转身就往门外走，杨王氏在身后冲林瑟的娘响响地说："我的镰刀借给你使唤，把尖尖磨完了，我用啥？"

杨王氏的声音很大，是从来没有过的大，在院子的上空一荡一荡。

林瑟的娘没再跟杨王氏搭腔，也没抱怨，更没往心里记。对于杨王氏的为人，村里人是知道的。村里流传着关于杨王氏活着的时候，发生的另外一件事情，这件事情林瑟的娘也知道。

那一年，杨家突逢紧急事，将一对儿雕着梅兰竹菊的老古物，卖给西窝村的一户人家。这里说的老古物，实则是一对老式木箱子，上面画着叫不出名字的花。花瞅着太诱人眼目了，跟栽在水里一样鲜活逼真。

这对老式木箱子与别人家的木箱子的不同之处，是箱子里有两层底。当初木匠做活做得细致扎实，没人能看出来其中的窍道。这一对老式木箱子卖是卖了，事实上，这对老式木箱子的另一层下面，搁了两根金条。买家发现以后，眼睛有了亮光。先是一阵兴奋，继之，发呆。第二天，托人给杨家送去一根金条。杨百能摆摆手，死活都不要。

杨王氏和杨百能都说："咱命里没有这财。卖给人家了，就是人家的。"

这种做法叫人心惊，却也长了翅膀，在西河地界成了佳话。当然，也有说杨百能和杨王氏这两个人傻得稀罕，就该贫；有说命里薄，守不住财，可惜了两根黄澄澄的金条；还有人说这财也不知道是咋个来的；更有人心事腾涌，为此事抱怨，生闷气，跟自个儿较劲儿。实在受不住了，大老远地跑去多嘴,说是叫杨百能抿几口玉米酒壮胆,往腰间再挎一把马刀,往脸上硬挤一些狠劲儿寻去,一准儿能把失去的财追回来。

别人的嘴说得唾沫星乱飞,上气不接下气。杨王氏耷拉着眼皮,只是在一旁听,心里连闪一下这样的念头都没有。除却保持沉默之外,依然是保持沉默。不管人家咋说,不管人家咋想,杨百能和杨王氏不为心动,这事儿就成壮举了。当然,杨百能和杨王氏,也成了方圆十里八乡了不起的人物。

柳玉秀嫁到杨家之前,也曾听说过这个关于老杨家的老旧事,她为之感动,为之震撼,也为能做杨家的媳妇而感到幸福。

林瑟的娘去杨家门上借镰刀的那天黄昏,一只黑脑袋、蓝身子、灰尾巴的鸟在村里的一棵桑树上狂叫,叫到那份儿上了,听得人有了怕意,也有了悲伤。

这狂叫声好些人都听见了,一个见了一个说:"报丧鸟呱噪哩,谁要走了。"

说完,一个又对一个唉声叹气地说:"把世事看开些。人到世上,跟住店一样,精光光来,赤条条走。一辈子争多论少,没意思极了。"

第十八章　醒事

年幼的虎娃子蔫蔫地躺在炕上，不吃也不喝，似醒非醒地说着胡话。村里的醒来娘知道了这情况后，踮着小脚来到了杨家，轻轻地摸了摸虎娃子的额头说："娃叫他祖母惊着了，赶紧给娃送一下。"

说完，吩咐柳玉秀去灶屋取了一个馍、三根筷子、半碗水。醒来娘将三根筷子插在盛有半碗水的碗中，嘴里念念叨叨着，所有的内容都是说给天那头的杨王氏听的："老嫂子，我知道你是守艺的娘，是虎娃子的祖母。我知道，这会儿你回到屋里来了。我也知道，你这是想虎娃子，贴心的话儿一溜一串，多得掐不断。老嫂子，要是你的话，就立得端端直直，吃一些，喝一些，赶紧守土去。你晓得我们都心疼虎娃子。你疼爱虎娃子，我们心里也都明白。"

醒来娘嘴里一直念叨着没停，三根筷子还是直不起来。醒来娘的心里有些着急了，额头水津津的。奇怪，好话赖话都嘟噜到嘴上了，三根筷子直直地立在了碗中，不用借助任何辅助力量。醒来娘瞅着立在水中的三根筷子，语气突地变了："你个瞎东西，赶紧把筷子拧紧些。"

说完这些话后，醒来娘用碗在虎娃子的头上绕了几个圈儿，边绕圈儿边说："头上来的，脚上去的，都赶紧收得干干净净。"

接着，让虎娃子将筷子一口气吹倒。吹倒后，醒来娘用手指蘸了一下碗里的水，往虎娃子的脑门上抹了一下，掰了几块馍放到碗里，吩咐柳玉秀将馍和水一起泼洒到门外，又吩咐柳玉秀将三根筷子放到土地庙前，把碗扣到筷子的上面。三天过后，虎娃子一骨碌从炕上爬起来，说是饿了，想吃馍，吃了馍后欢实了，和平日的状态一样。

只是此事之后，虎娃子变得更加懂事了，好像是一下子长大了几岁。上学堂不用人叫，从学堂一回来，一个人会站到院里的梨树下，将父亲曾经教给他的戏文，还有剧目，连同剧目的名字，一遍一遍地背个滚瓜烂熟。遇到不认识的字，或者不懂戏中戏词的深意，会一路小跑着去问王先生。

在迷戏这个问题上，王先生和去了天那头的杨王氏有得一拼。如果说杨王氏对提线木偶戏是"迷"的话，王先生便也是"痴"了。

王先生学识渊博，为人实诚，对提线木偶戏这个生长在黄土地上的奇特剧种，有着深沉的、融在骨子里的爱。他和西河地界的文人多有交往。给学生上完课，便和来找他的文人，对提线木偶戏进行研究。

有时候，几个人对提线木偶戏文的结构，故事的情节，情节的离奇性、故事性、内在意蕴等，会有一些争论，甚至有时候，几个人一争论起来就是一整夜。一整夜一整夜地加起来，对于流传于民间的这个剧种的传承和拓新，有了独到的见解，乃至于多年之后，有人专门统计过，王先生和其他文人撰写、改编的剧目，多达九十九本。

杨守艺活着时，曾无数次地向王先生求教过，且又都是和王先生共同感兴趣的点，这就让王先生的心里宽慰极了，恨不得将满腹的锦绣，一下子全掏出来。

这两个人，只要是一坐下聊起来，就是几个时辰。王先生说的都是些史籍方面的知识，涉及的多是提线木偶戏的前世与今生。当然，也说当地的风土人情、民风民俗。两个人时而用手比画，时而扬声高唱，时而眼对眼地瞅一眼对方，便也心知肚明。这种时候，王师娘总会将点心搁到桌前，拿一个往杨守艺的手中塞："你吃，你吃。"

说完，也会笑着对王先生说："一连着说了那么多，他能消化了吗？"

王先生没说话，瞅着杨守艺笑了。杨守艺瞅了王先生一眼，脸上洋溢着坚毅而自信的表情，响响地对王师娘说："我能消化了。"

王先生和王师娘听了杨守艺的这句话后,四目相对,"哈哈哈"大笑起来……

西窝村的十多个人唠到这里的时候,也"哈哈哈"大笑起来,笑过之后,他们才突然意识到,已经把关于杨家的一些逝去的人、一些旧事旧时光,你一段他一段,唠了个两天两夜。有些过往,有些旧事,根本没有按照先后顺序,就被他们挂到了嘴边,想起啥,就唠啥;唠个啥,就是个啥。

这会儿,十多个人都困得不行,有站起来伸腰的,有用手搓脸的,有揉眼的,还有揉腿的。不多久,一个个都拖着疲惫不堪的身子回家了。

第十九章　捡皂角

西窝村的村口，有一棵几个人张开臂膀都抱不住的皂角树，长着长着，树身上长出了一个窟窿。村里活大寿数的人一到夏天，总会瞅着皂角树，摇晃着脑壳说："皂角树活成空空树了，活成老树精了。"

一年四季，西窝村的娃们，都喜欢在这棵皂角树身上的窟窿里捉迷藏。村里的老人瞅见了，又摇晃着脑壳，一个对一个说："从我记事那会儿起，皂角树的树冠就这么大，几十年过去了，还是这么大。我家老人活在这人世的时候，说这棵皂角树是明朝万历年间种下的，陪了无数辈人。树干高，树冠大，至于树身是啥时候长出了一个窟窿，没有人知道。但人们却知道，这棵皂角树和别的树不一样，不急不躁，性子温着呢。"

春天来了，其他树木早已迫不及待地绽放出芽苞，换上了新绿衣。而这棵皂角树却一点儿不着急，等到其他树的花开蔫了，开败了，有的树上争先恐后地长出来小毛果，皂角树才露出一丁点儿芽苞，慢腾腾地开出一些小小的绒花。不与其他花朵争春、争艳、争色。蜜蜂、蝴蝶，还有一些不知名的小鸟，都喜欢站在皂角树上一展歌喉。歌声中听悦耳，西窝村的人都能听见。

到了十月天，一串串皂角挂满枝头，成了西窝村每年都会重复一次的好风景。村上的小脚老太、年轻的媳妇、俊俏的小闺女，就连穿着开裆裤的娃，也被大人们牵着手到皂角树下捡皂角。有的大人拿着长竹竿打，娃们则弯腰在树下捡。打的乐，捡的更乐，一阵又一阵爽朗的笑声穿过树枝杈，一股脑儿扬到了天上。

每到这种时候，虎娃子就会抑制不住心中的激动，对柳玉秀说："娘，咱俩打皂角去。"

柳玉秀抿着嘴笑了笑，以漫不经心的语气对虎娃子说："我的儿，还没到时候，咱不能去。"

虎娃子疑惑地对柳玉秀说："娘，咱为啥不能去？不打皂角，咱拿啥洗衣裳？咱拿啥洗头发？要是虎娃子头上长虱子了，那可咋办呀？羞死人了，丑死人了。"

柳玉秀听了虎娃子的话，忍不住哈哈大笑。笑过之后，一本正经地对虎娃子说："我的儿，花花草草是有灵性的。抡起竹竿打，皂角树会疼呢。皂角树那么高，那么大，皂角熟透了，风一吹，自自然然就会落下来。咱娘俩再去皂角树下捡，一准儿能捡一竹笼。捡回来后，娘用水泡一下，用木棒槌砸，再将砸好的皂角泡到热水里。泡好后的皂角水能洗头发，还能洗衣裳。晾晒后的衣裳，有一股子皂角味，娘特别喜欢这种味道。那会儿，你爹还活在这人世的时候，也喜欢这种味道。哦，娘咋就忘了呢，你祖母在世的时候，每年一到这季节，就会不厌其烦地、一次一次地提醒娘，说皂角树是西窝村的一古，千年古树当人丁。不要为了多打几个皂角，把活人的规矩丢了。"

虎娃子问柳玉秀："娘，啥规矩？"

柳玉秀回答说："规矩嘛，就是活人的道理。皂角树是西窝村的神树，护佑着一村人的平平安安。你祖母在世的时候常说，德行不好的人，会遭报应。娘至今还记得你祖母给娘说过一个发生在西窝村的真实故事。说是村上曾经有个不服气这话的人，拿着鞭杆和砍刀骑到皂角树上，一阵狂砍乱砍，把一些树枝杈都砍断了。地上掉下来好多皂角，还落了一地的树叶。这个人瞅着砍断的树枝杈、皂角和满地的树叶，咧开嘴巴狂笑。这情景，被村上大寿数的老人瞅见了，老人晃着脑壳说：'造孽哩！造孽哩！'谁都没有想到，没出两个月，这个人变疯癫了。他的家人将镇上和县里的名医请了个遍，给他往肚里灌了好些药水，不起一丁点儿用。到后来，连家门都不认识了。唉，讨多大便宜吃多大亏，老古话说得没掺一点儿假。娘还听你祖母说过，你爹小的时候不爱喝水，喉咙肿疼得没办法。你祖母胆子也太大了，自作主张地去窑屋里取了一只干皂角，用水稍微泡了一下，将皂角皮去掉，用醋浸泡，晒干后，用蒜槌捣碎，捣成皂角粉。往喉咙里轻轻地撒了一丁点儿皂角粉，几天过后，不疼了。是不是皂角粉的缘故，也说不清楚。"

虎娃子对柳玉秀说："娘，儿也喜欢皂角的味道。就跟喜欢蓝格莹莹的天，喜欢空中飘浮着的朵朵白云，喜欢青青草，是一模一样的感觉。"

柳玉秀听了，笑望着虎娃子。

几天前，柳玉秀和虎娃子还说着刮风要去捡皂角的事情。这风没一点儿前兆，说来就来了。伴随着一股飒飒的寒凉，天上悬挂着的朵朵白云簇拥着，往西边的方向飘。风很大，柳玉秀在风中大声地对虎娃子说："我的儿，把麦秸帽戴好，把蓑衣披上，跟娘捡皂角去。"

柳玉秀一边对她的儿说着话，一边进到屋里，把蓑衣往自个儿身上和虎娃子身上一披，提了个竹笼，牵着虎娃子的手出门了。

红花日头躲进了云背后，不一会儿，又出来了。风很大，柳玉秀和虎娃子迎着逆风，拧着身子，往村口的方向走。几家门楼下坐着的都是些熟脸，有人瞅见这种装扮的母子俩，连同母子俩怪模怪样的走路姿势，忍不住地哈哈大笑。笑得东倒西歪，笑得没死没活。

"云往西，水滴滴。""云往南，水漂船。"这些个民间谚语，都是老祖宗在日常生活中总结出来的经验，也是一辈一辈西河人口口相传留下来的。没错，柳玉秀坚信这些老理儿。她瞅了虎娃子一眼，母子二人相视一笑，心领神会，迎着逆风，拧着身子继续往前走。她们的脚步和脸上的神色，越发显得沉稳和坚定。

雨来了，下得很大，瓢泼一样。这时候，柳玉秀和虎娃子已经捡了半竹笼皂角。柳玉秀对正在捡皂角的虎娃子说："我的儿，雨下大了，赶紧回。"

虎娃子扬起嗓门对柳玉秀说："娘，咱多捡一些，雨水冲跑了太可惜。王先生、王师娘，还有隔着墙皮的秦爷爷，他们都可以用来洗头、洗衣裳。等晾晒干了，虎娃子给他们送皂角去。"

听了虎娃子的话，柳玉秀非常高兴，腰身挺得溜溜直，在雨中不管不顾地扬开嗓门喊："爹——娘——，虎娃子刚才那一番话，你们听见了吗？你们一定都听见了。"

柳玉秀的声音在雨中打着转儿，两个人弯腰捡着泡在水里的皂角，不一会儿，把竹笼装满了。柳玉秀和虎娃子又相视一笑，往家的方向跑。

一家门楼下坐了一堆人，唠话的都些熟脸。有人望着空中的瓢泼大雨，望着在雨中奔跑着的一大一小的人影子，不无感慨地说："这女人是个能行人，能煮饭，能捣衣，能纺花，能织布，能织手巾能绣花，农家活儿，没一样能把她难住。"

有人接住了话茬："是啊，人不服人不行。就是一把干辣椒，简单的几瓣蒜，柳玉秀也能捣鼓出一番真味来。"

这时候，有人拢了拢自个儿的头发，撇了一下嘴，以一副嚼舌的语气说："哼，一双大脚板，风里雨里跑来跶去，没个做女人的样子，还神气个啥，把丢人当运气哩。"

这时候，有个人正用筷子将碗里的菜夹起，要往嘴里送。这话听得逆了耳，分了神，把夹在筷子上的菜从嘴边放回到碗里，瞅了一眼刚才说话的人，不打含糊地说："做事情要将眼眶放大，甭叫人下眼看。人不管活到啥时候，话到嘴边要留三分忠厚。最起码，得控制住自个儿的情绪。我觉得，柳玉秀这个女人挺得住，是个能行人，也是咱活人的样子。"

门楼底下坐着的一堆人，听了这番话后纷纷点头，也有人一边点头，一边说："是啊，是啊！"

拢了拢头发的那个人听了，泄气了似的，想站起来扭身走，却又觉得不好意思。这一刻,她后悔了,后悔刚才没能管住自个儿的嘴。原本是想过一回嘴瘾,没料想成了别人嘴里的一个笑话,脸一下子羞红了,不好意思地嘟哝着:"我就是说一说,过一回嘴瘾罢了,你们还都当真了。"

这嘟哝声虽说是小,门楼底下坐着的一堆人还是听见了,一字不漏地听见了。一愣,相互瞅一眼,顿时,飘出了一阵哈哈哈的笑声。

第二十章　一盏明灯

西窝村有个叫吕百灵的后生，个头低，脸瘦，脑壳上顶着一撮毛盖儿。西河人把这种式样的发型叫炭锨头，有人干脆叫锅铲铲，也有人叫盖碗头。对于吕百灵的那一撮头发式样来说，叫盖碗头还是比较合适。吕百灵不爱喝水，嘴边时常起个泡，有时候还流鼻血。耿小姑瞅见娃流鼻血，会不耐烦地说一句："赖毛病真多！"说完，赶紧将头上顶着的土布头巾呲啦啦地一撕，撕成了一条布绺儿，又将布绺儿窝成团状，堵住吕百灵的鼻孔，并用手助力，将吕百灵的脑壳轻轻地往后仰。

没多久，不流鼻血了。耿小姑将木凳往吕百灵的屁股下一搁，到屋里拿了一个茶碗，又拿了搁在筲箩里的一把剪刀，用瓷碗盖住头部的正上方，将碗外面裸露出来的头发一刀一刀地剪掉。脑壳上剩余头发的形样儿像个瓷碗盖，便是西河人嘴里常说的盖碗头。

有一天，耿小姑在灶屋里忙着做午饭，吕百灵在门前和几个娃捉迷藏。娃们玩累了，一个个都跑回家了。吕百灵的眼皮直打架，一仰脖子，躺在门口的捶布石上也睡着了。

耿小姑做好了饭，一边朝门外走，一边扬声喊："我的娃，回来吃饭啦。我的娃，回来吃饭啦……"

走到院门口时，看见吕百灵在捶布石上睡着了，耿小姑笑了，摇晃着脑壳说道："这娃，这娃。"

为了能让娃吃上热热乎乎的饭菜，耿小姑摇醒了酣睡中的吕百灵，用手揉了一会儿吕百灵的额头，牵着他的手回家了。耿小姑往饭桌上搁碗的那一刻，心咯噔的一下，发现挂在吕百灵脖子上的银项圈不见了，她急切地问吕百灵："快给娘说，谁把你脖子上的银项圈摘走了？"

耿小姑的一句话提醒了吕百灵，他用手在胸前一摸，这才发现挂在脖子上的银项圈不见了。他愣住了，怯怯地望着娘。

"快给娘说，你把银项圈丢到哪里了？"耿小姑对吕百灵急切地发问道。

吕百灵摇摇头，嘟嘟着嘴说："丢到哪里了？娘，我也不晓得丢到哪里了。"

这个丢了的银项圈上挂着一个银锁，银锁正反两面都雕着相同大小的两个字——宝锁。宝锁是老祖母抖着颤巍巍的手，亲自给吕百灵戴上的。

耿小姑气愤地说："再说一句你不晓得！你个憨娃，咋不把你给丢了？"话儿一出口，耿小姑五指并拢，朝吕百灵的脸扇去。没想到这一巴掌下去，吕百灵在炕上睡了整整三天两夜。醒来的时候，吕百灵喊了一声："爹——"接着又喊了一声："娘——"

总算是把娃盼醒了，耿小姑颤着声音对躺在炕上的吕百灵说："娃，躺着不要动，娘这就给你熬米汤，还搁红枣呢！"

吕百灵说："娘，我不想喝搁着红枣的米汤，就想吃馍夹腌酸菜。"

耿小姑听了吕百灵的话，就仿佛有一坨麻缠在她的肚里铺漫开来："声音不对劲儿，咋听着怪怪的，有一股子别扭味儿。"

耿小姑这么一想，胆怯了，用胳膊肘顶撞了一下男人说："他爹，娃这声音听起来不对味！我咋就听出来是串秧儿了，像嫩闺女发出来的声音。"

耿小姑的句句问话，令男人没办法回答。他不说话，只是一个劲儿地点着头。娃的声音不对劲儿，他也听出来了。心里凉飕飕的，是一股别别扭扭的，要命的寒凉。

耿小姑倚住门框，开始"嘤嘤嘤"地哭。哭了没几声，怕左邻右舍听见了笑话，强迫自个儿压低声量，用双手捂住嘴，无声地哭。

这天，耿小姑红肿着眼睛，和男人急急地带着吕百灵去了西河县。先是去银铺给吕百灵重新定制了一个和以前一模一样的银项圈和银锁，又去找了几位药铺里的坐堂先生。等不及先生们说话，扯藤拽瓜，筋筋络络的，该说的不该说的，耿小姑都一一说了。先生们听了后，都是皱着眉，摇晃着脑壳。

咋就没收拢住自个儿的瞎脾性？咋就一巴掌把我娃扇成这了？耿小姑疯了般地拽住一位先生的袄角说："你得给我说出个横竖道道来，不然我不相信。"

这位先生盯着耿小姑说："你今儿个就是把我的袄角拽烂撕破，也无济于事。"

"天爷爷呀，一定是我那该死的一巴掌抡下去，把我娃扇下这治不好的毛病了……"耿小姑的心叫先生的话遮阴了，扬起手来，一下一下地拍打着自个儿的脸。这一刻的耿小姑，肠子都悔青了。

为了给吕百灵看病，家里该卖的不该卖的，都心疼疼地换成钱了，就连房门上的木雕刻花，该拆卸的不该拆卸的，也都拆卸了。即便是这样，吕百灵的声音依然变不回原来的样子。

有一天，村上和吕百灵同年龄的一个娃，瞅见土墙上爬着一只壁虎，伸出手要去摸壁虎的尾巴。一旁玩耍的吕百灵瞅见了，腿脚直往后退，边退边喊："娘，我怕，我怕墙上爬的虫。啊呀，娘，我怕得很。"

这个娃瞅见吕百灵的样子，"哈哈哈"大笑起来。然后捏住鼻子，学着吕百灵说话的腔调："娘，我怕，我怕墙上爬的虫。啊呀，娘啊娘，我怕得很。"

吕百灵将壁虎叫作虫。村里好事者管不住自个儿的嘴，闲话生了腿脚，跑得快，难听话很快就传开了。有的人眼神里有了异样，私下指名道姓，一个对一个神神叨叨地说："今年秋口上，我瞅见吕百灵用手指雨后出现的七色虹，我都看见过好几次呢。"

有人说："指七色虹不吉利。这娃儿变成娘娘腔了，就是因为用手指了七色虹的缘故。"

说这话的人都是些闲来无事、图自个儿的嘴巴一时畅快，找乐子而已。村上有的娃，也常以此来奚落吕百灵。有的家长无意间在油灯下唠闲话，唠着唠着，被睡在炕上却没睡着的娃听见了。油灯下说的话便生了腿脚，西窝村的旮旮旯旯都传遍了。

还有的娃见了吕百灵，会不遮不拦地喊一句："娘娘腔。"要么就是喊一句"二阴子"这样难听的话。在吕百灵的记忆里，他是头一回听见这么些稀罕的词儿，心里还觉得挺新奇、挺新鲜，喜颠颠地跑回了家。

耿小姑的男人话少，人实诚，只要地里没活儿干，就在家里编笼子，搓麻绳，要么就是跟随提线木偶戏班外出演出。当然，他不是站在亮子背后唱戏的大把式，而是戏班里的一个赶驴车的，因了时常和艺人们在一起，受到耳濡目染，能拉一手皮弦胡。每每戏班里的琴师家里有事情不能外出，这种时候，他就顺理成章地变成了戏班里的琴师。吕百灵从外面跑回家，没有问正在搓麻绳的爹，一进门就问耿小姑："娘，他们说的二阴子是啥呀？"

耿小姑一听这话，气就上来了，骂道："你咋就是个肉疙瘩，憨实实了。哪个瘪嘴嘎出来的臭屁，叫你给闻着了？"

吕百灵的问话，让这个平日里从来不惹事情、在外从来不高声说话的女人绷不住了。嘴巴就豁出去了，张嘴都是不入耳的话。接着的就是一扬手，从屋檐下揪了一个干葫芦，气呼呼地使了一把蛮力，干葫芦从手中落到地上，炸开了花。

吕百灵蹲下身，一片一片地捡拾着干葫芦的残壳。耿小姑依然在气头上，一把提起只有三条腿的榆木凳，凶巴巴地摔到地上，还觉得不解恨，用双脚使劲地踹。一边踹一边骂，骂日子过得难肠；骂日子咋就这般不顺溜；骂自个儿这辈子咋就造了孽，没生出来一个钱串子，偏就生了一个气死人的葫芦瓢；又骂人家的娃生在灰包上，人家的娃跌在他祖母的热炕上，偏偏自个儿也就呻吟了几嗓子，将个圆滚滚的娃生在了蒺藜地……

一旁的吕百灵听了耿小姑的漫骂声，愣怔了大半天才醒过味儿。他不知道如何做才是好，憋着不敢喘气。实在是憋不住了，别别扭扭地喘一口，吸一口。

耿小姑的男人正在院里编竹笼，眼睛瞅着竹笼，心里却潮潮润润。一不小心走了神，劈篾子的刀划破了糙巴巴的手，血顺着口子流了出来。

耿小姑的男人知道，耿小姑的脾气急，发脾气也就那么一会儿。这种时候根本不用酝酿，不用铺垫，气就上来了，是没遮没拦地由着自个儿的性子。有时候，在家里摔葫芦发脾气的事情，也不新鲜。只是在这种时候，千万不能招惹她。他疼他的儿，却也惧怕这个叫耿小姑的女人。此刻，最合适而合理的选择，便是一声不吭。一吭声，会将她的泼劲儿招惹出来。忍一忍，等她拧过了这股劲儿，怨气和怒气就都消散了。话虽说是如此，耿小姑男人的脸色，早已憋得乌青，编竹笼的手也不听使唤了，不停地打着战。

吕百灵说话的声音，他能听出来，嗓门女里女气，胆子还格外地小。几只麻雀，几只蚂蚁，一蹦一跳地在地上觅食，要是被他瞅见了，会捂住脑壳往后退，边退边说："我怕麻雀，我怕蚂蚁，我怕，我都怕呀……"

这情景若是被村上的娃瞅见了，会学着他说话的样子，接着依然是一阵哈哈大笑。

腊月里的一天，虎娃子从村西头的打谷场里提了一竹笼麦秸往回走，隔老远就瞅见几个娃支着黑脑壳，在茅房外面指指戳戳。几个娃脑壳往茅房里探，他们想瞅瞅吕百灵是像女娃般地蹲着尿尿，还是站着尿的。

几个娃鬼鬼祟祟的举动惹恼了虎娃子。虎娃子将装着麦秸的竹笼往地上一撂，弯腰捡起一块土疙瘩，嘴上硬撅撅地喊了几句带着狠劲儿的话："打小吃黑芝麻，肚里满是贬损人的黑点点。把脸当了屁股，把人丢大了还不知道。"

虎娃子一说完话，胳膊运足气力，拳头大的土疙瘩在空中画了一个优美的弧线，落在了几个娃的身旁。

  虎娃子是善良的，这块土疙瘩虽说是被他用了狠力气扔出去，但他是故意不让砸着任何娃。虽说没砸着，黑脑壳的娃们还是受了惊，纷纷四下里躲藏，一忽儿全逃散了。个别娃跑得急，忘了路边堆放着的粪堆，踩到了粪堆上。

  耿小姑从院里出来了，瞅着比前一阵子瘦多了，眼睛里也有了血丝，是熬夜太多的迹象，精神状况实在是不好。是啊，这些日子，她的心揪成了结，也被日子撕成了乱麻。这一切的发生，是对她最残酷的折磨。

  这一刻，耿小姑又被吕百灵的问话点炸了，上下牙齿磨得"咯吱"响，如同咬豆子一样。她用牙齿咬了一下嘴唇，也就不管不顾了，悬到嗓子眼的一堆骂不出口的话，带着愤怒的、贬损人的腔调从嘴里蹦跶了出来："狗东西哎，贱胎哎，四脚畜生哎，脑壳没长硬的憨秃子哎，伸着脖子你瞅个屁哩。你先人是个没起色的货，要下你这号不顾三寸半皮毛的狗东西。再瞅，再作践人，地裂缝子收了你，收了你这个歪瓜裂枣的货，不识人敬的货，吃草的牲畜……"

  只一会儿工夫，耿小姑将几个娃的祖上几辈子，挨个儿刨出来骂。铆足劲儿叽里呱啦、拐弯抹角地骂，骂出来的那些话，字字句句不重复。

  说实在的，耿小姑狠心发脾气也就那么一会儿，嘴唇边都骂出了血泡。骂过之后，那张被气得憋青了的脸，青黄青黄的，疲乏极了。

  腊月里的风，飕飕地往耿小姑的骨缝里钻，耿小姑的脸变得皱皱巴巴，像一朵没了水色的菊，走起路来背身弓着，像缺了筋骨似的。耿小姑知道，她骂的这些话听着别扭，实在是不靠谱；她也知道，骂出来的这些话，并不是出于她本意。她天性良善，不是难缠的主儿，也从来没这样骂过人。这一回是心被扎得稀碎，自个儿的一张嘴，在灰色心情的催促下，由不得自个儿管了。她从心里对自个儿说："下过崽，奶过娃，还有啥怕丢面子的？今儿个把披在身上的这一层人壳脱掉，豁出去了。"

曲里拐弯的，耿小姑嘴上挂的话丑得很，娃们和他们的大人吓得不敢喘气，不敢接话茬。骂完之后，又开始骂天骂地骂命骂祖宗八辈，骂得疲乏极了，不只是面相上的疲，是从头到脚，从内而外，心的疲惫。她的身子终于撑持不住了，软得直往下坠。

吕家的门前放着一堆玉米秆，耿小姑一屁股跌坐在这堆玉米秆上，脸色灰塌塌的，又开始骂自个儿了。骂着骂着，也就不骂了，一口苦咧咧的哭腔拉调，从嗓眼里挤了出来："苦了我的娃呀，娘对不住苦命的娃呀。"

这哭音儿道出了耿小姑的心声，道出了这么多日以来的难过，也招出来一大坨眼泪。儿是娘身上掉下来的一疙瘩肉肉，谁也不例外，她心疼她的儿。

站在茅房外的吕百灵，听着耿小姑抽抽搭搭的哭声和哭腔拉调，心里生出一抹灰塌塌的寒冷。他的娘也一定不会知道，他曾光着脚丫，在野地里一个人走，一个人漫无目的地走啊，走啊！明明是天寒地冻，明明是寒凉时节，吕百灵的身上却淌着汗珠子，汗珠子细细密密，一如针尖扎在他身上。

就在这当儿，虎娃子朝这边走过来。他叫了一声吕百灵的名字，走到了吕百灵的面前，握住吕百灵的手，以小大人似的语气说道："你啊你啊，这点儿碎事都捋不顺溜，还指望你长大了能咋？人生路，曲里拐弯，扑扑跌跌，要将腰杆子挺直，大步往前走。那些添盐加醋的瞎话，由着人家的嘴巴子畅快去，说闲话生事端，犯了做人的忌讳。"

虎娃子说的这些话，都是柳玉秀对她的儿说过的话。虎娃子觉得娘说的话有道理，一字不落地全记在心上。这一刻，娘的话，又一字不落地从他的嘴里蹦跶了出来。

一句好话当钱使，三句好言暖三冬。虎娃子说的话有分量，有温度，钢梆硬正，不像是从一个娃嘴里说出来的，但又确实是从一个娃嘴里说了出来。耿小姑的心中热烘烘的，苦味儿变淡了，绷紧了的神经也舒缓了许多。她抬起头来，正打算问一句"你叫啥名字"时，却发出了"啊哦"的声音。耿小姑发现站在眼前的这个懂事的娃,是老杨家的骨血。这娃面相憨实、敦厚,一排齐整整的牙,瞅着就善良,是一种与生俱来的、刻在骨子里的善良。能瞅出来,在这娃身上,有着一种大气含在里面的,和他爹杨守艺大哥像是从一个模子里刻出来的。

耿小姑用手轻轻地、怜爱地抚摸了一下虎娃子方方正正的脸,将附在虎娃子身上的麦秸摘掉说:"你和百灵是同年同月同日出生的。那时候,你们的祖母还活在这人世,就非常地亲近,跟亲姐妹一样。每每你爹给你祖母到县上买了酥麻花,你祖母总会捣鼓着小脚,来给她的好姐妹送几个,说些'你尝个酥,你也尝个鲜'之类的暖心话。百灵的祖母也常常坐在炕上感叹,说她这一辈子也算是有福人,有个好姐妹,一辈子没叫嘴吃亏,死也瞑目。每年南王村的六月古会,两个好姐妹捣鼓着小脚,一同去青石殿上香叩头,祈祷各家的娃们没病没灾,像驴驹子一样地活蹦乱跳。"

虎娃子听了耿小姑的话后,开心地对吕百灵说:"咱俩是驴驹子,咱俩好,咱俩就好。从今往后,谁要是再敢欺负你,我还留着两手哩!"说完,抡胳膊踢腿,故意"嗨嗨嗨"了几声。说他这一拳头挥下去,一定没个轻重。

虎娃子的一番侃话,把结在耿小姑心底的一坨心结震落了。她瞅着虎娃子笑了,吕百灵也笑了。笑过之后,吕百灵的眼中还是有一些疑惑,一双眼睛直勾勾地盯着虎娃子说:"我一心想唱戏,喉咙不争气。虎娃子,我就想问你一句,你真的不嫌我?"

虎娃子瞅着吕百灵说:"嫌你做啥?我不嫌。我娘对我说过,做事情要有一股子人味。"

说完,用胳膊搂着吕百灵的脖子,笑了。脸上的那份笑容蓬蓬勃勃,自信却不自负。

吕百灵通红着脸,内心轻松了,有了一种说不出来的愉悦之感,他对虎娃子说:"你真好!"

说完，鼻腔泛了酸，任由泪水可劲儿地泛滥，任由泪水可劲儿地奔涌。

虎娃子用手指肚抹掉吕百灵脸上的泪说："哭啥呢？不哭。我娘说了，苦水水吞到肚里，能变成补药。"

吕百灵问虎娃子的同时，泪水止住了，又说："你娘真的这样说过？"

虎娃子回答说："好男儿说话，一口唾沫一个钉。是的，我娘就是这样给我说的。我一字没漏，记得清清楚楚。"

听着吕百灵和虎娃子两个娃一问一答式地说着话，耿小姑弯着腰，将掉在地上的土布头巾捡起，用手将头发捋平整，重新将土布头巾裹在头上。搁在她心里的那一坨难受，全化开了。整个人看起来放松多了，心里也有了安慰。

腊月里的寒风打着呼哨，毛涩涩地滚地而来，将尘土扬到空中，又扔回到地面。吕百灵的眼泪被风吹干了，两行泪斑清晰可见。即便是多年之后，虎娃子当时眨巴着的眼睛，说话的语气、声音，连同脸上呈现出来的善良和温煦，吕百灵依然记得。毛润润的眼睛，纯净的目光，亮亮的眼神，让他心生敬佩和感念。而那一脸的憨实和敦厚，就像是暗夜里的一盏明灯，将吕百灵阴霾的心温暖了，照亮了；也将他的日子，他的人生，照亮了。

那些伤人心的话，那些让他忧伤、让他畏惧、让他惶恐的目光，整天将他包裹得严严实实，让他头皮发紧，实在是辛酸。他尽量控制住情绪，不让自个儿哭出来，眼角还是溢满了泪。

是啊，吕百灵的脸色，被虎娃子的话熏染了，心里立马升起了一股热腾腾的力量。这力量包含着复杂的内在情感，是自从丢了银项圈之后，从来没有过的舒坦；也是自从丢了银项圈之后，从来没有过的感觉。

第二十一章　芳邻

因了年代的久远，杨家和秦家两家院子中间隔着的土院墙，被日子销蚀得豁豁牙牙，实在瞅不下去了。有一次，柳玉秀忍不住对秦仁义说："秦叔，我想找几个村里人，把土院墙垒一下，土院墙垒了安全，也耐看。"

秦仁义出神地瞅着眼前的豁豁牙牙，没说啥，事情也就暂时在柳玉秀的心中悬着，没再提起。这天，柳玉秀、虎娃子、秦仁义三个人围坐在桌前吃午饭，一场劲风夹着一阵急雨，倏地从空中呼啸而来。接着，就是一阵巨大的声响，整个土院墙伴随着巨大的声响倒塌了。

柳玉秀望着雨中的惨败景象，再次提到找几个村里人垒院墙的事情。虎娃子瞪着黑润润的眼睛，瞅了瞅柳玉秀，又瞅了瞅秦仁义，认真地对柳玉秀说："娘，倒了就倒了呗。我觉得倒了也好，院墙倒了，我们和秦爷爷就真真正正地成为一家人。我是秦爷爷的孙娃子，秦爷爷变成我爷爷。"

虎娃子瞪着黑润润的眼睛，说出来的这几句话有温度，听得秦仁义的眼睛里有了潮潮的雾气，他不停地用手背擦拭着。

柳玉秀望了一眼坐在对面的秦仁义说："秦叔，虎娃子的话，勾着您老的心事了。"

秦仁义摆了摆手，一种难以言说的忧伤之感从心头划过，他放下手中的碗筷，思绪沉在了往事的豁口上。这一刻，他想起了他的家人。天降大雨，他们在哪里呢？也不知道他们还活在这人世间吗？经历了那么多的苦和难，估摸都不在了。在的话，早都回来了……

这时候，虎娃子冲秦仁义响响地喊了一声："爷爷——"

秦仁义回转过神来，瞅着虎娃子方方正正的脸，罩着雾色的眼前，似乎是有几个影子在来回地晃，来回地闪。一会儿是他的儿，一会儿是他的孙娃子；一会儿是他的老婆子，一会儿是他的闺女；一会儿，又变成了喊他爷爷的虎娃子……似乎还有一个声音，附在耳窝："缅怀过去，也得正视前方。我这两只眼睛清透着呢，啥都能看透。你，咋就是一坨瓷疙瘩？把眼睛往圆了瞪，往圆了瞅，这么好的闺女和孙娃子，待你又这么好，别说是一坨瓷疙瘩，你就是一坨铁，也该焐热了。"

意思，秦仁义懂哇！这也是他想要说的，却没有说出来的心里话。看来一切都是天意，秦仁义的眼睛眯成了一条缝："孙娃子把我叫爷爷哩，好好好，我的孙娃子把我叫爷爷哩。"

秦仁义连着说了三个"好"字，又瞅着虎娃子说："孙娃子，爷爷还想听你再叫一声，你就敞开嗓门大声地叫，叫爷爷。"

虎娃子站在秦仁义面前，眼睛里射出来的是憨厚和真诚的光芒，他铆足劲儿地叫了一声："爷爷——"

这一声叫啊，是用了心，用了情，用了真，响响亮亮的声音在农家的院子上空，久久地飘荡着。

这一声叫啊，也将秦仁义的眼泪扯下来了，说话的声音变成了哭腔："爷爷都活成老树桩了。日子的头，走得没远没近；日子的尾，爷爷也拽不了几天。从今往后，爷爷就再也不担心入地的时候没人埋；爷爷就再也不担心没有心近的亲人，到坟前插柳木哭棍。"

秦仁义的这一番话，说得很有分量，却也沉重，剜心割肺。柳玉秀的眼中涌出了泪花花，滴滴答答地往下落，她夹着哭音对虎娃子说："墙倒了是天意，天意不可违。娘咋就活糊涂了，还垒啥院墙呢，不垒了，咱不垒了。从今往后，永远不再提垒院墙这个话题。咱就是亲亲的一家子亲，亲不溜溜的一家子人。"

说完，柳玉秀用双手拢了一下头发，将齐眉刘海往边一撩，以郑重的语气对秦仁义说:"我娘走了,杨守艺走了,公公婆婆走了。我爹,几年前得急症也走了,把我和虎娃子撇到半道上。从今儿个起,我们不孤了,您就是我爹,您就是虎娃子的爷爷。柳玉秀孝敬您,虎娃子长大了,也孝敬您。"

"爷爷——"柳玉秀的话音刚落地,虎娃子接住了娘的话茬,深情地喊了一声。喊完,柳玉秀和虎娃子没商量,同时给秦仁义跪下了。

对于眼前发生的一切,秦仁义的心里充满了说不出来的感动,充满了说不出来的感激,也充满了说不出来的欢喜。

难怪早上一起来,门口有一只喜鹊喳喳叫个不停,是在报喜呢。这一刻的秦仁义,想哭,想肆无忌惮地、不受制约地"哇哇"哭一回。在最为难熬的日子里,是眼前的母子俩从牙缝里抠、一点一点地省,陪着他一起熬出来的。要是没有这对善良的母子对他的接济,对他的帮衬,会出现啥样的结果呢?此刻还能不能坐在这里说话,还能不能坐在这里听虎娃子叫他一声爷爷,怕是连老天爷都不知道。

一直以来,自个儿的脾胃不好,偏就爱吃搁凉了的饭。每次吃饭时,柳玉秀都会对他说:"秦叔,饭趁热乎着吃,热热乎乎地吃了,身子不落毛病。"

对于柳玉秀和虎娃子,秦仁义是满身心的感激,满身心的感动。其实,在他的内心深处,早已将这对心地善良的母子当成了亲人,当成了他活在这人世间最亲的人。

红花日头铆足劲儿地爬了一竿子高,爬过门环,爬过土院墙。秦仁义仰起脑壳瞅了一眼天,一缕阳光蹦蹦跳跳着从他的眼前铺漫开来。顿时,一种热乎乎、麻酥酥的味道,一种浓浓的、厚厚的、难以言明的欢喜和喜乐的味道飘了过来。秦仁义将袄往紧地披了披,咧开嘴巴笑的那一瞬,心里是一阵牵肠挂肚,一阵肠肚翻搅,于很短的时间内,脸上写满了藏不住的心事。

秦仁义抽搐了一下鼻子,一行老泪顺着枯枯皱皱的脸颊滚落下来。接着是一阵嘶哑而锥心的声腔从喉腔里喷薄而出:"老天爷呀,我这是修了几辈子的福啊!"

说完,秦仁义瞅着虎娃子,哽咽着声音说:"孙娃子,爷爷心疼的孙娃子啊,到爷爷惦念不了人间事的那一刻,有了打幡摔盆的亲不溜溜的亲了,爷爷知足了,知足了。"

"爹——"柳玉秀热乎乎地叫了一声。这一声热乎乎的柔软,缠绞着秦仁义的心肺,真个好听,真个是要命的好听。秦仁义觉得眼前就是个梦,却又不是梦。对,是结结实实的真实,是结结实实的日子。因了高兴而变形了的一张粗糙的脸上,表情纵横交错,嘴里一个劲儿地说着:"我的闺女啊,我的孙娃子啊,这一声爹,这一声爷爷叫的,叫得我的心就像是跌到了蜜罐里……秦仁义这一辈子,知足了,知足了。"

秦仁义的声音嘶哑,泪在鼻腔里酸着,沉沉的。这沉沉的感觉,多了一种叫作生命的质厚,多了一种叫作生命的分量。他亲昵地摸了摸虎娃子的脸,一抹掩饰不住的喜感,挂在一张糙巴脸上。

这时候,虎娃子又响响地叫了一声:"爷爷——"

紧接着,双手一伸,扑到了秦仁义的怀里。

第二十二章 六月六

已是来年六月份，月初没落一星半点的雨滴，算是好天气。在西河，有农历六月六晒衣物的习俗，说是只要在这一天晒过的衣物，一年内不会被虫咬，也不会发霉。到了六月六这一天，柳玉秀等不及天亮，等不及红花日头露出脸，就早早地起来了。院里有了"呲啦呲啦"清扫院子的声音，有了"嘎吱吱"的一声声钝响，杨家的双扇木门被打开了。虎娃子去灶屋拿了个馍，往肚里灌了一碗水，斜挎着绿格子和枣红格子布头拼成的书包，去了学堂。

柳玉秀简单地梳洗过后，抬头瞅了一眼天，脸上漾起了一抹笑意。她笑着将搁在柜子里的衣物，一件件地拿出来，小心翼翼地晾晒到院子里，又将秦仁义柜子里的一些旧衣物翻出来晾晒。晾晒完毕，才记起靠墙角的瓷瓮里，还搁着一些花花绿绿的宝贝。

这些花花绿绿，有经过十几道工序织成的老土布，有老辈人留下来的绸绸缎缎，有小娃穿的，也有戴的。这些小娃的穿穿戴戴上，绣着"麒麟送子"，绣着"莲生贵子"，绣着"五毒"，等等，都是杨王氏活着时，一针一线绣出来的花活。西河人常说隔代亲，这些都是杨王氏留给她未来的、还未出世的重孙子穿的。

柳玉秀记得当初杨王氏说是要扯布做这些女红的时候，自个儿还笑着对杨王氏说："早着呢，重孙子的鼻子是朝南还是朝北都不知道，您就给重孙子绣这个？太早了，太早了。"

杨王氏豁嘴豁牙地笑着说："好事情要趁早，说不早就不早。等到这一双手耷拉下来做不动了，再想起来做，就晚了。"

柳玉秀笑着摇摇头，抿嘴不吭声了。在西河，绣花叫作扎花。扎花这门老手艺，也是一辈一辈西河人传下来的，绣法有直纹绣和短针法两种。睹物思人，柳玉秀瞅着眼前的穿穿戴戴、物物件件，想起了天那头的亲人，也想起了曾经送虎娃子去上学的场景。自打杨守艺去了天那头之后，虎娃子一直在王先生的学堂里念书。王先生和王师娘，也格外地喜欢杨守艺留下来的这棵独苗苗。

柳玉秀记得头一回带虎娃子到王先生的家，是在一个早上。王先生瞅着虎娃子，竟然感觉到自个儿头晕眼花，他觉得站在眼前的虎娃子，变成了年幼时期的杨守艺，忍不住脱口叫了一声杨守艺的小名儿："艺娃子——"

王师娘摆摆手，笑着对王先生说："你今儿个是被迷糊子缠魂了？咋就张冠李戴，连谁是谁都不知道。你再仔细地瞅一瞅，他不是杨守艺，他是杨守艺在这人世间留下来的一棵苗苗，娃儿大名叫杨天音，小名虎娃子。"

王先生盯着虎娃子，思绪入了夜色。想起昨夜里，王师娘火急火燎地将他嚷嚷着叫起来，说是做了一个奇怪的梦。梦中牵扯的丝丝缕缕，都与杨守艺有关。只是梦中的杨守艺站在暗处，王师娘看不清他的脸，却能听见他的声音。她听见杨守艺一口一句："我的儿，我的儿……"除过这句话，再啥都不说。

王先生想着王师娘做的这个梦，心里竟然有了一些湿润，用手亲昵地摸了几摸虎娃子的头。王师娘瞅着虎娃子，脸神和王先生一样，她想到了杨守艺，那么活腾腾的一个人，一趟远门出的，说没就没了……

记忆悄然而至，柳玉秀的泪水"唰唰唰"地流了下来，止都止不住。这时候，只听得秦仁义冲柳玉秀大声喊："玉秀，到爹屋里来。"

秦仁义这声音喊得洪亮，急急的。柳玉秀缓过神儿，以为是出了啥大事情，三步并作两步往屋里走。人还没进屋，声音先扑了进去："爹哎——"

秦仁义瞅着柳玉秀，脸上有了一抹掩藏不住的凝重，还有一种充满了感动的欢喜。

柳玉秀迎上前问："爹，咋啦？您说，玉秀听着呢。"

秦仁义对柳玉秀说："玉秀，你和爹把靠墙角的瓮盖挪到一边儿。"

柳玉秀满脸都是疑问："爹，这大清早的，您咋就想起来挪瓮盖？"

秦仁义笑着对柳玉秀说："爹老喽，把瓮里搁着的宝物都忘了。"

说完，秦仁义又说："玉秀，给爹搭一把手，瓮盖是爹年轻的时候用沙子和几种石料混合做成的。那时候年轻，有憨力气，做得太沉了。"

柳玉秀又一笑，点点头。两个人可着劲儿地往一起使力，瓮盖稳妥妥地挪到一边儿了。此时的秦仁义，脸上漾起了一抹掩饰不住的兴奋，从瓷瓮里取出一个包裹，一层一层地打开，等到打开最后一层的时候，柳玉秀震惊了，张开了的嘴再也合不拢了。

包裹很大、很厚，是用老土布裹着的。里面有九套色彩绚丽的偶衣，九套装扮偶人用的胡子，还有用丝带捆扎着的泛黄了的本子。泛黄了的颜色越发神秘，散发出一种无声的庄严和气度。密密麻麻的隶书字体，详细地记载着提线木偶戏的崛起，提线木偶戏剧本创作的前后情况、发展、繁荣、鼎盛时期，以及活跃在西河艺人的一些简单情况，还有提线木偶戏偶人头的造型、偶头的规格、制作各类角色的不同尺度、制作偶头的选料、雕刻的细节、粉彩的工序流程、胎子（线偶人的身部）、四肢，以及脸谱的绘制、如何勾图、如何描画偶人头的胡须；还清晰地记载了关于戏箱和线戏舞台的发展史，以及在提线木偶戏的历史长河中，有突出贡献的西河人李灌、许攀桂、雷豫、徐拔贡、崔问余、王秀才、某书吏、陈来、洛邑处士、王文志、杜晋虎等艺人们的生平简介。

杨守艺活着时，没少给柳玉秀讲剧本里的故事。这些泛黄了的本子中，有对提线木偶戏这种老行当中各个角色的门类介绍，有承袭金元两代讲唱故事上演的《东方朔盗桃》《沉香》《二郎劈桃山》《西厢记》《赚英布》《寒窑记》《五花马》《伊尹耕田》《山神庙》《抱妆盒》《鸳鸯被》《药王成圣》《八仙过海》《百日缘》等剧目，总共有三四十本。虽然说明代移植改编的剧目很多，上演的剧目也不少，流传下来的却不多了。这些泛黄了的剧本中，还保留有明中前期和中后期的剧本《孝廉卷》《梅花镜》《庆项珠》《王婆骂鸡》《割韭菜》《钉缸》《金瓶梅》《百宝箱》《二度梅》《鸳鸯谱》等，剧本《钉缸》原名不叫这个，而是叫《百草山》。

新增的剧本中，还有以乱弹调创作的剧目《双贵图》《小阳河》《碧玉环》《玉凤钗》以及《瓮城子》《三字经》等一些小故事剧目。秦仁义一边很小心地翻阅着，一边给柳玉秀说着与剧本有关的一些题外话。

柳玉秀瞪着一对大花眼，一字不漏地听着。听的过程中，唤醒了她内心深处的一股涌动。这涌动，是泛出来的记忆，是往昔的悲悲伤伤，是过往的飒飒寒凉。

那些远走了的面孔，那些远走了的一桩又一桩事情，在柳玉秀的眼前晃动。柳玉秀想起去了天那头的公公婆婆，想起去了天那头的爹和娘，想起没能再见着最后一面的韩梅，想起那个命走黄泉、一直驻扎在她心里的苦人儿，也想起了忍饥挨饿爬着回到西窝村，身上背着皮弦胡的萧福祥……

此时的柳玉秀，内心皱巴得不成样子，一脸的忧伤和悲愁。那忧伤，那悲愁，是用苦水浸泡出来的味道，是结了痂的伤疤，是受过捶的大痛。这大痛，是揣在胸腔里的真，是融在血骨里的情。一个个熟悉的面孔，一件件过往的旧事，她至死不敢忘，不能忘。

萧福祥去天那头时说话的样子，明晃晃地在柳玉秀的眼前奔来涌去："兄弟犯糊涂了，玉米糁留给娃喝……学戏，得从娃抓起。老行当这重担，指靠嫩苔苔娃来挑了。"

她也想起了萧福祥死死地瞅着虎娃子，用粗糙干巴的手，将皮弦胡放在虎娃子的手中，吃力地喘着粗气，声音时断时续："虎娃子……牢牢地记住你爹说过的这些话，人心要正，人心要善……先学做人，再学唱戏……

有德才能有艺，千万不敢把事情做颠倒了。把老行当，传下去……一定要传下去。等你唱成大把式的那一天……别忘了到你爹和萧叔的墓堆前，给我们打声招呼。"

想到这里，一抹酸味呛了柳玉秀的喉咙，豆大的泪水顺着她的腮边，一颗颗地往下落。

秦仁义因过于专注地瞅着这些宝贝，一直没有抬头瞅柳玉秀的脸。柳玉秀的内心变化密密匝匝，云遮雾绕，秦仁义定是不知的。他依然说得很有兴致，由剧本剧目说到提线木偶艺术的特色，再说到提线木偶艺术的斯文派、花绿派、冤仇派、婉丽派、凄婉派等流派。而后，又拐到剃头铺这个话题上来。只是在说到这个话题的时候，秦仁义猛地抬了一下头，满怀兴奋地笑望着柳玉秀。

这么一望，秦仁义脸上的笑，却在一点点地消失。这一刻，他心里还有许多话要对柳玉秀说，想对柳玉秀说，而柳玉秀脸上显现出来的真实内容，没能瞒过他，他心里清楚，显现在她脸上的内容，是真真切切的悲痛。

秦仁义的眉头结打得很重，被一片沉默包围了。红花日头轻轻地一跃，顺着花木格窗缝爬了进来。一抹暖色，一漾一漾地铺洒到柳玉秀那张纯净的脸上，铺洒了秦仁义一身，也铺洒到秦仁义手中那沉沉的一抹黄上。他捧着这抹黄的手，微微地颤抖着。

这时候，虎娃子在门外大声喊："爷爷——"

接着又喊："娘，我回来了。"

秦仁义听见了虎娃子在门外的喊叫声，他咳了一下，用手轻拍着柳玉秀的肩膀说："玉秀，虎娃子回来了。"

柳玉秀"啊哦"地应了一声，远去了的一切，在这"啊哦"声中被齐格茬掐断了，绾了一个结。

柳玉秀为了掩饰心中的慌乱和凄楚，装作啥都没发生一样，用手倔掘地抹了一把泪，笑了，以歉意的口吻对秦仁义说："爹，刚才玉秀有些恍惚，思绪缠缠绕绕，飘忽得有些远了。"

秦仁义对柳玉秀说："玉秀，星稀月冷，人生寒凉，世事沧桑。人世间有些事情，没办法绕过去。玉秀，要记着，路窄了，咱侧个身；路宽了，咱阔个腿迈一大步。往后有个啥事情，别一个人扛着，你还有牵心着你的爹。"

"爹，您的话玉秀都记住了。"柳玉秀对秦仁义说着话，眼泪在眼眶里打着转儿，她忍了几忍，内心的坚定硬是挡住了眼泪，没让一滴泪流下来。顿了顿，她的内心安定了许多，又扬起嗓子冲屋外深情地喊上了："我的儿回来了。"

辽阔的天空下，阳光正好。柳玉秀抬脚迈出门槛的当儿，一缕阳光正好照在她那张善良、俏美而倔强的脸上。一屋子的事情，都寄在她身上，一屋子的事情都在她的胸腔上压着。秦仁义望着走出去的那个娇小的身影，倍觉眼皮一紧，想哭。他心疼柳玉秀，心疼这个不是血亲，胜似血亲，刻到骨头缝里的闺女。这一刻，他站在原地没有动，忧伤了一会儿，用手捂住了将要咧开的嘴，他怕从嘴里发出来的哭音，惊着了生命中最重要的人，也怕惊着了生命中最在乎的人。

晾晒在院里的七彩绣偶衣，在红花日头的映照下，精致、华美，散发着璀璨的光芒。蜂儿蝶儿呼朋唤友，格外兴奋地前来凑热闹。个别蜂儿蝶儿在空中转一个圈儿，飞走了，又忍不住地飞回来，发出一阵"嘤嘤嗡嗡"的声音，身子轻巧欢快，在七彩绣偶衣的周围舞绕，忽左忽右，忽上忽下，蹦蹦跳跳着，一副永远不知疲倦和乏困的样子。

当天夜里，虎娃子背着书包来到秦仁义的屋里，和以往一样，依然是和秦仁义打着脚头睡觉。临睡前，也依然是结结实实地喊一声爷爷。秦仁义开心的脸上，皱成了菊样的褶，虎娃子这才捂住被子睡觉了。

躺在炕上的秦仁义，想着白天要对柳玉秀说，却没能说出来的话。这些话，应该是说给柳玉秀听的，说给虎娃子听的，也是说给他自个儿听的。现在回想起来，他是说了一些话，却并没有说清楚。即便是说清楚了，柳玉秀那会儿心思飘远了，听没听进去也是模棱两可。一家子人，一家子亲，有些事情得商商量量，有些话得从根根梢梢上说起。

木不钻不透，话不说不明。虎娃子的个头一天天地往高里蹿，眼瞅着自个儿一天天地变老，他心里着急啊！秦仁义深知，有些话摁住不说，就赶不上趟了。若是到他这一辈失传了，就对不起天那头的亲人。一想起这个，一想起远走了的一些过往，秦仁义的眼角辣乎乎的，有两泡泪在眼眶里闪烁。

秦仁义翻了一下身，手触摸到了虎娃子露在外面的一双脚。他亲昵地将虎娃子的一双脚，搁到自个儿的心窝，用粗糙的手指头捏了捏，又摸黑将被子往虎娃子的方向拽了拽，轻轻地拍了拍。

夜色很静、很沉。一股风顺着花木格窗缝挤进屋里，秦仁义没有防备地打了一个颤抖，从炕上爬了起来，摸黑在木桌上取了铜烟锅和烟袋，又悄没声息地走出窑屋。

院里的梨树下，搁着一块平平整整的石头，秦仁义坐在石头上，仰望着遥远的星空。娃娃没娘，说来话长。那些泛黄了的记忆，一波又一波地从秦仁义的脑壳横扫而过。他似乎是被一种无形的力量簇拥着，推搡着，拖拽着，那些过去了的事情，一股脑儿涌上心头。秦仁义不由自主地抬起脸，冲夜空咕哝着，声音很小，很小，小到唯有他自个儿的心才能够听到。

第二十三章　传说

秦仁义九岁前，他的家并不在西窝村，而是在距离西窝村有五里路的颜良村。奇怪的是，居住在颜良村的人家，没有一户姓颜，也没有一户姓杨，偏偏秦姓人居多。好多人如同商量过一样，将颜字叫成"yáng"字。也因了这个缘故，颜良村也就自自然然地变成杨良村。杨良村有户秦姓人家，最初祖上并不是大户，是后来发迹起来的。在杨良村，至今还流传着关于秦家祖上的两个传说。这两个传说，说的都是一个叫秦天莘的人。

在当时的西河，秦天莘还是有点儿名气。他的名气，不仅因为他在方圆多里是个人人都知道的解匠，还因为他的"两个大"。这"两个大"，说的是秦天莘本人力气大、饭量大。那时候，秦天莘是个脚夫，从杨良村往北山赶脚，驴身上驮二百斤，他跟着驴走，身上能背二百二十斤。有一回，秦天莘为了赶路走得急，一整天没吃饭。他又累又饿，实在走不动了，在通往北山的一个店里歇脚。

店家瞅着满脸疲惫的秦天莘问："你是要吃顿顿，还是想吃份份？"

秦天莘打了一个哈欠，瞅了瞅店家，沉思了一会儿问："吃顿顿多少钱？吃份份又是多少钱？"

店家笑望着秦天莘说："交一顿饭钱，吃多少算多少；交一份的钱，放开吃，能吃多少，吃多少；想吃多少，吃多少。"

秦天莘中意地点着头，对店家说："我交一份的钱，管饱地吃。我能吃多少，就吃多少。"

店家听了秦天莘的话，喜吟吟的，以为这一桩买卖又做成了。店家万万没想到的是，坐在店里靠墙角的这个不起眼的、穿着补丁摞补丁的瘦脸汉子，竟然出岔子了。当然，这个岔子指的不是别的，而是眼前这个不起眼的瘦脸汉子，一顿饭竟然一连着吃了十二床子饸饹。如此惊人的饭量，是店家从来没有遇到过的事情。

在当时的西河，一床子饸饹是一碗。也就是说，秦天莘一屁股蹲下去，吃了整整十二碗。这话要不是在座的十几个人亲眼见，说破天也没人相信。

店家叫万富有，从各地来山里的脚夫大多都在这里住过店，歇过脚，吃过饭。刚好秦天莘来的这一天，也有杨良村的两个脚夫在场，目睹了秦天莘一顿饭吃了十二碗饸饹的整个过程，也便有了更精彩的议论了。

西河有句老谚语：捎话捎多咧，捎东西捎没咧。秦天莘一顿饭吃了十二碗饸饹的罕见事情，如同事情本身一样离奇，在很短的时间内，生了一双扑棱棱的翅膀，跟着两个脚夫飞到了杨良村。此后，杨良村人背地里不叫秦天莘的名字，都叫他十二碗。

秦天莘活到八十岁的时候，给秦家置备的家业，像滚雪球般地越滚越大。到秦天莘九十岁的时候，秦家已经很殷实了，但他还一直保留着一个习惯，这个习惯让杨良村的人觉得秦天莘这个人太奇怪，奇怪得竟然有些离谱。

这些，依然是人们茶余饭后的谈资。这个谈资被人们说了无数遍，传了无数个版本，每每再度被人们提起，依然会让说的人说得有滋有味，听的人听得有滋有味。说完听完之后，说者和听者的目光相撞，依然会发出一阵爽朗朗的笑声。

说的是每年一进入冬季，村上就会来担着炉子转村爆米花的。这些转村爆米花的，多是家道贫寒之人。每每外出爆米花，短则一整天，长则十天半个月。日子长了，吃饭就成了大事情。为了解决吃饭这个大事情，他们自带碗筷、面粉和一些做饭用的简单炊具，在别人家要几瓢水，饭就做出来了。

秦天莘每次遇到爆米花的人将饭做熟了，会从自个儿家里带一些丰盛的饭菜，换爆米花的人做好的那一碗没菜没油水的水煮面。换回去后，秦天莘独自坐到屋里，吃得有滋有味。如果爆米花的人在村里待上十天半个月，秦天莘顿顿都会用自家的好饭菜，换回人家那一碗没菜没油水的水煮面。家里人瞅着觉得纳闷，问他："你咋啦？"

秦天莘不回答，只是低着头吃面，吃得酣畅淋漓，额头汗津津的，一副很满足的样子。家里人瞅着他，很是不理解地说："自家的肉不香，人家的面有味。"

到秦仁义的爷爷，也就是老东家这一辈，秦家更为繁盛，处在发达的好时期。秦家盖房装修院落时，是从广东佛山专门买的颜料。村上人给这颜料起了个名字叫"腥红"。村里人家但凡谁家牛马的眼流水止不住，就往竹筒里滴一些"腥红"，往牛马眼边抹一丁点儿，就不流水了。老东家吩咐管家，只要村里人谁用"腥红"，不管是谁，都要给。这点小忙，必须帮。

秦家有一门远亲，无儿无女，孤独独的一个人。远亲来秦家多年了，善良殷勤，把秦家的事情当自个儿的事情干。有一年，秦家的这门远亲得急症抱病而亡。老东家披麻戴孝，吩咐人到镇上预订七百斤肉。因了价钱的缘故，去得人回来说没定成。之后，又去了一个叫黑池的地方。黑池距离杨良村远，肉价相对便宜，去的人也就在黑池预订了七百斤肉。没料想过事之前，两家都把肉送过来了。

管家哭丧着脸对老东家说："两家的肉都送来了，咋办呀？"

老东家瞅了一眼天说："碰上这种天气，人家辛辛苦苦地把肉给咱送上门来，咱总不能说不要。坏了咋办？肉坏了，就是逼着人家破产，咱说啥都不能叫人家破产。人到世上走一遭不容易，留下，都留下，叫村里和邻村的人，都过来吃。"

这一说，过事也就变成了流水席，吃了整整三天。老东家面慈心善，手下能干的人也不少。其中有一个叫子成的，是秦家的管家，为人实在，勤勤恳恳，比老东家大四岁。老东家很器重这个叫子成的管家，若有第三个人在场，子成一口一句东家长，东家短。私下里，老东家和子成两个人，是拍着肩膀搭着背，以哥和弟相互称呼对方的。

杨良村的村口，以前没有城墙，村东头有个城堡，村里人把城堡叫作寨子。一天，村上几家大户坐到一起商量，说是要给村上打城墙。相邻的大荔、澄县、白水几个县的人承揽了这活，由子成协助老东家负责这件事情。担土的人，也有从方圆几十里外来的村民。谁来都行，担一担土，可以得到一个麻钱，担完一担后就给，从来不拖欠。

这当儿，老东家在外打理生意的大少爷，给父亲捎了一封信，说是这个月的二十四号到家。而秦家的大少爷，也就是秦仁义的父亲。当时秦仁义刚刚五岁，失去亲娘有一年时间。到了这一天，秦家里里外外打扫得干干净净。子成专门差人去西河县买了大少爷最爱吃的石子茴香馍，又吩咐灶屋的大厨早早炸了大少爷爱吃的白萝卜丸子。等到一切准备就绪，老东家就坐在屋里等着数月没见的儿。

日头偏西了，还不见个人影儿回来。老东家等不及了，派人去村口瞅一瞅。其间，老东家心里惚惶惶的，一个人在屋里走来走去。

其实，大少爷是从山西坐船渡黄河回来。在黄河岸边有一个叫吴王村的地方，大少爷在这里碰到一伙劫路匪，吓得拔脚就跑。吭哧吭哧地跑到崖边没了路，心里一急，一脚踩空摔死了。

大少爷的随从杜伍吓坏了，扑扑跌跌地回到西窝村。一进村，见到子成带着秦家的几位下人给担土的人用笸篮发麻钱。杜伍急呼呼地跑到子成面前，一迭声地说着："管家，管家，不好了，不好了……"话没说完，杜伍的身子瘫软到地上，成一团儿。子成急忙搀扶起杜伍问明原因，才知道秦家的大少爷没了。

大少爷没了，很快地，好多人都知道了。秦家院里人来人往，每个人都将步子迈得很轻，有的还踮着脚尖走路，只怕惊着了屋里的老东家。这么多的人，没有一个人敢把刚刚发生了的事情告诉老东家。

此时的老东家，正坐在屋里的楠木椅上，嘴里哼唱着提线木偶戏，一副志得意满、很受活的好神态。坐着坐着，老东家突然觉得心慌胸闷，但又不知为何，一个人在屋里不停地走。走着走着，竟将檀木架上的铜脸盆碰倒在地。

"出事情了，一双手是捂不住的。"子成思来想去，觉得这事情最终还得说出来。至于该如何说，由谁来说，愁煞了走南闯北、经过大世面的子成。

杨良村有个老汉，名字叫个啥，没人能说清楚，但凡村里人见着他了，都叫他秀才。秀才读的书多，能说能写能画画，说话办事谨慎小心。在杨良村，秀才辈分低，把小他五岁的老东家叫四爷。这会儿，子成正背着手，站在城墙边急得转圈儿。忽地瞅见秀才从村里往城墙这边走。子成急急地走上前去，和秀才打了个招呼，将大少爷回家途中遇见劫路匪的事情，原原本本地说了一遍。

秀才听后，和子成一起去了秦家。好长一阵子，秀才没有来秦家，这天去秦家是稀客。老东家一瞅见秀才来了，心里的那份急躁和煎熬似乎减轻了许多。大少爷要回来了，老东家比以往的心情好，吩咐子成差人将待客的几样茶果端上来，又吩咐子成把炸好的白萝卜丸子也端上来。

秀才从进门起，就注意到秦家院里一直很静默。见了老东家后，连着叫了三声四爷，要说的话实在是难张口。这事情就是说，也不能莽莽撞撞地说出来。说出来的话，也不是稀松平常的一般话，是直戳心根子的大痛，是要人命的悲戚和寒凉，谁听了都受不了。

秀才心里急得慌，走上前对老东家说："四爷，我今儿个要和你说一件事情。说这件事情之前，你得答应我，别问我是啥事情，你只管哭就是了。四爷，哭吧，你现在就开始哭。"

秀才这些话一说出口，连他自个儿都觉得诧异和震惊。子成听了，脸上更是涌现出一丝苍凉。他抬起手臂，用手背抹了一把脑门上渗出来的虚汗。

老东家一脸疑惑，瞅了瞅子成，又瞅了瞅秀才，心里想："秀才今儿个是叫啥癫乱的满嘴跑舌头将个好好的'仁'字去了一半，只剩下个'二'字了。好好的，叫我哭啥？叫我哭，这又是啥意思？大少爷很快就回来了，对于秦家来说是喜事情。家里有喜事情，还叫我哭啥呢？"

想着秀才这一番没头没脑的话，老东家没有弄明白，他又瞅了瞅秀才，瞅了瞅子成，总感觉到哪里不对劲儿，却又猜不出来。

"是不是屋里出了啥事情？"老东家这样想。他知道，秀才不是说话不过脑壳的人。他今儿个说的话是有些不正常，但这不正常的背后，似乎是有些来头的。老东家这么一想，脑壳里又出现了一个大大的问号，很快地，心里就有了一股莫名的恐慌，一双腿筛糠般地打着哆嗦。"呜呜哇哇"地哭开了，哭了个昏天黑地。

子成瞅着正在哭的老东家，心里很疼，听那声音，就叫人心疼，他真想好言好语地劝说老东家几句。这时候，秀才瞅了一眼子成，就知道子成这会儿想要干啥。他赶忙摆了摆手，打断了子成，又用眼神示意。子成明白了，秀才是叫他先别劝说，叫老东家好好地哭，哭够了再说事情。

天黑了，天地万物在黑夜里混沌着。秀才朝子成摆摆手，示意子成这会儿啥都别说，说啥都不顶用，先叫老东家痛痛快快地哭出来。

老东家哭过一阵子，从楠木椅上站起来，用手背抹了一把酸鼻涕，目光直直地瞅着秀才说："这会儿，我哭都哭了，心里能接受了。我知道你有大事情要说，却不敢往深处细想。秀才，你给四爷说，咋了？掖着藏着的大弯儿，这会儿也该挑明了。你说是不是？"

秀才皱了一下眉头，点头应声道："是，是，是。"

老东家说："是的话你就说，今儿个究竟出了啥戳破天的事情，只要是与四爷有关的，你就别绕弯道儿，说出来，好事情、赖事情，四爷承受得起。"

秀才瞅着老东家，犹豫了一会儿说："人世间的事情，变幻莫测，出乎意料，谁都不知道月明地里会发生啥事情。四爷啊，月缺了，日子有豁口了，我不知道该咋说，不说又不行。您老得挺住，挺不住也要咬着牙挺住。

就是此刻我还在想，能编个啥谎话，能瞒过去就瞒过去。但瞒得了初一，瞒不过十五，咋瞒都瞒不了实情。我只能憋着胆儿给您直说了。"

老东家调整了一下自个儿的心情，再怎么调整，他的心还是猛猛地跳了几下。他压制住源于心中的那一份焦虑，以鼓励的眼神望着秀才说："啥事情？有事情你就说，四爷的肩膀厚实着呢。"

片刻间，没有人说话，屋里只剩下一片沉默，一派寂静。怒伤肝，悲伤心。秀才心疼疼地对望了老东家一眼，发出"唉"的一声，这才将大少爷遇见劫路匪，一脚踩空掉下悬崖的事情说了出来，并将一切说得仔仔细细，明明白白。

天地浩渺，暮色苍茫，屋外的冷风，毛刺刺地吹着。灰雀儿在院子的上空划过一道弧线，飞走了。冷风冽冽，寒气吹来，擦过窗台，擦过窗格子，擦过锦绣夹板门帘，门帘的一头掉下去了，被风吹得呼啦一下，又呼啦一下，发出重重的声响。

"难啊！想要活个风调雨顺，真难啊！咱不惹事情，这一档叫人难过的事情，偏偏找上门来。活腾腾的一个人没了。这是命，命哇！人间生死，不外乎一个命，命数到了，谁也挡不住。我刚才还在屋里仰着脖子等我的儿，等着我的儿回来叫我一声爹。"

不难听出，这声音是老东家使了浑身的力气说出来的。这一刻，他的心里发疼，胸腔里憋闷得慌，一说完话，嘴角强烈地抖动着，鼻子又泛酸了。一声没哭出来，他一屁股跌坐到楠木椅上。

老东家这副样子，让秀才伤心了，他落泪了。子成的眼睛也酸了，泪水硬是没忍住，他强烈地意识到眼前的这个人儿，是从前的东家，又似乎不是。老东家似乎是在一瞬间突然变了，变成了另外一个熟悉的陌生人。

冷风和着寒凉飕飕而来，天黑实了，如同一个倒扣的黑锅，将老东家额上那一褶一褶摞起来的皱，全裹住了。

老东家抖着嘴，揉了揉鼻子，硬撑着对秀才和子成说："出去，你们都出去吧。这无法言说的大痛，已经嵌在我的骨头缝里了。"

老东家一边说着话，一边用拳头摁住自个儿的胸腔，又说道："让我静一静，让我歇一歇，让我躺一躺。这会儿，我觉得我快撑持不住了。"

一股毛瑟瑟的寒，在秀才和子成的心中铺漫开来。两个人相互对望了一眼，只是那么一眼，如同商量好了一样，同时移步跨出门槛。

老东家憋着劲儿，手死死地抓住了楠木椅的扶手，身子如同一坨松散的泥巴，轻飘飘地溜到了地上，从喉腔里软绵绵地挤出一声苦咧咧的哭。接着，从喉管里发出来一连串的哭腔拉调："爹的儿呀，你是要爹的命哇！你说过，你是爹的依傍；你说过，人生路上，叫爹瞅着你，一步一个脚窝儿往前走。你咋把给爹说过的话忘了？我的儿，连你亲不溜溜的爹，你都能狠心扔下？爹的儿啊，你是爹心头的一疙瘩肉，爹还想听你亲亲地叫我一声爹。爹的儿啊，你叫爹的声音，爹还没听够；爹的儿，你咋忍心将爹这把老骨头丢弃了，你这是用刀子捅爹的心窝子。爹的日子残缺了，豁开了一道大口子。展脱脱的天变黑了，暗下了。爹的儿，爹是瞅着你走出咱家的门，却瞅不到你走着回家来。爹的心寒酸了，憋着的一口劲儿没了，爹的人生路，走到头了。"

紧接着的是一口哭，一口哑哑的哭从老东家的喉咙里挤了出来："我的儿呀——"

随着声声撕裂的、苍凉的哭，老东家的泪布袋哗啦啦地解开了。声音凄凉无助，叫人听了是忍不住的泪水，是止不住的辛酸。这些话没有办法去接，也没有办法应答。子成抽搐了一下鼻子，喉咙里哽咽得难受。他双目含泪，对秀才说："请柴师傅给逝者净面理发的事情，要你操心了。"

老东家的一番话，一字一句，字字句句，敲得秀才的心里疼痛难忍。一股毛瑟瑟的寒在空中盘旋，秀才点头的瞬间，硬是忍着的泪，还是被某种寒凉生生地拽了出来。泪水滴滴答答地流了下来，挡都挡不住。他慌忙转过身去，用一双大手捂住了酸鼻子。

第二十四章　人间真情

大少爷没了,老东家的心情悲凉透了,糟糕透了,家里大事小事置之不理,还落了个口吃的毛病。每天一起来,老东家会让子成将楠木椅放到院里,独自倚着椅身,直着脖子朝门外的方向瞅,朝高墙上的四角天空瞅。一到夜里,也瞅,瞅的是亮晃晃的明月儿。即便是风雨天气,也丝毫影响不了这种习惯。

他的日子就这样了,家里个别雇佣的人,对他的这种做法很不理解,只是身份太过悬殊的缘故,只能在心里发出几声轻蔑的讥笑。再怎么讥笑,反正老东家不知道,咋着想也妨碍不了他坐在院里瞅的习惯。有时候,老东家是坐在月亮地里瞅;有时候,老东家是坐在冰天雪地里瞅。不管天气和季节如何,这也是他每天必做的事情,也是他一天中最重要的事情。他活着的全部内容,似乎都在这个"瞅"里了。

老东家心里比谁都清楚,大少爷已经远走了,走得很远很远,但他依然会这样痴痴地瞅。他甚至还会这样想,到了这个季节,到了下一个季节,到了年关,他的儿一定会风尘仆仆地从外地赶回来。即便是过了年,讨了初五,过了十五,过了二十五……这个时候回来,也行。正月不出,也算是年。迟回来一些日子,也行啊!即便是再长的时间,也可以。时不时地,他也会自言自语着:"爹的儿,天黑了,你啥时候能回来?你和爹说得好好的,咋还不回来呢?爹的儿,爹想跟你见一面,你说,想跟爹说啥话?爹的儿,说啥话都成。爹有一肚子的话要和你说,爹想摸一摸你的脸,爹想摸一摸你的脑壳,爹还想……"

有时候，院里来了个年轻人，老东家就高兴地裂开嘴巴笑，说总算是把大少爷等回来了，总算是把大少爷盼回来了。说着说着，会拉住年轻人的手，"哇哇哇"地大哭。

而秦家的二少爷，长相还算体面，就是一对耳朵太小。尤其是左耳朵，像蜗牛一样卷在一起。背地里有人叫他"卷卷耳"。嫖毁志，赌败家，人人都知晓这两样烂玩意儿沾不得，死活都沾不得，却被这个王八羔子占全了。而他的坏名气，更是窗户棂吹喇叭——名声在外。

有人摇晃着脑壳说，秦家出了这么一个不争气的后人，几辈子人白忙活了。人人都知晓恭维话是假的，而这个王八羔子就爱听别人对他说一些恭维话。前些日子，王八羔子和别人打牌，因说话时语气太冲，挨了一顿拳打脚踢。不多久，听了一些顺他脾气的恭维话后，又忘记了自个儿姓甚名谁。一个红花日头暖暖的午后，在西河县的西沟边，被人用枪打成了跛子。腿脚不灵便了，但还是消停不了。

前些日子，杨良村要翻新庙宇，老东家托人从白水买了一大批木料，全部捐给庙上。二少爷知道了，趁着天黑和一帮乌合之众，将老东家捐给庙上的木料偷偷地运走了。等到老东家知道了，已经卖得一根都没剩。可笑的是二少爷贼喊捉贼，还大摇大摆地给老东家说，逮着歹人了。

其实，这帮乌合之众是住在老虎岸上的土匪。土匪为了得到秦家的财物，和二少爷貌合神离，一起将所有的木料偷偷地运往别处。当二少爷真正明白过来自个儿是被过多的恭维话冲昏了脑壳时，已经太晚了，即便是哭一缸泪都没用。秦家的家业，已经被他败得所剩无几。

深究事情的缘由，大致是这样的。二少爷结拜了一个兄弟，这个兄弟就是和他在酒桌上称兄道弟的土匪头。土匪头和他联手将老东家捐给庙上的木料偷偷地运走，并以低价处理掉。在此期间，土匪头又听人说秦家的油坊赚了十五罐银洋，这个和二少爷称兄道弟的土匪头，心里挂惦上了银洋，想吞掉秦家的油坊。

有一天，土匪头将一把刀架在了二少爷的脖子上威逼，二少爷说啥都不从，死呀活呀地就是不从。土匪头肥肥的，手皮青筋突露，他抽搐了一下鼻子，用指头蘸着辣椒水弹二少爷的脸，狰狞地笑着对二少爷说："哼，叫我这张热脸煨你的冷屁股，你个不识好歹的东西。"

土匪头的话刚出口，拳头就接着上去了，几拳头下来，把二少爷的脸打得乌青，掉了四颗牙。土匪头觉得还不解恨，又让几个土匪用鞭子抽打二少爷的背部，又往血肉模糊的背部撒了四斤辣椒面。

事情已经到了这般地步，谁也拯救不了二少爷。二少爷疼得在地上打滚，发出令人胆战心惊的哭喊声："骑狗费裤裆，骑猫费眼窝。我个傻瓜蛋没眼力见儿，我个傻瓜蛋认敌为友，拿自个儿的性命开玩笑，给秦家带来了灭顶的灾难。我有错，我没脸活在这人世上，我对不起秦家几辈人……"

二少爷疼死了，一抹残霞照在他的身上。一股毛瑟瑟的寒气挟裹着在场的村里人，土匪头瞪着猩红的眼珠子，对村里人下了狠话："谁要是帮秦家打理生意，我手中的刀收拢不住，刀吃了谁，就是谁。"

听话听音儿，这熏人的味气，其中的意思，是不言而喻的。没人敢给自个儿壮胆，吓得缩了脑壳；也有人立在原地，吓得湿了一裤裆。

秦家油坊赚的银洋，被老东家在一个黑漆漆的夜里，藏匿到了别处。至于具体藏在哪里，除了老东家一个人知道，再没有人知道。此后，老东家变得痴痴傻傻，中风不语，子成将老东家和夫人，还有年幼的秦仁义接到自个儿的家中照顾。土匪头跑到子成家威逼老东家，要他将藏匿的银洋地址用纸笔写出来。老东家颤颤巍巍，写不出个横竖道道。土匪头气急败坏，觉得此行空手回去很是不吉，得找些刺激的驱除一下这趟霉运。这般一想，命人又给老东家身上撒了辣椒面，也依然是用鞭子抽打，把人打死了。事情生事情，又生事情，一桩事情接着一桩事情，老东家的夫人受不了接二连三的沉重打击，一倒头奔西了。

后来人们才知道，给土匪头说东道西的不是二少爷，而是秦家曾雇佣的一个姓孙的帮工。岁月悠悠，造化弄人，姓孙的帮工曾在秦家做工时，私下里说闲话，偷东西，被发现后，老东家给过他几次改过自新的机会，可姓孙的依然管不住自个儿的嘴和手，在万般无奈的情况下，老东家将其辞退了。

姓孙的离开秦家时，老东家吩咐管家多给了一些盘缠，叫他改邪归正，回去后做个小生意过日子。小人记仇，君子感恩。姓孙的这个小人一出秦家大门，朝秦家的大门方向狠狠地唾了五口，说了一句恶言恶语。一转身，上土匪窝找自个儿的小弟。他的小弟在老虎岸上当土匪，他追随小弟去了，发誓说有朝一日，要报被秦家辞退的这个仇。

秦家的祖坟在村南头的五亩地，子成怕土匪再来生事，低调埋葬了老东家和老东家的夫人。之后，一天三晌，子成有两晌往五亩地里跑。一个人在老东家的墓堆前，抱着一壶老东家在世时最爱喝的西河玉米酒，一边喝一边说："老哥哥啊老哥哥，你听音着，听音着。"说完，扬起嗓门就唱，嘴里唱出来的腔腔调调，是西河人最喜爱的提线木偶戏。

也不知道是从啥时候起，村里人发现了子成去五亩地的时候，不是随身带着一壶玉米酒，就是带着一些木匠用的"家伙"，要么带一截锯好的桐木，或者是一截柳木。一双手粗糙得吓人，这就让人们更为惊奇了。

村里有个人碰见了子成，听见子成嘴里嘟嘟哝哝着："醉酒千坎过，喝，喝，喝。"

这个人转过身不停地瞅子成，自言自语着："哎！做法有些疯癫痴呆，快变成疯子了。"

子成一字不漏地听见了这个人说的话，却不言不语，只当是没听见。

有人说："疯子是子成。"

有人说："子成是疯子。"

有人说："好好的一个人，就这样废了。可惜，可惜啊！"

……

子成依然一字不漏地听见了，也依然当自个儿没听见。

四年后的一个黄昏，有个放羊老汉从地里往回走，经过五亩地时，瞅见子成坐在老东家的墓堆前，坐姿也很自然，像是和天那头的老东家唠话。老东家的墓堆旁搁着一个粉彩好了的偶人头。偶人头一刀一刀的走势，结实而有力量，细微之处，刀刀见功夫，是一种结束，更是一种延续。

天色灰蒙蒙的，有风犀利而来，大地一派寒瑟。老东家墓堆上插着的哭棍上，白纸绺儿在一阵又一阵风地吹动下，剧烈地摇曳着，发出干裂裂的声响。这声响透着一股子寒凉之气，将天空吹皱了。

天快要黑了，这是一天中最为静谧的时候。放羊老汉的脚步本来就慢，但还是有意地放慢了，忍不住地冲子成喊："子成哎——子成哎——"

不见子成回头，他也没听见子成应答的声音。这当儿，一只不知名的鸟儿扑簌簌地划过天空，落到了哭棍上，发出令人惊惧的一嗓子。这一嗓子的余音在空中拖拽得很长，一只羊受到了惊吓，发出了"咩咩咩"的惊叫声。

"不对呀，声音听起来跟平时不一样，透着丝丝缕缕的萧索和寒凉。"糟糕的气息被放羊老汉捕捉到了。放羊老汉虽说年纪大，胆子却非常小，但凡村里人都知道。这一刻，他的心狠狠地跳了一下，一股"嗞嗞"的寒凉将他的心掉到胸腔里。为了缓解极为惊恐的情绪，自个儿给自个儿壮胆，骂了羊一嗓子，又咳嗽了一声，问道："子成，你是不是睡着了？"

不见子成回答。放羊老汉停下了脚步，捂住腮帮子，发出像野猫一样"呜呜呜"的声音。

"有人喊他，不应答。瞅着肩骨都不动一下，怕是已经疲沓了。"放羊老汉的眉头拧成了一疙瘩，心里蓦然一阴，定定地立在原地，鼻头也有了复杂的感觉。就连身子，似乎一下子失去了平衡，瑟瑟地发着抖，脸色泛起或悲或忧或伤的表情。但他还是鼓足了气力，快走几步，将手横放在子成的鼻底下试探了一下动静。

冰冰凉凉，没有一丝半点气息。放羊老汉的脚步凌乱了，手打着战，心也慌了。他说了几句为自个儿壮胆气的话，脸色变得沙黄。逝者为大，放羊老汉双膝跪地，磕了三个嘭嘭响的头……

太阳一跳一晃，一荡一荡，把一坨真实的日子，无情地折叠了再折叠，变成了一地暗影。那些个热闹的，那些个寂寞的，那些个苦累的，那些个寒凉的，那些个奔流的、生动活泼的、蓬勃芳香的、明月当空的日子，全都凝滞了，被时光驱赶着、推攘着，成了流年碎影，成了遥远的遥远，成了一辈子。这一辈子的蹦蹦跳跳，弯弯绕绕，一眨眼过完了，被老天收走了，就都消失了。融到风中，融到雨中，融到雪里，融到岁月里，融到墙影里，融到尘土里。一个活脱脱的人，就这样被日子抽干了，一张熟识的人类的脸孔消失了，以这样的形式和流动的日子撒手，以这样的形式和流动的日子诀别。故去的人，一张被岁月粗糙了的脸，充满了安详和静谧，他是坐着走了的！

为了那相知相通的情愫，为了那人世间的真情，尽了心意哇！这份搭伴儿的心意，是融入血骨里的情感。这般生命里的隆重，这隆重般的虔诚，这虔诚般的情义，这情义里的暖，这暖里的疼痛，这疼痛里的沉默和深远，真真地催人泪下，放羊老汉被这种沉重的情分深深地打动了。一股酸涩，一股敬畏，一种能说清楚却又说不清楚的感觉，由心底最深处生起，汇合着漫过放羊老汉的眼，碾压着他的心。

时光在放羊老汉的眼前跳跃，关于子成父亲的印象，他的记忆深处是干瘪的，没有多少留存，仅有的一丁点儿记忆，还是无意间听村里大寿数的老人说起的。子成的父亲还活着的时候，就是忙时田间种地，闲时雕刻偶头，跟着戏班唱提线木偶戏的好把式。猛地，放羊老汉又记起了老东家，他一辈子稀罕的，也是这个……

子成家的院里乱了起来，人老几辈子，没有人经历过这种事情，这种事情又拖不成。子成走的姿势，牵挂着村里的人，也愁坏了来帮忙的所有人。一些近亲，脸上添了一层苦情，丢了魂似的乱了手脚，长吁短叹。想管，却想不出个眉目，愁得实在是没有办法。回过头来走近窑屋，瞅一眼躺在炕上活着的人，想说啥，却一个字没敢说。

子成平日不多言语的低个头老婆，不到两天，变成苍苍老婆婆了。忽然间，子成的老婆从炕上猛地爬起，隔着木格窗缝望了一眼，院里有人影儿来回走，晃得她的眼睛直发花。她用手背揉了揉发花了的眼，又望了一眼又高又远的天。

天上飘浮着朵朵白云，在子成老婆眼中的渺茫和惶恐中忽地散开了。子成的老婆撑起力气，吩咐村里几个力气大的人，一起将窑屋里那个经了日月的黑色瓷瓮抬出来。所有的人恍然大悟，这是要将黑色瓷瓮当成棺材，将他宽宽展展地安顿。子成的老婆根据子成的遗愿，将他安顿在老东家的墓堆旁。

子成老婆的日子残缺了，和她在一起生活的，是秦家留下来的独苗苗秦仁义。秦仁义年纪小。巧的是子成也姓秦，这就让子成的老婆心里，多少有一些安慰。子成的老婆拉着秦仁义的手来到子成墓堆前，对着墓堆响响地说："当家的，放宽心守土吧，我听你的。秦仁义是东家的一粒种子，也是你和我的儿。"

事实上，子成走之前的那个晚上，翻来覆去地睡不着，他摇醒了睡熟了的老婆，一番叮咛着："我梦见东家叫我哩。秦仁义还小，抓养娃成人的事情，指靠你了。"

说完，点着油灯，下了炕，"嘭嘭嘭"地，郑重地给自个儿的老婆磕了三个响头。

"大半夜了，你这是咋啦？起来，起来，赶紧起来，小心身子骨受寒凉。"子成的老婆虽然说不理解子成的这一番话，也不理解子成的表情和一番奇怪的举动，但她还是触摸到了某种寒凉的气息。她以无比担心的语气又对子成说:"好好的咋就说这呢,别吓唬我。人生一辈子,说长不长,说短不短,你我之间,还有一大段路程一起走。"

子成对老婆说:"咱先不说长不长,短不短的,你今儿个一定得答应我。你要是不答应,我就跪着不起来。"

子成的老婆不赞成子成的这种过于激将的做法,但还是被子成的这种执拗劲儿感动了,对子成说:"我答应,你说啥我都答应。"

子成点着头,又坐回到炕上,对老婆说:"好日头我怕是瞅不了几天了,今儿个说的这些话,就当是我给你在交代后事。哦,我得给你叮咛一下,这也是最重要的事情。咱屋里藏的一些泛黄的剧本,九件锦缎偶衣……这些,都是几辈人留下来的命根子,你说啥都得藏好,都得留下来。"然后,又秧秧蔓蔓地对老婆说了另外一件事情。

子成的一番话,字字句句都透着一股子要命的寒凉。子成的老婆听了,迟疑了一下,心里生起一抹恐惧和寒意,哭着拉住了子成的手。

第二十五章　厚道

　　人是房屋的"橛子",有人住,房屋好好的;没人住,就慢慢地衰落了。这才过了多久,秦家气气派派的一座大院,就有了一种凄凄凉凉的感觉。原先的秦家大院,无论是结构布局,还是风格样式,都很有讲究。门内有照壁,照壁的上面雕刻着镂空状的各种各样儿的吉祥图案,还建着腰房、山花墙、看墙。用上好的木头制作的屏风,透着无比雅致的气派,表达了秦家人美好的愿望和祝福。镂空砖雕的上面,雕刻着竹子和莲花图案。看墙的上面,还雕刻着"治家有道唯勤俭,处世无奇但率真""土能生万物,地可产黄金"等祖训。

　　这么好的院落,因为好久没有人住了,便有手脚不干净的将雕刻着仙山鹤鹿、荷花流水、牧童骑牛以及鲤鱼跳龙门的木屏风全都拆卸了。是谁拆卸的呢,是啥时候拆卸的,没有人知道。大门前的石狮子、石猴子、胡人御狮、狮子滚绣球等造型的拴马桩,也被手脚不干净的人搬走了。秦家昔日的辉煌和派头,已经成了过去式。

　　生活在一起的秦仁义和子成的老婆,不是母子,胜似母子。子成的老婆,将全部的爱意和心血,倾注到了秦仁义的身上。可以这么说,秦仁义是她的命根子,是她生的寄托,也是她活的希望。她始终谨记子成在世时给她说过的每一句话,甚至于每一个字。无论生活有多艰难,也要将老东家留下来的这棵独苗苗抚养成人。

　　子成的老婆嫁给子成多年了,一直没开怀,她待秦仁义就像是自个儿亲生的一样。别人家拾完棉花,子成的老婆将遗落在棉花壳里的丝丝棉絮,一点点地揪出来积攒。积攒得多了，用来给秦仁义做棉鞋。别人家收完蓖麻，子成老婆将遗落在地里的蓖麻捡回去，去掉蓖麻壳，将锅烧热，用铁勺摁压出油，积攒起来给秦仁义吃。每顿饭时，桌上总会多搁两双筷子，一双是给老东家搁的，一双是给子成搁的。

搁筷子的时候，子成的老婆都会说："老东家、子成，你哥俩不是外人，饥了渴了，吃吧喝吧。"

每晚睡觉前，子成的老婆也总会多铺一床被子。这个习惯，一直延续到她离开人世的那一天。

西河人讲究多，月月都有讲究。那时候，子成的老婆常去给子成烧纸钱。每次去的时候，总不忘给老东家烧一些，也会带一些祭果摆到墓堆前。被贪嘴的娃瞅见了，跑过去吃了祭果，吃得一个都不剩。

子成的老婆知道了，泪水在眼里打着转儿，硬忍着将脾气压下去。为了能多祭几天那头的亲人，她思来想去，想了一个没办法的办法，往祭果里掺了一些土。有个贪嘴娃回家后给家长说了，家长没明白子成老婆这样做究竟有何用意，而是晃着膀子，摸摸娃的脑壳，说了一些贬损人的话。这话很惹眼，却又把他自个儿活矮了："子成的老婆眼窝浅，净给人使阴招，有点半吊子做法。"

这些话不厚道，却长了腿脚，跑得飞快。传到杨良村的大寿数人耳中，却有了另外一种富有力度的说法："这做法意味深长，不能直戳戳地看表面，得拐个弯儿往细处琢磨。子成的老婆不简单，难得的重情重义之人。"

那一年，子成的老婆得了不太好的病。她将已经长成大小伙的秦仁义叫到跟前，拉着他的手说："我的儿，娘说的话，你一定要记到心上。"

这天，子成的老婆给秦仁义说了藏在心中的一件陈年往事，这件往事与秦家的老东家有着<u>丝丝缕缕</u>的牵连。

那时候，子成和秦家的老东家有一次外出，马车在路过金水沟的时候翻车了，路过的一个后生出手相助。若不是后生出手相助，老东家的腿就不保了。为了谢恩，老东家当即对天发誓，说是有朝一日，定会去他家提亲。若是生了闺女，定当去他家提说媒事。只因秦家大少爷早已婚配，却又身逢祸事。秦家接二连三地遭受打击，一蹶不振，事情也就搁浅了，没再提起。但老东家走的时候，将这件事情托付给子成，子成又将这件事情托付给了他的枕边人。

秦仁义听了子成老婆的话后，噙着泪说："娘，当初咱是落难人。这恩，儿该报。"

没多久，秦仁义娶了那个比自个儿大了整整十一岁，说话有点儿结巴的女子。这一桩陈年往事，算是有了一个交代……

思绪缠绕在往事的豁口上，让人直想哭。坐在石头上的秦仁义，眼眶里涌满了泪。心一揪一揪地疼，一阵凄凉，一阵心酸，又猛猛地袭来。秦仁义不由自个儿地张嘴喊道："娘——"

"娘"字一脱口，秦仁义的身子颤抖得厉害。他直着脖子，以苦苦哀求的语气说："娘，您若有灵，托梦给您的儿，外出逃荒的秦家人，还在不在人世间？娘，我去了好多地方，打听了好多人，没一点儿消息。我挂惦着每一个人，一提起他们，一想起他们，我的心就打战，我的心就难受。娘，您的儿难受得活不过来了。"

起风了，飒飒声和着寒凉之气入了夜色，干裂裂的，在树枝杈上横冲直撞，起起落落。此时此刻，秦仁义的心口五味翻滚，他难受、窒息、憋闷，努力地让自个儿长长地呼了一口气，呆呆地瞅着夜空。

夜色沉沉的，有说不出来名字的虫儿，发出了儿声鸣叫。睡熟了的虎娃子，在梦里叫了一声："爷爷——"

"哦，我孙娃子在梦中叫我哩！"秦仁义听见了，摸黑在皱巴脸上抹了一把泪，过往的那些剜心割肉的大痛，随着这一声亲切的呼唤，暂时凝结住了。虎娃子梦中的那一声呼唤，给秦仁义提了精神，秦仁义的心，充满了感动、激动和欢喜。

虎娃子在梦中一声接一声地叫着："爷爷——爷爷——爷爷——"一声又一声呼喊从屋里传了出来。

这一份温暖的陪伴呀，足够好。这感动和欢喜的味儿呀，足够好。让日子生动了，活络了。秦仁义品味着这按捺不住的味儿和情绪，眼泪挤回去了，往事撕扯的疼痛感消退了，一颗苦涩涩的心，安静了下来。

一双瞪在暗夜里的眼睛，比血还要红。因了虎娃子在梦中的一声又一声呼唤，也因了虎娃子在梦中的那充满无限爱意的喃喃自语声，有了一丝看得见的亮光。秦仁义轻轻地咳嗽了一声，摸摸索索地走进屋，一双手向炕头探去，摸去，把虎娃子蹬到一边的被子给他重新盖好，用满是褶子的皱巴脸，贴在虎娃子的脸上，然后"叭"地亲了一下，嘴里喃喃着："狗惊，猫惊，灶火爷爷解惊。他爹惊，他娘惊，甭叫虎娃子惊。"

第二十六章　人活一张脸

　　一天中午，虎娃子和吕百灵结伴去地里割草回来。这时节，虽说已是秋了，红花日头当空朗照，却也毒辣辣。到田间地头干活的西窝村的人，都习惯提个罐口系着麻绳的陶罐。陶罐里盛了半罐水，以备渴时之便。

　　虎娃子和吕百灵，每人割了一竹笼草往回走。走着走着，吕百灵将装满草的竹笼往地上一放，对虎娃子说："我渴得喉咙里都冒烟了，实在忍不住了。"

　　虎娃子抹了一把脑壳上的汗，对吕百灵说："咋这会儿犯渴呢？前不着村，后不着店，就是渴了，我给你也变不出来一碗水。忍一忍，忍一忍。"

　　吕百灵对虎娃子说："我实在挪不动腿脚了。"

　　虎娃子想了想，把装满草的竹笼放到地上，对吕百灵说："要不这样吧，咱先瞅一瞅，瞅一瞅能不能找下一棵树，你坐在树下歇一会儿，我回屋里提水去。"

　　吕百灵听了虎娃子的话后，喜得龇着牙，咧着嘴说了一声好。

　　两个人相跟着继续往前走。忽地，吕百灵的眼前一亮，朝北边的方向一指，对虎娃子说："你看，不远处有一棵老树。"虎娃子顺着吕百灵手指的方向望去，发现不远处果真有一棵老树。两个娃相视一笑，激动地叫了起来。

　　走近一瞅，老树下放着一个陶罐，脏乎乎的，罐边连系的麻绳都没有。想来是个马虎人，做事方式潦潦草草。按道理，这陶罐应该是抱到地里来的，也不怕将里面的水洒自个儿一身。因了过于焦渴的缘故，吕百灵没来得及将这种想法给虎娃子说。他放下装满草的竹笼，端着陶罐正要喝时，才发现陶罐里没有一滴水。一生气，将陶罐往地上一摞，发出"啪"的一声，陶罐碎裂了。虎娃子怔住了的当儿，吕百灵还嫌不解气，挥起割草的镰刀，要砍已经破了的陶罐。

虎娃子大喊一声："不要！"

硬是没能挡住，陶罐再次发出响响的碎裂声。恐惧感直奔袭来，吕百灵慌里慌张地瞅了瞅，冲虎娃子说："咱赶紧跑，不跑就跑不掉了。"

虎娃子一脸落寞，耐着性子对吕百灵说："你都不转转脑壳想一想，把人家的陶罐敲碎了，还好意思拍屁股走人？你跑，要跑你跑，我没脸跑。"

吕百灵耸耸肩，脸蛋儿红扑扑的。因了天气炎热和心里过度着急的缘故，用手擦了一把脑门上的汗说："都到这会儿了，还说啥有脸面没脸面。咱是娃，大人不会和娃计较，我们还计较个啥？赶紧跑，跑啊，人家撵来了，咱俩还得挨一顿打。不，咱俩得挨一顿饱打，一顿暴打。"

"做坏事了，嘴里还不干不净的，这种做法没意思极了。不管咋个打，也该打。我娘说过，人活一张脸，树活一张皮。今儿个弄下这等下作事，跟不要脸没啥两样。"

吕百灵提着装满草的竹笼要走，只持续了两步，扭过身对虎娃子说："都到这时候了，还说啥你娘说过没说过，你不跑，我跑了。你爱咋说咋说，我吓得后背都湿了一大片。"

虎娃子瞅着吕百灵的脸，依然耐着性子说："凡事得讲个道理。你要是跑了，没一点儿活人的道理。我娘说了，若要公道，打个颠倒。要是人家无缘无故地把咱的陶罐打破，人又跑得不见踪影，你生气不生气？"

"当然生气了。"吕百灵紧紧地接住了话茬，把话头儿转了。也就是在转话头儿的那一瞬，吕百灵突然就意识到了，这事情做得实在是理亏。他的脸色红彤彤的，低着脑壳不说话，用舌头咬自个儿的嘴唇。

映在虎娃子脸上的表情舒展多了。他学着柳玉秀平时说话的语气对吕百灵说:"一个人做事的方式,决定了做人的境界。从今儿个起,得长记性,做周正人,一辈子做个周正人。可别走到哪里,叫人家在背后戳脊梁骨。"

吕百灵眨着眼,瞅着虎娃子,只是因为过于羞愧,声音竟变得结结巴巴:"虎娃子……我……我犯糊涂了。"

虎娃子又学着柳玉秀平时说话的语气对吕百灵说:"犯这种糊涂,失了做人的分量。往后不要再犯糊涂,千万不要再犯糊涂。咱站在原地等,等人家来了,先道个歉,求得人家的原谅。哦,我咋就忘了呢,我娘还说过,头顶天,脚踩地,不能无所畏惧。人活着,得顾颜面,也得有个畏惧。"

虎娃子说完,以极含意味的表情对吕百灵眨了一下眼,咧开嘴笑了,露出一排齐刷刷的牙。

吕百灵红着脸,对虎娃子说:"刚才这事情,我知道是我的错。往后再也不会犯糊涂。"

"事情发生了,就要有所承担,才是好儿男。"两个娃忽闪着眼睛在对话,他们没有想到,陶罐的主人郑忠信,就在距离他们不远的地方站着。他们所说的每一句话,每一个字,甚至于他们说话时字音的轻和重,都被郑忠信一字不漏地听见了。他的脸上,由愤怒转为释然,继之,又浮现出了一层没有藏得住的喜悦。

郑忠信宽额唇厚,天性聪敏,会裱糊,会纸扎,会给神塑像,会雕偶头,会粉彩,还会唱提线木偶戏。他不但会这么多手艺,还是个剃头匠。说是不识字,干活儿却有窍。只要是脑瓜壳能想到的,他都能做出来。十三岁的时候,就外出登台演出,在长年累月的演出过程中,他是以剧本为书,以字典为师,摸索出一套保护嗓子的好办法。即便是在经过超强度的演出后,依然能使音质声腔流畅清晰,饱满持久。

西窝村有人曾戏侃说:"郑忠信这人呐,是饸饹床子百眼开,啥都能,啥都会,啥都做得好。"

话虽然是这样说的,郑忠信听见了,笑着自嘲道:"样样不精样样学,一生只会抹颜色。"

　　时常，郑忠信只要是心情好，会即兴编几句段子。随嘴编出来的段子，不管是大人和娃，还是男人女人，都爱听。前几年，郑忠信因出村给人剃头，往回赶的时候常走夜路，脖子后面被狼咬了一口，落了个眨眼的毛病。村里一群穿开裆裤的娃，大老远瞅见了他，重复着这样的话："挤眉咯眨眼，日鬼不停点。"

　　一开始，郑忠信听了这话后，特别生气，手痒痒地想要打人。随着年岁增大，经的事情多了，感觉上也就见怪不怪，习惯成了自然，他也在这习惯和自然中咂摸出些味道来。他呢，一直暗恋着村里一个叫林绣云的姑娘。林绣云性子豪爽，因为家道贫寒的缘故，从小到大没进过一天学堂，但天资聪颖，随嘴编出来的段子一溜一串儿。也因为家道贫寒，早早地嫁人了。即便是这样，郑忠信心里仍旧给林绣云留着地儿，父母去世十多年了，他一直未娶。

　　其间，有媒婆几次三番地来提亲，他总是以各种各样的借口推辞了别人眼中所谓的好姻缘。对郑忠信来说，林绣云嫁与不嫁，都不重要。重要的是林绣云这个人，已经深深地驻扎在他的心里。

　　林绣云长相甜美，针线活做得好，还喜欢在院里种花。一种是农家院里常见的胭脂花，随手撂一把表面皱巴的黑种子，不几天，地上就拱出来一大丛。到季节了，可以开出红、黄、白三种不同颜色的花。另一种花叫十样景，瞅着像蝴蝶，呈五边形，有四种颜色，分别为粉色、深粉、紫粉、桃红，花色显眼耐看。远远望去，如同一只只蝴蝶，在花丛中翩翩起舞呢。这两种花，林绣云最喜欢粉色的十样景，还给十样景起了一个好听的名字——蝴蝶花。

　　有一天，林绣云的男人拿了个杆子去打酸枣，不小心掉沟里了，失了命。此后，林绣云一个人过着紧紧巴巴的日子。花开的季节，林绣云坐在院里的花丛中，脸上呈现出痴愣愣的表情，一坐就是大半天。有时候，心情稍微好一些，林绣云会一个人嘟嘟囔囔，抱怨眼前的花花草草开得太炫目，太扎眼，瞅的人眼睛发晕；抱怨花开得太圆，太夸张；抱怨花的味道太香，给人的感觉妖里妖气。有时候，林绣云嘴里也一溜一串儿地抱怨说缠脚太苦，那会儿老娘咋就忍心把亲闺女的一双脚，裹得只剩下一拃长？残忍呐，实在是残忍。

这时候的郑忠信还很年轻，在一家提线木偶戏班里唱戏，他和其他戏班里的人也都熟悉，给林绣云承揽了绣制偶衣的绣花活。一来二往的，去的次数多了，郑忠信向林绣云提出了两个人在一起，生生世世在一起。林绣云觉得如果不是自个儿贪嘴想吃酸枣，男人是不会死的。心里亏欠得慌，也就断了和郑忠信在一起的念想。

郑忠信不管林绣云心里是如何想的，一如既往地对她好。他没有忘记林绣云爱粉颜色，记着林绣云爱胭脂花、爱蝴蝶花，也记着林绣云还爱吃西河县的酥脆油糕……

唉，这好好的，没招谁惹谁，陶罐突然变成了一地的瓷瓦片。瞅见一地的瓷瓦片，郑忠信的思绪分了神的当儿，这个日常用的装水陶罐，用了几辈人了，与其说是老辈人留下来的庸常生活物件，不如说是给活着的亲人留下来的一份念物，或者更应该说是一份念想。

这么说吧，这一刻的郑忠信想发飙，想用粗粗糙糙的话重重地嘶吼几嗓子，想用雷一般的声音吓唬吓唬撒野的娃，或者说是想用厚重的手掌，力道十足地抽娃几个嘴巴，厉厉地痛斥一顿。但在听了两个娃之间的对话后，郑忠信瞅着自个儿一双长满茧子的手，怎么也不忍心打，心中涌起的那些恨意，那些抱怨，全都消歇了。

不就是一个陶罐嘛，谁人不是从穿开裆裤的娃长大的？不管咋着说，得给娃一回改正的机会。至于如何做，还没想好呢。不过，眼前这两个生龙活虎的娃，尤其是个头稍高一些、脸型方方正正的娃，说话和做事情的方式很善良，他喜欢。

郑忠信将目光在虎娃子和吕百灵的脸上移动着，搜寻着。哦，看出来了，是他，他长着一双漂亮的大眼睛。虽说还是个娃，但那敦厚憨实的样子，给人一种不容置疑的信任和良善。对了，还有一种力量在里面。这力量，是一个汉子身上该有的，却已经在这个娃的身上显山露水了。

冲着这份力量，戏也能唱大。这是杨守艺亲咣咣的儿，郑忠信瞅着虎娃子的脸，眼睛亮了。而他的心跟着这种感觉颤了一下，酸了一下，也紧了一下。

郑忠信想："这娃的爹是杨守艺，以前瞅见了，话也稠着呢。可惜，走早了哇！"

接着，是一声长长的叹息。正在说话的两个娃因了这一声叹息，被惊住了。说话的声音也戛然而止，一霎间像是被啥给系住了。两个娃瞪着黑润润的眼，等待着即将到来的谩骂，或者说是即将到来的惩罚，或者说是沉重的惩罚。

郑忠信走近了，从头到脚将两个娃打量了一个遍，瞅瞅这个，又瞅瞅那个，说："今天的事情，我已经知道了。"

两个娃一脸疑惑，想好了的话溜到嘴边，却不知道该如何说。

郑忠信轻轻地拍了拍两个娃的肩膀，说道："你俩都不用解释，你俩刚才的一番对话，我一字不漏地听见了。"

虎娃子忍不住地说："叔，我俩有错在先，你说咋办就咋办，按规矩来。"

郑忠信瞅着虎娃子，又瞅了一眼吕百灵，突然间不说话了。

虎娃子一脸疑惑地对郑忠信说："叔，我屋里有个陶罐，瞅着比这个还新。我回去给您拿来。"

郑忠信说："娃，我不叫你俩赔。"

"叔，不叫我俩赔？为啥？"虎娃子和吕百灵异口同声地问道。

"是的，我不叫你俩赔，但你俩得……"郑忠信说了上半截话，下半截话没有往出说，只是瞅着两个可爱的娃脑壳。

虎娃子和吕百灵你瞅着我，我望着你，不知道郑忠信没有说出来的下半截话会是啥，也不知道如何是好，脸上写满了疑惑，还有许多的不安。

郑忠信又笑了，望着两个娃脑壳说："我不叫你俩赔归不叫赔，一码归一码。但你俩得答应我，农闲时节，跟着我学唱提线木偶戏。"

虎娃子惊异地瞅着郑忠信，空气中弥漫着一种气息。这是一种无声的、似曾相识的感觉。这一刻，站在郑忠信面前的虎娃子，不由得想起了爹的脸，想起了萧叔临终前对他说话的眼神和表情。于这一刻，他突然感觉到了什么。对，是祖父，是爹，是萧叔，是韩梅婶……他也能清晰地感觉到，满头灰白头发的祖父，脸上满是慈爱，爹的轮廓，萧叔的眉目，就连萧叔眼角与额头上的褶子，都清晰地重合在眼前这个叫郑忠信的人身上，倍觉熟悉和亲切。他们，虽说是已经远走，却还在他的身边。他和他们之间，有一种天然的亲密，一种天然的勾连。他一直记得萧叔那天临走时的情形，记得萧叔给他说过的所有的话，连同每一个字。就连说每一个字时的表情，他都能记得。

联想到这些，虎娃子瞅着眼前的郑忠信，心里生出来一股暖意，眼睛湿润了，不由自主地握住了郑忠信的手说："您是西窝村的忠信叔，我知道。叔，我知道您是心慈面善的人，我爱提线木偶戏，我也愿意跟着您学唱提线木偶戏。"

说完，跪地向郑忠信道谢时，早已是泪流满面。

这时候，吕百灵抢着说了一句："我也愿意跟着您学唱提线木偶戏。"说完，在虎娃子的身旁也跪下了。

难得的是这两个娃如此坚定，郑忠信瞅着两张可爱的脸庞，心里有了安慰，生出一份感动来。他温声慢语、一字一顿地对虎娃子和吕百灵说："娃们，都起来。好钢用在刀刃上，好胆子用到正事上。如果一任自个儿的脾气，由着自个儿的性子，一辈子都难成事。别说是难成事，还会落个猪嫌狗不爱的下场。"

说完，郑忠信"咳"了一声，接着说："人活一张脸，树活一张皮。人做事如同穿衣裳，得合体，还得合理。"

吕百灵的脸红了，虎娃子使劲地点着头，将吕百灵的衣角拽了几拽，两个娃又都跪地磕头。

郑忠信赶紧对虎娃子和吕百灵说："好了好了，都起来，都起来。"

郑忠信知道，两个娃是西窝村的，学戏的底子都很扎实，实属难得。郑忠信亲昵地瞅着两个娃，说："答应了就是欠下的，有话就说到明面儿上。从今儿个起，你俩得记住答应过我的事情。"

两个娃脸上有了喜悦，相互击掌，一齐说道："叔，我两个都记住了。"

郑忠信听了两个娃的话后，眼中有些潮热，又说："男儿一言，白不染蓝。"

两个娃听懂了郑忠信话里的意思，一起点着头，回答说："男儿一言，白不染蓝。"

也就是从这一刻起，虎娃子记住了郑忠信的厚道；也就是从这一刻起，郑忠信已经决定，只要一闲着，就给这两个娃教提线木偶戏。从内心深处，他对这两个娃寄予了无限的厚望。对，他还有好多话要对他们说。先给娃们说一说与提线木偶戏有关的一些人、一些事情。从这些人和事中，得让娃们懂人情，辨善恶，明事理，重情义，做个有情有义的人。

第二十七章 出门唱提线木偶戏

入冬时节，郑忠信跟着一个戏班出村唱提线木偶戏。这个村刚唱完，又去了另外一个村。这季节，是这行当的旺季，请提线木偶戏的人多。小娃过满月请提线木偶戏；老人祝寿请提线木偶戏；年轻人结婚请提线木偶戏；村里建了庙宇，也请提线木偶戏。

在西河，请提线木偶戏，人们嘴里所说的一台戏，其实说的是"两天三半夜"，也有说是"三天四半夜"。而这里所说的半夜，大多数指的是晚上的前半夜。如果遇到了特殊的情况，则会演"三天四全夜"。当然，演这样的戏，戏价虽说是比以往的演出高一些，艺人们却非常辛苦。每到一地演出，艺人们居住的地方，特别令人寒心。大多时候，祠堂、神庙、碾坊、村外的打谷场，就是他们的栖身之地。往地上铺一层玉米秆，睡觉时，再往身上盖一层玉米秆，就算是度过了一个又一个夜晚。

有时候出门唱戏，艺人们会在城门楼下睡觉。睡下去没多久，会有狼来光顾。有个艺人叫寒来，就是夜里在城门楼下睡觉时，被狼咬掉了一只耳朵。

这几年，郑忠信一直跟着这个戏班外出唱提线木偶戏，除却有两回住在祠堂，其余的都被安排在村外的碾坊。说好听一点儿的，是碾坊；说难听的，也就是一面破旧的土窑洞。因了出门不便携带物件，又因了艺人们家里穷困，郑忠信和其他艺人每次出门时都不带被子，碰到大村子或者是有钱的人家，会为他们准备铺的和盖的。时间久了，人们只要是提起唱提线木偶戏的艺人，总会说一些："上台英雄会，下台一堆灰""丝绸包穷骨，胡琴壮雄威""龟子戏子，一人一条被子""手锣一响，白银几两"等这样的侃话。这些话虽说是侃话，却是实情。

这天，郑忠信出村多日演出归来，返回村的途中路过西河县。每月逢二和七的集日，县城店铺林立，客商络绎不绝。位于县城南街十字口以东的文庙古建筑群，高大宏伟，古朴厚重。有大成殿五间，明伦堂五间，尊经阁三间。大成殿建于北宋大观（1107—1110）年间，重建于明洪武二年（1369），尊经阁建于万历三十八年（1610），是西河县数量最多，也是规模最大的古建筑群。西河地界的文人，唱戏的，还有乡亲们，只要一到县城，便是到文庙古建筑群处走走，转转，看看。陶醉在古建筑群中，瞅到的不仅是古建筑之美，还能感受到它背后的文化内涵。

郑忠信去文庙古建筑群处走了走，看了看，转了转，然后去买油糕。距离文庙古建筑群西边不远处，有一个油糕摊，油糕在热油锅里漂浮着，发出"吱吱啦啦"的声响。用笊篱捞出来炸透了的油糕，金黄酥脆，特别的诱人。郑忠信是这家油糕摊的老主顾，炸油糕的老岳瞅着郑忠信过来了，一边捞锅里炸透了的油糕，一边扬声喊："热油糕，热腾腾的油糕。趁热乎吃，趁热乎吃。"

这话，像是和郑忠信打着招呼，也像是对过往的人吆喝，吆喝这家油糕摊上炸出来的油糕，是多么好。郑忠信走上前去，笑着从贴身的衣兜里掏出一个用白色麻纸裹起来的纸包，纸包层层叠叠，郑忠信一层一层地打开，搁到摊前支起来的案板上。

老岳知道，每次这位叫郑忠信的老主顾来买油糕，都会带几勺用白麻纸裹着的白糖过来，是为了在捏油糕的时候，往油糕里多放一些白糖，这样的话，会显得油糕更大更甜。当然，郑忠信并不忘记对老岳叮嘱："把油糕往老的炸，炸至酥黄酥黄，就是没搭牙齿，也是满嘴香。"

这也是郑忠信为啥买的油糕又甜又大的真实原因。再则，炸老的油糕，即便是搁上几个时辰，味道也不会受到影响，吃起来依然酥脆可口。郑忠信拿着用白色麻纸裹好了的油糕，又想起了另外的一件事情，转身去了县城西街，给虎娃子和吕百灵一人买了一个带护耳的棉帽子。西河人将这种带护耳的棉帽子，叫作脸脸帽。

这天中午，郑忠信步行前往林绣云的家，去的时候，林绣云在门前正用砍刀剁树枝杈。剁好后，踮着小脚一趟一趟地将树枝杈抱到院里的墙底下。来来回回的，已经抱了好几趟，脚趾头钻心般地疼，林绣云一边揉脚一边说："女人苦呀苦万千，唯有缠脚是大难。提起缠脚心打颤，提起缠脚泪涟涟……"

"涟"字刚落地儿，郑忠信提着用白色麻纸裹着的油糕喜颠颠地进来了，将油糕往林绣云的手中一塞，迈着阔步将剁好了的树枝杈抱回来。没多久，院里的墙底下已经整齐地码好了一个柴垛。林绣云瞅着眼前整齐的柴垛，脸色变得通红通红，心里乱乱翻翻，一会儿想个这，一会儿想个那。

郑忠信也牵挂着虎娃子和吕百灵，从林绣云的家一出来，急急忙忙地朝西窝村的方向走去。这天，他走路的速度比往常快，前脚走进家门，两个娃一前一后，慌慌张张地跑来了。

其实，郑忠信在出村唱戏之前，就已经对两个娃说了，说他这天下午回到西窝村。虎娃子来到郑忠信家之前，是在碾坊里推磨，把红面麸皮磨成粗面，用了大半天。磨完后，又和秦仁义到村口绞了两担水。其间，吕百灵和他爹一整天待在屋里搓麻绳。早上起来的时候，他爹对他说："把劲鼓足，多搓麻绳，明天上集多卖一些。油盐酱醋茶，就都换回来了。"

郑忠信笑望着虎娃子和吕百灵，手往褡裢里一掏，掏出来两个带护耳的棉帽子，对虎娃子和吕百灵说："你俩一人一个。"

郑忠信一边说着话，一边将两顶棉帽子分别递到虎娃子和吕百灵的手中。吕百灵将棉帽子拿在手中，脸上有了抑制不住的喜色，左看右瞧，高兴地发出一声又一声尖叫。

虎娃子眨巴了一下眼睛，犹豫了一下，将棉帽子往头上一戴。不大不小，刚好合适。虎娃子的目光直直地瞅着郑忠信，有一滴泪在他的眼眶里打着转儿。

"这娃，真叫人心疼。"郑忠信抬了抬嗓门，声音亲切硬朗，"娃，你们好好生长，往后定会有个大出息。"

这当儿，一抹阳光被院里的一棵桂树影子筛过，轻轻地迈了一下，悄悄地从空中泼洒而来，给郑忠信、虎娃子、吕百灵三个人的身上，铺了一层淡淡的晕黄。三个人也因此有了别样的生动和好看，好看到有些不真实了。

在这真实与不真实之间，那些潜藏在郑忠信记忆深处的人和事，在郑忠信敞开话匣子的时候，清晰地浮现在虎娃子和吕百灵的眼前，回响在虎娃子和吕百灵的耳边。郑忠信没挪地儿，给虎娃子和吕百灵说了一个下午，连着大半个夜。

多年之后，虎娃子常常忆起这个寻常而不寻常的下午和不寻常的大半个夜。他依然记得，在这个下午和大半个夜，郑忠信给他和吕百灵说了一个叫宁宏和一个叫李灌的人。说是这两个人对于西河提线木偶艺术，有着非常大的贡献。宁宏，字季腾，自号宁鸠山人，是明代万历十三年（1585年）进士。祖上为晋西稷山人，来到西河后，是以贤孝传家，一辈子编撰了无数个剧本，可惜的是，有许多都没能保存下来。保留还算完整的剧目，只剩下《谪仙楼》和《卖方郎》等几个剧本，而这几个剧本，是宁宏和他的父亲一起完成的。

郑忠信提到最多的一个人，还是李灌。李灌是土生土长的西河人，也是艺人们嘴上常常提到的一个很重要的人。关于李灌的事情，郑忠信说了很多，差不多说了大半个夜。用郑忠信的话来说，关于李灌的奇闻趣事、身世评说、民间传说，以及对于戏曲的理念和他与提线木偶戏之间的故事，在关中大地上流传得太多了，就是说上十天半个月，也说不完。

李灌是明末清初的诗人和戏曲家，一辈子饱尝了人世间的艰辛和坎坷。郑忠信说他知道的这些，都是听老艺人们时常说起的。宁宏和李灌这两个人的名字，在这个平常而不平常的下午和夜晚，深深地嵌在了虎娃子和吕百灵的心中。即便是多年以后，虎娃子每每忆起，郑忠信的影子依然清晰明了。郑忠信说话时坐在炕头前的每一个表情，虎娃子也依然记得清清楚楚。

虎娃子还记得，有一天，郑忠信穿着一件深蓝色的衣裳，衣裳上系着带子，是在腰间随意打了一个结。结上有红绿相间的绣花，还有翩翩飞舞的粉色蝴蝶。郑忠信以无比骄傲的神态对他说："这个，是你绣云婶给我做的衣裳。这个，也是你绣云婶给我绣的带子。"

说完，眨眨眼哈哈大笑，声音洪亮如钟，中气十足。

虎娃子记得，郑忠信在没有给他和吕百灵说这些话之前，还语重心长地说了下面的一番话，并告诉他们，一定要记住："学戏之人，要有德。有德才有艺；世上有，戏上有；一天不练手脚慢，两天不练丢一半；清晰的口齿，沉重的字；动人的声韵，醉人的音；台下不流汗，台上无人看。不怕别人泼，只怕没人说……"

虎娃子也依然记得，在这个平常而不平常的下午，他调皮地对郑忠信说："师傅，您先给我俩介绍一下您自个儿吧。"

只是他说完这话后，吕百灵笑得没死没活，一旁的郑忠信也笑了。笑着摸了摸虎娃子的脑壳，拍拍他的肩膀说："叔就是个山野之人，一辈子劳碌的命。要是手脚拉着不干活，浑身上下都不舒坦。喊啥师傅不师傅的，你俩都叫叔，这称谓就好得很么。"

虎娃子记得，他那会儿想要问的话太多了。即便是不涉及提线木偶戏的一些稀奇古怪的话，他都会问，而且是挨着问。即便是他问的问题刁钻、古怪，郑忠信都乐意回答，又都能回答上来。

虎娃子记得，他问过郑忠信，西河的塔为啥都是歪的？瀵泉里的水为啥是辘轳形状的泉眼？瀵泉为啥叫伏鱼泉？在西河，人们为啥把外孙叫"磨镰水"……

虎娃子也依然记得，这个平常而不平常的日子，郑忠信又提到了他自个儿的师傅。说他的师傅心善，脑壳活，心灵手巧，就是脾气太赖，嘴巴彪乎乎的。干活干腻歪了，叽里呱啦地就骂人，骂得都是些四不沾边的话。破口大骂都算是轻的，冷不丁唾个满脸花，重则抬手打，手里拿着啥就抢啥。罚跪，也是常有的事情。不过嘛，师傅发脾气也就那么一阵子，时间久了，他就摸住师傅的脾性了，也就由不习惯变成习惯。师傅后来不在了，时不时地，他会想到那些场景。一想到那些场景，他心里热烘烘的，感觉到师傅并没有走远，离得很近。唯一遗憾的是，他这辈子顶过师傅一回嘴，冷不丁说出来的那几句话，太不应该了。

虎娃子记得，郑忠信说了这些话后，略一沉思，继续说："唉！人说啥都不能不懂曲直。我那会儿还小，不知道啥叫个口传心授，不知道啥叫个天高地厚，竟然当着师傅的面，说师傅是口无遮拦的疯子，光耍巧嘴不顶用，还说师傅'吹胡子瞪眼，不顶饭吃'。就这几句话，把师傅一下子给锲住了。师傅不在了，也因了这几句话，我后悔了多年。即便是现在想起来，我依然后悔。后悔自个儿咋就那么不懂事，后悔自个儿说了不该说的话。"

虎娃子也依然记得，郑忠信还说过这样的话："说完这几句话后，我后悔了，傻着脸向师傅求饶。师傅瞅了我一眼，那眼神，瞅得我心虚。我那会儿还想，是不是我的冒失和不懂事，把师傅的心伤了。多年之后，我才真正地想通透了，师傅说过，眼皮子底下作怪呢。而他脸上表现出来的，是啥都没受损的神情。实则上，他并没有在意我的幼稚和莽撞的表现。"

虎娃子也依然记得，郑忠信说到这里的时候，吕百灵发出了一声响响的尖叫，叫声大而细，惊飞了树上的一只鸟。留在树上的几片树叶子，也被这只鸟惊落了。

这只鸟划过天空时发出来的扑棱棱的响动，虎娃子听见了，对郑忠信说："叔，那是啥鸟？"

郑忠信以肯定的语气回答道："是只大鸟。"

郑忠信说话的样子，连同刻在他额上重重的皱，在虎娃子的心中定了格。那是经了岁月的沧桑，那是经了岁月的印痕。那记忆，那沧桑，那印痕，那记忆深处的暖，一直伴随着虎娃子，走过春，走过夏，走过秋，走过冬，走过人生路上的一年又一年。

第二十八章　人生有大道

　　王先生的屋里新盘了一面泥坯土炕，返潮得厉害，得每天用柴烧。王先生心里装着事情，没在意泥坯土炕返潮的厉害还是不厉害，他往返潮的泥坯土炕上放置了一块木板，一个小炕桌，每天坐在木板上读书撰文章。一段日子下来，王先生的身子浑身疼痛，奇冷无比。王师娘用砂罐熬了不少药水，王先生往肚里也灌了不少，但没啥效果。天暖和了，王先生的腿上还捂着过冬时御寒的棉裤，就这，还一个劲儿地喊叫着冷，喊叫着疼和痛。

　　为了缓解这种源于身体上无休止的冷和疼，王先生的儿派马车接王先生去兰州瞧病，王先生去了没几天，硬是和王师娘嚷叫着要回西窝村。王先生的儿拗不过爹和娘，又派人将双亲送回到西窝村。王先生从兰州回来后，因了长途的跋涉，腿脚又再次受了风寒，病情愈加严重。王师娘在王先生跟前不止一次地嘟哝："说过多少回了，你就是不听，还给我讲你的道理。这不，恁聪明的一个人，做了一件糊涂事。"

　　王先生总会以相同的话语来反驳王师娘的话："你呀你呀，应该说成是聪明反被糊涂缠。"

　　从兰州回来后，王先生坐在泥坯土炕上的日子更多了，撰文的日子也多了，挑灯夜读是常有的事情。他将由西河劳动人民创造出来的提线木偶戏方面涉及的一些史料，还有关于提线木偶戏方面的一些民间传说之类的知识归纳到一起。农闲时节，他吩咐卫厚岱把虎娃子叫过来；农忙时节到了，王先生会让卫厚岱代替虎娃子帮助柳玉秀干农活，他会给虎娃子讲解提线木偶戏涉及的方方面面的知识。

照眼下这身子骨来看，王先生心里还是有一些疑虑，身子骨垮下了，该给娃当面说的没说，该用文字记载的方式留下来的没留下来，就对不起这片土地上长出来的这一奇崛的剧种。别说是没脸见祖宗，就是死，也难瞑目。

王先生在去兰州之前的几个年里，只要一有空闲，便会让卫厚岱陪着他，将西河大地的旮旮旯旯，用脚掌丈了几遍，寻访，问究，实地考证。从兰州回到西窝村后，王先生在屋里整整忙了九个月。九个月后的一天，卫厚岱去了杨家，将虎娃子叫到王先生面前。虎娃子瞅着王先生，吃惊地叫了一声："先生——"

别说是虎娃子，即便是王师娘，也是眼瞅着王先生一天天地憔悴，一天天地老下去。好长一段日子，王先生浑身疼痛得冒冷汗，没有一点儿办法。一拿起手中的毛笔，他似乎就将所有的疼和痛忘记了；一放下手中的毛笔，这恼人的疼和痛又来了。

一天晚上，王师娘被王先生夜里的呻吟声惊醒，王师娘心里急，却又没有办法，思来想去，下炕给王先生倒了一瓷碗热乎乎的白开水。王先生用双手紧紧地抱住瓷碗，嘴里嘘了一会儿气，对王师娘说："手里抱着这一瓷碗白开水，我感觉没有刚才那么疼痛了。"

疼和痛二字压得王师娘的心沉沉的。她心疼地望着王先生，泪水入了嘴，入了心，一阵一阵往上泛酸。他是从早上起来就开始写，天黑实了还在油灯下写。王师娘实在看不下去了，忍不住对正在搦笔撰文的王先生说："我想和你说一说话。这些日子，你只顾着写呀写的，和我说的话加起来没十句，如同我不存在一样。"

王先生神情专注，沉浸在笔下的情境里，没有回答王师娘的话。王师娘等不及王先生的回话，又说："你自个儿的身子骨，你还不清楚吗？再这样干下去，会出现啥情况，我都不敢想。这些既不能当吃，也不能当喝，还得搭进去一条命。你啊你啊，究竟是图啥呢？我真拿你没办法。我想说的是，又没有人逼着你写。该歇一歇了，不为别的，自个儿的身子骨要紧。"

王师娘的一番话里，说到了"该歇一歇了"这五个字。五个字一出嘴，把她自个儿的泪也扯下来了。她突然意识到这些脱口而出的话有些晦气，咋就没能管住自个儿的一张嘴呢？王师娘紧张极了，眼里全是惶恐不安，她着急地说："瞧我这张嘴都说了些啥。千不该万不该，有些话就是不该从嘴里说出来。"

说完，又怕那些个字眼从嘴边溜出来，她赶忙憋住气，用双手紧紧地捂住自个儿的嘴。

这时候，王先生抬起头来，将攥在手中的毛笔搁在桌上，用双手揉了揉酸涩的眼睛，搓了搓锈黄色的脸膛，瞅着王师娘说："日子像一条河，滔滔涌涌地往前走，说长不长，说短不短。我这身子骨，一天不如一天。人嘛，心里总得有个怕。今儿个实话对你说，我怕哪一天身子骨软了，连抬手动胳膊的劲儿都没有，日子就凝固了，想做啥都做不成。我的事虽说不顶饥，却是不一般。这是我多少年的心愿，不，应该说是多少年嵌在我心中的圣念。活到这一把年纪了，总不能整天杵着脊背靠住南墙晒日头，老天爷摆置个啥，就是个啥。不能，决不能。我该静下心来，认认真真地做一件事情。这些日子，我只要铺开纸，只要拿起笔，潜藏在心里的一些积淀，就一股脑儿地往出拱，往出涌，等着我将它们都用毛笔记下来。这些年，我走遍了西河大地的旮旮旯旯，就连潼关、山西、福建等好多个地方，我都去过。这些，我不说你都知道。我搜集的那些流传在民间的关于提线木偶戏和艺人们生活中的真实片段，真真切切地浮现在我的眼前。一代又一代西河人，为了这个流传在民间的奇崛剧种，付出了千辛万苦，千难万难，有些艺人连命都搭进去了。我要是不把这些写下来，我要是不把这些记载下来，对不起披在我身上的这一层人壳壳，也辜负了我自个儿的一颗心。你知道，我是打心眼里喜欢提线木偶戏，喜欢做这事情，也是从骨子里透出来的心甘情愿。不就是浑身疼嘛，不就是浑身痛嘛，没啥大不了的。

人一忙起来，思绪尤为集中，感觉不到一丁点儿疼和痛。如果能给后辈们留下一些有用的东西，如果能给后辈们留下一些有价值的东西，也不枉来这人世间走一趟。老天爷若能开眼，让我能把自个儿这多年的积累和沉淀用笔写下来，就是我这辈子最大的心愿。即便是老天爷折我的阳寿，叫我立马倒头走，我都愿意。这是关于结束和延续的事情……好了，不说了，一说起来，牵枝带蔓的，话题又该扯长了，扯远了。"

王师娘听了王先生的这一番话后，和颜悦色地对他说："啥倒头不倒头的，净说些不着边际的话，都没问一问我的心，是愿意还是不愿意？"

王先生回答说："人到世上，各有各的命。命该是啥样的，就是啥样。"

只是说这些话的时候，王先生的声音听起来有些变调了，听着和平时不一样。王师娘的心里发怵，真不好受，翻江倒海地一阵翻搅。她抬高嗓门，脱口而出的是："你呀你呀，我的个你呀。动脑壳比出力气磨人，一天接着一天，你遭罪受了。"

王先生直了直坐疼了的身子，看了看王师娘，以镇定的语气说："我遭啥罪？受啥罪？瞧你这话说的。我没遭一点儿罪，是你的心里揣着一个惑。得解开这个惑，把人世间的事情看开，看透。老了，活走样了不合适，叫人下眼看。心宽如天，才能富似大海。人生有大道，去掉心中藏着的那个'小'，将心往'大'处活。人活一世，总该知道给这世上留些啥。好了，做到这地步了，我没办法停下来，也停不下来。你先睡吧，今夜里文思如泉涌，状态正好，我多写一会儿。"

说完，王先生的肩膀又挺了起来，拿起了毛笔。王师娘走了几步，扭过身来，望着王先生说："你听听我的意思，缓一缓再写。"

王先生没有抬头，也没有接话茬儿，而是将拿在手里的一卷书稿放下，又将玉版宣纸用镇纸石压住，手中的毛笔在玉版宣纸上做了四个特别的注释，然后又将做了注释的书稿挪到一边儿，在铺开了的玉版宣纸上，认认真真地，一笔一画地写起来。

一行又一行大小相间、收放自如、流畅飘逸、疏密有致、俊秀儒雅的隶书字体出现在玉版宣纸上。从笔势、章法和气韵中能感觉出来，王先生是用了心，用了情的，也是从骨子里透出来的用心用情和实心实意。是啊，此刻的王先生，已经进入了兴致，也进入了书写时的最佳状态。

王师娘抬头望了一眼王先生，受到感染似的，提到嗓眼里的话，硬生生地从喉咙里又给咽了回去。她真真切切地感觉到，有一种坚定不移的内容蕴含在王先生的身上。不，更应该说是有一种大气和大爱，藏在他的身上。虽然说对他的做法很受感动，可她还是心酸酸地瞅着他，她能想象到将来，不，也许用不了多久，会是怎样的一种结果，她心里忧着、疼着的，是她一辈子心动肝颤的、暖脚头儿说话的老伴哇！

"由着他的性子去吧！"王师娘摇摇头，发出了一声无奈的叹息。她能感觉到，王先生现在的日子，他的精气神，是依着靠着这个的。他心中有圣念，他心里挂惦着这个圣念，知道他该如何做。

王师娘不忍心再去打扰王先生，只是在王先生睡觉前，给他温好玉米酒。又用温好了的玉米酒，给他来回搓捏又疼又痛又酸的胳膊腿，心中一遍又一遍地为他祈福，为他祈祷，祈求老天爷能让他少受些疼和痛，祈求神灵能给他一副硬邦邦的身子，让他将此生的心愿完成。就算是对他自个儿有一个交代，也是他对这个人世间，对他一生钟爱的提线木偶艺术，有一个交代。

第二十九章　真味

入冬前，王师娘用了头茬棉花给王先生预备了三个长方形样的蓝色护膝，四个相同颜色的棉裹腿，五个棉坎肩。也就是在这个冬天，王师娘给王先生一连着几天做可口的饭食，每天都亲自下厨。她知道，王先生一辈子最爱吃面食，一天不吃，肚里就觉得不舒坦。王师娘给王先生做面食，每天变着花样儿，尽量做到不重复，有炒菜面、连锅面、甜面、干捞面、鱼儿钻沙面、杏瓢子、搓麻什等几十种。

王先生吃面食的时候，还有一个习惯，这习惯也是几十年如一日养成的。不管是哪种面食，只要有一碟儿捣碎的红辣椒，掺一些香菜，或者切碎的葱花，要么啥都不掺，用煎好的油往上一泼，吃着泼制而成的红辣椒，舒坦得连吃菜都忘了。

西河人将用油泼好的红辣椒，叫作睁眼辣子。王先生远在兰州的儿，也继承了王先生的这一嗜好。隔一段日子，会让人捎一封书信回来，说村上如果有人去兰州，捎些娘做的睁眼辣子，有一阵子没吃了，心里想了。想家乡的味道，想家的味道，想娘做的味道。

一连着好些日子，王先生一直坐在炕上写，间或翻阅一些线装古书。这些日子，王先生很少下炕了，王师娘担心不活动，面食到了肚里难消化，午饭和晚饭用米汤、玉米糁，或者面糊汤来代替。如此这般，几个日子下来，王师娘又担心王先生肚里亏得慌，又问："想吃面不？今晚上不烧汤了，给你擀一碗面。"

王先生对王师娘说："算了，不擀了。今晚烧甜汤，再做四碟儿菜，一碟辣子，一碟盐，一碟黄花菜，一碟热豆腐，凑齐四样儿。热是热，凉是凉，事事如意，四季发财，这就好，这样就好。"

接下来的日子，连着刮了几天西北风，抬眼便是萧瑟。在西河，有"一日西风三日暖，三日西风冻破脸"的说法。这天气，一天比一天寒冷了，冷的速度急吼吼的。估摸用不了多久，该落六瓣儿雪花了。王先生身上的疼和痛，伴随着萧瑟寒凉，一直在加重。王师娘背对着王先生，用特制的厚棉腰带，将她和王先生捆绑在一起，希望自个儿能给他增加一股力量，让他能舒服一些。这样的姿势，一坐就是几个时辰。每每这种情况下，王先生的脸上会狠狠地抽搐一下，又一下，但他依然没放下攥在手中的毛笔，间或说一些很是知足的话："我这一辈子，有你知足了。"

王师娘转过脸，冲王先生微微地一笑。王先生伸出手来，捏住这个给他注入了一把力气和一股力量的女人的手。这女人的这一双手啊，他一辈子都捏不够。

王师娘说："我心里咋怪怪的，想把潜藏在心里的话和你好好地说一说。"

王先生说："你说嘛，我这会儿竖起耳朵听着哩！"

王师娘说："人一上岁数，是不是就爱犯糊涂？一犯起糊涂，也就忘了些规规矩矩。我今儿个有话要说，有话想说，不知道该说不该说，不知道规矩不规矩，也不知道说了合适不合适，若是失了规矩，在你面前就把人丢大了。"

王先生说："老夫老妻的，没有啥合适不合适，也没有啥丢人不丢人。要说想想，就大着胆子说。你说，我听着你说。"

王师娘软软悠悠地对王先生说："这种语气的话，我从来没给你说过，今儿个也就豁出去一回了。人活一辈子，有喜有忧也有愁，我和你在一起，所有的忧事儿愁事儿都不叫事儿。记得那时候，我的大辫子长长的，齐过腰了，辫子上缠着粉头绳，用粉头绳在辫梢上打了一个漂亮的蝴蝶结。下辈子，我还愿意给你暖脚捂炕，我还给你用涝池里的池泥憋布，做袄做裤。

我知道，你一辈子不爱穿绸绸缎缎，就爱穿我用土法染成的老土布。"

王师娘说到这里，"哇"地一声哭了。王先生挣扎了一下，身子颤抖了一下，手也跟着打了个战，疼得没能翻过来身。他红着眼睛说："莫哭莫哭，我记得清清楚楚。那时候，你将打谷场的麦秸秆让雨水淋了个透，又烧成了灰，然后将用水搅拌的灰水不停地搅，搅成了糊状，再把织好的老土布一点一点地搁进去，继续用手不停地搓。这一搓就是无数遍，搓好后，又用清格湛湛的水洗净，晾晒干，给我做袄做裤做褂褂。你做的袄裤和褂褂，我稀罕，我爱穿。夏天一到，槐树开了一簇儿又一簇儿黄花。对了，咱西河人将黄花叫槐米，用槐米染成的黄中带绿颜色的布。这布我也爱，你用这颜色给我做了一套贴身穿的，一穿又是四五年，咋穿都穿不够。我记得，咱儿小时候用的那些尿布，都是你用土埝边的茜草染成的。我还记得，每次你会将挖回来的茜草淘洗干净，又拿到灶屋里用大铁锅熬。对，我记起来了，是熬成红颜色的稠汁。再用这稠汁把白布和白线，染成红颜色的布和线，给娃做袄做裤做尿布。每到本命年，你还会用这颜色的布，给我缝一条红腰带，缝三个红裤衩，你说让我替换着穿。纽儿，我一直都觉得我是个福人，有福的人哇！"

王师娘有些吃惊地说："你叫我纽儿？你再这样叫我一声，我还想听你这样叫。"

王先生说："纽儿，你别打岔，叫我接着往下说。"

王师娘不吭声了，用心倾听着王先生说的每一句话，连同每一个字。

王先生说："还记得不？你是用村西头涝池里黑乎乎的池底泥，将白布染成了灰布。每年还没到冬天，你都会给我缝一件合身又合体的新棉袍。记得有几次，我陪着你一块儿用涝池里的黑泥染布。哦，咋就忘了呢，咱西河人把用黑泥染布叫作用池泥憋布。用池泥憋布这种叫法，我还觉得别扭，细细地一琢磨，觉得这样的叫法很合理，也有意思。记得你曾经说过，有卫厚岱帮忙就行了。说我陪着你憋布，人家村里人瞅见了会笑话。我才不管人家笑话还是不笑话，我愿意。我还记得，我曾写过一首歌子，叫作《两口子憋布》，你记得不？"

"记得，我咋能不记得，我记得是男女对唱的歌子。歌子，咱西河人叫作花花，不是唱，而是说。"

王师娘记得很清楚，当时她和王先生撩起嗓子，一边憋布一边说，说完后，两个人笑得没死没活。偏偏两个人扬声说花花的场景，叫村里一个记性好的张姓人看到了，听到了，一字不落地记住了。不几天，村里村外，方圆十里的两口子，不管是年老的，还是年轻的；不管是男的，还是女的，都会说。这场景，这花花歌子，一字一句，一辈子都忘不了。

  妻子：给你白布整三丈，叫声丈夫送染坊。

  丈夫：咱家没钱实难说，你给咱拿池泥把布憋。

  妻子：黑豆皮皮打底儿，牛儿蔓蔓熬水水。

  丈夫：熬下水水老酽酽，一下倒到瓦罐罐。

  妻子：叫声丈夫担布提罐罐，叫我穿裙换衣衫。

    再叫丈夫你等着，叫我把咱门儿锁。

  丈夫：走一胡同又走一弯，行步来到涝池边。

  妻子：池里水深泥布多，你快拿锄镢勾底窝。

    憋布的人儿实在多，迟了没泥没奈何。

  丈夫：你也捞，我也抢，池泥捅浆随了汤。

    叫媳妇，你快搭手，慢了稠泥满溜走。

  合： 夫妻二人紧忙活，忙得头不是头来脚不是脚。

    满身的泥点点赛蜂窝，一脸麻子疙瘩戳。

    我看你，你看我，把人笑得没死活。

    一下憋到半后晌，才泛出一匹灰鹁鸽。

王师娘想起这些场景，"扑哧"一下笑出了声。笑过之后，叫了一声："扣儿——"

王师娘软软和和地叫了一声王先生的小名儿,两个人背倚着背坐着。忽地,王先生将王师娘的手使劲儿地一捏,王师娘有些迷瞪了,王先生也迷瞪了,多年前的一幕幕,出现在两个人的眼前——

那时候,王师娘还是小纽儿,家里吃的是用红薯叶、干苜蓿叶、大麦叶蒸成的麦饭。就连过十五提的灯笼,都是小纽儿的爹将萝卜用刀一旋,把油倒到里面,再将一小撮棉花搓成条,放进去点着。是扣儿不嫌她家寒,硬是将小纽儿变成了王太太,将王太太变成了受人尊敬的王师娘。

"那时候,我家院里栽着白玉簪、夹竹桃、盆盆草、指甲花。我记得,三四片瓦在地上围成圆圈,就是一个现成的花盆。"纽儿给扣儿说这话的时候,扣儿听得哈哈大笑。纽儿羞得满脸通红,恨不得钻进地缝里。

那时候,扣儿还是个热气腾腾的汉子,每年到了五月底,农家人用了几天奔命的日子,将麦子抢到打谷场,碾成颗颗粒粒。秋庄稼也相继种上了,到了女婿和刚结婚的新女婿"看忙罢"的时节了。这时节,西河有晚辈看望长辈的习俗。王先生的娘瞅了个好日子,准备了用芝麻、清油、花椒叶、辣椒蒸好的二十七个大白馍,吩咐王先生去看望岳父和岳母。岳母在灶屋里忙了半天,端出来两热两凉四碟儿菜。有炒粉条、炒鸡蛋、黄花菜、腌蒜薹,还有用鏊摊成的煎饼……扣儿捏着纽儿的手说:"往后的好日子,我都给你预备着。"

这一刻的纽儿,这一刻的扣儿,早已是满头花发,早已是两张入了岁月的核桃皮皱脸。两个人背靠着背,都是花白脑壳,不由自主地想到了往昔,异口同声地念道:"一点铁,一点铜,一点木头,一点绳。一个稀,一个丑,一个拉着一个的手。"这声音,令两个人都很沉醉。

念完后,两个人都哈哈大笑起来。他们两个人嘴里念的,是王先生专意为他和她创作的谜语,谜底含有纽和扣两个字。合起来念,就是纽扣。这个谜语和谜底,只有他们两个人知道,是两个人一辈子深藏在心底的浪漫,也是两个人一辈子深藏在心底的秘密。

王师娘对王先生说:"扣儿,此时此刻的这种感觉,就像是回到了从前。只是这日头一晃一晃啊,就是一辈子。纽儿这一辈子嫁给你,值了。"

说话的当儿,王师娘的眼角湿乎乎的,脸上落了一疙瘩泪。

夜半时分,正在撰写书稿的王先生突地放下手中的毛笔,挺直了几乎麻木了的身子,空气中荡漾着掩饰不住的"嘿嘿嘿"的笑声。接着,又是野野的一嗓子笑声。背对着背的王师娘惊得完全不能呼吸,心里多了一份紧张,紧紧地捏着王先生的手,抖着唇说:"扣儿,扣儿……你咋了,你这是咋了……"

王先生怎能不笑出声来呢?他心心念念的、日牵夜牵的、日思夜想的九十九万字的《提线木偶戏简史》,终于画上了最后一个符号。王先生活着的信念,活着的期待,活着的心愿,活着的一个人该有的气魄,终于落到了实处。

王先生笑过之后,给王师娘提到了他小时候,舅舅家在赤城村,村里有一棵硕大的木兰树,开花时节,是一道亮丽的风景。木兰树上结着三角形样儿的果果,果果里面的小黑豆滑又滑,圆又圆。老外婆用圆圆的小黑豆串成了黑手镯,串成了黑颜色的项链,串成了佛珠。

这个夜里,王先生给王师娘说了关于木兰树的一些记忆后,又说他的嘴里有点寡淡,想吃白萝卜煮饺,想喝玉米糁,还想吃鱼。王先生的话刚落地,王师娘和卫厚岱虽然都觉得惊讶和惊奇,但还是连夜张罗着做了。等到煮饺、玉米糁和鱼一并上了桌,王先生吃了九个煮饺,一碗玉米糁,还有半条鱼。

饭后,王先生对王师娘说:"这一顿饭吃饱了,连下一顿的饭都吃了。"

王师娘听了王先生说的这没头没脑的话,心悬在了半空中。整整一个晚上,都没敢睡一眼觉。

第二天早上,红花日头爬一竿子高了,王师娘按照王先生的意思,吩咐卫厚岱去了一趟杨家,将虎娃子叫了过来。王师娘瞅了一眼睡着了的王先生，压低音量对卫厚岱和虎娃子说："别出声，叫王先生多睡一会儿。"

说完，三个人暂时悄悄地离开了。过了一会儿，王师娘的心里慌慌的，是从来没有过的心慌的感觉。有些不太好哇！王师娘又连忙和卫厚岱、虎娃子，一起进了屋。

卫厚岱大叫了一声："王先生——"

这时候的王先生，脸色灰扑扑的，有一股说不出来的萧瑟感在慢慢逼近。这个被别人叫作王师娘，被王先生叫作纽儿的女人，使劲地捏着王先生的手，想给他一股温暖的力量。许是因了这种无声而温暖的力量，躺着的王先生竟然坐了起来，脊背挺得溜溜直。脸色恢复到以前良好的状态，说了句从来不调侃的话："我这脊背再不挺起来，就起不来了。"

卫厚岱和虎娃子瞅着王先生好看的脸色和表情，脸上充满了难以掩饰的感动和欢喜。他们都以为王先生好了。王师娘也瞅着王先生，心里"咯噔"一下，一丝掩藏不住的焦苦和苦涩，落到心根子上。王先生瞅了一眼王师娘，两个人忍不住地瞅了彼此一眼。脸对脸，眼对眼地瞅了一会儿，许多话变成了无声的千言万语，无声的千言万语穿过彼此的皮肉，直抵彼此的心根子上。他心知，她也心知，都知道这是神的意思，又都不说破。

到了枯枝叶落的时候了，该来的还是来了。是老天爷安排好了的，谁也躲不过。这一刻的屋里清净极了，因过于清净的缘故，显得越发凄凉。

屋外，是飕飕的寒风发出"呜呜呜"的声音。屋内，是往昔与永远的分水岭，是一个人踩在生死之间的门槛上。王先生将目光从王师娘的脸上移向卫厚岱的脸上，又从卫厚岱的脸上移向王师娘的脸上，说："阎王让你三更死，决不等你到五更。世事不由人，明年的苍苍翠翠，人世间翠翠绿绿的鲜活劲儿，怕是瞅不到了。华夏秋千数关中，关中秋千在南社。南社的天平秋千、三状元秋千、轮儿秋千，南社的社火和秧歌，申庄的背杆，坡赵的龙灯，岳庄的狮子舞，以蛮和粗犷见长的上锣鼓、高跷、龙灯、漂荷叶、旱船……这么些好看头，瞅不到了。子夏设教、伏羲画八卦的地方，也没机会去了。"

王先生的一番话,无异于敲了卫厚岱一榔头。他突然想起四天前,王先生托付给他的一些话,还有写给远在兰州的儿的一封信。王先生将信放在他手里,对他说:"家里该置办一样东西了。"

卫厚岱当时还很疑惑,问王先生:"家里该置办啥东西?"

王先生想了想,瞅着卫厚岱,却没说是啥东西,而是说了另外的一些话:"纸儿封,纸儿裹,北京南京都有我。谁都没有我大,又都跪着我。"

木不钻不透,话不说不明。当时听了王先生的话后,卫厚岱一头雾水,没理清王先生说的话是啥意思,也没往别处想。王先生瞅了卫厚岱一眼,苦笑了一下,没说透他说的究竟是啥,指的又是啥意思。

昨夜里,卫厚岱做了一个很蹊跷也很奇怪的梦。梦中的王先生,戴着黑色瓜皮帽,穿着对襟黑棉袍,黑棉袍上罩着金黄色的对襟短褂,短褂边镶着毛,上面有灰色丝线和黄色丝线搭配着的图案。除此之外,王先生还打着裹腿和扎腰带,裹腿和扎腰带是用土布做成的,裹腿是灰颜色,扎腰带是白颜色。而王先生手中拿着的,是用老柳树枝杈做成的一根木拐杖。木拐杖的把柄上,是天然形成的纹理和形状。像鹿,似乎又不像;像鸟,似乎还不像。到底像啥呢?卫厚岱想不出来,也说不好。梦中的王先生白胡须飘飘,整个人看起来,多了一种仙界气息。

这会儿的卫厚岱,心里沉沉的,把王先生那天说的话在心里翻了几个过儿,突然间啥都明白了。原来,王先生是让他给家里置办香烛。这般想来,他的心显得更沉了。眼前的这位王先生,是他敬重的,待他如师如友如兄长,不是亲人胜似亲人的哥哥。有眼泪要往下落,卫厚岱转过身,双手掩住脸面。

这时候,王先生将目光瞅向站在眼前的虎娃子,眼睛忽地亮了,有了更好的神采,对虎娃子说:"要牢牢地记着,艺高不如德高;上台是一出戏,下台得讲规矩;台上笑脸迎,台下泪暗吞;做人一定要善,口善心不善，枉把弥陀念。虎娃子啊，咱西河的提线木偶戏，虽说是小戏，却是高腔；虽说是小木偶，实则大乾坤。明初洪武年间的秦氏，明中后期的王伯彭与王昇、许自昌等人，同取《三国》《水浒》《百花亭》等各种故事的内容作为素材，各人运用各人的妙思才情，扬长避短，又新添了一些曲折动人的情节，穿插豪侠竞技，推陈出新……明末清初时，被称作'关中八高士'之一的西河举人李灌，曾经跟着提线木偶戏班去苏州和杭州两地巡回演出，并对提线木偶戏的唱腔、剧目、服饰等许多方面，做了很大的改进，使提线木偶戏变得更加艺术化，开辟了另一番广阔的天地。一代又一代西河儿女，将西河的提线木偶戏发扬光大，代代传承。唱戏，听音，嘴一张，便知肠肠肚肚，每一句话，每一个字，都是有来处的。不懂戏中深意，即便是唱得再好，心里仍然是模糊一片，唱不出真实的戏味来。虎娃子，你一定要记住，好好地琢磨先生说的这些话背后蕴藏的东西。要知道，看似简单的话里，蕴藏着提线木偶戏的真味。至于你能不能琢磨出其间的真味，就靠一个悟字了。"

"在西河，就是戏箱摆放的位置，都很有讲究。扮演关公的偶头该如何置放，同样有着约定俗成的规矩。'鼓板怀儿'是整个提线木偶戏班的核心，也是重之所重。虎娃子，往后的日子里，能不能悟出些横竖道道，能不能悟出来其中的奥妙，就看各人的眼力见儿，就看各人的触动，各人的造化了。"

最后一个字儿落地有声，王先生将自个儿用毛笔撰写出来的九十九万字的《提线木偶戏简史》往虎娃子的手里一放，目光定定地瞅着他。

此时无声胜有声，王先生啥也没有说，就已经都是说了。所有的所有，都含在这"瞅"里了。这一"瞅"，是一辈又一辈西河儿女融在骨了里的遗愿，是千年文化的托付，也是千年文化的继承和传承。

泪水蒙住了虎娃子的脸和眼。他将这本王先生以生命托起来的《提线木偶戏简史》，紧紧地抱在怀中，哭着喊了一嗓子："大先生——"

喊完，双膝着地，跪下了。

"虎娃子的周正和好嗓子，是天赐的。"王先生这样想着，欣慰地点着头。

屋外的柳树上站着一只乌鸦，扑棱棱地挥动着翅膀，冲向夜的更深处。王先生抬起头来，对王师娘说："我浑身没劲儿，一丁点儿劲儿也没有了。"说完这话，一抹霜色漫了那张本就灰扑扑的脸。王先生的眼睛有些飘忽，身子瘫软得往下坠。他似乎听见了从某个地方传来的声音，如梦似幻，一阵紧似一阵。他的嘴角微微翘起，挣扎着对王师娘说："咱俩好，咱俩就好。"说完，挣扎着又说："纽儿，我想听你念诗，我想听你给我念一遍……"

王先生的眼睛直勾勾地盯着王师娘，突然感到有点儿喘不过气来，想要说的话，齐格茌断了音。

王先生想听的诗，是西河才女雷敬儿创作的《指甲花》。多年前，王先生一字一句教会王师娘念的。他现在累了，让他睡吧，只当是睡一场大觉。王师娘这样想着，噙着泪水念道：

    金凤花开彩艳艳

    佳人染上指尖丹

    弹筝乱落桃花片

    把盏轻浮玳瑁斑

    拂镜火星流夜月

    画眉红雨过春山

    几回漫托香腮想

    疑是胭脂点玉颜

王师娘念这首诗的时候，死死地捏住王先生的手，并将王先生的手放在自个儿的心口上，紧紧地捂着。王师娘小声念诵的声音入了王先生的耳，王先生听见了，他都听见了，一字一句，听得真真切切。只是此时的他，晕头晕脑晕乎乎，眼前云遮雾绕，脸上有了一抹安详的迷醉。虽然他说不了话，但他已经感觉到了那死死地一捏，他已经感觉到了那死死地一捂。

这神圣的一捏，这神圣地一捂，是人类最高级的情感，是直抵人心的湿润和温暖，于弥留在人世间的那一刻，深深地印在了王先生的脑海里。这神圣的一捏，这神圣地一捂，也永远印在了王师娘的脑海里。这神圣的一捏，这神圣地一捂，是难分难舍，是真爱永恒，是咫尺，是天涯，更是天上人间。

第三十章　端午节

西窝村距离李家村有十一里路，从李家村顺流而下，有一条河。河水细细瘦瘦，长年不断，是从很远的地方流过来的，途中经过好多个村庄。村里的娃们，他们的开心时刻和快乐时光，是这条细细瘦瘦的河给予的。

到了夏季，贪耍的娃们往水里扎个猛子，浮出水面的时候大叫一声，手里攥着一条鱼，或者大声地说一句："我抓了这么一个东西。"

有人听见了，走近一看，是一条鱼，有时候，是一只横着走路的螃蟹。也不知道是啥原因，河里的鱼始终长不大，螃蟹也长不大。长不大归长不大，鱼和螃蟹的数量，却特别多。

这一天，郑忠信出门唱提线木偶戏没回来，按照他说的日子，中午就应该到家了。就在这天，虎娃子起得特别早，推了几个时辰的石磨，又和秦仁义一起去村口挑了几担水，来来回回地跑了几趟。这几趟下来，脑门上已渗出了密密麻麻的汗。虎娃子擦了一把汗，手搭凉棚望望天，给秦仁义和柳玉秀打了个招呼，携了一只半新不旧的篓子，和吕百灵一起去李家村抓鱼抓螃蟹。

去李家村的路上，虎娃子想好了，一定要抓一篓子鱼和螃蟹。给王师娘送一些，给娘和秦爷爷留一些，给忠信叔送一些。抓回去的鱼经过收拾，放上红辣椒、葱白、盐、花椒等，做成的麻辣鱼汤，香喷鼻哩，忠信叔就好这一口。

给吕百灵也抓一些，他胆子小，不敢下水，吕百灵是自己的好朋友，也是好兄弟。好兄弟就要有福同享，有难同当。抓一篓子鱼后，还得摘些艾叶带回去。他知道，娘喜欢在洗头的时候，往水里撂几片艾叶。娘时常手脚冰凉，虎娃子听娘说过，艾叶是庄户人家的养生草，有奇妙的功效。这功效说起来太多了，去湿气、止痒、除头屑……家里的秦爷爷，也喜欢喝用艾叶煮的茶水，还把用艾叶煮的水，叫作艾茶。

端午节快要到了，西河县各大药铺，指定专人用麻纸包了许多装着香草和雄黄的小包，供过路的人们免费领取。柳玉秀把从西河县带回来的香草，用各样颜色的绸布和土布，缝制成各种形样的香包。有葫芦形样的，有柿子形样的，有狮子形样的，也有老虎和壁虎等其他形样的，五花八门，无所不有。每一种形样儿，柳玉秀都能说出一些与此相关的民间传说和民间故事。

端午节一到，西窝村的娃们都佩戴着香包。节的头一天，柳玉秀会吩咐虎娃子，将做好的香包给王师娘送几个，给左邻右舍送几个。就连村上的骡马牛驴，也挂着柳玉秀做的香包。柳玉秀会给虎娃子的手腕上系个五颜六色的彩花绳，还会给他穿一件用各色布头拼成的"五毒背心"。说是"五毒背心"，实则是绣着"五毒"的肚兜。秦爷爷依然笑眯眯的，用手指蘸一点儿雄黄酒，抹到他的脑门上，抹在他的鼻孔里，抹在他的耳窝里。抹完后，秦爷爷会笑眯眯地对虎娃子说："这样抹的话，毒虫就不会近身。"

除了给娃们佩戴香包之外，也有吃粽子、烤大蒜，往家门上挂一把艾叶的习俗。据说这样做，长虫不敢进家门。干活疲累了，泡泡脚，往水里撂几片艾叶，神清气爽，浑身有使不完的劲儿。虎娃子记起来了，郑忠信这次出门时，脚痒痒得厉害，抓挠的时候脸神尴尬尬尬，恨不得把一双脚给剁了。这种情况，也可以用艾叶来解决。

太阳爬几杆子高了，虎娃子和吕百灵满载而归地回到西窝村。当虎娃子提着篓子和艾叶来到郑忠信家门口的时候，顺着门缝瞅见郑忠信坐在石桌前，端着一碗水喝。

虎娃子大声地对郑忠信说："叔，我和百灵到李家村抓鱼去了。"

郑忠信抬起头来，笑望着走进来的两个娃，将手中的碗放在石桌上，拿起石桌上放着的几个糯米粽子往虎娃子和吕百灵手里塞，边塞边说："吃，吃吧。叔专意在西河县买的。这几天买粽子的人特别多，还要排队买呢。"

吕百灵剥开粽叶，浓郁的糯米香刺激着他的感官。吕百灵咽了一下口水，急急地咬了一口，黏黏的、甜甜的，这种感觉真好。

虎娃子没有急着咬一口糯米粽子，而是把糯米粽子放到石桌上。

郑忠信不解地问虎娃子："你不爱吃糯米粽子？这糯米粽子黏黏的，可甜了。"

虎娃子对郑忠信说："叔，我爱吃。"

郑忠信不解地说："爱，咋不吃？"

虎娃子回答说："叔，我想叫秦爷爷和娘都尝一尝。我的年龄还小，吃的日子在后边呢。"

郑忠信听了哈哈大笑，对虎娃子说："叔就知道你这娃有情有义，专意多买了几个。"

吕百灵听了郑忠信的话，朝虎娃子翻了个白眼，脸上原有的欣喜神态一下子凝结住了。这一刻，有种感觉在吕百灵的心中涌来荡去。这种感觉似乎是伤感，似乎是愤怒，似乎是嫉妒，似乎是小肚鸡肠，似乎是没事找事。不管咋说，这感觉都硌着一颗不算大的心，他觉得，郑忠信夸赞虎娃子的时候，他的心情不爽快极了。

以前和虎娃子在一起的那些欢乐的场面，在吕百灵脑壳里不见了。不爽快倒也罢了，他竟然还莫名其妙地觉得自个儿吃亏，觉得自个儿憋屈；莫名其妙地想要有一种结果，不是关于他自个儿，而是关于虎娃子。

吕百灵瞅了一眼虎娃子，心里装了一件毛刺刺的事情。是的，他正悄无声息地怀着无人知晓的一种嫉恨，一件憎恨的心事。这心事，在很短的时间内，将他的心装满了，他在算计着，算计着如何让虎娃子在郑忠信面前丢一回丑，叫郑忠信好好地骂他一顿。

这一刻，吕百灵为了给自个儿不能见光的心事找一个合情合理的借口，在心里对自个儿说："这不能怪我，是你在人前如此表现，冷落了我的心。"

吕百灵拿着糯米粽子的手，定定地杵在空中。因为神思太过投入的缘故，整个人呆立着，瞅着有点儿不对劲。

郑忠信瞅着吕百灵，疑惑地问："百灵，你这是咋了？"

吕百灵回过神来，脸色瞅着有些杠红，却装作没事儿人似的对郑忠信说："叔，我没咋，恍神儿呢。"

郑忠信笑了，随嘴说道："这娃，还恍神儿呢，我咋感觉你的神情和说话的语气，跟平时不一样！奇怪，难道是我多心了？"

郑忠信说完这一番话，又笑了。

第三十一章　小心思

"笨鸟先飞早入林，笨人勤学早成材。"这是郑忠信时常挂在嘴边的话，这话虎娃子记住了，而且运用到了生活中。这个月的十一号，郑忠信要外出一趟，在这天之前的某一天，郑忠信觉得窑屋里的顶棚，因为年深日久，变得瞧不出图案和颜色。他当即决定，在外出之前，将这两个窑屋里的顶棚重新裱糊一遍，手绘一些富有吉祥寓意的图案。

说干就干，郑忠信吩咐吕百灵，将裁刀、剪刀、轮尺、直尺、铲刀、糨糊刷、壁纸刷、压缝轧辊、糨糊、滚筒等常用的裱糊工具，一并放到木桌上，用的时候，就不会寻这找那的手忙脚乱。按理说，郑忠信是老胳膊旧手，做的又是熟套活，不需用帮手的。在干活的过程中，给虎娃子和吕百灵说一说涉及戏箱方面的知识，这才是郑忠信真实的用意。

几天内，吕百灵的心，被要将虎娃子在郑忠信面前出丑的念头占满了，却将郑忠信提前给他吩咐过的事情，忘了个一干二净。这天早上，郑忠信将做好了的糨糊放到木桌上，虎娃子将木梯搬到屋里，准备干活时，郑忠信发现木桌上没有一样儿裱糊工具，问吕百灵："你把裱糊工具搁到哪了？"

吕百灵痴痴傻傻的，站着没一点儿反应。

郑忠信冲吕百灵瞪着眼喊："百灵，你犯啥愣怔呢？裱糊工具呢？"

吕百灵这才反应过来，急急忙忙地在郑忠信家的院里找，就是找不到。实则上，郑忠信昨晚已经给吕百灵说了，裱糊工具放在堆放杂物的窑屋里，吕百灵这会儿就是想不起来。

郑忠信有些不满地对吕百灵说："这点儿事情都做不好，还指望你能成啥事？"

说完，郑忠信又提醒吕百灵，让他到堆放杂物的窑屋里取裱糊工具。

在裱糊顶棚的过程中，郑忠信让吕百灵端着糨糊盆。吕百灵端糨糊盆的时候，故意将铲刀用盆撞到地上。只是这个动作做得太快，快到让郑忠信和虎娃子都没有觉察到。虎娃子弯腰往地上捡拾铲刀的那一刻，吕百灵故意发出了"哎呀"的一声，满满的一盆糨糊，不偏不倚，倒扣在虎娃子的身上。

吕百灵装作着急了，双手将虎娃子拉起来，一边小心翼翼地赔不是，并说自个儿刚才不小心，把手给撞疼了，慌乱之中才会发生不该发生的事情。

虎娃子一边将衣裳往下脱，一边笑着对吕百灵说："没事没事，洗一洗就好了。"

郑忠信没有数落吕百灵，只是说了些干活得谨慎，不能毛毛躁躁之类的话。

人有千面，心有千变。接下来的几天内，吕百灵将所有的心事和脑壳里迸发出来的念头，连同焦火的心情，一并掩藏在心里，掩藏得让任何人都感觉不到。而脸上所呈现出来的表情，和平时没啥两样。但他一直在寻找机会，寻找一个让虎娃子特别尴尬又特别难堪的机会。

这几天，吕百灵会在睡觉之前，从心里默念几遍挂在村里娃们嘴上的一个古歌子。只是吕百灵在心里默念的时候，故意将老虎的'老'字去掉了。

鸡有翅

牛有角

山里虎没人捉

走走走

跟着我

虎的额头

> 我敢摸
>
> 虎和我
>
> 打一架
>
> 我把虎打趴下
>
> 我给虎
>
> 戴柳罐
>
> 虎被我
>
> 捏扁扁

吕百灵念完后，蜷缩在被窝里，发出爽朗朗的笑声。这时候，耿小姑听见了吕百灵发出来的笑声，不解地问他："百灵，你这是咋了？这么高兴？"

吕百灵回答："娘，我没咋。刚才做梦了，做了一个特别奇怪的梦。"

回答完耿小姑的问话后，吕百灵感觉到自个儿得意极了，开心极了，又发出了特别爽朗朗的笑声。

第三十二章　迷戏

郑忠信的外婆家在李家村，外婆外爷多年前就没了，剩下一个舅舅。这个比郑忠信小两岁的舅舅叫单迷喜。单迷喜年轻的时候脾气赖，张嘴说话就暴躁。暴躁的单迷喜没别的爱好，就迷提线木偶戏。哪个村里演提线木偶戏，他就去哪个村。每逢郑忠信在方圆几十里地演出，即便是有天大的事情，也没有他看外甥唱提线木偶戏的事情大。

一到夏秋两个季节，单迷喜都会随身携带一把扇子去看戏。对于他来说，这把扇子的用处，不是用来扇凉的，而是用来摆谱。每次一到戏台下，呼啦一下，他将扇子一甩，嘴上说着："扇子有风，拿在我手中。如果有人借，等到这个冬。"

看戏的其他人听了这话，晃晃脑壳，发出"嘻嘻嘎嘎"的笑声。单迷喜才不管谁笑与不笑，或者说是谁在笑，丝毫不影响他看戏的美好心情。因为这，有人给他起了个绰号叫扇子哥。扇子哥就扇子哥，单迷喜只当是说别人，与他丝毫没有关系，也就影响不了他看戏的美好心情。

单迷喜因过分迷戏，地里的庄稼活儿也就懒得做，给村里人留下了很不好的印象。到了该说媳妇的年龄了，迟迟不见一个媒人上门。一个年过去了，两个年过去了，一年一年地过去了，心心念念的媳妇，坐到人家的炕头，而他的婚事，依然没有动静。时间久了，单迷喜也就掐断了娶媳妇的这个念想，依然迷着提线木偶戏，也依然有一搭没一搭地种着自个儿的庄稼，日子也就依然过得有一搭没一搭。

一天，邻村李媒婆专程来到单迷喜的家，主动给他张罗说媒的事情。

单迷喜经不住李媒婆的三寸不烂之舌，答应了。李媒婆给他说的是邻村的一个寡妇，单迷喜和寡妇过到一起之前，连寡妇长啥样都不知道，但他却对李媒婆说："是不是粗蹄子笨腿，我看上看不上的，又能咋样？不管咋着说，好赖她也是个婆娘。世人都说金花配银花，西葫芦配南瓜。我和她嘛，是西葫芦配南瓜，这样就好，就好。"

寡妇进了单家门，寡妇没嫌弃单迷喜，他却泼烦了，嫌弃寡妇个头小，嫌弃寡妇干活笨手笨脚的，成天对寡妇眉不是眉，脸不是脸。寡妇觉得自个儿再嫁，有些不体面，加之干活笨手笨脚，也就苦着脸忍了单迷喜的赖脾性。忍了两个月，她实在是忍不下去，在一个伸手不见五指的半夜里，推门逃走了。

单迷喜早上被一泡尿憋醒，炕上早就没了人。单迷喜以为寡妇去了茅房，左等右等不见寡妇出来。站在茅房外的单迷喜憋不住了，也就嘴不是嘴地骂开了。骂寡妇没有一点儿灵巧气，把女人瞎当了；骂寡妇是没长耳朵的驴，都说过多少遍了，就是记不住。

单迷喜骂着骂着，觉得有些不对劲儿，走到茅房里一瞅，哪里还有寡妇的影子。单迷喜懒得去找，心里还想着用不了几天，干活笨手笨脚的婆娘自个儿就会回来，也就没当一回事情。当他真正意识到不妙和事态的严重性时，已经是两个月之后了。

这天，单迷喜一起来，连着爬了十多里坡，去找给他说媒的李媒婆。李媒婆见了单迷喜，气就不打一处来，阴着脸骂道："人长得不咋样，摆得谱比谁都大，给你提了亲，让你结了婚，我还能管得住你往后生男娃还是生女娃？五尺高的汉子，连个笨手笨脚的女人都守不住，都不嫌羞臊，还有脸跑过来问我。哼，一瞅见你，没喝酒都醉了。要是我的话，早把脸羞得撞南墙。"

李媒婆的话，让隔着一层薄墙皮的邻家一字一句地都听见了。话经三张嘴，长虫也长腿。所有的话通过邻家的一张嘴，传到了个别人的耳中，添油加醋的，变得面目全非，根本不是李媒婆说的原话。说是单迷喜在地里种麦子，寡妇在前面牵着耧，因了单迷喜的坏脾气，寡妇心中无形中多了一份胆怯，战战兢兢地在前面牵着耧，不敢回头瞅。寡妇牵着耧走到地头，一转身，单迷喜还站在原地没动弹。

第三十三章　丑角

锣鼓响，脚底痒。每次戏班来李家村演提线木偶戏，是单迷喜最开心的时候。他的外甥是戏班里的大把式，这就足够让他很有面子。不但能听他的外甥唱戏，外甥还会给他几个钱，他便能过几天逍遥自在的日子。

这天中午，单迷喜坐在院里的捶布石上想："李家村这一回请戏，不晓得我的外甥来没来？"

正在这当儿，郑忠信托人来到单家，给单迷喜捎了几句话，说是来时在路上碰到一件事情，耽搁了一会儿，不能过来看望舅舅，让舅舅晚上到戏台下看提线木偶戏。

来人刚走出院子，单迷喜高兴地将大腿一拍，学着戏台上《滚钉板》里的一段丑角的唱腔，像模像样地唱出来一段：

　　谁楼上打二更月儿见高
　　闷坐在我家中好生心焦
　　去得早还恐怕有人知道
　　去得迟又恐怕——乃乖、乃乖、乃乖
　　闷煞姣姣
　　闷煞姣姣

"乃乖、乃乖、乃乖"，是丑角唱腔里的衬句，被单迷喜模仿得有模有样儿。就连单迷喜自个儿也觉得很不错，以调侃的语气自言自语："哈呀，我唱的这腔调，听着还有点儿味道。这辈子不提线偶人，不扬开嗓子唱提线木偶戏，都有点儿屈才，太屈才了。"

天色近黄昏，皮弦胡在艺人手中轻轻地一拉，声音悠扬婉转，甚是好听。别说是单迷喜，就是村里的其他人听了，也在家里坐不住了。有的往肚里灌一瓢水，有的往怀里揣一个馍，急急慌慌地到戏台下看提线木偶戏。

　　在西河，到戏台下看提线木偶戏，是不能乱了规矩的。戏台两边的空隙处，搁着二三个长方形样的木凳子。这些木凳子，是专门给村里大寿数的人和学堂里的教书先生坐的。单迷喜以为晚上头折戏是他的外甥连提线偶人带唱，也就早早地到了戏台下。木凳子他没资格坐，就站到距离戏台不远不近的地方，踮着脚尖，扬起脖子瞅不停。戏演了一会儿，单迷喜没听出来是外甥的声音，眉头紧皱，一头雾水，揉着眼睛瞅来瞅去，突地冲戏台方向大大咧咧地喊："提线木偶人在台上悠来荡去的，听不出来是我的外甥亮嗓子，不晓得这是咋啦？"

　　亮子背后提线偶人的郑忠信，正在演《苏武牧羊》中的一段。因单迷喜的喊声过于大，被正在提线偶人的郑忠信听见了。他忘了自个儿正在唱戏，高腔大嗓门地回答说："舅舅，没咋，没咋，你的外甥在演出哩。"说完，郑忠信一扬声，又接住了《苏武牧羊》中的戏词。

　　戏台下发出了一阵"哈哈哈"的大笑声，接着，又是一阵忽高忽低的嘈杂声。搁了以往，演戏的过程中，如果出现了这种突发事情，就是大事件。被骂，被撂砖头，被耍酒疯似的用棍棒乱打。当然，赔情道歉，是必不可少的。但在这个行当中，落下难以去掉的笑柄，才是大事情。往后还能不能站到亮子背后提线偶人，还能不能扬起嗓子唱提线木偶戏，就不好说了。

　　这时候，戏台下的乡亲们很快反应过来是咋回事情，台下的叫喊声和掌声连连不断，却没有不堪入耳的叫骂声。戏台下的乡亲们，听惯了郑忠信的好嗓子，对于郑忠信在演出中出现的这次失误，并没有嗤笑，反而对他的戏，对他的人，更加喜欢，更加认可和赏识。

　　一段日子里，村里村外一时盛传，他们共有一个唱提线木偶戏的大把式,这个大把式是他们的外甥,名字叫郑忠信。

但对于郑忠信这样一个大把式来说,这一回出岔子有些损颜面。虽然他深知乡亲们并不计较,但他的心情还是受到了一些影响。

那天,郑忠信从李家村回到西窝村,虎娃子和吕百灵坐在门口朝他走过来的方向踮着脚尖瞅着。郑忠信的心,被一种叫作天真无邪的东西暖了一下,所有的不愉快突地荡然无存。心里一高兴,让两个娃拿起毛笔誊写剧本。吕百灵在誊写的过程中心生一计,捂住肚子往地下溜。郑忠信去灶屋给吕百灵烧热水喝。这当儿,屋里只剩下吕百灵一个人,他蹑手蹑脚地站起来,看到虎娃子写下了"痛杀李云先",后边一句"珠泪洒胸前",只有一个"珠"字落到纸上。吕百灵拿笔蘸了墨,模仿着虎娃子的笔迹,在"珠"字后面写了一个"肉"字。之后,又装作极度痛苦的样子,跌坐在地上。

郑忠信将一碗放着花椒和盐的水让吕百灵喝了,并让吕百灵躺在炕上。虎娃子去了吕百灵的家,不一会儿,虎娃子回来了,说是耿小姑和男人赶集去了,一时半会儿回不来。

正在郑忠信和虎娃子愁眉不展的当儿,吕百灵忽地从炕上爬起来,操着尖声细气的嗓子对郑忠信说:"叔,我好了。"

郑忠信和虎娃子因过于惊诧,眼睛直直地瞅着吕百灵。

吕百灵说:"叔,虎娃子,我好了。这病来得快,去得也快。"

郑忠信不住地点着头说:"那就好,那就好。"

虎娃子接住郑忠信的话说:"把我吓得不轻,你好了,我就放心了。"

接着,吕百灵和虎娃子又拿起手中的毛笔,工工整整地誊写起来。等到这一折戏词全部誊写完毕,郑忠信让吕百灵唱了几句,从中做了一些指点。虎娃子拿着誊写好的戏词唱的时候,他是不会想到自个儿誊写的这一折戏词中,吕百灵已经悄悄默默地动了手脚,给他设了圈套,让他朝里钻。

当他将"珠泪洒胸前"唱成"珠肉洒胸前"时,郑忠信听了这一句唱腔后,气得扇了虎娃子一耳光,接着就骂:"这行当就算是再不起眼,也是细致活。你咋不唱成'羊肉洒胸前'呢？"

　　这是郑忠信头一回对虎娃子发脾气，也是头一回在两个娃面前动手、爆粗口。虎娃子没有为自个儿辩解一句，而是低垂着脑壳。

　　这时候，郑忠信又瞅了一眼吕百灵，感觉吕百灵的眼神比往常活跃，忍不住地咧着嘴巴，发出一声苦咧咧的笑。一瞬间，他似乎已经明白了，这个事情，应该是吕百灵和虎娃子作对，故意找碴儿的。

　　郑忠信叹了一口气，嘴里嘟哝着："人小鬼大。"

　　这天晚上，吕百灵一进家门，一蹦多高，喜得在院里发出了大声尖叫。尖叫过后，一连着说了几遍："好兆头，好兆头。"

　　"这娃是咋了？一进门就瞅着有些不对劲儿。"耿小姑以为吕百灵之所以会出现这种反常的情况，一定是在回家的路上撞见了啥不干净的，把魂弄丢了。

　　耿小姑慌里慌张地喊叫着男人，在男人的耳边嘀咕了几句。男人听了耿小姑的话，急急地出门去了。过了老大一会儿，叫来了村上的几个老寡妇。几个老寡妇打着灯笼，拿着笤帚，抱着公鸡，说是要去村外的土崖边，给吕百灵收魂。

第三十四章　节外生枝

这一年的冬季似乎比往年来得早一些，转眼到冬天了。连着落了两场雪，雪停之后，空中出现了七色虹。吕百灵蹦跳着，高兴地用手一指。耿小姑瞅见了这一幕，对吕百灵就是一顿骂。骂过之后，耿小姑强忍住心中的怒气，对吕百灵说："雪后空中出现的七色虹，不能用手指。用手指了不吉利，一定要记住。"

吕百灵瞅着耿小姑说："娘，我记住了。"

冰雪融化已经是十多天以后的事情了。李家村河岸两边野生的柳树和桐树，就有被冻死的，也有被人用斧子和锯子砍伐后，丢落下的柳木和桐木。柳木和桐木在李家村不稀缺，家家门前都有一两个像模像样的桐木垛和柳木垛。一年一年地积攒下来，桐木和柳木没地儿放，成废物了。

那天，郑忠信吩咐吕百灵和虎娃子去李家村，说是去看看，看看能否捡一些桐木和柳木回来。对于郑忠信和虎娃子来说，这东西都是宝。吕百灵每次看到郑忠信拿着一截木头在他和虎娃子面前比画来比画去的，说有多厌倦就有多厌倦。吕百灵对雕刻偶头这行当不感兴趣，郑忠信也觉察出来了。虽然说他常在虎娃子和吕百灵面前说些"技多不压身"之类的话，但他还是感觉到吕百灵对于雕刻偶头这行当，是从骨子里的厌恶，也就从这方面不再勉强。只要他能把戏唱好，就是最好的期待，也是最大的安慰。

让郑忠信欣慰的是，吕百灵唱戏的时候，很会把握声腔的节奏和韵律。

郑忠信闭住眼睛听，能感觉到眼前有个红花旦出场了，先是做一个扑跌的动作，再是以双手掩着面，侧首偷窥。临离开戏台时，回过头来那么一瞥，真真是唱出了红花旦的内在意蕴。

李家村的桐木和柳木虽说是多，大小粗细合适的并不好找，虎娃子在前面找尽量合适的，吕百灵跟在后面。虎娃子因了神情过于集中的缘故，并没有瞅见脚底下横放着的一棵被锯倒了的桐树。一个步子往前迈出，伴随着"啊呀"一声，整个人绊倒了。

吕百灵没有将趴在地上的虎娃子拉起来，而是以埋怨的口气说："你的眼睛长在天上啊！"

说完之后，又小声嘟哝着："摔得美，摔得满嘴啃泥巴，摔得满地找牙，才叫个美！"

吕百灵的嘟哝声虽说很小，虎娃子还是听见了。吕百灵的话如同一抹蚀骨的寒，将虎娃子挟裹住了。虎娃子对吕百灵说："我把你当朋友，我把你当我兄弟，你咋心肠硬如铁，犯起傻来了？就连骂人，舌头上也像是粘着二两蛇毒。兄弟，你咋忍心对我说这么毒的话？"

吕百灵凶巴巴地瞅着虎娃子，不说话。

虎娃子从地上爬起来，将皱皱巴巴的衣裳用手拍了一下，目光瞅向吕百灵，学着平时柳玉秀给他说话的内容，连着说了一大串。他根本不用事先想好，不用酝酿，想起哪句说哪句："人在世间行走，要对得起天地良心；心宽如天，才能富似大海；真诚与信任，也是大使命；人若是活出个'小'来，背后给人使绊子，不算汉子……"

这一刻，吕百灵觉得自个儿理亏，偏又想起郑忠信当着他的面夸赞虎娃子的话："人灵性，一点就透。"

心里的一股怨气，猛地上来了，挡都挡不住。吕百灵冷笑一声，尖嗓子在冬日的寒冷中肆无忌惮地叫嚣着："把你那张臭嘴给我闭上。"这句话想都没想，就从吕百灵的嘴里喷薄而出。说完后，吕百灵的脸色变了，整个人傻了一般。

　　虎娃子被这句话定在原地,也傻了。凉意顿时袭来,他的脸上变了色,瞅着恍恍惚惚,和来时判若两人。这一刻,虎娃子的心被吕百灵的话撕疼了,撕得稀碎稀碎。

第三十五章　台上台下皆是戏

每年戏班外出演出的日子，大致可以分为三个阶段。第一个阶段，是从正月到庄稼搭镰开始；第二个阶段，是从夏庄稼收完到秋庄稼颗粒归仓之间；第三个阶段，也就是十月份到冬至之间的这一段日子。到了第三个阶段，天气一天天地变冷，入冬已经有一些日子了。这时候，是提线木偶艺人们最清闲的时候。郑忠信打算趁着这段清闲日子，给虎娃子和吕百灵将剧本里的戏词好好地捋一捋。唱戏，必须熟知戏词中的深意，这是郑忠信的师傅给郑忠信说过的话，他一直牢记在心里。

只是几天前的一个中午，吕百灵给郑忠信打过招呼，说是这个冬天他在屋里搓麻绳，就不过来了，还说这个冬天他要编簸箕，拿到镇上和县上卖些钱。

郑忠信听了，没说话，只是摇晃着脑壳。吕百灵自知理亏，一说完话，没等郑忠信做出任何反应，就急急地走了。也就是在这天中午，郑忠信去了一趟西河县，给林绣云扯了两块做棉衣棉裤用的布料，两双棉鞋布料，一些绣花用的丝线，送到了林绣云的家里。

从林绣云的家里回来后，郑忠信再没离开过西窝村一步。先是用了一些时日，将几个戏班班主送过来的有"残缺"的偶头用鸡蛋清和铅粉刷好，待阴干之后，又用棉花擦拭偶头的表面，擦拭到发光的状态。为了防止涂抹好的颜色褪色或者变样，郑忠信给偶头涂抹了一层桐油，再根据不同的角色，涂抹出不同的颜色。

接下来的一些日子，郑忠信和秦仁义两个人在一起，共同为虎娃子传授提线的技巧，传授提线木偶戏中的"绝招儿"，传授偶人制作时的一些特殊窍道。提线木偶戏演出中，所谓的绝招儿，说的是提线偶人当场变衣、耍舞稍子、卸摜纱帽等特技表演。在他们给虎娃子传授之前，这种特技，虎娃子在很小的时候就听爹说过，脑壳里似乎还留存着一丁点儿印象。爹当时还说，等到他再长高一些，就给他传授"绝招儿"。

前些日子，虎娃子在王先生编撰的《提线木偶戏简史》中，看到了关于这方面最全面的文字记载。王先生记载得不但全面，还很详细，大笔一挥，用了"提线木偶戏风格流派"几个字作为标题。而这个特技，只是"提线木偶戏风格流派"里的一个小标题。"特技"里又分为几种类型的表演。

指点"绝招儿"之前，郑忠信拿了一个穿着偶衣的偶人对虎娃子说："线偶人要比一般的木偶大，瞅着像唐俑，身高大约在二尺六至二尺七寸之间，头上最为显著的一个特征，就是有三根提线。手上有两根，腰间还有一根。如果是女式线偶人，两只脚上还有两根线。线偶人如果是旦角，身上的线有十五根。手线，则系在衣裳的袖口上。在安装偶人之前，先把衣裳穿在胎子上，再把袖口里的手线系在胎子的手上。而另一头，一定要缠到码子上。"

接着，秦仁义又说："会看的看门道，不会看的瞧热闹。每一出戏，每一句戏词的推字、咬字，以及发音，都要从不同的角度，进行反复地琢磨和推敲，才能琢磨和推敲出戏中的真味。提、拨、勾、挑这几个动作，是提木偶人的基本技法，需要熟练掌握。掌握熟练了，再一点一点地消化。消化的时候，需要灵活，还要结合剧情。这天下的事情，就怕认真二字。只要你认真了，没有做不好的。"

郑忠信接着说："你也不要把提线木偶戏中所谓的'变衣'想得有多么神奇，也不能粗心大意。即便是点点滴滴，小小的细节，也得好好地琢磨琢磨，得不停地问自个儿，为啥'变衣'要这样的设置？这样设置的功能和意义又是啥？"

郑忠信刚说完这一番话，秦仁义接住了话茬，继续说："孙娃子，你忠信叔字字句句说得都有道理，你把他说的话都要记到心里，别过了这一阵子都忘了。那就枉费了你忠信叔对你的一番良苦用心。"

郑忠信接着说："虎娃子，我和你秦爷爷年纪大了，没几天好日子了。咱老祖宗留下来的老行当，往后就指靠你们来传承。"

说完，郑忠信又接着对虎娃子说："变衣，是偶人在表演时所要穿的衣裳。奇就奇在衣裳上还有两种手线。这两种手线就是艺人们嘴上常说的内手线和外手线。"

秦仁义说："线，虽说是裹在衣裳的里面，但线头，要从偶人的脖颈部位往出拉。提线么，要说有技巧，似乎真没有；要说没技巧，似乎又有。其实，所谓的技巧，凭的是胳膊的腕功。主线要直，腰线要弯，底线绝不能打秋千。不管咋说，还是要根据偶人饰演的情境和角色，搭配相应的手和眼的步伐。偶人的神态和表情，也得与戏台上下保持和谐与一致。也就是咱西河人嘴里常说的，台上台下皆是戏。"

郑忠信说："肚里没有两下子，脑壳里没有两下子，手上没有两下子，要说传承老行当，也就是一句假话，一句骗人的话。"

秦仁义说："给偶人换衣裳的时候，一定要用足力气，将内手线猛转过来，露出里边的衣裳。"

郑忠信说："只有这样，给台下看戏人的感觉，偶人才像是重新换了一身衣裳。"

说到这里的时候，郑忠信停顿了一下，又对虎娃子说："虎娃子，你的眼里藏着真相。你所想的，都藏在你的眼里。叔能感觉到，你是从骨子里爱这个老行当。"

秦仁义说："孙娃子，你要记住，秦腔的风格是既激昂又慷慨，碗碗腔的风格是既委婉又缠绵，咱们的老祖宗留下来的提线木偶戏，是介于这两个剧种之间，有斯文派、花柳派、冤仇派，还有其他派别。但在西河以南的一些地方，斯文派被叫作南派。另外，还有婉丽派、凄婉派等好几种呢。说来说去的，说到底，提线木偶戏讲究的就是一个'揉'字。一本戏想要唱出最高境界，就得耐心地'揉'，耐住性子'揉'几年，接着再'揉'几年，好腔调就'揉'出来了。千万别小瞧这个'揉'字，得用真心，用真意，用全身心的真情来琢磨，慢慢地琢磨，才能琢磨出个中的横竖道道。叔这么对你说吧，提线木偶戏，是痛快的，是淋漓的，是激越的，更是奔放的，将这片土地上独特的风土民情，熔铸于音腔和唱腔之中。虎娃子，咱们的提线木偶戏代代相传，曾经为汉王立过大功。我和你忠信叔已经说好了，就是搭上我们这两条老命，也要把雕偶头和唱提线木偶戏的真本事传给你，你再传下去。"

郑忠信说："所谓的大把式，就是多面手。多面手不能只会一两种。关于这行当，样样儿得学精。在不得已的特殊情况下，可以做到救场。"

郑忠信说："无论是唱提线木偶戏，还是雕刻偶头，都得掌握其中的窍道和要领。提偶人时，讲究的是胳膊要硬，手腕要活，眼睛要盯住木偶人。只有这样，才能把木偶人演灵活。虎娃子，接下来的日子，你得受一些苦，自个儿好好地琢磨琢磨。随后，叔再给你教偶头的雕刻和粉彩的详细方法。一个偶头，连雕带粉，虽然说费时间，却也值得。这里面的讲究和细节，太多了。还有，给偶头勾画脸谱，这是老祖宗留下来的老风格，心里要熟识戏词，还要熟识戏里面的真情真味。只有这样，勾画出来的生旦净丑，才能栩栩如生，各显风采。其间，是一环套一环，环环紧相连，一点儿都马虎不得。"

听着郑忠信和秦仁义的谆谆教导，虎娃子仿佛看到了一个又一个年轻的身影，在月光下，在夜深人静时，在房前屋后，在村外的沟边，在黄河边……他们以相同的姿势，拉着皮弦胡，唱着提线木偶戏，雕刻着偶头。虎娃子也想起了曾跟着爹在黄河边吊嗓子的场景，想起了萧福祥背着皮弦胡，爬着进了西窝村时的样子，想起了王先生临终前对他的声声叮嘱，想起了王先生将编撰好的九十九万字的《提线木偶戏简史》放在他手中的那一刻……虎娃子告诫自个儿,一定要努力,再苦再难,都不能辜负他们的殷切期望。

这天,虎娃子将已经完成的九个柳木偶头放在两个窗台上。根据颜色和图案来看,可以辨别出是红花旦、兰花旦、桃儿脸、井字丑、纵眉子、黑大脸等类型。粉好了的偶头构图、笔锋以及线条刻画的人物性格,都很有生气。瞅一眼雕刻好的偶头,就能感觉出来,它一定能为提线木偶戏中的角色增色不少。站在虎娃子身后的秦仁义,看出来虎娃子是真正地用心在做,脸上露出了一丝不易觉察的笑意。

其实这一刻,秦仁义想要对虎娃子说:"我的孙娃子了不得,了不得呀。"即便是心里这样想的,秦仁义还是选择了没有说出来,而是用粗糙的手,亲昵地抚摸了一下虎娃子的脸,接着又抚摸了一下。

依然是在这个冬天,也依然是在这一段日子里,郑忠信和秦仁义给虎娃子共同讲了一个故事。只是这个故事太长了,秦仁义讲的是前半部分,郑忠信讲的是后半部分。这个故事的主角叫王韩芜,王先生在撰写的《提线木偶戏简史》中,对他有过一些简短的介绍。大致内容说的是西河县有一个叫王韩芜的人,在他的演艺生涯中,教出了许多高徒。即便是在病危之际,他还是满怀信心地对前来探望他的艺人同行和乡亲们说:"即使我死了,咱西河的提线木偶戏,你们也一定要传下去。"

第三十六章　年俗

　　岁月如梭，转眼间就到了腊月二十三，西窝村的人们开始满脸喜气地忙活起来。最要紧的一件事情，是剃头刮脸，干干净净地迎接新年的到来，便有了"有钱没钱，不叫连毛子过年"的年俗。

　　这天，郑忠信把剃头挑子从屋里担出来，用手拨了一下"唤头"，发出"当啷""当啷"的声响，村里人都听见了。虎娃子把洗头用的铜脸盆和褪了色的方凳搬出来。方凳的拉手是铜制的，中间有四个抽屉，一个抽屉放钱，另外的三个抽屉，搁着一些颇具年代感的围布、荡刀布、带木柄的老剃刀，还有剪子之类的老物件。

　　剃头这活儿是个细致活，更是个技术活。郑忠信和秦仁义在没有学唱提线木偶戏之前，先是学着给人剃头。技多不压身，也就多学了一门手艺。当时他们的剃头师傅对他们都说过，要有耐性，还要站成丁字步。一辈子用一双手，和人世间交谈。

　　简易的剃头摊，就设在郑忠信家门口。秦仁义将剃头挑子和郑忠信的剃头挑子并排放着，中间隔着三四米的距离。有时候，郑忠信也会担着剃头挑子出村，剃头、刮胡须、剪头发，相应地收一些微薄的酬劳。但凡碰见家里条件不好的付不起剃头钱，便也分文不收。有人剃的是"年头"，到年底了才能付清；有的人到年底付不起，给几碗豆子，这事情就算是过去了，来年继续剃"年头"。

　　有人冲郑忠信说："这个你不要钱，那个你没收钱，到底图个啥？"

　　郑忠信笑着说："我啥都不图。能帮助别人，我心安。如果真要说图个啥的话，我图的就是一个心安。"

郑忠信和这个人正说着话，柳玉秀朝这边走过来，手里捏着一叠剪好了的红绿纸花花。连郑忠信家的门上、窗上、坛坛罐罐上贴的纸花花，都剪好了。

郑忠信瞅见柳玉秀过来了，他知晓这个时候，柳玉秀是过来给他帮忙的，也就高喉咙大嗓门地冲柳玉秀喊上了："都到年跟前了，一定有不少活儿等着你忙哩，心意我领了，赶紧回去吧。"

柳玉秀走近了，笑着接住了话茬："回去咋能行？剃头这活儿我帮不上忙，家里边的活儿，我还能做一些，能做多少算多少。"

郑忠信深知柳玉秀的为人，歉意地笑了笑，也就不再说啥了。柳玉秀转身去了郑忠信的家里，放下手中的红绿纸花花，从衣襟里掏出一个土布头巾裹在头上，就开始忙活了。柳玉秀殷勤，干活也麻利，只一会儿工夫，就将郑忠信家的院里院外、旮旮旯旯，打扫得干干净净。

柳玉秀返回家的时候，过来给郑忠信说了一声，郑忠信觉得心里过意不去，脸上有些尴尬。柳玉秀对他笑着说："我做这一点活儿是应该的，要是啥也不做，我都瞧不起我自个儿了。"

就在柳玉秀和郑忠信说话的当儿，来了一个大人抱着一个小娃，要给小娃剃头，小娃因为害怕而哇哇大哭。郑忠信将剃刀落在拉直拉紧了的剃刀布上，从上往下，来回"嚯嚯嚯"地荡了几下，就开始剃了。剃刀顺着头发的发势，刀面在头皮上轻轻地划过，发出"刺啦啦"的声音。小娃哭得厉害，郑忠信往小娃嘴里轻轻地塞了个带把的槟榔锤，小娃立马不哭了。

剃刀使熟了，摸住了剃刀的性子，一会儿工夫，就给小娃剃好了，形样儿是个"茶壶盖"。郑忠信一边剃头，一边随嘴编了几句顺口溜，在边的人听了都哈哈大笑，说郑忠信是个能人，会剃头，会站在亮子背后唱提线木偶戏，会坐到鼓板怀里敲响器家伙，会用一截子桐木雕偶人头。

来剃头的村里人，有的人年纪大了，脸上皱纹多，嘴边的皱纹更是横七皱八，刀在脸上稍有不慎，就会割一个血口子。如果出现这种情况，郑忠信和秦仁义，都会将一撮儿头发剪碎，摁住血口子。稍等片刻，血就止住了。

这当儿，又有一家人来给满月的小娃剃头。剃头之前，小娃的家人提前扯了几尺红布，寓意吉祥如意。这天给小娃剃头，祖父和祖母，还有爹和娘都跟着来了。郑忠信给小娃剃完头，赶紧将揣在怀里的红布披到小娃头上。

这时候，有个人瞅着秦仁义说："这行当你还打算做多久？"

秦仁义一边剃头一边笑着说："只要我的眼睛能瞅见，我就一直做下去。"

耿小姑去门口抱柴火做饭时，瞅见秦仁义和郑忠信支起来的剃头摊，回到院里对正在搓麻绳的父子俩说："秦师傅和忠信师傅支了个剃头摊，你们去不去？"

耿小姑的男人点着头说："这会儿去人太多，后半晌人少，再去也不迟。"

吕百灵听着爹娘的对话没说啥，一个劲儿地搓着麻绳，似乎搓麻绳的动作比耿小姑问话之前还要大一些。不用说都知道，他这是心里有情绪，自个儿发泄呢。

到后半晌了，耿小姑的男人放下手中的活儿，出门让郑忠信给他剃头。郑忠信瞅见耿小姑的男人过来了，问道："百灵呢？"

耿小姑的男人回答说："这个拧种货，我叫他一起来，人家连头都没抬，在屋里搓麻绳呢。"

郑忠信听了，笑着对耿小姑的男人说："你坐下，给你剃头。"

过了一会儿，吕百灵还没来。郑忠信一边忙着手中的活儿，一边对扫发渣的虎娃子说："你去把百灵叫过来，顺便再问一问他，是不是要把头发留到来年春天扎辫子？"

第三十七章　戏篓子

虎娃子小的时候，常去黄河边吊嗓子。有时候去得太早，会到距离黄河边较近的莘里村走一走。莘里村有一座题为"天姝大邦"的过台小戏楼。戏楼上有明万历年间的一块小石碑，小石碑上篆刻着："……每逢春秋圣节，献演小戏，以答慈庥"之句。

虎娃子头一回出村上台演出，是在农历的九月十九号晚上，就是在这个过台小戏楼上演出的。戏班子到了莘里村的当天晚上，就开始演出。到第五天红花日头出来之前，还是不停地演，演的是"三天四全夜"。每逢这种情况，戏班的艺人们必须戏功扎实，还得不断弦索地演。谁都没有料到，在这"三天四全夜"的演出期间，虎娃子火遍了黄河两岸。那段日子里，各个村里都流传着这样的话："黄河两岸大小戏，虎娃子唱的数第一。"

令虎娃子大火的，是《解破米》和《雪梅教子》的折子戏，还有叫作《金碗钗》的全戏。在西河，本戏唱完了，请戏的会让戏班加演折子戏。折子戏常常被乡亲们叫作捎戏，捎戏的体量虽说是小，却不失大本戏中的精彩片段，也被乡亲们称作小戏。小戏的内容虽说是简单，人物也少，从头至尾全是唱词，也有一些少量的夹白。虎娃子以音质入耳中听，声情并茂，惟妙惟肖的艺术感染力，塑造出了一个栩栩如生的吝啬鬼形象，受到了乡亲们的喜爱。当演到《雪梅教子》：

　　未婚夫先死

　　含苦抚义男

　　青春白断送

反遭儿埋怨

　　受苦又含冤

　　问谁来可怜

　　虎娃子唱得声情并茂，拨动了乡亲们内心柔软的弦。当虎娃子唱到戏中的雪梅向公婆跪地哭求着，说自个儿想要回娘家的时候，唱道——

　　我要回奔娘家去

　　只是这么一句悲凄凄的哀唱，台下的哭泣声，已经响起一片。紧接着，就是一阵雷鸣般的掌声，持续了很久很久。在虎娃子提线演唱的过程中，乡亲们看到精彩、巧妙之处，听到动情的地方，会不由自个儿地在台下跟着亮子背后传出来的声音节奏、轻重缓急，眉飞色舞地唱起来。唱完后，响器一落，人群中高呼着"虎娃子、虎娃子……"场面非常热烈，声声不断，盛况空前。杨天音这个名字，叫的人不多，知晓的人也不多，自此以后，小名"虎娃子"变成了艺名，被叫开了。

　　戏演完后，因乡亲们的要求，又唱了四天，演出才算是真正结束。好消息如同插了一对儿翅膀，比一双脚掌着地还跑得快。虎娃子进西窝村时，远远地瞅见柳玉秀在村口的皂角树下等着他。虎娃子一定也不会想到，柳玉秀已经站在这里等了一整天了。

　　牛是亲，马是信，梦见骡子交大运。虎娃子也一定不会想到，柳玉秀昨夜里做了一个梦，梦见马了。当虎娃子瞅见了娘，浑身疲劳的劲儿一下子没了，像小时候一样，双手张开，腿脚使劲地往前跑，边跑边扬起喉咙大声喊着娘。

　　柳玉秀和虎娃子的姿势是一模一样的，她的脸上皱成了灿烂的菊，一边提醒她的儿："慢点儿，慢点儿，小心脚底下，小心脚底下。"

　　母子二人一起往回走，刚走进院里，柳玉秀像记起了啥似的，对虎娃子说："我的儿，娘还有重要的事情对你说。"

　　虎娃子瞅着柳玉秀的脸说："娘说的重要事情，虎娃子已经想到了。我今天回来时路过西河县，扯了两块绸布料。天气越来越冷了，给您和王师娘一人缝一件棉袄。我给秦爷爷和忠信叔一人买了一双棉鞋。娘，我还要给天那头的亲人烧纸钱，让他们知道，咱西河的提线木偶戏，乡亲们都喜欢。娘，您瞅瞅，祭果我都买好了。"

柳玉秀中意地说："我的儿仁义，娘有福了。秦爷爷把纸钱也准备好了。昨天秦爷爷还说，他相信他的孙娃子能行。这会儿，秦爷爷正在屋里等着你呢。这几天，到村外去了好几趟呢。娘说年纪大了，就在屋里等着。秦爷爷说啥都不听，说他好几天没见到他的孙娃子，心里想得慌。"

虎娃子听了娘的话后，冲屋里喊上了："秦爷爷——"

柳玉秀跟在虎娃子的身后往回走，边走边冲虎娃子喊："我的儿，不要跑，不要跑，毛毛糙糙的，惹人笑话哩。"

这时候，有人听见柳玉秀和虎娃子的声音，急急地从屋里出来了。你一言、他一语地夸赞着，好话加起来能装几箩筐——

"王先生的眼光深远，没看错人。"

"虎娃子给他祖父、他祖母、他爹、他娘，把脸面撑了，是个了不起的好后生。"

"对，这娃打小就是吃戏饭的料。"

"学到一门好艺，抵得三工上田。"

"花花还须绿叶扶持。这几年，秦仁义和郑忠信两个人，把心都操碎了。"

"我记得清清楚楚，虎娃子把家里的两条木凳摞到一起，用纳鞋底的线绳，将两块砖绑到一根木棍上，一双手轮换着往起举，让胳膊担在两条摞起来的木凳上，两胳膊必须平行，不能倾斜一丁点儿，持续到有一炷香的工夫，秦仁义会提醒虎娃子，歇缓一会儿再继续。"

"台上一会儿，台下十年功。虎娃子能有今天，不容易呐！秦仁义和郑忠信两个人，功不可没。"

"只要锣鼓家伙一响，几个时辰下来，一句不拉地能把整本戏唱完。"

"娃打小就很努力，天生是吃戏饭的料。"

"碎碎个娃，早早失了爹，娃把苦下扎了。"

"下苦，是娃融进骨子里的习惯，苦日子教会娃如何活着。"

……

虎娃子回到家里，秦仁义用糙巴手亲昵地摩挲着虎娃子的脑壳、虎娃子的脸、虎娃子的眉毛、虎娃子的胳膊和腿，怎么也摸不够。

虎娃子叫了一声爷爷，从褡裢里取出一双新崭崭的棉鞋放到秦仁义的炕头。这一刻的秦仁义，捂住满是核桃皮皱纹的脸就哭。他哭着对虎娃子说："你是爷爷的好孙娃子，爷爷这辈子知足透了，真真的是知足透了……"

只是这后边想要说的话，因了喉咙哽咽地难受，说不出来了。虎娃子双膝着地，跪下对秦仁义说："爷爷受苦了，虎娃子心疼您。往后虎娃子给爷爷挣蓝面，挣油糕，挣白面馍吃……"

秦仁义用糙巴手擦了一把泪说："爷爷流眼泪，是高兴，是心里真的高兴。"

秦仁义的一番话，把柳玉秀的眼泪扯下来了。柳玉秀双膝跪下，拉着秦仁义的手说："爹，这世道人老得快。往后的日子，要可劲儿地活，好好地活。"

从唱《解破迷》《雪梅教子》《金碗钗》之后，虎娃子真真正正地走上了忙时种地、闲时唱提线木偶戏的艺人生涯。

那时候，西河县的提线木偶戏班有几十个，虎娃子所在的提线木偶戏班，是西河人乔于宏的戏班。此后，虎娃子跟着戏班去西河县周边的许多县域演出，也去山西、杭州、榆林、西安等大地方演出。也多次跟着商帮，远赴河南、上海、苏州、扬州等地演出。虎娃子腿脚能到的地方，都能听到乡亲们说起杨守艺和萧福祥，以及其他艺人的名字。他们是打心眼里喜欢这些从西河远道而来的提线木偶戏艺人，喜欢有着委婉细腻、悲怆苍凉，有着浓郁的地方特色的提线木偶戏。他们在听了虎娃子的戏之后，热情地喊叫着"小艺娃子"。有人知晓了虎娃子会的戏有三百多本，还有即兴编戏的才能，亲切地叫他"篓子"。

第三十八章　虚惊一场

距离西河县几十里地有个村子叫安村，安村有九家大户，生意涉及面特别广泛，商号遍及太原、广州、新疆、上海、杭州等地，还有和香港、英国、东南亚的生意往来。村里有饭馆、药铺、玉器铺、京货铺等铺面。安村有户人家姓申，村里人都叫申家。

这天，申东家大摆十碗席，请当地有声望的人和富户来家里吃饭，在此期间，不但邀请了白水的皮影戏，还邀请了虎娃子所在的提线木偶戏班。前来的戏班都知道各个戏班的实力，都在为自个儿所在的戏班捏一把汗。好些人听说这个申东家难说话，唱提线木偶戏期间会产生啥样的绞缠，想象不出来，但因了开出的戏价高，也就诚惶诚恐地来了。至于唱戏期间将要面对啥，每个人心里都没有底。

提线木偶戏班班主乔于宏，还有其他说戏的、搭戏的、提线的、拉皮弦胡的十几个艺人，个个儿愁眉苦脸，他们不知道将要面对的是怎样的尴尬与难堪。

虎娃子面无惧色地对乔于宏和其他艺人们说："这该发生的，就得发生；不该发生的，说啥都发生不了。咱们都把胆放正，不要怕，把真实的水平发挥出来，把提线木偶戏演好唱好，这才是硬道理，也是我们应该做的。"

乔于宏对虎娃子说："把戏唱好，是咱唱戏人的本分，这些我心知。怕就怕人家半道上给咱们生出个是非来，咋办呀？"

虎娃子对乔于宏说："咋办？兵来将挡，水来土掩，遇着啥事情说啥事情，碰见啥事情解决啥事情。咱们在这里愁眉苦脸，没一点儿用处，还会坏了事情。"

乔于宏听了虎娃子的话后，疑惑地问虎娃子："你说一说，会坏啥事情？我咋听不明白了？"

虎娃子说："瞧瞧，瞧瞧你们都愁成啥了，这副脸样子心情能好吗？心情不好，能把戏唱好吗？戏要是唱不好，就是大事情。咱这是人寻事情，不是事情寻人。我就不信，天下之事，能没个道理。如果正如传言中说的那样，申家的生意，也长久不了。"

虎娃子说的一番硬气话，让乔于宏的心里一下子有了依托和底气，脸上立马恢复了以往的神采，只见他对其他艺人说："咱们只管把戏唱好。唱戏的时候，眼睛盯住木偶人，指头要活，步子、身子把人样儿学。这会儿该干啥还干啥，把心态都调整到最好。今儿个就算是豁出去了，由着天，由着命。"

艺人们被乔于宏的这些看似豁出去的话逗乐了。其实，申东家这次请戏，并不是外界传言的生意有多么好，或者说是得了多么大的利，而是因为生意周转出现了很大的缺口，甚至已经到了濒临倒闭的紧要关口。各地的商贾听到这个消息后，纷纷前来讨账。这种时候，申东家多处求人借钱，就是借不到。

申东家万念俱灰的情况下，忽地想到了村里一位很有钱的女人。女人人缘好，常做善事，但女人家里的老辈人，曾和申东家的老辈人因一些事情产生了误会。病急乱投医，申东家也就忘了还有这么一个茬儿，他万万没想到的是，他敢借，这个女人竟然爽快地答应借给他。他借到钱后，并没有声张，而是吩咐下人，置备上好的食材，邀请了几家有名气的戏班，以西河人热情厚道的待客方式，做十碗席宴请前来讨账的商家。

宴席就设在申家的祠堂。在当时，申家的祠堂盖得特别气派，就连房梁上挂着的几十个灯笼，都是用楠木做成的。在灯光的照耀下，祠堂内金碧辉煌，摆放着几十桌十碗席。从外地赶来的商家瞅见申家的家底还是这般殷实，也就没了讨账的念头，申家就算是度过了一个大劫。

当然，两家戏班对台演戏，也没有出现任何的不愉快。申东家也没有为难戏班里的任何一个人。提前说好的戏价，一分没欠，比提前说好的戏价还给得多。

艺人们所表现出来的诚惶诚恐，算是虚惊一场，也算是自个儿把自个儿吓了一回。

第三十九章　底色

　　西河县一年一度赫赫有名的物资交流会到了，各地的商贾提前几天像蚂蚁一样朝西河方向奔来。他们带来的每一种物件都很惹眼，又都是当地驰名的宝贝。有珍贵药材、景德镇的瓷货、杭州的绸缎布匹，还有盛酒的器具……可以说五花八门，应有尽有。

　　从西街十字口向南望去，两边都是支起来的摊位，一个挨着一个。这些挨挨挤挤的摊位中，有个用几根木棍支着帐篷的饭摊。和其他饭摊不一样的是，这家饭摊的帐篷上，挂着一个"娃娃生"木偶，瞅着特别耀眼醒目。

　　在西河，把招揽各个戏班生意的人，叫作"承戏的"。这个饭摊的帐篷上，悬挂着的"娃娃生"木偶，是"承戏的"特意找人挂上去的。每逢镇上和县上有集日，背着"娃娃生"木偶的人，就在集会上来来回回地走。走了西街走北街，走了北街走南街，几个街道来回地走，咋着都不嫌烦。奇怪的是，背着"娃娃生"木偶的人在走的过程中，手里还拿着一根矛杆。为啥呢？没有人能说清楚。

　　这家饭摊的主人在这里卖饭，已经有十几个年头了。每年一到夏天，只卖搁了香菜的凉粉鱼鱼；到冬天了，卖的才是热乎乎的羊血炖凉粉。那时候，虎娃子还小，跟着柳玉秀去西河县卖绣品，每去西河县一回，柳玉秀都会先带着虎娃子去文庙古建筑群处走一走，看一看，也会来到这个饭摊前，给虎娃子买一碗搁着香菜的凉粉鱼鱼。虎娃子和秦仁义来西河县时，秦仁义也会在这家饭摊前给虎娃子买一碗凉粉鱼鱼。等到虎娃子跟着戏班去各地唱提线木偶戏了，只要是来到西河县，又恰逢集日，虎娃子都会来到这个饭摊前，给娘和秦爷爷，还有忠信叔、王师娘他们买一些带回去。

这天，虎娃子从韩庄唱戏回来路过西河县，也到文庙古建筑群处走一走，看一看，然后来到了这个饭摊前。和他一起来的还有一个女人，女人瞅着年轻，长相也漂亮，只是从脸色能瞧出来，吃得太赖。

女人叫冬兰，九岁那年被拐卖到了韩庄，给一户朱姓人家做童养媳。与其说是朱姓人家买回来的一个童养媳，不如说是买了一个任由他们随时可打可骂的使唤丫头。韩庄人都知道，朱家人打冬兰惯用的方法有两种：一种是掐，一种是拧。就这，还对外说是："打倒的媳妇，揉倒的面。这女子性子野茬，要好好地调教。"

时不时地，朱家人不让冬兰吃饭。有时候，担心不让吃饭会出人命，惹上了官司，便像打发猫狗一样，随手扔一些，扔个啥，就是个啥，扔出个啥，就得吃啥。冬兰实在是忍受不了朱姓人家的折磨，差点儿跳河自尽。就在这时候，被前来韩庄唱提线木偶戏的虎娃子救起。冬兰跪地给眼前的恩人磕头，虎娃子说啥都不让跪，说自个儿只是遇上了，赶上了，谁遇上这种事情，都会这么做。说完，又劝说冬兰赶紧回家去，家里人一定着急。

冬兰一听虎娃子的话，吓得面如土色，抖着嘴唇对虎娃子说："命叫我活不成人，我死都不回那个家。"

"回家咋变成了这种感觉？"虎娃子心里有了疑惑。不等他要问明缘由，一个凶神恶煞的中年女人骂骂咧咧地走过来了，嘴里净讲些活呀死呀的恶毒话，字字句句不堪入耳。

冬兰瞅见了中年女人，吓得面如土色，腿脚连连往后退，不小心摔了个四仰八叉。中年女人哈哈大笑着走到冬兰跟前，脸色一变，用双脚踢着躺在地上的冬兰。

"不许踢！"虎娃子牛吼一声，一把将中年女人拉到一边儿。

中年女人圆瞪着眼，破口大骂："滚一边儿去，这里没外人插嘴的份。"

这当儿，不远处有个年长者向虎娃子挥手示意，像是有啥话要对他说。

虎娃子没说话，一把将冬兰从地上拉了起来。

中年妇女大声冲冬兰喊："往回滚，杵在这里等死呀！回去再跟你算账，我今儿个还就不信了，是你的皮耐实，还是我手中的掐和拧结实。"

冬兰杵在原地没动弹，也没说话，可怜巴巴地瞅着眼前这个刚才救她的人。虎娃子瞅见她的眼泪滴滴答答地往下落，心里猛地疼了一下，不由自主地在心里追问着："这个可怜的女人，脸色为啥这么差？"

第四十章　一物降一物

通过年长者说的一番话，虎娃子也就知晓了一些大致情况。冬兰是朱家买来的童养媳，和朱家有眼疾的老二成了亲。这家人个个脾气赖，最赖的还是冬兰的男人，要么对冬兰动辄就是一耳光，要么就是对冬兰拳打脚踢。最初的那几年，冬兰一直忍。实在是忍不住了，趁着天黑跑了几回，都被抓了回去。

虎娃子不知道，冬兰跳河之前，一直在朱家的碾坊里，满头大汗地推磨。一连着推了大半天，一口饭没吃，一口水没喝，用冬兰男人的话来说，今儿个推不完，就别想吃喝。

冬兰心里难过极了，一边推磨，嘴里一边念念叨叨：

路途遥远不算远

石头沉重没上山

雷声轰隆没滴雨

雪花飘落心里寒

冬兰记得，那时候她还小，娘常在推磨的时候，嘴里反复念叨的就是这几句。她不懂娘嘴上念念叨叨的是啥意思，也不懂娘为啥不停地念叨着这几句，就仰起脸问娘。

娘无奈地冲她一笑说："是个谜语，没啥稀奇的。"

冬兰想来想去，咋着都想不明白。又仰起脸问娘："娘，这是啥谜语？我咋猜不出来。"

娘用手捶了捶自个儿有些麻木了的腿，哑哑地咳嗽了几声，哀叹了一声,无力地说出来两个字:"推磨。"

冬兰决定不再趁天黑跑了,她要找个适当的机会,为自个儿的人生做一回主,哪怕是死,也要自个儿做一回主。冬兰这样想着,内心便也有了一股拧劲儿,脸上也有了一抹坚定之色。她啥都不怕了,白天顺着门走出去,从她打算从这扇门走出去的那一刻起,她就没打算活着回来。

这个晚上,提线木偶戏开演之前,虎娃子一个人去了一趟朱家,从朱家出来的那一刻起,朱家人就再没人敢指戳冬兰一个手指头,也没有一个人敢骂冬兰一句。朱家有眼疾的老二,似乎是在某一个瞬间,戒掉了动手打冬兰的瞎毛病。六天过后,虎娃子要返回西窝村了,又去了一趟朱家,冬兰跟着虎娃子离开了这里。

此后多年,朱家人像是被啥给管制住了,没人敢在村里人的面前拍屁股耍泼,几辈人被挨个儿搬起来骂,已经成了过去式。村里人一直都觉得奇怪,说是这个唱提线木偶戏的虎娃子,究竟用的是啥办法制服了朱家人?他又是用啥办法,将这个可怜的女人救出来的?

虎娃子带着冬兰在饭摊前吃羊血炖凉粉时,正是从韩庄唱戏返回来的那一天。时隔多年,有人心里依然有疑惑,再度提起了这件事情,也竟然有人直接问虎娃子:"你当初是用啥办法把冬兰救出来的?"

虎娃子并没有说他是用啥办法把冬兰救出来的,只是平静地说:"世间有些事,一物降一物。"

第四十一章　初次相见

虎娃子领着冬兰回到了西窝村，因了天气太冷，两个人的脸膛变成了紫红色。到家门口时和往常回家一样，虎娃子大声喊着秦爷爷，喊着他的娘。

柳玉秀听见了，知道她的儿回来了，脸上露出了一抹笑意。秦仁义也听见了，从另一个窑屋里出来了，瞅见虎娃子身边站着一个瘦溜溜的女人，有话要从喉眼里冒出来，却不知道咋说，也就定定地瞅着。

虎娃子走上前，拉住秦仁义的手说："秦爷爷，您咋出来了？天气这么冷，赶紧回屋。"

秦仁义站着没动腿脚，嘴里一个劲儿地"噢噢"着，眼睛始终不离眼前这个瘦溜溜的女人。

虎娃子瞅着冬兰，指着秦仁义对冬兰说："这是秦爷爷。"

冬兰虽然知道虎娃子是个好人，却因为在朱家一直受管制，也因为生活一下子拐了这么一个大弯儿，她的内心还是有一些胆怯，叫秦爷爷的声音很小、很小。声音虽说是小，秦仁义还是听到了，嘴里"哦哦哦"地应答着。

"秦爷爷，娘，咱回屋。虎娃子今儿个有话要说。"虎娃子说着话，走进了秦仁义的屋里。

柳玉秀瞅着眼前站着的女人，眼中全是疑惑。她没有说话，目光直直地瞅着她的儿，因了太过惊奇的缘故，她的声音竟有一些变调了："难道是？"

虎娃子拉着冬兰的手，对柳玉秀说："冬兰，这是我娘，从今往后，我娘，也是你娘。"

冬兰将低垂下的头抬起来，瞅着满眼慈祥的柳玉秀，内心放松多了，情真意切地叫了一声娘。

虎娃子瞅了娘一眼，又瞅了秦爷爷一眼，这才将如何遇见冬兰，以及如何从朱家将冬兰救出来的整个过程说了一遍。秦仁义听得泪水涟涟，从心里赞同虎娃子的做法。他一连夸赞了几遍，又叹息着说："冬兰真可怜，活得苦，苦哇！"

柳玉秀望着冬兰瘦溜溜的样子，心疼得落了泪，哽咽着对她说："闺女，只要你不嫌弃，从今往后，这个家就是你的家。我是你娘，秦爷爷是你爷爷，虎娃子是你哥哥。从今往后，咱们就是亲亲热热的一家人。"

冬兰听了，脸上的神色立马变成了春暖花开，双膝跪到地上，嘴里喊着爷爷，喊着娘，喊着哥哥。

虎娃子从褡裢里掏出柳玉秀和秦仁义爱吃的油糕，还有给柳玉秀买回来的一堆红红绿绿的绣花线。

第四十二章　故乡人

这一年刚入冬，虎娃子和提线木偶戏班一行十一人，前往山西的吕林庄唱戏。吕林庄有个从西窝村落户到这里的人，叫孙久久。戏班来到吕林庄演出的第二天，当地有个游手好闲的恶人，不知道从哪里打听到孙久久和戏班里的大把式虎娃子曾是一个村的，于是派了十几个恶人去了一趟孙久久的家，连凶带吓唬，说是叫虎娃子来一趟镇上的赵氏饭庄，要亲自会一会这个远道而来的西河人。

其实，这里所要说的会一会，说得好听一点就是见上一面，实则是当地恶人在找碴敲诈外乡人。曾经来吕林庄唱戏的戏班，还有一些过路的客商，无一例外地都被这个恶人敲诈过。

孙久久被恶人威胁恐吓后，疾步去找虎娃子。见到虎娃子的时候，是虎娃子来到吕林庄的第二天。当时，虎娃子正和戏班的一个艺人说话，孙久久听到了久别的乡音，倍觉亲切，冲着虎娃子的背影，热热地叫了一声。

怪哩，这不是当地口音，应该是西河口音。虎娃子扭过身，抬眼一瞅，愣住了："眼前这位知晓我名字的人，是谁呢？明明觉得眼前这个人很面熟，就是想不起来在哪里见过。"

虎娃子纳闷的当儿，孙久久对他说："我是西窝村的孙久久，我家和吕百灵的家隔着一层墙皮。"

虎娃子立在原地，一副风尘仆仆的样子，他瞅了几眼站在面前的孙久久，在记忆深处搜寻着这个人。终于想起来了，眼前的人和自个儿同住一个村，笑着对孙久久说："想起来了，想起来了，你是鸭大娘的儿。"

孙久久回答说："鸭大娘？哦，对对对，我是鸭大娘的儿。"

老早那会儿，孙久久的娘只要是从西窝村走过，身后总会跟着一只鸭，村里人就这么叫她。虎娃子瞅着孙久久说："你要是想给家里捎啥，五天后我就回西河，你送过来就行了。要是你想回西河，咱们一起走，远天远地的，路上也有个照应。"

又不是给人脸上增色涂蜜的事情，孙久久犯了难，眼睛眨也不眨地瞅着虎娃子，却不知从何说起，也不知在虎娃子面前如何开口说。虎娃子和孙久久的眼神碰上了，能从眼神里瞅出来，孙久久一定是遇着了啥难肠的事情。

美不美，故乡水；亲不亲，故乡人。不管是啥事情，只要能帮得上，说啥都得帮。虎娃子对孙久久说："你说吧，有啥事情需要我帮忙？"

"唉——"孙久久面带一抹歉意，发出了一声长长的哀叹，将十几个恶人来家里连凶带吓唬的事情，原原本本地说给虎娃子听。

虎娃子听明白了孙久久来这一趟的真正缘由，心里想："这明摆着是欺负人呢。"转念又一想，"戏班唱完戏拍屁股走了，孙久久一家人还得在这里讨生活，说不定会给孙久久一家人带来意想不到的灾难。"

这一刻，虎娃子想起了自个儿每次出门时，秦仁义和郑忠信对他千嘱托万叮咛的话："心字头上一把刀，遇着事情要忍。出门人低三辈，能忍则忍，苦着脸不能忍，也得想办法让自个儿忍。忍一忍，大事化小，小事化了。世上有些事情，不能单凭个人意气用事。动动脑壳，多问一问自个儿的心，为啥？"

过了一会儿，虎娃子对孙久久说："把胆子放正，回去给恶人带个话，就说是西河人说了，答应去会一会。既然答应了，就是天上下刀子，也一定会准时去。"

孙久久听了虎娃子的话后，一把握住了虎娃子的手说："十几个恶人说叫我过来给你说，我不知道该咋办。那十几个恶人动了气，问我是要横的，还是要竖的？我当时就怕了，家里老的老，小的小，不管是横的还是竖的，都惹不起这一帮阎罗，我也就厚着脸皮来给你添麻烦。唉，实在是没有办法呀！"说完，竟也动了情，落了泪。

　　虎娃子以西河人的豪爽和良善拍了拍孙久久的肩膀说："把心放坦然，这事情，难不倒西河人。"

第四十三章　患难与共，情同手足

恶人知道虎娃子是名气响当当的大把式，也就打着专门宴请虎娃子的幌子，威胁孙久久来请虎娃子。说是请，实则是让虎娃子在当天晚上，到另一家正在演出的戏班里，和陌生艺人一起唱戏。艺人和艺人唱戏，也得讲究个缘分，讲究个配合到位。缘分到了，配合到位了，戏才能唱好；缘分没到，配合不到位，就把戏唱砸了。恶人就是要看到戏台上的两个不同戏班的艺人，两个不同戏班的陌生人在一起唱戏，当着众人的面前出岔子，惹笑话，把戏唱砸，演砸。唱砸了，演砸了，恶人就会以此为由头来敲诈勒索。那天赴宴席间，虎娃子应答了恶人的过分要求，最后以步行赶路为由，离开了。

恶人知道西河人到了别人的地盘上，是不敢耍心眼的，也就笑着答应让虎娃子离开。虎娃子一回到吕林庄，吩咐提线木偶戏班的一个艺人给晚上对戏的戏班班主写了一封信，信中语气温和、情真意切，枝枝蔓蔓的，把该说的不该说的，都说了个透。对戏的那家戏班班主，也是个直爽人，当然知道其间的利害关系，当即带领晚上要演出的几个艺人，来到从西河来的提线木偶戏班的临时居住地。

这个晚上，戏演出前大致有两个时辰，虎娃子把自个儿在演出的日子里总结出来的经验和心得，声情并茂地说给晚上唱戏的戏班里的艺人们听。将自个儿的绝活，毫无保留地显露出来，并仔仔细细地给过来的几个艺人指导了一番。如何唱；如何将音唱得更准；如何将清晰的字音传出去既远还耐听；唱完戏后，应该如何护嗓，他都毫无保留地说给他们听。好在这位晚上与虎娃子同台演出的艺人悟性高，在短短的两个时辰内，技艺大增。晚上两个人一起唱戏，不但没有惹笑话，出岔子，还获得了台下观众的阵阵掌声。不仅如此，这个艺人的演出水平和风格变化太大了，但这种变化，是台下的乡亲们特别喜欢的，掌声更是空前。

戏唱完后，同台对戏的那家戏班班主亲自带着这位艺人来给虎娃子道谢。和虎娃子对戏的艺人给虎娃子跪下了，流着泪说："今晚的戏，多亏您。要是没有您，往后我还能不能吃这碗戏饭，都不好说。说不定被恶人砍了胳膊剁了手，命都不保了。"

万万没想到的是，虎娃子吩咐对戏的那家戏班班主，说是把其他艺人们都叫过来，给他们也"露一手"。对戏的那家戏班班主听了虎娃子的话后，一脸兴致，但心里依然揣着个迷惑，有点儿不相信自个儿的耳朵，笑望着眼前这个从西河来的大把式。虎娃子能感觉出来他的心里是在想啥，也就很认真地、和颜悦色地对他说："活着都不容易，既然碰上了，就是缘分。其他的我不会，能帮的，只有这个了。"

这次演出过后没多久，对戏的那家戏班班主，还有和虎娃子一起对戏的那个艺人，专程去了一趟西窝村，给虎娃子送了一幅装裱好的书法作品，内容是：

患难与共
情同手足

第四十四章　拾炮皮

那天，虎娃子去和恶人赴会的路上，瞅见了一个令他格外熟悉的背影。只是一切来得太突然了，他只是远远地瞅了那么一眼，他感觉到那个背影，就是他熟悉的一个人。为了确定是不是看错了，他又转过脸瞅了一眼，可那个人腿脚生风，沿着小路跑了。

地形地貌太陌生，三追两不追的，把个大活人追丢了。当然，虎娃子并不知道，当他离开之后，站在山崖边的吕百灵冲着虎娃子的背影喊："虎娃子，我想你了。"

在吕百灵成长的过程中，耿小姑所受到的委屈，是不能用语言来形容的。虽然说吕百灵是她的儿，但她一听见吕百灵尖声细气的嗓音，就像是闻到了一股悲哀的、苦苦的味道，或者说是感到一种难以忍受的巨大的悲痛，向她汹涌而来。

这种感觉，令她心神恍惚。有一回，耿小姑去地里干活，要不是身后的男人一把拉住她的胳膊，摇摇摆摆的她一步跨下去，便是万丈悬崖。

实际上，她并不是狠心想抛下她的儿和男人去寻死，而是她在根本不知道的情况下，做出的异于平常的反应。男人被她所表现出来的异于平常的反应吓怕了，急慌慌地跑去找村上大寿数的老人出主意。老人晃晃脑壳，说耿小姑心里苦，得不到排解，一天一天地积攒下来，就变成了眼前的这个样子。要排解心里的苦，就得分散她的注意力。

男人痴愣愣的，不知道自个儿该咋办，又该如何分散她的注意力？大寿数的老人瞅着眼前这个老实本分的男人，笑着说："西河县有个北雷村，去北雷村拾炮皮求子，据说是很灵验的。说得再明白一些，就是你们俩再生一个娃。壮壮实实的娃，声音洪亮如钟。她听了，肯定不会犯这毛病！"

一语点醒事中人，耿小姑的男人明白了，脸上立马露出一抹苦咧咧的笑。在西河，的确是有个村庄叫北雷村，北雷村有个三后庙，每年的正月十四、十五、十六这几天，三后庙会燃放许许多多的鞭炮。这些鞭炮不是用彩纸卷成的，而是用绣着花花草草图案的绸缎特制而成的，就连鞭炮的捻子，也比其他的鞭炮长。点着鞭炮的时候，五光十色，火花飞溅。

这种时候，人们会蜂拥去拾散落在地上的各种颜色的炮皮，如果拾到的炮皮是黑颜色，或者是白颜色，就有可能生男娃。如果拾到的炮皮，都是红红绿绿的颜色，有可能生的是女娃。拾炮皮的人回到自个儿的家里，将拾到的炮皮放到女人睡觉的被褥下面。一年内如果生了男娃，便要带上贡品，还有写着还愿话语的红布，去三后庙给神还愿，诚意感谢。

耿小姑和男人去北雷村庙会上拾炮皮，一共去了两次。有一天，吕百灵听见村里几个年老的婆婆给村上一个几年不生娃的女人说："去北雷村拾炮皮求子，据说是很灵验的。得把拾回来的炮皮，放在睡觉的被褥下面。"

吕百灵听了这些话后，觉得有些稀奇，趁着耿小姑和男人忙活的当儿，将家里的被褥翻开，瞅见了耿小姑放在被褥下面的许许多多带颜色的炮皮。吕百灵觉得很受伤，于这一刻，他的心里有了一种感觉，是一种强烈的感觉。他觉得这个娘，一点儿不在乎他，心里没有他了。

他记得，耿小姑曾经对他说过："娃，你是娘心尖尖上的一疙瘩肉肉。"

吕百灵误会了娘的心，他以为娘说的话，都是用来骗他的。

第四十五章　豁豁牙牙

这天，耿小姑的男人起得特别早，先是去了一趟茅房，又去灶屋提了半桶水，端着簸箕给借来的麻驴拌了草料，加了一碗玉米。耿小姑比男人起得还早，去灶屋拉风箱烧水，烙了五个锅盔，给吕百灵留了两个大的，往褡裢里装了三个小的。紧接着，又装了五个垫着芝麻、花椒叶和香油的桃形馍，桃形馍是给泥胎神像祭献用的。等到一切准备就绪，她摸黑牵着麻驴前往北雷村。

出门前，男人要叫醒睡着了的吕百灵，说是给娃打个招呼。耿小姑对男人摆摆手，压低嗓门说："不用说，娃睡得正香哩，你咋忍心叫醒？叫娃好好睡，天黑前咱就回来了。"

男人瞅了一眼睡在炕上的吕百灵，心里无来由地有一些闷和慌，眼边竟不知不觉地淌了泪。这泪是心里的酸痛，却来得不是时候。为了不惹耿小姑难受，他用双手上上下下搓了几搓脸，故意打了几个哈欠，对耿小姑说："把人困成啥了！"

耿小姑压低了嗓门，声音有些急促："还打啥哈欠呢，都不怕把娃惊醒？多大的娃了，不说他都知道。咱赶紧走，今天去北雷村的人多，宜早不宜迟。"

男人不再说啥了。当然，这无来由的沉闷心情，他是没有办法把控，也没有办法解释清楚。鸡刚叫头遍，打着裹腿、身上系着老粗布腰带的男人，牵着借来的麻驴出发了。他一边牵着麻驴赶路，一边用嘴里哈出来的热气暖手。坐在驴背上的耿小姑，穿着蓝色大襟袄，曾经的一头乌发因了一段糟烂的心情，落得只剩下一半了。

出门前，她还是很认真地往绾成髻儿的头发里，塞了一些用污泥染的深蓝色线。这样，就显得发量和以前差不多。也因为这个，绾着毛髻儿的耿小姑，比往常多了一份自信。

男人每次向对门赵老汉借麻驴，赵老汉都会爽快地答应，并不忘说几句吉祥话。男人每次从赵老汉家牵着麻驴回来，都会这样想："凭着这一份虔诚，也能感化庙里的泥胎神像。庙里的泥胎神像，一定会给可怜的一家人带来福音。"

耿小姑每次给泥胎神像蒸祭献馍的时候，心里也会这么想："把馍蒸大，把花椒叶和香油垫多。"每当她和男人跪到泥胎神像前的那一刻，她的真诚，她肚里折叠起来的那些细枝末节，总是塞得满满的，她日日夜夜牵着的那一念，泥胎神像一定能感受到，也一定会赐给她一个美好的心愿。

虽然说这一刻，耿小姑的表情并没有显露出来她心里所想，但她心里已经有了笑。她也似乎听见了满院里洋溢着的叫声，是野野的、结结实实的那一种。

吕百灵被一阵叽叽喳喳的麻雀聒噪声惊醒了，耿小姑烙的锅盔就搁在榆木桌上，抬眼便可瞅见。吕百灵没吃一口，而是直直地瞅着榆木桌的方向。从他的眼仁子里可以捕捉到一种寒凉的气息，从这寒凉的气息里，可以嗅到他曾经最绝望、最无助的一段艰难的日子。

忽地，吕百灵像疯了一样，将耿小姑放在墙角的一瓷坛腌制好的酸菜扳倒在地，将瓷坛盖蹬到一边儿。酸菜和青黄色的水呼啦啦地从瓷坛里流了出来。

吕百灵瞅着一地的狼狈，觉得还不解气，又从墙角拎了一把锄头，朝瓷坛狠狠地砸去。伴随着一声"咣啷啷"的钝响，吕百灵的眼仁子里有了一抹飘忽，也伴随着这一抹飘忽，瓷坛变成了一地豁豁牙牙的瓷瓦片。

吕百灵瞅着一地的豁豁牙牙，眼仁里又恢复到刚才那种狠呆呆的眼神，尖声尖气地说:"我就不是娃?你们就缺一个娃?叫你们拾炮皮,叫你们拾炮皮。拾去,拾去,我要叫你们都后悔死!"

吕百灵说完这一连串的狠话,气呼呼地跑了出去。临出门的那一瞬,他还是忍不住地回过头来。这一回头,他想起了啥特别重要的东西,急慌慌地跑回家,把被褥底下的炮皮扔到门外,呼啦一下,炮皮全被风吹走了。紧接着,吕百灵又转身回到窑屋里,取出一个红绿相间的物件,犹豫了那么一下,快速将红绿相间的物件塞进贴身的衣兜,这才疯了一样地向门外跑去。

吕百灵从来没有以这样一种决绝的方式,从来没有以这样一种灰色的心情离开过家。但在这一刻,他对自个儿的所作所为,没有一丁点儿迟疑和后悔之意。当然,这一刻的他,也感觉不到后悔。

吕百灵不见了,好长时间听不到关于他的一丁点儿消息,也没有人给他的爹和娘提到关于他的任何消息。吕家的天,算是塌下来了,耿小姑和她的男人,一双可怜的父母,陷入巨大的悲哀和伤痛之中。

此后,北雷村每逢庙会,他们再没有去过。而吕百灵的突然离开,也给这一双可怜的父母带来了更大的灾难。

第四十六章　过寿辰

西窝村的陆家，家大业大，为人厚道，曾在最艰难的日子里，和村里的其他几位大户在村口支起大铁锅，搭棚赈灾，以小米和玉米熬成黄粥，帮背井离乡的灾民度命。这些，西河人都知道。现如今，每个雇工顿顿饭管饱，在整个西河也成了奇闻。

据陆家的一名雇工说，陆家雇了一个叫海碗的。此人话少饭量大，大得出奇。半斤一碗的擀面条，能吃七八碗；二两重的馍，一顿饭能吃二十个。跟他一起干活的雇工瞅不下去了，对陆济慈说："不能雇佣这个饭量特别大的人。"

陆济慈听了笑着说："我不雇佣这个饭量特别大的人，就没有人敢雇佣。他说一顿饭能吃二十个馍，说明他是个实诚人，不昧着良心说话。这样的实诚人，我心里有数。饭量大，能吃叫吃去，吃得多，劲就大，干活更有力气。家里的一些活，有人干不了，我相信他能干。"

这个被别人非议，却被陆家收留下来的海碗，力气真的是奇大无比，他没有让东家失望，也没有让任何人看到关于他的笑话。他在陆家干一些使力气的活，西窝村但凡谁家有干不动的活，只要是去陆家找陆济慈，陆济慈丝毫都不犹豫，当即吩咐海碗过去帮忙。

这一年，陆济慈为了给老寡母过寿辰，专门请了一个过事主管，筹划着给老寡母"过事"的事宜。为了将事过好，过事主管提前就开始筹备了，跑事的、伙房帮忙的、席间端馍的、洗碗的、烧热水的、打扫卫生的……分工不同，所承担的事务也就不同了，所有的人员加起来，有一百多个。

过事主管吩咐跑事的从各地采购活猪，请来了西河县有名的屠夫，在距离西窝村七八里外的沟壕里支锅烧水杀猪。过事所用的面粉，是用马家沟的石磨磨的。所用的豆腐，由西河县水车头的豆腐坊送来，提前已经预订好了，豆腐款也都提前付了，还有黑豆豆腐、黄豆豆腐、豆腐干、豆腐皮等各种豆类制品。

除却这些豆类制品，提前预订好了的，还有柳池洼的挂面、河西坡的小黄米、潘家山的核桃、莘野的大蒜和蔬菜、管庄的粉条子、夏阳的铃铃枣……每一样食材，在西河地界都很有名气。就连放置食材必备的用具，簸箕、笸篮和柳条笼，也是从簸箕村派专人前去定制的。簸箕村的簸箕，是依照孙膑排列编织的方法编制而成的，具有舌头宽、条杆粗、边缠紧的特点。而席间所聘请的炉头和伙房师傅，白天晚上轮流着忙活。所做的宴席，是按照西河的"十碗饭"规格来做的。

在西河，十碗饭叫作十碗席，有十全十美的寓意。而十碗席的内容，是六个肉菜和四个素菜。肉菜包括红烧肉、条子肉、过油肉、肘子、鸡肉，还有用猪肉做的肉丸子。人们嘴上说的所谓的四菜，是菠菜、白菜、金针菜、豆芽菜，这几个菜中，菠菜和豆芽菜是凉菜，白菜和金针菜是热菜。

过事的日期定在这一年的九月九日，还请了西河有名的提线木偶戏、同州的秦腔戏、山西的蒲剧等好几家戏班前来助兴。

过事期为三天，十一日为最后一天。过事的头一天，几家戏班展开了赛台。赶几十里路来的戏迷，也有受过陆家救助的乡里乡亲，从各地各村赶了过来，西窝村一下子热闹起来了。来西窝村的人，都可以入座吃饭。人太多了，端饭的人端着热腾腾的饭菜，不能硬往里挤，又进不去。犹豫的当儿，脑壳里突地灵光一现，说道："热油来了，热油来了，洒到谁身上，洗不下来了。"

各个戏班的艺人，各显神通，各显其能。在这三个喧闹不眠的夜里，被议论最多的是提线木偶戏班的虎娃子。这时候的虎娃子，在西河已经是名气很响亮的大把式了,但在西窝村演出,也就那么几次。演出之前,好些人议论纷纷,各种各样的传言,传到了陆济慈的耳中,传到了陆家的少爷陆云轩耳中,传到了小姐陆婉容耳中,也传到了陆婉容的贴身丫鬟小菊的耳中。

第四十七章　有谱

　　老寡母从娘家当姑娘甩大辫子、穿水绿绣花鞋那会儿起，到如今盘着发髻一大把年纪，依然喜欢看提线木偶戏。几十年的日月过下来，连她自个儿都说不清，究竟看了多少本戏。这几年，老寡母往岁数上走，除却走路时有些颤颤巍巍，别的还算硬朗。过事的第三天下午，老寡母被家人和下人簇拥着来到了戏台下。

　　戏台下摆放着桌椅板凳，从桌椅板凳的雕刻手工和搁在凳上的缎垫子来看，做工，颜色搭配、选择都很有讲究，就连桌椅板凳摆放的位置也是有讲究的。老寡母这天看的是虎娃子唱的提线木偶戏。只是在演唱前，过事主管临场换了两场折子戏，一折是《全家福》，一折是《升官图》。换来换去，心里还是觉得不满意。过事主管知道，老寡母虽说是上了岁数，但耳不聋眼不花，还是看戏的行家。为了能让老寡母高兴，过事主管一时犯了难，不知道该演哪一本戏。虎娃子瞧见过事主管左右为难的样子，对他说："这事情你不用发愁，我心里有谱着哩。"

　　过事主管盯着虎娃子说："老寡母肚里装得戏太多了，数不清。我和陆家老爷沟通过，也没说出个所以然。"

　　虎娃子对过事主管说："就是没说出来个所以然，也不要慌，唱戏这事情我有把握。就是现编现唱，也难不倒我。这样吧，我即兴编戏，老寡母肯定没听过，所有的人都没听过。"

　　过事主管听了虎娃子的话后，一惊，忍不住地喊起来："编戏？即兴编戏？高，实在是高，能把戏唱到这种境界，保准老寡母能开心快乐。给你实话说吧,我所谓的犯难,实际上要的就是你的硬气话,现在我放心了。西河人都说你是大把式,能这会那的,传得神乎其神,我一直都不相信。是骡子是马,拉出来遛一遛,只要你今儿个编的戏不给陆家添乱,能让老寡母开心,我就服你。哦,给你说些掏心窝的话吧,我这人眼高,一辈子没服气过谁。"

过事主管说完,哈哈大笑起来。他怎能不笑呢?虎娃子的反应,实在是出乎他的预料。开饭前,陆济慈给他说了,只要能让老寡母开心,酬金可以翻倍地出。为了保险起见,过事主管又冷不丁地问虎娃子:"即兴编戏,你能有多大的把握?"

虎娃子回答道:"说满话太离谱,但我还是请你放心,让老寡母看得有味,听得快乐,这信心我还是有的。如果连这都做不到,我还有啥脸面在人前人后扬起嗓子唱提线木偶戏,还有啥脸面在人前人后走来走去?"

过事主管听了虎娃子的这一番硬气话,脸上露出了笑容,像两朵灿灿的葵花,怎么看,都觉得舒坦。

第四十八章　即兴编戏

其他戏班演出的戏目，陆家人陪着老寡母都看了。虽然说艺人们唱得很入戏，也很卖力气，效果也都不错，但老寡母似乎还不尽兴，更谈不上开心不开心，快乐不快乐。到虎娃子唱戏时，过事主管又来到亮子后面，对虎娃子说："今天这戏，就指靠你了。"

虎娃子一扬眉，对过事主管说："把心放到肚里，唱戏这事情难不倒我。"

虎娃子说这话的时候，提线木偶戏班的人，已经将《捉鹌鹑》的戏牌挂出来了。这一折戏是虎娃子临场发挥，通过几天前听过的一件很有趣的事情即兴编撰出来的。没料想，因戏中大量地运用方言俚语，使得演出过程中，戏情妙趣横生，雷鸣般的掌声接连不断。

大家沉浸在剧中深意之中，过事主管在老寡母的耳边嘀咕了几句，老寡母的核桃皮皱脸上露出了笑，晃着脑壳应允了。

过事主管因《捉鹌鹑》这一折戏，对虎娃子的临场发挥才能，夸赞了一番，得到了老寡母的赞同。过事主管又走到戏台的亮子后面，说给虎娃子听。虎娃子听了以后，略一沉思，答应了他提出来的要求。

这要求说简单也简单，说难也难上加难。刚才一折戏演出前，还有一会儿喘气和商量的余地。这一折还没想好的戏，根本没有时间来商量，就得站到亮子后边，提着线偶，人边演边唱。戏班里的其他艺人们知道了这突然而降的事情，一个个垂头丧气，说今儿个不比以往，演出难度太大了，要是下不了台，就把丑丢大了。

站在亮子背后的虎娃子没说话，不眨眼地瞅着戏台下面。这时候，有个艺人实在绷不住了,愁眉苦脸地对虎娃子说:"你还有闲心思往戏台下面瞅。"

虎娃子依然没搭声,与其说是他在瞅着戏台下,不如说是他正在思考这一折还没有想好的戏该如何张嘴唱,在既不尴尬也不冷场的情况下,还能博得老寡母的喜欢。虎娃子瞅着瞅着,声音朗朗地说:"好哇,有了。"

接下来,虎娃子吩咐戏班里的一个叫大胜的人,将《捉鹌鹑》的戏牌取下来,换成了《秋韵》的戏牌。过事主管瞅见戏牌上的内容,到老寡母耳边耳语了一番,老寡母听到"秋韵"两个字后,眯着眼睛笑望着戏台。

《秋韵》这一折戏,也是虎娃子临场即兴发挥出来的。这折戏按理说得由三个人唱,但由于时间急迫,连最基本的说戏过程也没有。虎娃子给拉皮弦胡的师傅和另两位艺人耳语了几句,稳住了其他几位艺人的心:"这一折戏,三个人的角色,我这一张嘴,全包揽了。"

其他艺人们都替虎娃子捏了一把汗,都怕他把戏演砸了。又有个艺人压住声息,以担心的语气问虎娃子:"一张嘴能靠得住?"

虎娃子不慌不忙地答:"我说靠得住,就靠得住。"

这个艺人不相信似的,又问了一遍:"真能靠得住?"

虎娃子以无比自信的语气说:"我晓得自个儿能吃几碗干饭,既然敢说靠得住,就一定能靠得住。"

事已至此,其他艺人们也没有别的更好的办法来应对和挽救,只能从心里默默地祈祷和祝福。

第四十九章　新意与不同凡响

戏台下炸锅了，所有的人从来都没听说过《秋韵》这折戏的名字，心里又都替虎娃子捏了一把汗。其间，秦仁义和郑忠信来到了戏台下。对于戏，秦仁义和郑忠信两个人都是内行，没必要凑到前边去。两个人一人扛一个方形木凳，在距离戏台较远的一个角落，静静地坐了下来。

对于他们来说，听，就是了。听，是看提线木偶戏的最高境界，真真正正饱的是耳福。此刻，两个人的嘴上，并不提虎娃子该如何应对眼前的事情，而是说些与此无关紧要的话题。这种故意避开眼前之事的微妙感觉，两个人都心知肚明，却又都不说破。

戏开演了，亮子前面出现了三个提线木偶人，模样儿俊俏好看，又有着几分相似。从三个提线木偶人手中提着的笼子能瞅出来，戏里应该到秋天了，大嫂带着小姑子和兄弟到田间地头拾棉花。去之前，三个人已经说好了，说是到了地里，每个人都要说几句顺口溜，每句话里必须带一个"红"字，带一个"口"字，这是定制的规矩。如果谁嘴拙不会说，或者是只带了两个字中的一个字，就为输。输的人得围着整片地跑半天，还得模仿几种动物的叫声。

说这番话的是小姑子，大嫂和兄弟在一旁听。听完之后，兄弟说是叫大嫂先说。

小姑子瞅了一眼兄弟，说大嫂年龄大，就应该叫大嫂先说。

大嫂说："说就说呗，谁先说都一样，迟说早说都要说嘛。"

大嫂将头往起一仰，瞅到了不远处有一棵柿子树，又将头发往后甩了甩，笑了笑说：

　　　　一树柿子红又红

　　　　越看越有情

　　　　有心把它尝一口

　　　　恐怕涩得吃不成

大嫂刚说完，抿嘴一笑，略带歉意地说自个儿说得不好，该轮到妹妹说了。

小姑子瞅见不远处的辣椒，也笑了笑，说道：

　　　　一棵辣椒红又红

　　　　越看越有情

　　　　有心把它尝一口

　　　　恐怕辣得吃不成

小姑子说完，和大嫂对望了一眼，齐声对兄弟说："我们两个都说了，轮到你了。"

兄弟望了望他的大嫂和姐姐，哈哈大笑。笑过之后，说道：

　　　　二位姐姐脸蛋红

　　　　越看越有情

　　　　有心把她亲一口

　　　　恐怕姐姐不愿情

　　　　……

说完，三个人笑得没死没活。坐在台下的老寡母，还有台下的乡亲们，笑声和掌声此起彼伏，一声高过一声，一阵胜过一阵。

这时候，过事主管又在老寡母的耳边耳语了一番。老寡母吩咐过事主管去戏台后面找虎娃子，说是还要看虎娃子唱的"酸甜苦辣"戏。

"酸甜苦辣"戏咋唱呢？这还是个难题，知道的人又都替虎娃子捏了一把汗。没料想虎娃子一听，想都没想就答应了。

虎娃子吩咐提线木偶戏班的一个艺人换下《秋韵》的戏牌，挂上了"酸辣苦甜戏"，只见戏牌上写着：

苦戏——《大娘捎书》

辣戏——《妖婆害娃》

酸戏——《麻子跳墙》

甜戏——《疗妒吃蜜》

说白了，这几场戏是沿袭当地流传的古歌子编撰出来的，只是唱得真实，有些调侃的意味。将真实和调侃的意味合理地糅合起来，也算是一种创新。

坐在戏台下的秦仁义和郑忠信，满意地瞅着戏台，又满意地瞅着彼此，用眼神时不时地交流一下彼此在这一刻的无比畅快的心得体会和幸福的心情。

陆家上上下下，戏台下的父老乡亲们，个个儿看得心满意足。提线木偶戏还可以这样唱，老寡母表现出从来没有过的开心和快乐。那种快乐的感觉，如同得了天大的好处一样。

演出之后，过事主管得到了双份酬劳，虎娃子所在的提线木偶戏班也得到了一份很好的戏价。随后，陆济慈吩咐过事主管，给提线木偶戏班重赏一笔钱，用于添置戏服之类。除此之外，还给了虎娃子本人一笔数目可观的赏钱。

第五十章　情义

这天，虎娃子在村里往家走，忽听到有人在身后喊了他一声。扭转身来一瞅，没有瞅到他认识的人。虎娃子摇摇脑壳，只当是自个儿听错了，继续往回走。走着走着，忽听到有人又在他的身后喊："虎娃子，我在叫你呢。"

这回虎娃子听真切了，他停下脚步，扭转过身来，瞅见不远处有个穿戴一新的人，不知为啥，虎娃子觉得这个人很面熟。

"是谁呢？"虎娃子问自个儿。那个人走到了虎娃子的跟前，虎娃子很快认出来了。这个人不是别人，是陆家的少爷陆云轩。虎娃子知道，自个儿还没有登台唱戏的时候，村里曾流传"云轩供戏，管事的是肖实"。

那时候，唱戏的人身份卑微，被人瞧不起是常有的事情，也是不争的事实。陆云轩背着家人，和坊村的肖实一合计，出资办了个提线木偶戏班。西河人知道，这个戏班的班主是肖实，却没人知道肖实的背后，还有个后台老板陆云轩。

这一年，同州一家大户请戏班和其他几个戏班去唱对台戏。陆云轩担心这次出门，戏班落下了糟名声，便给肖实提前下了狠话："如果把戏演砸，丢了脸就不要回来见我。今天，我面对天地，给你磕个头，就算是咱俩的关系走了这一程。"

磕头是一份大礼，来得急，磕得也急，而这一番话，更有分量。肖实虽然觉得陆云轩是个开明人，今儿个的举止还是太怪异，和他以往的做法大相径庭。肖实的脸红了，抱拳拱手说："我咋受得起这份大礼呢？快起来，快起来。使不得，万万使不得呀！"

说话的当儿，只听得"扑通"一声，肖实也跪到地上磕了个头。在这种说不清道不明的气息和氛围中，陆云轩没了脾气，叹声对肖实说："你起来，我的意思是你赶紧起来，还要赶远路呢，得保存体力，把该携带的都准备好。出门在外，人生地不熟的，莫要节外生枝，莫要叫人家瞧不起西河人。"

"我会给你一个交代。"肖实怔了一下，喉结上下滚动着，说了这么一句硬气话。说完，又重复着将"交代"二字说了一遍。

陆云轩在肖实的肩膀上轻轻地拍了一下，肖实的心里登时一暖。这个动作，是每每提线木偶戏班外出演出的时候，陆云轩惯用的一个动作。这动作看似简单，却将仁慈，将善解人意，将一切的一切都隐藏其中。这是一份沉甸甸的信任，是一份浓稠得化不开的两个西河汉子之间的真诚、真情和实义。世间最珍贵的，莫过于情义。他们两个人都深知，情义二字不能负，粉身碎骨，也不能负。

红花日头出来了，一切温煦如初。肖实瞅着陆云轩的背影，心中涌起了几分温暖，他面对着陆云轩走去的方向，深情地喊了一声："我的好兄弟！"

戏班去同州的日子里，陆云轩几次派了人马前去打探演出的情况，这份执着和焦灼也就变成了另外一种版本的消息不胫而走。肖实唱戏回来的时候，和陆云轩在聚缘饭庄吃饭说话，庆祝演出大获成功。因了这个激动人心的消息，陆云轩的心情格外好，情绪也特别激动，说话的声音也就大了。加之几杯酒下了肚，酒在肚里作祟，话就多了。

隔墙有耳，陆云轩说过的每一句话，甚至于每一个字，都被几个大嘴巴的人听见了。他们遂反应过来，戏班原来是陆云轩出资承办的。不几日，消息传到了西窝村，也传到了陆济慈的耳中。陆云轩知道了以后，害怕父亲训斥他不务正业，就躲到了肖实家。陆济慈派管家和海碗赶着马车去了肖实家一趟。这一趟外出，实则是接陆云轩回陆家。

回来的路上，陆云轩编了一肚子的话，想着该如何应对父亲的责问。

他万万没想到的是，父亲并没有责备他，还吩咐管家给了戏班一笔数目可观的钱。一切不言自明，陆云轩对于父亲陆济慈的所作所为，甚为感动。自此，将戏班放心地交给了肖实。而他，则专心帮父亲打理陆家的生意。

几年后，去靖边倒插门的肖凌因病去世。肖凌是肖实的亲哥哥，为了抚养和照顾哥哥留下来的两个娃和嫂子，肖实这个做兄弟的，去靖边接替哥哥娶了嫂子，戏班也就跟着肖实落脚到那里了。此后，肖实改名为郑有卿。

陆云轩每次想起郑有卿的时候，都会想到当初他去靖边时，看到贴在门上的一副红对联："弟和嫂续缘，只为一动两不动。两个娃难舍，不管七嘴八舌头。"

陆云轩记得，当时瞅见这副对联的所有人，都说这副对联不晓得是谁写的，简单易懂。写得实在，写得巧，写得妙。

虎娃子正要拱手抱拳，对站在面前的陆云轩说，原来是陆家的少爷时，陆云轩直出直入地抢先说话了："都是西窝村的人，不必多礼。"

虎娃子拱手抱拳，诚恳地说："陆少爷，你有啥事情尽管吩咐，只要我能办到，一定办。"

陆云轩很有感触地对虎娃子说："有点儿难张口，我的事情，说来话长。"

虎娃子不解地问陆云轩："说来话长？陆少爷，这话又是啥意思？"

陆云轩听了虎娃子的问话，笑着对虎娃子说："好事情，反正是一件好事情。"

虎娃子还是猜不出陆家少爷说的是啥意思，他在脑壳里过了一遍这段日子里与自个儿有关的事情。觉得没有啥出格的，也就淡定地对陆云轩说："陆少爷，有话您就说，需要我出力，我一定尽心。"

陆云轩想了想，对虎娃子说："我是想问一问——"陆云轩说了这话后，觉得自个儿这样说似乎有些不妥，又说："你心里边有没有一个芽头儿往出拱？"

这样问似乎不是妥与不妥的问题，而是有些丢人，该咋说呢？咋莫名其妙地说了这样的话，陆云轩望着虎娃子，脸上呈现出来的是尴尬的神情。说出去的话，泼出去的水，心里本就含糊，却冒冒失失地问了这么一句，收不回来了。

虎娃子没有说话，痴愣愣地盯着陆云轩。陆云轩瞅了一眼发痴了的虎娃子，心里一下子有了横竖道道，知道自个儿应该如何挽回刚才冒冒失失说出来的话，只听得他对虎娃子说："我这话说得不合理，其实我是想说，你如果有空的话，咱们两个可以坐下来唠话；如果忙，就不打扰了。"

听了陆云轩的话后，虎娃子不由自个儿地伸出手来摸了一把自个儿的脑壳。这动作，在他这种年龄的人身上是稀罕的，也是很少见的。

"能感觉出来，他是个实诚人。"陆云轩这样想着，还是被虎娃子摸脑壳的憨厚动作逗笑了。

第五十一章 银耳冰糖雪梨

这天中午，陆婉容睡了一觉醒来，一个人闷闷不乐地去了后院。不多久，丫鬟小菊提着放有银耳冰糖雪梨的食盒来到后院。这当儿，陆婉容正在后院的花园里独自坐着，小菊提着食盒走到她跟前，从食盒里取出一碗热乎乎的银耳冰糖雪梨，对陆婉容说："小姐，银耳冰糖雪梨熬好了，您快尝尝！"

陆婉容坐着没动，也没有接小菊的话，只是用双手托着下巴，一双大大的眼睛，出神地瞅着花园里的桃花。

春意枝头俏，桃花灼灼开。陆婉容瞅着瞅着，有一些心潮澎湃，热血沸腾。这种感觉令她欢喜，令她快乐，令她羞涩，也令她沉醉。这感觉，对于长成大姑娘的陆婉容来说，是从来没有过的一种感觉。

小菊瞅着陆婉容，欲言又止，犹犹豫豫了一会儿，忍不住地叫了一声："小姐——"

陆婉容怔了一下，赶忙从衣襟里掏出一块绿色绣花手巾拭眼泪，拭完后对小菊说："能和那个人结亲，是我心心念念的事情。"

小菊跟随在陆婉容身边有六个年头了，对于小姐的心思，她是最清楚不过了。但此刻，她不知道自个儿对小姐说啥才算合适，略一思忖，对陆婉容说："小姐，趁热将这一碗银耳冰糖雪梨汤喝了，身子骨舒坦。"

"喝喝喝，一整天不是喝，就是喝。越喝毒性越大，过不了几天，痘痘又爬一脸。"陆婉容瞬间生了脾气，冲小菊继续喊："走开，你走开。让我一个人静一静这么难吗？"

喊完话之后，陆婉容"哇"一声，哭了。

自打陆家给老寡母过寿辰之后，陆婉容时断时续地上火。先是嘴里长了溃疡，溃疡刚好没几天，唇边又起了几个泡。唇边的泡消失了，嗓子接着发疼发痒，疼痒难耐。嗓子刚刚治好，嘴里已经好了的那个溃疡，又在原来的位置上长出来。

一夜之间，陆婉容的脸上多出几个痘儿。痘儿围在她嫩生生的脸蛋儿上，陆婉容嫌难看，整天不出院子。

有人支招说："多喝水，不要吃葱姜蒜，配合着用手轻轻地按摩患处，每天早中晚各三次。"

有人说："这种情况，得用姜片擦拭患处，这样的话好得快。每天三次，擦拭到无疤痕为止。"

有人又说："早睡早起，保持睡眠充足，保持面部清洁，每天多清洗几遍，再用黄瓜片敷脸，效果特别好。"

……

这方子，那办法，用了无数个遍，就是不见好。这会儿，陆婉容发出了哭声，是心里憋屈，肚里也憋闷得慌。

小菊知道陆婉容心性善良，是典型的"刀子嘴，豆腐心"。这一哭，心中的怨气和郁闷就会排解。小菊一声不吭，倒着步子往后退了十几步，离开陆婉容视线所能触及的地方，一个人定定地站着不动。此时的她，随时等着陆婉容喊她，或者吩咐她做什么。

陆婉容哭过之后，痴痴地瞅着后院花园里的桃花。她的记性太好了，能将提线木偶戏中的精彩片段，一大段一大段地唱出来。触景生情，陆婉容似乎瞅见一个面貌周正、嗓音洪亮的男儿一边赏花一边朝她这边走来。心里一激动，不由自个儿地合着节拍，嘴里咿咿呀呀地唱了起来：

见一佳人站门庭

倒叫崔护疑心中

莫非是桃园仙境

莫非是广寒巫峰

云鬓压钗庞儿正

莲脸生香唇又红

鞋窄袜小可人兴

衣宽袖大惹春风

不是河源逢仙女

必定兰桥遇云英

身后紧靠碧桃影

人面桃花一样红

今日可谓三生幸

三生幸——

听音儿，唱得还真不错，竟也唱出了一些戏的味道。这段唱词也因了陆婉容唱得太过投入，以至于陆云轩站在离她很近的地方，也浑然不知。

陆婉容唱罢，眉头紧锁，一双大大的眼睛，看得出痛苦和郁闷的愁绪。陆云轩瞅着陆婉容的样子，笑出了声。陆婉容这才注意到哥哥就在她身旁站着，脸顿时变红了。

陆云轩瞅着愁容满面、掩饰不住自个儿情绪的妹妹陆婉容，心中有些明白，又有些不明白。

陆婉容瞅着哥哥，也不知道如何给哥哥说，这份羞涩和尴尬，真的是不好说。

陆云轩急切地问："妹妹，不要怕，脸上的痘儿来得快，去得也快，用不了几天，就没了，一点儿痕迹都不会有。"

陆婉容听了哥哥的话，一个劲儿地说着"不"字。陆云轩瞅着妹妹的眼神，倏忽间明白过来。妹妹已经长成大姑娘了，她刚才唱那一段戏，一定是有原因的。陆云轩这样一想，一个周正、端庄的年轻后生出现在他的脑壳里。

　　虎娃子？真的是那个将提线木偶戏唱出名堂的年轻"大把式"惊扰了妹妹的心？但他还是不敢确定自个儿的猜测是否准确，问了陆婉容一句。

　　陆婉容没回答，只是低下头淌眼泪。

　　陆云轩对陆婉容说："我的憨妹妹，这有啥伤心落泪的。是不是那个唱提线木偶戏的人，让我的憨妹妹心里不素净了。"

　　陆婉容和陆云轩是挨肩膀的兄妹，一个比一个大两岁。从小到大，兄妹俩就跟朋友似的，只要坐到一起，定是无话不说。陆婉容的内心一番纠结后，对陆云轩说："哥哥，妹妹有心事，就是不晓得给谁说。哥哥今天既然都指名道姓地说出来，妹妹也就不隐瞒了。自打去年给咱奶奶过寿辰之后，那个人的影子，从心里拔不出来了，妹妹拿自个儿没有办法。"

　　陆云轩对陆婉容说："虎娃子是个实诚人，这我知道。只是两家联姻的事情，有一些……"

　　"我就知道你要说门当户对之类的话。哥哥，我没办法管住自个儿的心，满脑壳里都是那个人。咋会是那个人呢？这感觉来得太快了，快得我都不敢相信。一开始，我只当是自个儿一时发神经，过去这么久了，还是忘不掉他。哥哥，这些话都是我的心里话，我就是忘不掉他。晚上睡觉，睁眼闭眼都是他的样子。一想起他的样子，我的心情就特别好。那种感觉是美妙的，是眩晕的，是快乐的，也是幸福的。"

　　陆云轩听了陆婉容的话，说："妹妹，你是认真的？"

　　陆婉容回答道："哥哥，我是认真的。但我又听说他家里还有个女人，是出门唱提线木偶戏时从外面带回来的。一想起这，我的心里就忐忑不安，特别难受。"

　　陆云轩"啊哦"了一声，说："他领回来的女人，命很苦，没爹没娘，家里哥嫂把她卖给人家做了童养媳，是被虎娃子救回来的。女人没地儿去，虎娃子就领到西窝村来了，两个人一直以兄妹相称。前两天，我听海碗说过。只是这事情不是一般的小事情，是关乎妹妹一辈子的幸福。"

陆婉容对陆云轩说："哥哥，说啥由着不由着性子，说啥靠谱不靠谱的，只要可怜的女人是那个人的妹妹，我的心就安稳多了。但我日思夜想的那个人，一定还不知道我的存在。一想起这个，我就觉得特别难受。"

陆婉容说着话，眼泪一波一波地，又流了出来。

第五十二章　善有善报

陆云轩和陆婉容打小没了娘，在陆济慈的心中，任何人都替代不了逝去的夫人在他心里的位置。好些年过去了，身边的人都习惯了他的生活节奏和方式，也就没有人在陆济慈面前提起续弦这个话题。

曾经，老寡母还为给她的儿续弦的事情着急上火，见天催，催的次数多了，也没催出来结果，她也就明白了儿的一份痴心。作为女人，她为儿的这份浓情痴意而感动。人世沧桑，活着不易，活人更难。有情有义，真心真意，是为人的底线，也是活人的质地。在续弦不续弦这件事情上，老寡母看开了，她觉得她的儿没有错，一切就由着他的心性。

陆济慈的夫人还活着的时候，好声誉在西河方圆多里是出了名的。老寡母记得她的儿结婚那一天，是用几十辆骡马车接新媳妇到陆家的。而且几十辆骡马车，均是清一色的红绒布黑滚边，上边镶着一串串绿色穗子。枣红色的大马，个个儿威风凛凛，就连轿夫们穿的衣裳，也都是统一的颜色。他们挥舞着长鞭，鞭梢上系着红红的布条，锣鼓鞭炮声声入耳，声声震天。新媳妇坐着花轿，亲戚们坐着马车。到了陆家门前，过事主管领着有辈分的长者，端着酒壶，在陆家门口迎接新媳妇的到来。

过事主管先说一句："招呼客人。"紧接着，有辈分的长者端着酒走上前说："辛苦了，辛苦了。先喝杯酒，解解乏。"说完，双手将酒杯递了过去。

新媳妇过门没多久，已是夏忙时节。从外地做生意赶回来的陆济慈吩咐管家一同去田间地头瞅一瞅，还没出家门，新媳妇跟着出来了，说是也要跟着他到田间地头瞅一瞅。

陆济慈一年四季，大半的时间在外面忙生意，见得多了。新媳妇要去田间地头瞅一瞅，是自自然然的事情，也是情理之中的事情，就欣然答应了。

新媳妇坐在轿子里，不时地朝外瞅。麦浪一望无垠，此起彼伏，麦客们在红花日头的朗照下，抢收正忙。新媳妇是土生土长的西河人，这种景象对于她来说并不陌生，她知道麦客们不容易。从地头回到家里后，对陆济慈说："老爷，给每个麦客碗里多舀一些菜，多搁一些肉，叫他们吃饱吃好。"

刚娶进门的新媳妇，有一副菩萨般的心肠，陆济慈听了这话特别高兴。

第二天，管家从地头急急地回到陆家，对陆济慈说："老爷，刚才抓住了几个跑到陆家地里拾麦子的人，您说咋办？"

陆济慈想了想，以鼓励的眼神瞅着对面坐着的新媳妇，新媳妇知道老爷的意思，对管家说："你赶紧到地里去，把人都放了。"

管家瞅着新媳妇，不解地问："当真放了？"

新媳妇回答说："当真放了！难道还能有假？"

管家连连承诺着："放了，放了，我这就到地里叫放人。"

管家正要往出走，陆济慈说了一声："且慢。"

管家停住了脚步，一脸不惑地望着陆济慈。

陆济慈又以鼓励的眼神瞅着刚娶进门的新媳妇，说："你为啥说叫把那几个人放了？"

新媳妇瞅着陆济慈说："陆家每天都有几十个人在吃饭，如果人顿能省一点儿，几天就能省一斗，够穷苦人家吃一些日子。饱汉不知饿汉饥，咱们有吃的有喝的，他们顿顿受恓惶，那感觉一定不好受。都是西河人，就算是自个儿的兄弟姐妹，能帮就帮，帮几个是几个。"

新媳妇说完这一番感动人心的话，陆济慈和管家不约而同地鼓起了掌来。陆济慈很中意地瞅着这个新媳妇，觉得自个儿这辈子做得最正确的一件事情，就是娶对了枕边人。新媳妇说的话都有道理，字字句句，有情有义，是直抵人心的温暖。

陆济慈高兴地对管家说："你赶紧到地里，把拾麦子的人都放了，叫他们到咱地里拾麦子。家里实在穷得揭不开锅的，叫到咱麦垛上拾，多拾些。"

那天下午，原本好好的天气，忽地刮了一阵风。在麦地里拾麦子的穷苦人仰头看天，知道是要下雨了，都放下手中的竹笼和布兜，给陆家帮忙。这一年，陆家的麦子并没有因为雨水天气而减产，反而比往年的收成还要好。

老寡母感慨地说："世间之事有轮回，善有善报。"

第五十三章　说透

陆云轩对妹妹陆婉容说："我去和妹妹心心念念的那个人说去。记得前一阵子，我也不知道是哪根筋抽的，冒冒失失地在他面前说了一句模棱两可的话，只是没说明白。这一次，好好地说一说，把模棱两可的话给他说透。"

陆云轩的话，让连着多日不见笑容的陆婉容的脸上有了美美的欢喜之色。春日的阳光照在陆婉容的脸蛋儿上，她的心里惬意极了。

陆云轩笑着离开了花园，陆婉容放大声量喊："小菊，小菊，你在哪里？你在哪里呀？"

陆婉容的声音又大又有精神。不远处的小菊听见了，猛地吓了一跳，定定神，仔细瞅了瞅不远处的陆婉容，确定小姐好好的，也就放宽心了，接住话茬，放大声量说："小姐，我在这里，我在这里呢。"

陆婉容扭转身来，小菊笑了，露出一嘴齐垛垛的牙，朝这边走来。

春天的阳光铺了一院暖色，花园里的桃花和杏花开了，自由自在地生长着。一阵微风轻轻吹过，香气扑面而来，也有花瓣儿扑簌簌地落。好闻，真好闻。陆婉容的心情好极了，感觉到冬天过去了，姹紫嫣红的春天真真正正地来了。她面色红润，从绣墩上站起来，深深地吸了一口令她舒爽沉醉的花香。

也就是在这一天，陆云轩在村口瞅见虎娃子在西窝村的路上往回走，他喊了两声虎娃子的名字。虎娃子听见后站住了。陆云轩没有忘记妹妹对他说的一番情真意切的心里话。虽然说他和这个很有名气的"大把式"并没有啥交集，但在老寡母的寿辰上，这个叫虎娃子的年轻大把式，还是给他留下了很深刻的印象。只是婚姻并非儿戏，况且与自个儿的亲妹妹是有着千丝万缕的牵连，他不得不慎重，也不能不慎重。

陆云轩对虎娃子说："都是一个村的，我就直呼你的艺名，不介意吧？"

陆云轩说话的语气把虎娃子逗乐了，他不知道陆云轩叫住他的真正用意，也没往别处想，说道："我祖父、我祖母、我爹、我娘、我叔，还有村里人，都这样叫。起名字就是让人叫的，你叫啥都行。"

陆云轩也被虎娃子的一番实诚话逗乐了，笑望着他说："我心里藏着一本戏，一本大戏。一本关于一个人，不，是关于两个人，关于两个人之间的大戏。"

陆云轩一下子说了这么多，把想要表达的意思说清楚了，又似乎没有说清楚。无论说清楚还是没说清楚，虎娃子听得一愣一愣的，云里雾里。他想了想，以试探性的语气问陆云轩："你刚才说的是戏？"

陆云轩一愣，想了想，回答道："对，我说的是戏。"

一听说是戏，虎娃子的思想就放松了，立马神采飞扬，登时也来了精神："说戏这事情好办，站在这里说也行，站到沟边，站到土崖下，站到打谷场，无论在哪里说，都行。"

说话不带拐弯儿，是个直肠子人。陆云轩的心里被虎娃子的这种直来直去的质朴劲儿感动了，对他说："走，到陆家喝茶去，咱俩说一说戏。"

陆云轩和虎娃子两个人相跟着往陆家的院里走。小菊提着食盒从灶屋里出来，正要往小姐屋里送刚刚熬好的银耳冰糖雪梨。

这段日子，虽然说陆婉容脸上的痘儿少多了，却没有完全消失，一天喝两回银耳冰糖雪梨，依然是必不可少的事情。陆云轩看见小菊从灶屋提着食盒出来，知道是要去给妹妹送熬好了的银耳冰糖雪梨喝，扬声喊："小菊——"

小菊停住了脚步，叫了一声："少爷——"

陆云轩笑着走到小菊跟前，在小菊耳边说了一句只有小菊才能听清楚的悄悄话。小菊听了，高兴地对陆云轩说："少爷，我这就去给小姐说。"

陆云轩吩咐厨师准备了六个菜，两个人在屋里一边喝茶，一边唠话，一边吃菜。从提线木偶戏说到各代艺人；从各代艺人说到撰写《提线木偶戏简史》的王先生；又说到依然健在的秦仁义、郑忠信，还有西河地界的其他几位艺人；也说到西河其他的提线木偶戏班。两个人越说话越长，越说越投机，话题也就越多了。没料想，两个人一屁股坐下去，说了几个时辰。

当陆云轩有意无意地问了一些话之后，又有意无意地在虎娃子面前提说到他的妹妹陆婉容。

"唰"的一下，虎娃子一听见陆婉容的名字，脸变红了，嘴也变拙了，和刚才的侃侃而谈相比，像是变了一个人。

第五十四章　真心实意

　　冬兰来到杨家好几年了，每每虎娃子外出唱戏，村口总会有一个瘦溜溜的身影在痴痴地等着。对于这个瘦溜溜的身影来说，有许多话要对哥哥说。只是见到了哥哥，她总是会低着头，嘴变笨了，变拙了，似乎是故意要隐藏着啥，躲避着啥，又似乎都不是。

　　冬兰也不知道自个儿是咋啦，无论是与不是，一个字儿从嘴里也说不出来，却是真的。哥哥救过她的命，是她命里的大贵人，她才能活在这人世间。可以这么说，没有人能替代哥哥在她心中的位置，她愿意为他生，愿意为他死，愿意为他做一切。即便是做一百遍，一千遍，一万遍，她也愿意。即便是命叫她活得艰辛，活得更苦，只要是为了哥哥，她心甘情愿，无怨无悔。

　　在冬兰的心中，也曾和自个儿的过去纠结了一阵子。她怕哥哥嫌弃她的过去，但她又能真真切切地感觉到，哥哥不是那样的人，一丝一毫嫌弃她的意思都没有。哥哥每每外出唱提线木偶戏回来，都会给她买好吃的，给她买绣花用的花花绿绿的丝线。就在前几天，哥哥还给她买了一条黄颜色的围巾，瞅着可美了，绵绵软软，就像是摸在绸缎上一样。

　　哥哥每次从外面唱提线木偶戏回到家，只要喊一声她的名字，她的心里就如同裹了一层厚厚的蜜糖一样甜，又如同揣了一只小兔子，怦怦地乱跳着，甚至于狂跳着。

　　这世上，只有哥哥才能给她这种美妙的感觉。天底下想要的东西多了，她这一辈子，只有一个念想，就是和哥哥在一起，一辈子都不分开。往后到底是啥样的，往后还会发生啥意想不到的事情，她不知道，也想不出来。但她能清晰地知道，她能活到想这想那的这一刻，是哥哥给予的。她坚信，和哥哥的相遇，是命中注定的；和哥哥在一起，理应也是命中注定的。她没有理由不答应，也没有理由说一个"不"字。

对于人世间某些无师自通的事情，她糊涂，她不懂，她不知道自个儿该如何面对，她也不知道该如何做。她有时候也会这样想，哥哥是不是忽略了她？转念又一想，似乎不是。她所期待的是"等"。等待命中注定的，心动的那一瞬，等待哥哥给她说一句令她甜蜜、令她沉醉的亲昵话。

西窝村的人，瞅见站在村口向路上远远望去的冬兰，都以为虎娃子领回来个新媳妇，他们开心地以为，过不了多久，两个人就会滚到一个被窝。没料想几年过去了，又过去了几年，冬兰还是冬兰，虎娃子还是原来的虎娃子。两个人相安无事，这两个人咋就相安无事呢？一些人看不懂了。

如何看待虎娃子和冬兰这两个人不是兄妹，胜似兄妹的事情，或者更应该说是感情，并不重要，重要的是他们两个人如何看待对方。在虎娃子心里，冬兰是他的妹妹，他对她的好，是自然的，是亲人之间的爱，是亲人之间的惦念，是亲人之间的牵挂，但却不是男女之间的怦然心动。

在虎娃子的内心深处，对陆家的小姐陆婉容，有着很深很深的印象。不知从啥时候起，这个活鲜鲜的人儿就印在了他的脑子里。他只要一想起那双大大的眼睛，心跳就会"扑通扑通"地加快，做事也会心不在焉。这感觉，也是从来没有过的，让他变成了另外一个他，他喜欢想她的这种令他心跳加速的感觉，就连这种心不在焉的感觉，他也是喜欢的。但他知道，即便是心里有个她，也是无果的。陆家家大业大，杨家小门小户，自个儿也就是个唱戏的。唱戏的在一些人眼里，就是个贱行当，咋着都是不可能的事情。但陆云轩说了那些话之后，他的心，还是被一些说不出、道不明的感觉搅乱了。

柳玉秀也就不这么想了，她心疼他的儿，她也心疼已经在杨家生活的冬兰，她待冬兰和虎娃子一样好。不管咋说，她也是从年轻的时候过来的，知晓这种事情没办法插手，也是不该插手的。有时候，好心往往会办坏事情。她的儿，心里只要是有事情，一准儿会挂到脸上。别人能不能从他的脸上触摸到，她说不准，她能感觉到她的儿，已经到了该说媳妇的年龄了。

闺女长得美不美，全凭媒婆一张嘴。这几年，媒婆沈大脚，多次来到杨家，把个没见面的几个闺女夸得跟美丽的花儿一样。虎娃子丝毫不为之所动，他也有合情合理的借口搪塞过去，至于他的真实想法，他闷在心里，就是不说。

冬兰来到杨家后，一直是柳玉秀的好帮手。喊娘，叫哥哥，喊秦爷爷，一声声的喊和叫，都是发自肺腑的，都是从骨子里渗透出来的真诚和实心实意。闲暇的时候，冬兰会跟着柳玉秀学做女红。有过那么几次，冬兰在绣花的时候思绪抛锚了，绣花针直直地戳在指头上，这才大惊失色叫了一声。顿时殷红的血染了绣花粉缎，柳玉秀发出了一声惊叫，心疼地说："闺女，咋就不小心呢？"

柳玉秀的嘴上是埋怨，埋怨里却透露着浓浓的爱意和亲情。她赶忙撕了一绺儿老土布，急急地给冬兰包扎住。

有时候，柳玉秀也会天真地以为，虎娃子的心思系在冬兰的身上，这应该是不言而喻的。她也总是天真地以为，两个娃的婚事，是迟早的事情。就为这迟早的事情，柳玉秀曾激动过一些日子，也就不再催促了，任由时间一天天、一年年地溜走。

一年一年地过去了，柳玉秀感觉出来了，冬兰对虎娃子是有些意思，但虎娃子端得正，拿捏得住当哥哥的分寸。几年之后，虎娃子已经过了谈婚论嫁的年纪，柳玉秀的心里很着急。眼瞅着和虎娃子一般大的，新媳妇都娶进门了，娃都滚到人家的炕头上了。虎娃子就跟没事儿人似的，干农活，出门唱提线木偶戏，雕刻偶头，也和秦爷爷唠唠话，说一说关于提线木偶戏方面的话题，给秦爷爷和娘捶一捶背……

有时候，村里村外谁家有个啥事情来叫他帮忙，他二话不说，撂下手中的活儿抬脚就走。要么就是去郑忠信的家里帮忙、干活，或者探讨一些关于偶头雕刻，关于提线木偶戏方面的知识……整个人忙得跟陀螺转一样，似乎就记不起人生还有婚姻这件大事情。

柳玉秀多次对虎娃子说："我的儿，婚姻是每个人一生中的一件大事情，一定要有主见，一定要明白自个儿的心。人活一世不容易，说长不长，说短不短，世间有些事情可以勉强，可以凑合，可以糊弄，婚姻这件大事情，得先问一问自个儿的心，对自个儿的心，得有一个明确的交代。"

柳玉秀叮嘱得再多，虎娃子只是对娘一笑，也只是用千篇一律的几个字回答："娘，我知道。"

第五十五章　做"鱼鱼"

这一年，陆云轩曾在京城上大学的同班同学苏银花来信了，说是这个月要来西窝村。陆济慈知道这个消息后，几次三番地吩咐管家，给客房重新添置一套生活用品。炕上铺的盖的，用的是西河最好的棉花，还有杭州的丝绸。丝绸上边绣着成双成对的鸳鸯戏水。又派人去西河县采购了上好的食材，样样数数的，还真不少，以备招待远方而来的贵客。

陆婉容和陆云轩开着没大没小的玩笑："哥哥，你这位女同学，是我未来的嫂子吧？都到这会儿了，你还好意思说是女同学。哥哥，从小到大，你就不是一个害羞的人。咋一说起你这位女同学，就害羞了？脸色杠红杠红的，像苹果一样。"

陆云轩不知道该如何回答陆婉容的话，在他心里，的确是将苏银花放置在一个很重要的位置。可以这么说吧，他和苏银花之间，就差捅破一层窗户纸了。陆云轩从北京的大学毕业后，两个人都明白对方的意思，对未来的日子都很期待，这本该是一件幸福的事情，但两个人一直没捅破这一层窗户纸。回到了西窝村后，这件事就这么在陆云轩的心里搁着。

有一段日子，陆云轩去北京打理陆家的生意，一到北京，就带着苏银花吃"全聚德"的烤鸭，还有酸酸甜甜的冰糖葫芦。这一次，苏银花说是要来西河，陆家的人都视她为陆家没过门的媳妇。老寡母皱着核桃皮皱脸，瞅着院里忙来忙去的人，脸上挂着微笑，嘴里一个劲儿地念念叨叨着：

上高堂，进洞房，灯火辉煌

大家女，知礼节，就站起来

人人说，新姑娘，可敬可爱

孔圣贤，女四书，读满心怀

夫今日，小登科，悬灯结彩

子异日，大登科，八扶八抬

化一省，众黎民，人人爱戴

三年后，迁调任，父母皆来

千人上，一人下，权揽四海

七十载，归田园，福寿无灾

十个男，十个女，佳媳贤婿

四男孙，四女孙，绕膝释怀

人们仔细一听，听出来老寡母嘴上念念叨叨的内容，是老早以前流传下来的。西河人闹洞房的时候，亲戚朋友们在一起也会说一些吉祥话，有的话似乎还有一些"玩弄"的意味。而此时一些人听了老寡母念念叨叨的话，认为老寡母话糊涂了；也有人说，老寡母没活糊涂，肚里清爽着呢，这是太高兴的缘故。

苏银花来到西窝村的这一天，正好是二月三日。在西河，把二月三日这一天叫作"蛇鼠子上身"。这里所谓的蛇鼠子，其实说的就是蜥蜴。到了这一天，每家每户，都有早上起来做"鱼鱼"的习俗。"鱼鱼"是用粉面、麦面，或者玉米面做成。做熟的"鱼鱼"漂浮在水里，就像是水中游来游去的小蝌蚪，寓意风调雨顺，五谷丰登，连年有余。

这天，陆家也做了几锅"鱼鱼"，提前请了两家戏班，一家戏班的班主是乔于宏。前一阵子，乔于宏因为身体出现了不太好的状况，也因为他是爱才惜才之人，这次演出之后，将戏班交给了虎娃子。

虎娃子给戏班取名为如意戏班，专程去西河县买了一堆花花绿绿的绸绸缎缎，还有各种颜色的丝线。有一段日子，柳玉秀、冬兰、林绣云三个女人坐在炕上，给"专脸"和"共脸"精心绣制偶衣。在提线木偶戏中，

"专脸"是不能替代其他角色的,而"共脸",只要戴个帽子,胡子往偶人脸上一挂,将衣裳一换,就可以演绎不同类型的角色。

这个夜里,虎娃子在巷道里往回走,听见一个人冲着他的背影温柔地叫了一声:"虎娃子——"

声音不大,很中听。虎娃子的心猛地跳了一下,转过身来。月光下,陆家小姐陆婉容大着胆儿走了过来,往他的手心里塞了一样儿东西。

眼前站着的,是他日思夜想牵挂着的俏人儿。月光下,她的眼睛很大,很美,很羞涩;他的眼神很真诚,很善良,很灼热。四目相对,如电似火,看似相视无语,却非无语;看似默然,并非默然。四目相对,捅透了两个人的心,将两个人曾经滤不清的滋味传达给了彼此,彼此也因了这四目相对,思绪愈加清朗明了,彼此也将对方嵌在了各自的内心深处。

这个夜里,虎娃子和陆婉容,各自回到各自的家,翻来覆去地都睡不着,两眼瞪到了大天亮。

第五十六章　粉色手巾

原来，陆婉容塞到虎娃子手心里的，是一块由她亲手绣制而成的粉色手巾。粉色手巾上绣着一对儿色彩斑斓的鸳鸯，还绣着明代著名文学家冯梦龙写的一首诗。这首诗，道出了陆婉容心中的惆怅，道出了陆婉容心中的希冀，也道出了陆婉容心中的歌。

这个夜里，虎娃子回到家以后，将粉色手巾攥在手里，打开，叠起来；又打开，再次叠起来，这才小心翼翼地放在贴身的衣兜里。从此以后，虎娃子每天晚上躺在炕上睡觉的时候，会将粉色手巾拿在手里，用指肚一遍又一遍地摩挲着，然后将粉色手巾贴在自个儿的胸前，贴得很久很久。

接下来的一天，虎娃子记得那是一个中午，陆云轩火急火燎地来找他。虎娃子刚从外地唱提线木偶戏回来，进门也就一炷香的工夫，陆云轩耷拉着眼皮进来了。从陆云轩的神情上能瞧出来，一定是发生了令他痛心的大事情。虎娃子让陆云轩坐下来，冬兰端过来两碗水。虎娃子将一碗水递给陆云轩，说："锅盔再大，也大不过烙它的鏊。你说，咋了？"

陆云轩双手接过这碗热水，一仰脖子，就要热热地往肚里灌。虎娃子大喊："慢着，水烫。"

陆云轩一愣，这才意识到自个儿忘了手中端着的碗里是刚烧开的水。

虎娃子说："一碗刚烧开的水有多烫，谁都晓得。一股脑儿就往肚里灌，一定是啥事情把人气糊涂了。"

说完，他以试探性的语气对陆云轩说："碰到啥恼心的事情？我能不能帮上忙？"

虎娃子这么一说，陆云轩没有直接回答，而是发出了一声长长的哀叹。哀叹声过后，又停了一会儿，这才对虎娃子说："兄弟，这忙，你还真没办法帮。唉！本来啥都好好的，偏就遇上了吃草的畜生。"

正当陆云轩要给虎娃子说自个儿究竟为啥事情伤心的时候，秦仁义从院里往屋里走。

陆云轩对虎娃子说："这事情没办法说，想着想着就伤心了。给脸上不贴金不裹银，羞脸的很。"

虎娃子有些听懂了陆云轩话里的意思，他跟秦爷爷打了个招呼，两个人一前一后地往外走。一路上，两个人谁也没有说是要去哪里，只是一个跟着一个走。不知不觉地，走到了通往蝎子山的路上。

陆云轩的心经过了一番激烈的抗争之后，决定将这件事情原原本本地说给虎娃子听。虎娃子是他信得过的人，也是他愿意倾诉的人。

这是一件不该发生却又发生了的事情；这是一件不该发生却又发生了的大事情。虎娃子听了事情的前因后果后，眼睛睁得大大的，发出一声长长的叹息。

第五十七章　话柄

前些日子，苏银花坐了二十五天的马车来到陆家，这也是她头一回见到陆云轩的家人。当管家将陆云魁介绍给苏银花认识的时候，陆云魁当着众人的面，笑望着苏银花，脱口而出："人生得一美人，死也值了。"

这种场面，说这种羞脸话，实在是不妥。但都是一姓人，又沾一点儿亲，只当陆云魁是井底的蛤蟆，只晓得碟子那么大的天；只当是陆云魁喝醉了酒，说些疯癫话。疯癫话嘛，一阵风刮过，啥都没有了。陆家人也就没介意，没料想苏银花起身回客房的时候，陆云魁又紧随其后，企图拉苏银花的衣摆。

陆济慈的脸上挂了气，想骂出来，嘴唇却只动了动，哼了一声。陆云魁的脸色僵了，再没敢有过分的举止。回到家后，陆云魁的脑壳里闹得慌，全是苏银花的影子。樱桃口，大辫子，蓝花袄，灰色裤，一对忽灵灵的大眼睛。陆云魁身边的张管家看出了陆云魁的心思，"嘿嘿嘿"地一笑，毫无顾忌地在他的耳边说了几句。陆云魁听了以后，先是故意一愣，又想到了心中的那个欲望，"哈哈哈"笑了，然后说："你把我心里想的都说明了，对对对，这姑娘对我的路子，像咱家的二姨太，做咱家的二姨太，合适，太合适了。"

张管家一个劲儿地点着脑壳说："是，是，是这么个理儿。"

苏银花来到西窝村的第十一天，陆家在西河县的药铺发生突发事件，陆济慈和陆云轩急急地去了西河县。陆云魁就是趁着这当儿，让管家去找苏银花，美其名曰地说是远方来了客人，作为叔伯辈分，得尽一尽地主之谊，表达一下真心、真情和真意。这所谓的"三真"，说得合情又合理，苏银花没有一丁点儿反驳的理由，只有高兴和感动的份儿。

夜里睡觉前，苏银花和陆云轩说好了，两个人一大早起来，去爬梁山。没料想西河县药铺那边出了突发事件，爬梁山的事情，也就暂时搁浅了。苏银花这样想："闲着也是闲着，索性去一去，也没啥，省得把人家的一番苦心辜负了。"

陆云魁的家距离陆云轩的家并不远，陆云轩的家在村南，陆云魁的家在村西，只隔着两条巷。苏银花还没走到陆云魁的家门口，远远地瞅见陆云魁穿戴整齐地站在门前迎接她。看样子很隆重，苏银花特别感动。

这天中午，苏银花回到陆云轩的家里时，戴着陆云魁送给她的一对儿价值不菲的玉镯。当时，苏银花觉得这礼物太奢华，不敢接。陆云魁"哈哈"大笑着说："论辈分，陆云轩也算是我的侄儿，我送给未来的侄儿媳妇一对玉镯，于情于理是应该的。再则，按照辈分，我也是陆云轩的二叔。都叫我二叔呢，二叔总不能红口白牙，两片嘴唇往一搭干碴，就算完事情了。不管咋说，二叔总得拿出一些实诚来。这一对儿玉镯，便是二叔的一份实诚。"

苏银花觉得这话儿说得合情合理，依然找不出任何反驳的理由，也就欢欣地收下了。至于这一对儿玉镯的来历，等到陆云轩回来了再给他说。梁山没来得及爬，陆云轩又去了榆林，说是处理一件很棘手的事情。事情来得紧，陆云轩走得急，天不亮就离开家了。出门时想和苏银花打声招呼，又想让苏银花多睡一会儿，拜托管家给苏银花留了一封信。信上的内容，是让苏银花在陆家多住一些日子，榆林那边的事情一旦办妥，他会以最快的速度，赶回西窝村。陆云轩在信中还说了，回来后两个人再一起爬梁山，爬蝎子山，还要一起爬武帝山。

明枪易躲，家贼难防。陆云轩不在家的一段日子里，又适逢陆济慈有事情外出，陆云魁派张管家来请苏银花到家里坐坐。每一次都有新鲜的说辞,苏银花听了,都觉得有道理,也就不好意思拒绝。一来二去的,来来回回的,陆云魁送给苏银花已经有十多件礼物了。贵重的程度,一件胜似一件。

当然,这些礼物实在是漂亮,都是苏银花喜欢的。陆云魁的张管家,多次在苏银花的面前,说他家的老爷如何如何有钱,家底如何如何殷实,待人又如何如何好;还说后院马坊的地上,都藏着牛眼大的银子,挖出来能用驴车拉;还说只要苏银花点头答应做陆云魁的二姨太,想吃啥吃啥,想要啥有啥。

苏银花没见过这么多的稀罕物,更没听说过这么富裕的家境,心里竟也有了一些非分之想,竟也涌现出一股兴奋,一股炽热。之后的一天中午,苏银花又来到陆云魁的家,陆云魁的一双手不安分了。苏银花飘飘欲仙,欲罢不能,心一下子飞了。她扭动着凹凸有致的身子,在羞羞答答和半推半就之中,两个人滚在了一起。

陆云魁先说唱一些荤段子、骚歌子、羞脸话,再用一双热灼灼的眼睛瞅苏银花,亲一嘴又一嘴。苏银花战栗不止,跟随着他的手摇荡,以极具诱惑的声音挑逗着陆云魁:"你尝一尝,我是啥滋味儿?"

"美人啊,我就喜欢你这股劲儿,我就喜欢你的眼睛折射出来的媚惑人的劲儿,我就想尝一尝你到底是啥滋味儿……"话来不及说完,苏银花嬉笑了一声。陆云魁心痒了,一动情,一使力,两个人撞在一起。苏银花迎合着他的狂、他的野、他的肆无忌惮。那一股直戳戳的、狠歹歹的邪手劲儿,令她浑身痉挛、颤抖。也将她撕裂了,撕碎了,撕成了碎片。

苏银花满脸喜悦,忍不住地发出了迷死人的呻吟和尖叫。等到陆云魁瘫躺在炕上的时候,苏银花将樱桃小嘴附在他的耳窝,轻轻地告诉陆云魁,愿意嫁给他当二姨太。说完这话后,苏银花用手遮住了羞红了的脸。

"太好了,我的美人儿,你这个媚惑人的、水鲜光滑的美人儿,把我美死了。我就喜欢你的软身子紧紧地贴着我。金花配银花,西葫芦配南瓜。

咱俩是多么好的一对儿。你的生活里没有我，我的生活里没有你，还活啥人生况味？咱俩若不在一起，才是天底下最大的遗憾事。"

陆云魁说着话，情绪又有些激动，控制不住自个儿了。他身上的那股邪乎劲儿，又被自个儿的没皮没脸的话点燃了，身子猛地往苏银花的身上凑。香啊，好闻，一动劲儿，两个滑溜溜的身子纠缠在了一起。又是一阵激情拥吻、又是一阵疾风骤雨，又是一阵尖叫，又是一阵呻吟，又是一阵令彼此欲罢不能的大汗淋漓。

等到陆云轩风尘仆仆地从榆林赶回到西窝村，苏银花已经将随身携带的行李，从陆云轩的家中全部带走了，还撒谎说她是要回北京。

腿是长在人家的身上，人家执意要走，也留不住。陆济慈当时听了，没有往别处想，而是吩咐马夫套了一辆车，送苏银花回北京。没料想苏银花对陆济慈说："我不是一个人孤孤单单地走，我要回我的家，我梦中都想要的那个家。"

陆济慈听得稀里糊涂，吃惊地大睁着眼，定定地瞅着苏银花。苏银花的心是虚的。但她还是一不做，二不休，把话挑明了对陆济慈说："陆云魁疼我，我跟陆云魁好上了。"

陆济慈的心悬在空中，对苏银花说："宁可一日没钱使，不可一日坏行止。闺女呀，不敢把规矩丢了，不敢活荒唐了。"

苏银花掩饰不住内心激动的样子，"咯咯咯"地笑出了声。笑过之后，大大咧咧地对陆济慈说："陆云魁给我买这买那，待我不薄。他说要对我好，一辈子都要对我好。至于你说的荒唐不荒唐的，我还真不晓得。能吃好能穿好，吃的好的都来了，这才是真实的。再说，已经由不得我了。有些事情，我不好意思说。至于是啥事情，相信你能猜出来。"

苏银花最后这几句看似模棱两可却直出直入的话，说得绝情。陆济慈没办法接住这个绝情的话茬儿，更没办法与她交流。他有些茫然，脸色极其尴尬。顿了顿，对苏银花说："鸟惜羽毛虎惜皮，为人处事惜脸皮。你这个闺女啊，叫我咋说你呢，蒙了眼睛走路，活癫乱了。走着走着，走迷糊了。把做人的道理丢了，会遭人下眼看的。"

陆济慈盯着苏银花说了这些由愤怒转换成怜悯的话，原本扬起来的手臂抖了一下，软沓沓地又放下了。

苏银花下意识地缩了一下，对陆济慈说："事情已经到了这一地步，你就大人有大量，你就宰相肚里能行船，啥都不要跟我计较。"

长痛不如短痛，一朵花的怒放和败落，一朵花的蓬勃和枯萎，是由了天由了地，在某种程度上，也是由她自个儿造成的。美丽与善良，放荡与龌龊，毗邻而居，竟然不可思议地来得这么快，这么快。云轩善良实诚，苏银花这野茬性子总挂在脸上和行动上，定是收拢不住！陆济慈从苏银花的语气和话里听出音儿来了，也就啥都明白了。

"唉，人总归主不了天的事。但人身后有个苍天，苍天有眼呐！"陆济慈这般又一想，挥挥手，无奈地对苏银花说："走吧，你走吧。一个愿打，一个愿挨。你记着，路是你和那个畜生选的，我无话可说，但愿你们能有一个好结局。"

有风在西窝村的上空滚动着，冰冰凉凉，灌进陆济慈的耳眼。他不再多说一个字，猛地转过身来，背对着苏银花。

"一个人，来了，去了。唉，人啊，人间啊！原本好好的，咋就污了人的心呀？"陆济慈刚刚好受了一些的心情，又变得低落、苍凉和沉重起来，重得如同往他的胸口上压了一层凄凉，不，更应该说是往他的胸口上压了一坨铁疙瘩，压得他喘不过气儿来。

"虽然说从苏银花的谈话中，感觉到了这闺女和她的名字是一样的俗里俗气，但他还是悔恨榆林这一趟外出，自个儿应该亲自去一趟，不应该让陆云轩去。他不知道，陆云轩兴冲冲地回来了，他的这张老脸，该如何面对一张年轻的面孔？该如何面对他一腔的真诚？该如何面对一颗滚烫烫的心？他的脸该往哪里搁？他又该如何杵着脸给云轩说这件事情来得太突然？

又该如何杵着脸对云轩说这件事情的前因后果？唉，坛口封得住，人口封不住，给世人落下话柄了。"

　　如此这般一想，陆济慈的心里暗下来了，身子轻飘飘的，如同筛糠般地颤抖着。这当儿，泪水盈满了他的眼眶。他摇头长叹一声，冰凉的泪水从耳边滴滴答答地落下，落到地上的那一瞬，腾起了一些尘土。

第五十八章　走远方

陆云轩坐着马车从榆林赶到家。一进家门，跟爹打了个招呼后，喜颠颠地往客房的方向走去。陆济慈有些失魂落魄地瞅着陆云轩的背影，本想让陆云轩先去看望一下老寡母，却啥都没说，忘记了提醒。

陆云轩看了苏银花搁在楠木桌上的信后，遂明白过来，短短的十一天内，竟然发生了这么一件匪夷所思的事情，这么一件令他难以接受的事情。一个是同姓之人二叔，一个是暗恋五年的同学，他不知道自个儿该咋办。

陆济慈担心陆云轩的心里过不了这道坎儿，焦急地在院里踱来踱去。当他瞅见陆云轩蔫蔫地从苏银花住过的客房里走出来，走上前劝说："我的儿，冷静，冷静。儿啊，心字头上一把刀，遇着事情忍一忍，一定要忍一忍。"

陆云轩的泪在鼻腔里酸着，脾气还是被事情点炸了，冲陆济慈大吼："冷静？忍一忍？发生了这种见不得人的下贱事情，我心里犯堵，吃了苍蝇一样，咋个冷静？又咋个忍？爹，您告诉我，您教教我？没想到二叔这么可恶，没想到苏银花会变成这副样子？"陆云轩说着说着，说不出话了。

陆济慈一动不动，有话在心里痒着，却一声不吭，心疼地瞅着他的儿。

陆云轩气坏了，急坏了。这是头一回冲陆济慈发脾气，发完之后，连他自个儿都惊诧了。发脾气也是徒劳，再咋说，事情已经到了如此尴尬的地步，不是爹的错，自个儿冲爹发脾气，简直是疯癫了。陆云轩这般一想，语气软下来了，气势也软下来了。强装没事儿人似的，强装一副啥都不在乎的语气对陆济慈说："爹，云轩不该冲您发脾气。爹，让我静一静，让我静一静。"

陆济慈没有说话，冲陆云轩摆摆手。陆云轩从家里走出来，直接去了虎娃子的家。他太憋屈了，必须得找一个人说一说，不然的话，一股邪乎气儿能将他逼疯。

出了这件事情之后，陆济慈苍老了许多。他万万没有料到，生活会在他的眼皮底下出现这么一个猛弯子，这个猛弯子令他猝不及防。他以为，如果去榆林的是他，而不是陆云轩，这件不该发生的事情，兴许永远都不会发生。虽然管家给他解释过无数次，但他依然认为，所有的一切，都是他的错。

那天，在通往蝎子山的路上，陆云轩和虎娃子推心置腹地说了许多话。也就是那个月的十一号，陆云轩离开了西窝村。

陆家的人都知道，那个跟她名字一样俗里俗气的女人，把陆云轩的心伤透了。陆云轩这一次出门，是散心去了。

是啊，陆云轩心里过不了这个坎儿，希望出去走一走，把一些该忘记的都忘记，最好是失忆一段时间，就更好了。

只是谁也不会想到，陆云轩这一次离开，再回到西窝村，已经是多年以后的事情了。

第五十九章　路途

那天，陆云轩和虎娃子一前一后走了好长的路。不知不觉，走到了通往蝎子山的土路上，两个人你一言、他一语地说了许多话。陆云轩除了给虎娃子说他去了榆林之后所发生的事情，说他和苏银花之间的一段美好的大学生活，还说了一些关于他和陆婉容小时候的真挚感人的生活片段……

多年之后，虎娃子依然记得，在通往蝎子山的那条土路上，陆云轩还给他说了去榆林时发生的另外一件事情。那天，恰巧也是苏银花拿着自个儿的行李离开陆家，前往陆云魁家的那一天。

陆云轩说他那天坐着马车，路过一座寺庙，心"扑通扑通"地狂跳个不停，狂跳的频率在急剧地加速。他害怕极了，赶忙吩咐马夫停车，就地歇息，而他一个人捂住胸口，慢慢地进到寺庙里。寺庙不大，干干净净。他哆嗦着双手，往功德箱里捐了一些钱。从寺庙里出来的时候，陆云轩听见有个女人在里面念念叨叨。侧耳细听，听得清清楚楚：

一个白菜七寸高

两手掰开过金桥

金桥那边一树槐

四个善人把门开

开开门来明朗朗

桌上放着祈画像

祈花祈来落花落

四个善人把头磕

磕毕头来折干草

折下干草打金桥

打下金桥善人过

丢下愚人水上落

陆云轩对虎娃子说:"我听了这个女人嘴里念念叨叨的这些内容后,心狂跳的速度减轻了许多,但心里却有一股莫名其妙的沮丧和失落。也不知道为啥,某一瞬间,我的眼前云遮雾绕,是无知无觉的暗,啥都瞅不清了。"

说完,停顿了一下,陆云轩又拍着胸脯,痛苦地对虎娃子说:"一边是我暗恋的大学同学,一边是没个人样子的二叔。两个人心里隔着铁呢,啥都不顾。好歹我是个男人,你说,你说……这……这……我这一张脸,是不是一张被捉弄了的脸啊?"

陆云轩这些满腹委屈的话,虎娃子记了多年,一直忘不了。每每想起这些话,陆云轩当初说话的样子总会出现在他的眼前,如同昨天发生的一样。

虎娃子也记得,那天有风,飒飒地吹着。他站着不动,听着陆云轩说话,心里酸酸的,越听越难受。

第六十章　难肠

陆云轩离开了西窝村，一年一年的，纸片儿大的音讯也没有。每到年节，陆济慈总会吩咐管家和下人，在老寡母面前口径要保持一致。只要是老寡母追问起少爷咋还不回来这个话题的时候，就说是陆家在外有几宗大买卖，人手不够用，离不开。

陆云轩刚出门的前两年，时不时地，老寡母会冷不丁地问："我的孙娃子呢？都这么久了，他咋还不回来？"

陆家每个被追问的人，都说是陆家在外有几宗大买卖，都说是人手不够用，离不开。等忙过这阵子，陆家少爷就回来了。老寡母每每问起孙娃子，所有人的回答都是一模一样，一个字儿都不差。

有一天，老寡母突然意识到所有的人瞅见她，脸上呈现出来的表情和神态，也是一模一样的。她们，他们，似乎是有啥事情隐瞒着她。"莫不是？莫不是？"

老寡母感觉出来了，她的心中有了疑虑，一阵难以克制的着急和难受直袭心头。她捂住胸口，一脸不爽地高声对使唤丫头喊："去把我的儿叫过来。"

使唤丫头瞅了一眼老寡母沙黄沙黄的脸，内心突地紧张起来，却又不敢怠慢，急急忙忙地去叫陆济慈。陆济慈很快被叫到了老寡母的面前，小心翼翼地对老寡母说："娘，您说，您想吃啥，还是需要啥，儿这就吩咐人来安排。"

老寡母面色苍凉，一脸的不爽，瞅着陆济慈说："安排？安排个头哇！你今儿个给娘说实话，我的孙娃子到底去哪里了？你今儿个不给娘说清楚，别怪娘叫你在众人面前难堪。"

陆济慈听到娘再次追问起陆云轩去哪里了的话题，心中大痛如绞，是无休无止的难受叠着难受，碾压着他的心。但在这一刻，他努力地将要溢出来的泪硬生生地憋了回去，心里再苦，都不能让娘感觉出来。娘年纪大了，受不了这个沉重的打击。陆济慈平复了一下心情，往脸上硬挤出了一些笑容，对老寡母说："娘，瞧您说的。咱家云轩好好的，您别操心了。年纪大了，吃好喝好睡好，身体好好的，比啥都好。"

老寡母沉了脸，对陆济慈说："你别给我打岔，说呀，我的孙娃子到底去哪里了？"

陆济慈说："云轩外出打理陆家的生意了，咱家在外有生意，娘又不是不知道。"

老寡母说："几年过去了，云轩咋还不回来？平时有生意，忙得走不开，我理解。过年了，过节了，总该回来了。"

陆济慈说："娘，今年过年的时候，云轩一定能回来。"

老寡母的脸上登时有了好神采，对陆济慈说："好，好，娘要的就是你这一句肯定话。好了，我的儿，你忙去吧，娘就是想我的孙娃子了。"

陆济慈听了老寡母的话，暂时松了一口气。等他从老寡母的屋里出来时，一脑门上都是汗津津、湿漉漉的。

过完年了，十五过了，正月出来了，二月走了，四月到了，五月来了，一年一年地过去了，陆云轩还是没有回来。接下来的几年，老寡母没有再追问起她的孙娃子咋还不回来这个话题，但她的性格变了，除却每月五次给泥胎神像上香，其余的时候，一整天一整天都不说话。无论春夏秋冬，无论雨雪天气，总是一个人坐在炕上，一坐就是一整天，一坐就是大半夜。

有一天晚上，油灯下的老寡母穿戴一新地坐在炕上，听到了陆济慈的脚步声，老寡母在屋里重重地喊了一声："我的儿——"

"娘——"陆济慈听见老寡母在叫他，大声应答着，掀起夹板绸缎门帘进到老寡母的屋里。

老寡母盯着陆济慈说:"我的儿,快坐到娘跟前来,叫娘好好地瞅一瞅你。"

老寡母以这样的语气说着话,陆济慈还是有些紧张,心里沉甸甸的,腿脚跟灌了铅一样。总算是挪到了炕边,挨着老寡母的身旁坐下来。

老寡母的声音有些变调了,对陆济慈说:"我的孙娃子难道不是你的儿?你就不操心?"

陆济慈心里难受,对老寡母说:"娘,手心手背都是肉哇,我咋能不操心?"

老寡母对陆济慈说了一句粗口话,也说了一些模棱两可的话:"滚你娘的脚后跟。你说,还要瞒我瞒到啥时候?我的儿,我梦见你爹了,你爹昨夜里说是要来接娘,我察觉到了一股阴风。你今儿个把该说的话,都给娘一说。"

陆济慈听了老寡母的话,终于绷不住了,有些慌乱地颤着声音对老寡母说:"娘,我对不起您老人家,我对不起云轩。"说完后,给老寡母跪下了。一把鼻涕一把泪,将事情的前因后果,将这些年来派人外出寻找云轩的情况,一一说给老寡母听。

老寡母听了这番话后,沉默无语。过了一会儿,老寡母瞅着陆济慈,一字一句地说:"我的儿,人长了根贱骨头,这根贱骨头在紧要处自个儿能拔掉,人,还是人。如果这根贱骨头在紧要处拔不掉,人,还不如四脚畜生。娘想啊,这件事情不会成为别人嘴里的一个笑话。你现在要做的,就是等。娘相信,总会有那么一天,就把我的孙娃子等回来了。等到那一天真正地来了,叫我的孙娃子到墓堆前给娘和你爹说一声,娘和你爹在那头,也就安心了。"

陆济慈跪在地上直怨自个儿,老寡母坐在炕上劝说着他的儿,眼神里有了一丝看得见的失落。稍等了片刻,老寡母淡淡地说:"陆云魁这么个贱东西，枉到这人世上走这么一遭，把规矩活颠倒了，叫人下眼看了。就连地底下躺着的几辈子老祖宗，都会被人的嘴巴挨个儿刨出来骂。人啊，谁都没长前后眼，是福是祸躲不过。该来的，总归是要来的，躲不过啊！这些年，我的儿活得苦；这些年，我的儿活得难肠。快起来，快起来，娘心疼我的儿，心疼得能榨出来血水水……"

老寡母说着说着，没了力气。油灯一跳一蹿，时明时暗，一抹微光将要熬干了，弱弱地照在炕角的笸箩里。笸箩里搁着一条新崭崭的红腰带。老寡母记得很清楚，明年是陆云轩的本命年，这是她坐在油灯下，专意为她的孙娃子，一针一线缝制而成的。

第六十一章　葱花豆腐臊子面

这一年的正月十五日，天色阴沉沉的，耿小姑坐着男人借来的对门赵老汉的麻驴去了北雷庄"拾炮皮求子"。吕百灵对爹娘的这种做法很不理解，感到爹和娘都嫌弃他，内心受到了巨大的伤害。他一怒之下离开了西窝村，独步走了十五天。在这十五天内，吕百灵睡过庙宇，睡过打谷场，睡过城门洞，靠着路边的树桩子睡过，用双手掬着河水喝过，吃过酸枣枝上挂着的干酸枣，也吃过麦地里长出来的野菜和小蒜。这天晌午，吕百灵走到一个叫梵庄的村子，又冷又累又饿，浑身一点劲儿也没有，索性不走了，敲开了村边的一家门。

这里住着一个李婆婆和她的儿，以制作农家豆腐为生。好豆腐赛鱼肉，李婆婆做事情认真，把每天做豆腐这件下苦力的活儿，当作一件非常隆重的事情来做，也当作一件非常有意义的事情来做。每天天不亮，李婆婆就早早起来了，和她的儿洗豆、加水，用石磨磨豆浆、装袋、煮、点卤，放进木托盆里压……工序烦琐，少一道都不行。李婆婆做得津津有味，从来不嫌烦。村里有个大寿数的老人，爱吃李婆婆做的刚出锅的热豆腐，李婆婆常常叫儿端着刚出锅的热豆腐送到老人的家里，分文不收，一送就是十一年。梵庄村的人都喜欢善良的李婆婆，亲切地叫她"豆腐婆婆"。

这天，豆腐婆婆的儿出门卖豆腐去了，家里只剩下豆腐婆婆一个人。早上起得太早，趁着这当儿闲着，好好地补一觉。不知啥时候了，豆腐婆婆听见有人在敲门，她打了一个激灵，被急切的敲门声惊醒了。侧耳细听，似乎又听不见敲门声，豆腐婆婆笑着摇摇脑壳，躺下了。接着又是一阵敲门声，豆腐婆婆起来了，踮着小脚出了屋，看到了站在她面前的吕百灵。

吕百灵站着一动不动，脸色看起来不太好。豆腐婆婆瞅着面前这个陌生的人儿，在记忆里搜寻着："他是谁？我咋不认识？"

吕百灵喊了一声："婆婆，我想喝口水。"

这声音细细的，像是从嫩闺女嘴里发出来的。豆腐婆婆仔细地瞧了瞧，又觉得不是。这娃儿，棉袄上沾着干干的麦秸草，脸上灰突突的，一副几天几夜没睡觉的样子，看来是遭罪受了。豆腐婆婆心肠软，见不得别人恓惶，她牵着吕百灵的手说："娃儿，先去屋里睡一觉，婆婆这就给你烧水做饭。"

豆腐婆婆安顿好了吕百灵，去了灶屋。挽起袖子一系列的动作舀面、和面、擀面、切菜、炒菜等连贯而熟悉，不到一会儿，豆腐婆婆给吕百灵做了一碗搁了葱花的豆腐臊子面。她到屋里叫醒了睡着了的吕百灵，轻声对他说："娃儿，起来喝水吃面。"

豆腐婆婆放下碗，用双手搓了搓吕百灵的手和脸，说道："这会儿暖和了。娃儿，吃吧，吃吧。"

"老天爷啊！"吕百灵吸了一下鼻涕，瞅着眼前的豆腐婆婆，感动得完全不能呼吸。起身端碗的当儿，伸出来的一双手又缩了回去。

豆腐婆婆对吕百灵说："娃儿，到这里就是到家了。接住，赶紧接住。热热乎乎地吃了，身子骨就暖和了。"

面香味窜出来了，香，真香！吕百灵接住了面碗，大口大口地吃着香喷喷的面。豆腐婆婆瞅着吕百灵说："娃儿，慢点儿吃，别噎着，锅里还有，都是给你做的。"

豆腐婆婆的话令吕百灵感到亲切，感到温暖。不知不觉中，有两行泪从他的眼边滚滚落下。

第六十二章　大恩情

吕百灵不知道接下来要去哪里，他没有告诉豆腐婆婆离家出走的真实原因，而是说他走远路找远方的舅舅，因了在路上太过贪玩，遇上了歹人，将随身携带的装有盘缠的褡裢弄丢了。

豆腐婆婆曾经还有一个儿，是家里的老二，年纪小小的，因为大雪天得病夭折了。豆腐婆婆永远忘不了，那天很冷，风很大，她特别难过。当她知道眼前的吕百灵和那个死去的二儿是同年同月出生的，名字里又有着相同的一个"灵"字时，心中顿时便有了一种难以言说的激动和酸楚，抹着眼泪对吕百灵说："如果我的灵儿还活在这人世间，和你现在的个头，应该差不多。"

这个夜里，豆腐婆婆没睡一眼觉，在油灯下给吕百灵缝了一身新衣裳，嘴里不停地说："穷家富路，别把娃儿冻着……"

豆腐婆婆嘴里说着话，一双手却没停止忙碌，往缝制的贴身衣兜里，搁了一叠省吃俭用的钱，并用针线缝好。衣裳缝好了，豆腐婆婆困得连脱衣裳的劲儿也没有，索性就这样躺着睡。

第二天，豆腐婆婆做好豆腐，去灶屋为吕百灵烧了一锅热水，热凉温度掺好，以亲切的口吻对吕百灵说："娃儿，快坐到木盆里洗一洗，洗干净了穿新衣裳。"

吕百灵瞅着豆腐婆婆，有话想说，只是因为情绪太过激动，两颊憋得通红。

豆腐婆婆笑望着吕百灵说："娃儿，遇见了就是缘分。你啥都别说，不敢叫水凉了，快去洗。"

洗完后，吕百灵穿上了新衣裳，豆腐婆婆拉着吕百灵的手，示意他摸一摸缝好了的衣兜，吕百灵摸了摸，知道和理解了豆腐婆婆的好心意。这实实在在的暖意，这结结实实的人间真情，让吕百灵的鼻头开始泛酸，他哽咽着对豆腐婆婆说："婆婆，总有一天，我会报答您对我的救命之恩。"

说完，吕百灵屈着双膝，给豆腐婆婆磕了三个"嘭嘭"响的头。

"娃儿，起来，快起来。说啥报答不报答的，咱不说这。遇上了，就有遇上了的道理，就是修来的缘分。接下来的日子，只要你好好的，比啥都好。"

吕百灵离开梵庄了，两眼如同被雨水罩着。站在门口的豆腐婆婆望着吕百灵，眼泪也涌了出来。她一边朝吕百灵挥手，一边说："娃儿，出门放机灵些，把自己照顾好。要牢牢地记住，找不见你舅舅，就到梵庄来，有我一口饭，就饿不着你。"

吕百灵听了豆腐婆婆的话，心里涌起了一股难以言说的感动，他点着头，用很大的声音说："豆腐婆婆，您的话我都记住了。这一辈子，就是走到天尽头，也不敢忘了您的大恩情。"

第六十三章　稀奇古怪的话

吕百灵离开梵庄以后，走了整整半个月。有一天，在路上碰到一个跛脚老乞丐，跛脚老乞丐手中没拿破碗，腰间挂着出门人携带的一个装水用的葫芦。葫芦太大了，吕百灵从来没见过这么大。

跛脚老乞丐已经走过去了，吕百灵的目光直直地瞅着跛脚老乞丐，跛脚老乞丐如同背后长了一双眼，啥都知道了似的，转过身来对吕百灵说："娃儿，你瞅啥哩瞅？"

吕百灵龇牙一笑，尴尬地说："叔，我也不知道是瞅啥哩，就是想瞅。"

这回答有点儿意思，跛脚老乞丐活了一大把年纪，头一回听见这样的回答。他笑了，漫不经心地对吕百灵说："娃儿，凭着你亲亲地叫我这一声叔，叔就送你几句话。到关键的时候，你能不能记住这几句话，就看命了。躲过了，命不该绝，好日子还在后头等着你；躲不过，是天意，谁都没有办法。"

接下来，不等吕百灵接话，跛脚老乞丐一字一句，认认真真地对吕百灵说：

叫你上

你别上

叫你躲

你别躲

头上有油你别洗

出门碰着杭州李

跛脚老乞丐说完，又对吕百灵说："娃儿，你记着，要牢牢地记着。这世间有些事情，注定不能由了自个儿的性子，得好好地过一过脑壳，想一想；再好好地过一过脑壳，好好地再想一想。"

吕百灵冲老乞丐哈哈一笑，说："叔，你说的这是啥吗？还有这种稀奇古怪的话？好笑得很，我都弄不懂你说的是啥意思。"

跛脚老乞丐摇摇脑壳，很有耐心地对吕百灵说："过了这个村，就没这个店，能弄懂不能弄懂，你都要把叔说的这一番唠唠叨叨的话，牢牢地记住。"

吕百灵能感觉到跛脚老乞丐说话的时候，看似漫不经心，但眼睛里似乎有一种神秘而神奇的力量。吕百灵相信，老乞丐对他说的看似唠唠叨叨的话，绝不是啥解闷的话。正因为如此，反而在脑壳里加深了印象。他一边走路，一边小声地念，念着念着，竟也一字不漏地都记住了。

第六十四章　云往南，水漂船

这天，吕百灵瞅着天上的云往南边聚集，嘴里小声念叨着："云往南，水漂船。云往西，雨滴滴……"这些，都是西河人在生活中总结出来的经验。吕百灵在家的时候，只要是耿小姑嘴里嘀咕这几句，这一天定是雨天。跛脚老乞丐说过那几句话后的第五天早上，吕百灵突地想起了那几句话，嘴里也就不由自主地念了起来。走了好长时间的路，脏兮兮的，实在是困极了，他坐在路边的老榆树下歇脚。

坐在老榆树下歇脚的吕百灵，用手揉了揉疲乏了的双脚，搓了搓又累又困的腿，仰起脸朝空中无望地瞅了几眼。这时候，天上又有一团儿疙瘩云往南边聚集，越聚越多。

"要下雨了。身上穿着豆腐婆婆做的新衣裳，要是淋湿了，真心疼。"吕百灵这般一想，站了起来。

这当儿，路上过来一个骑着驴，穿着一身黑衣、打着白裹腿的人。那个人的声音就跟拉风箱一样，冲站在树下的吕百灵喊："憨娃，愣啥呢愣，坐上我的驴，到前面的土窑里躲一躲。"

吕百灵想迈腿脚走，身子却如同定在了原地。这时候，跛脚老乞丐给他说过的话，在耳边回响：

叫你上

你别上

叫你躲

你别躲

头上有油你别洗

出门碰着杭州李

骑驴的人见吕百灵站着没动，着急了，一挥手，冲吕百灵吼："你个呆头鹅，就不怕雨淋了生病？别在这里挺尸了，赶紧上我的驴，一起到前面躲一躲。"

吕百灵依然站在原地没动，骑驴的人是个急性子，对吕百灵的木然反应没了耐心，骂骂咧咧地瞅着吕百灵说："呆头鹅，这雨非把你淋趴下不可！"

说完，气鼓鼓地骑着驴走了。

这场雨来得快，去得也快。没多久，空中出现了一抹晴色。老榆树擎起阔大的枝冠，像一把大大的天然雨伞。雨太大了，加之有风，吕百灵的一身新衣裳被淋湿了。他心疼地摸了几摸，嘴角挂着一抹苦咧咧的表情，继续赶路了。前方不远处，一堆人围在一个被雨水淋塌了的土窑前指指点点，嘀嘀咕咕，摇头叹息，有呼喊声，也有哭泣声。吕百灵的心"咯噔噔"地狂跳着，突然有了一种不祥的感觉。

他走上前去，瞅见说话的是个黑脸膛的中年人，只听他说道："刚才那个穿着黑衣、打着白裹腿的男人，骑着一头驴。此人姓李，祖籍在杭州，是个驴贩子。"

驴在人群的"嘀嘀咕咕"声中，仰着脖子对天长啸，然后疯了一般地迈开四蹄刨塌了的湿泥土，蹄子被泥和血混在一起，还在不停地刨。

驴的眼角有一滴晶莹剔透的泪，在场的人都瞅见了。吕百灵胆战心惊地瞅着眼前的一切，他怎么也接受不了，就在刚才，那个穿着一身黑衣、打着白裹腿的人，还活腾腾地骑在驴上冲他挥手，对他喊话。

第六十五章　醒悟

很短的时间内，发生了突如其来的事情，吕百灵恐慌极了，害怕极了，心里生出一种莫名其妙的疼痛之感。这一刻，他真的是好想回到西窝村。对，就是在这一刻，他开始想爹了，想娘了，想郑忠信给他说的戏上、说的世上；想秦仁义爷爷，想柳玉秀婶子，想西窝村的城门楼；想豆腐婆婆，想豆腐婆婆给他做的热乎乎、香喷喷、搁着葱花的豆腐臊子面；他也想起了爹牵着麻驴，娘坐在麻驴身上，又去北雷庄拾炮皮求子。那我呢？那我呢？吕百灵离开西窝村的那一刻起，就是这样认为的，他认为疼他的爹和娘现在已经不再爱他了。这应该是他离家出走的动力，也是他冲动离家的最为堂而皇之的理由。

"不想了，不想了，想多了只会招眼泪。"吕百灵虽然这样告诫自个儿，但他的眼中，还是滚下了两泡泪。日啊，月啊，他在想一个人，他觉得自个儿对不起这个人。他是那么好，待他又那么真诚。就在这一刻，吕百灵觉得自个儿错了，一切都是因为自个儿心量太窄，酿成的错。

这泪水，是为那个穿着一身黑衣、打着白裹腿的人流的，是为驴的忠诚流的，也应该是为他自个儿流的悔恨的泪水。他已经三天没有吃东西了，加上内心过度的恐惧、难过，浑身没有一点儿力气。他用手扶住墙，一点一点地往前挪移着步子。再挪一会儿，前面不远处就到渡口了，有船夫搁老远瞅见了他，扬手吆喝着叫他快点上船。

吕百灵摸摸贴身的衣兜，兜里还有豆腐婆婆给他搁的钱。这有分量的活命钱，在最为艰难的时刻，吕百灵没有舍得花一分一厘，这钱是来自人世间的温暖,是来自人世间的真情。因了这份真情,当船夫又吆喝着:"上船,快上船"的时候,跛脚老乞丐给他说过的话,又在他的耳边回响:

叫你上

你别上

叫你躲

你别躲

头上有油你别洗

出门碰着杭州李

吕百灵怔了一下,转身朝另一个方向挪移着步子。

这天,渡口发生了一件更为骇人听闻的事情,说是老船夫这几日身子骨不舒坦,歇缓了几天,打算再精精神神地跑船。年轻的儿为了不让老船夫操心,趁着老船夫在炕上打呼噜的当儿,蹑手蹑脚地出了门,朝渡口的方向走去。

在去渡口的路上,老船夫的儿还想着安安全全地往返一程,能赚几个是几个。指不定跑船回来,老爹知道了这件事情,还会笑眯眯地夸赞他一番,说他的脑瓜壳不但聪明,还好使。如此这般一想,胆子也就更大了。按照老爹以往的惯例,这天的日子是不宜出行的,有大风要来临。老爹的儿子气盛,说是自个儿有憨力气,不信这邪乎,顶着逆风离开岸。万万没想到,小船刚刚行进,还没有一炷香的工夫,有浪头猛地打了过来,小船被浪头打翻了。

骇人惊心的一幕,牵动着好多人的心,有人忍不住地发出了哭泣声。吕百灵停住脚步,向四周瞅了瞅,一股从来没有过的惧怕的感觉肆无忌惮地向他袭来。他的眼里有了忧郁,有了悲伤,有了惧怕,也有了寒凉;而他的心,虚虚的,空空荡荡,他哆嗦着身子问自个儿:"吕百灵啊吕百灵,你这是要去哪里呀?你说你傻不傻?你不该这么傻呀?你这是没事找事。"

吕百灵的心里越来越沉重，脸上却是另一番表情，样子很滑稽，分明是故意往脸上硬挤出来的。是的，他这是在笑自个儿发脾气离家出走是多么愚蠢，多么无知，多么气人。

第六十六章　北风的气息

一阵飒飒的北风，可着劲儿地朝吕百灵的袖筒里钻。吕百灵连着打了几个寒噤，双手交叉着蜷进袖筒，迎着逆风，晃晃悠悠地朝前走。不知走了多久，他又困又乏，又累又饿，一个人影子都没有，也看不到一个村庄。他硬是鼓起气力，走了几个时辰。稀里糊涂的，脑壳也就不管用了，迈着步子朝前走。路上碰见了一个歹人，他被连哄带骗，轻而易举地骗到山西，又被卖到一户叫韩梁的人家。

这天晚上，韩梁和婆娘早早地睡下了，吕百灵推了半晚上的磨。韩梁的婆娘端来了一碗水，一个黑面馍。一碗水泡黑面馍，算是犒劳他了。吕百灵疲乏得不行，一口水没喝，一口黑面馍没吃，就地蜷着困倦的身子，在碾坊的地上昏昏睡去。他太困了，身心俱惫，忘了熄灭油灯。油灯凭借着从门缝里灌进来的一股风，点燃了堆放在碾坊里的玉米秆。

这天晚上，韩梁睡觉前口干舌燥，多喝了两碗水，夜里呼噜声一阵胜似一阵，还是被一泡尿憋醒了。韩梁不干不净地骂骂咧咧着，不情愿地从炕上爬起来，揉揉眼，掏裆撒了一泡尿。准备捂被子闭眼再次进入梦乡时，忽地发现空中弥漫着一股烟呛味。啥味儿？这种烟呛味愈来愈浓，不时地钻进他的鼻子。

不对劲儿呀，韩梁受到了惊吓，本能地从炕上爬起来。这烟呛味儿是从哪里来的？猛地，他拍了一下自个儿的脑壳，确定坏事儿了，光脚着地，匆匆地跑到院里，站在院里瞅一瞅，闻一闻，这才避免了一场更大的灾难。

脸瘦了几圈儿的吕百灵，是被韩梁和婆娘从睡梦中骂醒的。醒来的时候，他还愣磕磕地不知道发生了啥事情，但他瞅韩梁的眼神里，有一股惧怕和讨好的意味在流淌。

韩梁是村里的狠角色，也是个不折不扣的恶人。他嗓门大，脾气大，从他瞅吕百灵的眼神里，能触摸到他的真实态度。是的，他瞅着一地狼藉，气不打一处来了，一把将吕百灵抓起，如同老鹰抓小鸡般地不费吹灰之力，将吕百灵撂在地上，瞪着眼睛嚷嚷着："叫你不操心，叫你偷懒睡觉，打死你个懒货。不治了你这懒毛病，我就出不了卡在喉咙里的这一口恶气，我就难受。"

吕百灵疼得"哇哇"大叫，接着，又是一声大叫。韩梁的婆娘听得不舒服，对正在气头上的男人说："老韩，别打了，听起来叽里呱啦的，跟杀猪一样，不吉利。"喊完，又冲空中唾了几口。

韩梁听了婆娘的话后，想了想，觉得婆娘说得有道理，止住了手，朝蜷成一团儿的吕百灵狠狠地踢了一脚，嘴里不干不净地骂着："你个懒货，还是个娘娘腔。嗯，我真想拿一根狗铁绳把你拴住，叫你一辈子别想挣脱。"

吕百灵做下坏事了，吓得直缩脑壳，整个人更显得矮了一截儿。他瞪着眼睛，不跑，也不躲，样子实在是心酸。在这个夜里，吕百灵甚至这样想，怕是瞅不见明天的红花日头了。

第五天，吕百灵醒过来的时候，已经被韩梁卖到了一家杂货铺。杂货铺里的几个伙计，觉得吕百灵的声音怪诞，不是好兆头。他们都不喜欢这个尖声细气的西河人，都怕自个儿触了霉运。他们对吕百灵百般刁难，故意摔碎花瓶，故意将货架上的货品撂到地上，再让吕百灵一件一件地捡起来。捡起来后，又被他们一件一件地撂到地上。如此反反复复，因太过折腾的缘故，一些货品被损坏了。几个伙计在掌柜的面前添盐加醋，有的说上，没有的也说上；是他的错说上，不是他的错也说成是他的错。掌柜的问都不问，总会信以为真，对吕百灵又是一顿拳打脚踢。

叫天天不应，叫地地不灵。"活着咋这么难？我咋活得连猪狗都不如？"

吕百灵满身心都是疲惫,都是沮丧,眼边泪汪汪的。黑漆漆的夜里,吕百灵一遍又一遍地问自个儿。

第六十七章　在异乡

冬去春来，满眼的枯黄与萧索不见了，一丛儿一丛儿青绿从地皮缝里拱了出来。白天，夜里，雨季，寒冬，时间在这一眼望不到头的绿绿翠翠，在这一眼望不到头的枯枯黄黄，在这冷清清的季节转换和交替中，一天天地远走。吕百灵在外的日子久了，很久了，连他自个儿都不知道离开家有多久了。一天又一天，一年又一年，他面对的是碾坊，是石磨，是一头只知道低头干活儿的驴。

在异乡，在长时间的体力劳作和精神折磨的双重摧残下，本来挺耐看的一张脸上，出现了褶褶皱皱，有了苍老的模样儿，和曾经的他不像是一个人。一天一天的，他也真真正正地悟出了人生无常，命运坎坷，人世间的某种沧桑和寒凉。

他越来越想念那个叫西河的地方，越来越想念西窝村，越来越想念西窝村的人，越来越想念和郑忠信在一起的美好时光，越来越想念和虎娃子在一起的点点滴滴，越来越想念和爹坐在窑屋里搓麻绳的日子，越来越想念和爹赶集上会卖麻绳的日子，越来越想念娘把饭做熟了的时候，一仰声喊叫他："我的儿，吃饭了。我的儿，吃饭了，还搁大油呢。"

他也真真正正地意识到，虎娃子没有错，爹娘没有错，错的是他自个儿。说到底，都是自个儿的错，都是他一个人的错，都是他一个人犯浑，都是他自个儿心量窄，都是他自个儿无理取闹，伤害了最在乎他的人。错了，他错了，放着好好的日子不过，偏要一个人瞎胡闹、瞎折腾，睁着眼睛往火坑里跳。

吕百灵深切地感觉到，只要一想起西河，只要一想起西窝村，只要一想起熟悉的那些人，他的心情就无比愉悦，即便是吃不饱，即便是穿不暖，即便是看人的脸色，即便是挨打受气，即便是超负荷的劳作，只要一想起他们，心里就会有一股暖流，一直暖到他的心里。

他后悔极了，后悔自个儿伤害了最在乎他的人，后悔自个儿对最在乎他的人做了不可饶恕的事情；后悔自个儿连一声招呼也不打，就离家出走了。若要公道，打个颠倒。这一刻，吕百灵后悔当初没理解到爹和娘的感受。他觉得曾经的自个儿太无理了，事情做得也没人味，简直是自私极了，讨厌极了。吕百灵越这样想，心里越觉得难受，越觉得没脸见他们。如今，说啥都晚了，在外面所受的苦，就是老天爷对他的惩罚。

有时候，吕百灵在干活时会扬起嗓门，小声唱几句提线木偶戏。这唱，是用来解闷的，是对内心的抚慰，也是直抵内心的暖，照进内心的温热光芒。只有这样，才觉得时间打发得快，疲劳在唱的过程中，也会减轻许多、许多。

有一天，吕百灵扬起嗓门唱了几句，被路过的西河人潘为才隔着墙皮听见了，感觉唱功还不错。他眨着眼睛，挠了挠脑壳，心里生出了一些计谋和一些想法。其间有过几次，他专门来这里暗中观察。

这天，潘为才又来了。吕百灵推完磨，将磨好的面装进口袋，又去提了一桶水给驴饮。也许是因为天气特别炎热的缘故，驴的脾气很是暴躁。吕百灵提着水桶刚走近，驴突地扬起了蹄子。

吕百灵推了大半天的磨，又困又乏加之天气炎热，心情糟糕透了，又无来由地被驴猛地踢了一脚，踢到吕百灵的脸上。在这一刻，积郁在心中的火气一下子全冒上来了。他索性啥都顾不上了，从碾坊的墙旮旯拿了一把新崭崭的铁锨，对准驴的蹄子，狠狠地铲下去，一边铲，一边叫骂："踢踢踢，你踢，你个四脚畜生，我还怕了你不成？！你踢，你踢，我叫你踢个够，我今儿个叫你踢个够。"

驴受了疼,"哥儿哥儿"地乱叫唤,又是踢又是蹦,在短短的踢和蹦的过程中,又飞起一蹄子。坏了,驴踢到了铁锨上。驴蹄子被踢伤了,流出殷红色的血来。隔着门缝的潘为才瞅见了这一幕,以教训的语气硬硬地对吕百灵说:"憨货,赶紧跑。不跑,掌柜的能把你打死!"

"打死了就见不着我的爹娘了,打死了就见不着虎娃子了,我连个道歉认错的机会都没有……"吕百灵一屁股坐在地上,心里漾起了一股毛瑟瑟的寒,嘴里咕咕哝哝:"驴啊驴,驴啊驴,我不是故意的,我真的不是故意的,我是无意之中才把你弄伤了。"

这一刻,吕百灵特别地想念西河,特别地想念西窝村,想他的爹和娘,也想虎娃子……说真的,他太想他们了。

潘为才接着对吕百灵说:"憨货,你犯啥愣怔呢,还不赶紧撅屁股走人。"

说完,又补了一句,说他是西河人。吕百灵一听潘为才是西河人,觉得口音儿也像是西河那边的。他怔了一下,站起来,愧疚地对驴说:"驴呀驴,我今儿个对不住你,实在是对不住你了。不过,你也把我的脸踢烂了,也对不住我。咱俩今儿个这事情,没办法说清楚。如果要说的话,怪你,也怪我。"

说完,吕百灵端了一盆水,打算清洗脏而油腻的头发,好去见日思夜想的人。恰在这个时候,跛脚老乞丐给他说过的话又在耳边回响,他也就没了想洗的念头。

这时候,潘为才又隔着门缝对他说:"你的脑壳是不是叫门缝夹了?还洗啥洗呢,头发有油你也别洗,赶紧跑。"

这天晚上的后半夜,在潘为才的鼓动下,吕百灵从杂货铺的后院,翻墙逃了出来。

第六十八章　浓眉大眼布老虎

潘为才是个有心机的人，欺瞒哄骗带恐吓，吕百灵服服帖帖地跟着他走。这天晚上，他们在路上行走，旷天大野里，黑灯瞎火的，视觉和听觉都很受限，潘为才奸诈机灵，还是听见了"嘚嘚嘚"的马蹄声，知晓是土匪来了。他拉着吕百灵，以迅疾的速度躲藏到路边堆放着的玉米秆里。为了安全起见，两个人在玉米秆里待了两天两夜。两天两夜之后，两个人从玉米秆里战战兢兢地爬出来。

经过千辛万苦，吕百灵回到了日思夜想的西河。潘为才欣赏吕百灵在唱戏方面是个不可多得的人才，在人才和钱财之间做出选择，他还是昧着良心，心安理得地选择了后者。回到西河后，潘为才略施小计，带着吕百灵回到自个儿的家，又亲自去灶屋给他和吕百灵做了一顿饭。趁吕百灵低头吃饭的时候没注意，给吕百灵喝水的碗里放了迷药，眼瞅着吕百灵将水喝了下去，眼瞅着吕百灵摇摇晃晃地倒在炕上。潘为才这才中意地对自个儿说："这个办法好，很好。"说完，坏坏地笑了。接着又扬起嗓子，一人饰演两个人的角色，胡诌了几句：

男：洗脸盆，圆又圆

　　我想你了这几年

女：你不娶我为啥哩

　　我手里没有银子钱

潘为才唱完，哈哈哈地大笑起来。笑过之后，又瞅了一眼睡在炕上的吕百灵，自言自语地说："你这个人啊，说起话来就爱胡说，不知道哪一头是嘴,哪一头是屁股。哈哈,管它哪一头不哪一头的,货卖识家嘛,谁说我没有银子钱,我这就寻银子钱去。寻了银子钱,我的生活,我的一切,就都变样儿了。"

说完,潘为才把门用一把锈迹斑斑的铜锁锁住,步行前往西河县。

这天正逢集日,潘为才有些日子没来西河县了,一想起西河县的油糕,嘴巴也馋了,直流口水。想吃热腾腾的炸油糕,不算难事,也就直奔西河县,直奔油糕摊去。潘为才到了油糕摊前,一屁股坐下去吃了十一个油糕。肚里滋润了,话也稠了。为了炫耀和显摆自个儿的能耐,和正在捏油糕的老岳多说了几句话,卖弄起自个儿这一趟出门,从山西带回来一个会唱提线木偶戏的人。说完之后,潘为才后悔了,但说出去的话,泼出去的水,收不回来了。

旁边有人听了,插嘴说:"这有啥稀奇的?"

潘为才笑着说:"你是不知道,这个人有点儿意思,是个男儿身,一扬起嗓子,却像个女的。"

有人又插嘴问:"你想咋?"

问完后,又嬉笑着,没深没浅地又说了一些侃话。

潘为才一急,躁躁地说:"我想咋,也不想咋,只是等着用他换几个银子钱。有了银子钱,能大碗吃肉,大碗吃豆腐,壮壮实实的黄花大闺女,都不愁没有。"

说完这话后,潘为才又不停地眨着眼睛。

又有人说:"你啊,净做些没边儿没沿儿的蠢事情,小心把你的腰给闪了。"

这些话,刚好被如意戏班的艺人和从外地唱戏回来的虎娃子听到了。虎娃子当即断定,眼前这个长着满脸胡子的人嘴里所说的会唱提线木偶戏的人,说不定就是他们一直以来要寻找的吕百灵。

虎娃子吩咐其他艺人各自回各自的家,他和一个叫马得久的艺人,跟在潘为才的身后。

潘为才吃了油糕,给老岳付了吃油糕的钱,匆匆地离开了。在东西南北四条大街瞎转悠了几个来回,也没有瞅见他要找的人,悻悻地回家了。一进家门,摸黑点着了油灯,瞅见吕百灵还是他今儿个出门前的那个姿势,满意地摸了一把胡子,便抓起桌上的酒杯有滋有味地喝了起来。

几杯酒下了肚,潘为才滋滋润润地用手摸了一把满脸的胡子,对着油灯吹了一口气,捂住被子睡觉了。

潘为才没有想到,当他睡醒后,又要开门出去的时候,瞅见门外站着两个人。两个人他都不认识,个头都比他高,其中有一个瞅着更敦实,嘴一张,便知肠肠肚肚。似乎从他嘴里吐出来的每一个字,每一句话,都携带着一股子天地之间的正气。在气势上,潘为才矮了下来,说话时战战兢兢,瑟瑟直抖:"你们……你们……"

虎娃子瞅了瞅躺在炕上的人,停顿了一下,黑着脸朝潘为才吼:"人心是软的,你心硬如铁。还真来劲儿了,想拿人换钱?肚里一定是搁着一坨儿铁块,没个人样子。"

虎娃子一边说着话,手就挥上去了,因用力过大,一拳头打掉了潘为才的两颗牙。趁着潘为才捂嘴喊疼的当儿,虎娃子和马得久走到了炕边。

讨多大便宜,就会吃多大亏。潘为才被虎娃子一番教训,在往后的日子里,学乖顺了。当然,这是后话。

药劲儿过去了,吕百灵醒过来了,一骨碌从炕上爬起来,瞅见虎娃子正指着潘为才正色道:"歹人,你若不学好,再出来惹事闹事做些见不得人的事,我会将你做的坏事,全编成戏,让天下人都知晓你是个啥货色。"

潘为才一听虎娃子的话,吓得脸上转了色,用手连着打自个儿耳光,嘴里一个劲儿地承诺着:"从今往后,我一定改邪归正,做个好人。从今往后,我一定改邪归正,好好过日月……"

事情有了转机,吕百灵激动地仰起脸,盯着虎娃子,哑着声说:"虎娃子兄弟，我的好兄弟，我好想和你说话。我无数次梦见和你在一起。"

吕百灵似乎还想说点啥，只因喉咙哽咽得难受，张开嘴就哭，眼泪汪汪的。

虎娃子的眼睛湿润了，快步走上前去，用手轻轻地拽了拽吕百灵的胳膊，摸了摸他脸上留下的疤痕，说："兄弟，吃一堑，长一智。过去的事情，随风去吧，咱不提了，不提了。"

吕百灵痴了一般，瞅着虎娃子好长一会儿，夹着哭腔说："我真的活糊涂了啊，走迷失了，我也知道自个儿错了。你肯给我一个机会？你不嫌我？你不嘲笑我？"

虎娃子像小的时候回答的一样："都是兄弟嘛，有错就改。改了我嫌你做啥？我不嘲笑你，我也不嫌。"

虎娃子一边说着话，一边用拳头轻轻地在吕百灵的肩膀上捶了一拳，动情地说："兄弟啊，你让我找得好苦啊！"

说完，两个人抱在一起，激动了一阵子，晶莹剔透的泪水，悄无声息地挂在了脸上。

忽地，吕百灵想起了啥，从怀里掏了几掏，掏出来一个红红绿绿的物件，是农村常见的，也是农家娃们喜爱的浓眉大眼的布老虎。这个布老虎，是虎娃子曾经送给他的。出走的日子里，这个布老虎一直在他贴身的衣兜里装着。

虎娃子被吕百灵手中的布老虎揪了心，他的心颤了，眼睛更加湿润了，摸索着从贴身的衣兜里也掏出来一个布老虎。自从吕百灵离开西窝村之后，这个布老虎一直揣在虎娃子的怀里。两只布老虎一模一样，都是柳玉秀一针一线做成的，虎娃子和吕百灵一人一个。只是吕百灵离家出走的这些年，耿小姑急坏了，吕家已经不再是当初的吕家了。每到夜晚来临的时候，西窝村的上空，总会有耿小姑凄厉的哭声传来，时大时小，时高时低。耿小姑先是把嗓子哭坏了，说不出来话。没多久，说不出来话的耿小姑变疯了。

吕百灵回来的这一天，西窝村的一个大嗓门在村里跑着喊："吕百灵回来了，吕百灵回来了……"

吕百灵回来了，这是西窝村的一件大事情，也是一件令人震惊的事情。这个令人震惊的大事情，在很短的时间内，传遍了西窝村的旮旮旯旯。当虎娃子和吕百灵一块儿站到耿小姑的面前，耿小姑身旁被跑来的村里人围住了，就连她家的院墙上也趴着好些人。声音吵吵闹闹，乱乱哄哄，但每个人的脸上都洋溢着一股喜意，他们为吕百灵回到西窝村而高兴。

发疯了的耿小姑左瞅右瞅，目光定在了吕百灵落下疤痕的脸上。渐渐地，一张黄寡寡的脸上，有了一抹活的颜色，脸上的表情慢慢舒展了。耿小姑活回来了，活回来了，她的鼻子眼睛有了感觉，鼻涕眼泪流了下来。

这些年，耿小姑的内心因受到巨大的创伤，情绪过于激动，嘴是往一边儿撇的，撇得很厉害。在不明事因的人看来，会以为是面瘫所致。

在场的人落泪了，吕百灵瞅着耿小姑，身子稀软稀软，"扑通"一声跪到了她的面前，抱着耿小姑喊："娘啊娘，儿有错。娘啊娘，儿有错……"

"哈哈哈……我的儿回来了，我的儿回来了。"耿小姑激动得不能自持，大笑起来，声音响亮。她用双手紧紧地抓住吕百灵的手，怎么也不肯松，只怕一松手，就再也看不见他了。

过了一会儿，耿小姑对吕百灵说："我咋就活得这么难肠？我的儿，你的胆子真够大，也真够狠，不声不响地就出门了。一年又一年，漫长的一年又一年啊，一点儿消息都没有。娘还以为这辈子见不到你了，再也见不到你了。走，咱娘俩去给你爹烧些纸钱。告知一声，说你回来了。"

"我爹？对，我爹。娘啊娘，都是我使小性子，都是我不对，都是我让爹娘受苦了。"吕百灵说到这里时，羞愧地低下了头。低头的那一瞬间，泪水又从眼睛里冲了出来。

耿小姑抓着吕百灵的手说："你悄悄默默地离开家，你爹心里急呀，一晚上头发全白了，眉毛胡须也白了。为了找你，他哪里都敢去。有一回，听人说你被歹人抓进土匪窝。你爹摸黑赶路，嘴里一遍一遍地念叨着你的名字，一不小心，掉到沟里了。被人发现的时候，命没了。要不是他穿的那一身灰颜色的衣裳，我都认不出来是他。我的儿，老天搓你的性子，让你受了大磨难，从今往后，你就啥都明白了……我的儿，算你还有一点儿良心，没把你娘忘了。回来就好，比啥都好。这年月，家家都有揪心的事情，你只要心知你爹你娘对你是真疼，你爹就知足透了，娘也知足透了。你爹走的时候有一个心愿，说是只要百灵回来了，赶紧给他告知一声，他能听见，离得多远都能听见。走，我的儿，响一串儿鞭炮，去去晦气。都说出门饺子回家面，娘一会儿给我的儿擀一碗面。辣子多放些，醋多放些，香菜多放些，油葱花多放些，都给我的儿多多地放些。"

吕百灵听了耿小姑的话后，喉咙一哽，泪又唰唰唰地流下来了，哭着冲耿小姑大喊："娘啊娘，我错了。娘啊娘，我错了……"

在场的人听了吕百灵肝肠寸断地哭，再次跟着落了泪，陪着耿小姑一起落泪的，还有冬兰。自从耿小姑的男人走了以后，她的生活由虎娃子的一家人轮流照顾，地里的活儿是由虎娃子、郑忠信和秦仁义共同来完成。每顿饭食，是由柳玉秀来做，晚上陪耿小姑睡在一起的，是冬兰。过年了，林绣云会给耿小姑送来自个儿亲手绣制的新衣裳。

这当儿，虎娃子抹了一把泪，颤声说："回来了，回来了就好。日子接住了，总算是接住了！"说完，调整了一下自个儿的心情，转身离开了。他要去王师娘的家，要将吕百灵回来的消息，告诉给王师娘。

自从王先生走了以后，在兰州做生意的儿子多次坐着马车回到西窝村接王师娘过去一块儿生活。王师娘说她哪里都不去，她要陪着王先生，一直陪，陪到死。

前些日子，王师娘还对虎娃子说："吕百灵离开家有些年头了，是好是坏没有一点儿消息，不知道在外面咋样了？吃得好不好？睡得好不好？"而后，又多次吩咐管家卫厚岱给耿小姑送去一些吃的用的。

吕百灵回到家了，虎娃子要把这个好消息告诉给王师娘。对，他还要将这个好消息告诉给陆济慈，还有他心心念念的陆婉容、丫鬟小菊……他们都是真心牵挂着他的人，在耿小姑最艰难的日子里，他们都向她伸出过援助之手。

第六十九章　玉米地

吕百灵回到西窝村以后，秦仁义和郑忠信又开始忙活了。他们对待吕百灵，如同当初对待虎娃子一样，没有因为吕百灵的离家出走，对他心生芥蒂和嫌弃。吕百灵也鼓起心劲儿，做自个儿该做的事情。只要是吕百灵到地里干活，或者是跟郑忠信和秦仁义学戏，冬兰跟以前一样，依然去吕百灵的家里帮忙。

有时候，冬兰还会像以前一样，陪着耿小姑睡觉。杨家只要是做啥好吃的，柳玉秀就会特意多做一些，叫冬兰给王师娘送一些，给郑忠信送一些，给耿小姑和吕百灵送一些……有时候，也会让冬兰将陆婉容叫到家里，和冬兰、小菊几个人坐到炕上做女红。

最初，冬兰瞅见陆婉容时，心里别别扭扭，甚至于心生恨意。因为在西窝村一些人的嘴里，冬兰听到了陆婉容的名字，听到了村里人时常将虎娃子和陆婉容的名字放在一起来说。

冬兰天真地以为，哥哥是爱她的。如果不爱，为啥要救她呢？又咋会将她带回到西窝村？直到有一天，柳玉秀让冬兰提着瓦罐给在玉米地里锄草的虎娃子去送水，她才真真正正地明白过来。哥哥对她的好，是兄妹之间的情分；对陆婉容的那种好，才是男女之间应该有的好。

那天，冬兰提着瓦罐去玉米地里给虎娃子送水。天气太热了，冬兰的心情好极了，她喜欢看到她的虎娃子哥哥，她喜欢听到虎娃子哥哥说话的声音，她喜欢递给虎娃子哥哥碗和筷子的时候，无意间或有意地触碰到他的手。她太喜欢这种感觉了，她希望一辈子能对他好。只是这一次，无意间听到了虎娃子和陆婉容两个人之间的对话,她才真真正正地意识到,她和他只能是一辈子的兄妹,总有那么一天,哥哥和陆婉容会成为夫妻。

冬兰记得,那天她走进玉米地,听见虎娃子和一个女子在说话。仔细一听,是陆婉容的声音:"我总觉得这几年对不住你。哥哥离开家之后,我爹的心情时好时坏,头发熬煎得全白了,还要操心陆家多处生意。有好多次了,我鼓足勇气想给我爹说你和我之间的事情,但一想到哥哥,我这心里就泄气了。在我爹面前,我张不开口。哥哥还不知道在哪里,我哪有心思谈论自个儿的婚嫁,如果那样,似乎太自私了。哥哥从小就疼我,这辈子还能不能见到他,我不知道。但我有一种感觉,哥哥会回来的,一定会回来的。我要等他,一年两年,十年八年,就是几十年,我都等。"

陆婉容的这一番有情有义的话,令虎娃子心生感动。他深情地对陆婉容说:"陆云轩是我的好朋友,也是好兄弟,一想起他,我这心里,和你一样的难受。"

陆婉容说:"这辈子,我只做虎娃子的新娘。只是再过两年三年,十年八年,还是多少年,我也不知道。"

虎娃子说:"我和你一起等。这辈子,我只做陆婉容的新郎,在我心里,你永远都是最美的,我要陪你到白头。除了你,我谁也不要,死也不要。"

陆婉容赶紧用手捂住虎娃子的嘴说:"你呀,说啥死呀活呀的,千万别胡说。我们一起等,等哥哥回来了,我就做你的新娘。"

陆婉容说完这一番话,将头倚在虎娃子的肩膀上。冬兰还没有来得及胡思乱想,就已经被虎娃子和陆婉容的深情对话感动得一塌糊涂。为了不惊扰两个真心相爱的人,冬兰将瓦罐轻轻地放到一边儿,悄悄默默地离开了。

第七十章　放河灯

强扭的瓜不甜，强摘的花不香，这道理冬兰是有很深切的体验和感悟。如果说冬兰听到虎娃子和陆婉容的一番深情对话之后，她是真正地被他们俩的真心相爱所感动，那么这一次，才是真正意义上地被感动，是大感动。她从内心里已经默认了，陆婉容是她的嫂子。

这几天，西窝村的玉米熟了，虎娃子外出唱戏去了。柳玉秀、秦仁义、冬兰、陆婉容、小菊、耿小姑、吕百灵、郑忠信、卫厚岱，都到地里掰玉米。所有的人都在忙着手中的活，眼睛盯着长在玉米秆上的玉米。忽然，冬兰感觉到脚下踩着软绵绵的东西，低头一瞅，脚腕已经被蛇咬了。冬兰发出了一声尖叫后，倒在了地里。陆婉容听见了冬兰的尖叫声，三步并作两步地跑过来，蹲在地上不停地用嘴吸冬兰脚腕上的蛇毒，一口一口地吐出来。

不一会儿，冬兰脸上的气色活泛了，几个人一起将冬兰抬到村里的郎中处。郎中冲洗了伤口，涂抹了一些药，说："多亏处理得及时，不然的话，这条腿就保不住了，说不定连命都保不住。"

冬兰听了郎中的话，吓得晕过去了，醒过来的时候，陆婉容就坐在她的身边，紧紧地握着她的手。冬兰听见陆婉容对小菊说："给冬兰妹妹好好地补一补。"

说完，陆婉容吩咐小菊回了一趟陆家，让小菊给冬兰带过来一些东西。这些东西都是上等的滋补品，装了一大筐。冬兰醒过来后知道了实情，很受感动，但她也偷偷地哭过几次，真真正正地从心里接受了陆婉容。她认为，只有这样心地纯良、模样姣好的姑娘，才能配得上她的虎娃子哥哥。

这天，冬兰一个人去了玉米地，哭得不成样子。泪水蒙眬了她的眼睛、她的脸、她的胸脯，甚至于她浑身上下的每一个地方。她痛痛快快地哭了一场，一边哭，一边抹着眼泪对自个儿说："冬兰，这件事情，从头到尾，都是你想错了。"

冬兰哭过之后，算是给自个儿一个清晰明了的交代，算是自个儿和自个儿有了一个和解。思绪也消停了，一切该放下的，都放下了。

天底下的事情，讲究的是一个缘分。缘分到了，是修来的福分，也是命中注定的缘分。人嘛，终究要战胜的是藏在心中的那个"小"，是藏在心中的那个尴尬的模样，要有一颗温暖的心。你若让心快乐，心就快乐；你若钻牛角尖，让心不高兴，心就会不高兴。心不高兴，本来挺简单的一件事情，就变复杂了，变味道了。把自个儿的情绪弄得乱七八糟，多不好，还会影响到一家人的情绪。冬兰，你再这样，别说是旁人，就连你自个儿都会耻笑自个儿，就连你自个儿都会瞧不起自个儿，你知道吗？冬兰，你再这样下去，会有啥样的结果，你想过没有？冬兰这么一想，这么问了问自个儿的心，承认自个儿的心是有一些跑调调了。她咧开嘴巴笑了，彻彻底底地松了一口气。

洋溢在冬兰脸上的笑，真耐看。她高兴起来了，是被虎娃子带到西窝村以来最开心的时刻，整个人看起来也精神多了。她真心地祈愿他们两个好，一辈子都好。她想啊，明年放河灯的时节是六月十五，到了那一天，自己一定要糊一对儿莲花形样的河灯，祈愿虎娃子哥哥能娶到善良美丽的陆婉容，祈愿虎娃子哥哥和陆婉容事事如意，一切都美好。

时间过得很快，转瞬间，这一年的六月十四日来了。柳玉秀和冬兰早早起来了，天黑漆漆的，鸡子还没叫唤。两个人开始和面、醒面、揉面，用面做祭献河神的供品神桃。吃罢中午饭后，两个人坐在房屋的背阴处，一人坐着一个小木凳，用花花绿绿的彩纸糊成河灯。柳玉秀前年糊的是方形的,去年糊的是花篮儿形状的,今年两个人早已经商量好了,共同糊一对莲花形状的,给糊好了的河灯底部再涂抹一层融化的石蜡。

六月十五日这一天,红花日头快要落山了,西窝村锣鼓喧天,各家各户的人从家里出来了,用大木盘端着蒸好的献桃和先一天去镇上买回来的鞭炮。村里大寿数的人虔诚地烧香、磕头,恭迎神灵。供品就放在距离村庄有一段距离的河边,鞭炮也点燃了。

月亮真亮、真圆。人们恭恭敬敬地将各种各样糊好的河灯放在河里,小小的河灯带着美好的祝愿,在水中飘动。

柳玉秀和冬兰往河灯里倒了一些豆油,放了一根用棉花搓制而成的棉条,然后将河灯放进河里。柳玉秀祈愿年年太平,祈愿虎娃子快快地将如花似玉的陆婉容娶进门,祈愿五谷丰登,祈愿事事吉祥,祈愿事事如意。

冬兰祈愿年年太平,祈愿庄稼有个好收成,祈愿虎娃子哥哥把戏唱好,祈愿秦仁义爷爷、娘、忠信叔……都好好的,祈愿虎娃子哥哥和陆婉容一辈子在一起,一辈子都好好的。

第七十一章 柿子红了

秋天的太阳不温不火,温吞吞地照耀着大地。大地一片繁盛,一派热闹,地头的老柿树上挂满了火红的灯笼。一阵风儿轻轻吹过,熟透了的柿子像疯了一样,"啪嗒"一声,又"啪嗒"一声,摔地上了,摔得稀碎稀碎。一到这季节,耿小姑家的老柿树便成了西窝村的好风景,会惹来馋嘴的娃们爬上老柿树摘旦柿。

在西河,旦柿又被叫作软柿子。软柿子软软的、甜甜的,一到嘴里就化了,从树上摘下来,可以直接吃。这天天气晴好,空中飘浮着朵朵白云,吕百灵早上一起来,到镇上卖麻绳去了。耿小姑一个人在院里转来转去,心里慌慌张张。她望了望天,脑门上闪现出欢快和喜悦的神情,心里想:"一会儿叫上冬兰,一起去摘柿子。摘回来后,酿几缸柿子醋。去年酿的柿子醋,到镇上卖了一些,给邻里邻居送了一些,好赖能接住今年的新柿子醋下来。今年说啥都要多酿几缸,给王师娘、郑忠信、柳玉秀他们都送一些。邻里邻居的,那几年在难中,人家没少帮忙,也没少麻烦人家。哦,还得多晒一些柿饼,冬兰、百灵和虎娃子都爱吃。"

耿小姑这样想着,往头上裹了一个灰色的土布头巾,从窗台上拿了一个南瓜,去灶屋给自个儿做了一顿蒜泥南瓜面,一连着吃了三碗。

"能吃就能干,好力气全凭饭养着。"耿小姑嘴里嘟哝着,只当是要下地干活,憋足劲儿故意吃了这么多。饭后,她拍了拍有些腹胀的肚子,去对门赵老汉家借麻驴。返回家时,给麻驴拌了一瓷碗黄豆,又来到杨家门前喊冬兰。

冬兰听见了耿小姑的声音，很快就出来了，耿小姑瞅着冬兰说："咱俩去摘柿子，把虎娃子也叫上。他手脚麻利，干活一个顶仨。"

冬兰对耿小姑说："他今天早上出门了，去不成。"

耿小姑疑惑地对冬兰说："前天下午，我在村里碰见虎娃子了，他说摘柿子的时候，把他也叫上。"

冬兰接住话茬说："事情来了，挡都挡不住。他早上一起来就出门了，说是要去两个地方，一个是南长益的药王庙，另一个是九里外的'博爱堂'。"

冬兰的话把耿小姑说糊涂了，她瞅着冬兰，更加疑惑地问："虎娃子去这两个地方干啥呀？"

冬兰回答说："昨天晚上，我听见他给我娘和秦爷爷说，要去这两个地方。当时，我娘和秦爷爷也像你一样，也是以这样的语气问他。我哥哥憨厚地笑了笑说，前一阵子出门唱戏，因为戏唱得扎实，几个主家给了一笔不菲的赏钱。这几天，一直寻思着，如何把这笔赏钱用到实处。他还说，南长益有一座明代时期建造的药王庙，是建在三面环沟的土岗上。因为年代太久太远，长年累月风吹日头晒的缘故，庙宇受损的程度很严重，近期要重修，他给药王庙捐钱去了。说完这一番话后，又说，我哥哥还得去一趟'博爱堂'。'博爱堂'里收养的都是被遗弃和没有家人的娃。娃们年龄小，瞪着忽灵灵的眼，瞅着心疼得很。我哥哥还说，天凭日月，人凭良心。把钱捐了，给娃们买些吃的和穿的，叫娃们生活得好一点儿，他的心就踏实了。我娘点着头说，活着不容易，多做善事，不亏心。秦爷爷也点着头说，多做善事，才是活人的样子。"

耿小姑听了冬兰的一番话，感动得热泪盈眶，说道："人靠心好，树靠根牢。虎娃子是个好人，是个大善人，咱西河的人都知道。从今往后，叫百灵好好地跟着虎娃子学，学学他做人的样子。"

耿小姑说完这一番话后，冬兰回去给柳玉秀和秦仁义打了个招呼，和耿小姑一起去摘柿子。两个人走着说着，说着笑着。因了说说笑笑的打搅，也就一会儿工夫，到了老柿树下。冬兰将麻驴拴到距离老柿树不远处的一个树桩上，爬到老柿树上摘柿子，其间，也用竹竿打落用手够不着的。

耿小姑笑着说："一个闺女么，野茬得很。"

冬兰说："小时候爬树，村里的男娃没一个能爬过我。"

两个人说着，笑着，沉醉着，感慨着。时不时地想起往昔，心里会难过一阵子。泪水，也会像豆儿一样在脸边流淌。

忽然，一股风从西往北的方向吹过来，还没来得及短暂停留，就已经吹干了流在两个人脸上的泪水。冬兰和耿小姑拍拍沾在裤上的尘土，心情又恢复了平静。一个人在老柿树上摘，一个人在老柿树下捡。两个人依然说说笑笑，抑制不住的美好心情，从她们的脸上慢慢地蔓延开来。

第七十二章 下雨

　　耿小姑将软一些的旦柿放到一边儿，专意给虎娃子和吕百灵留着。他们时常外出唱戏，一忙起来就忘了喝水，时间久了对嗓子不利。秋季吃老柿树上的旦柿可以泻火，可以润肺化痰，对缓解咽喉干痛也有很大的作用。耿小姑低头捡拾着柿子，时不时地仰起头，和上到老柿树上的冬兰说几句。

　　一个人在老柿树上摘，一个人在老柿树下捡，时间稍微久了些，两个人都有些困乏了。冬兰从老柿树上下来，和耿小姑坐在一起，一人吃了一个又红又软的旦柿。吃完后，两个人一起唠话，唠了一会儿，接着又开始摘拣柿子了。

　　几个时辰过去了，麻驴身上驮的两个笼子都装满了。耿小姑对站在老柿树上的人喊："冬兰，笼子装满了，赶紧下来，咱先往回送一趟，再接着摘。"

　　冬兰从老柿树上下来了，两个人将一根横放着的木棒搭到麻驴身上，将笼子分别置于麻驴两边，用绳子捆绑结实。耿小姑牵着麻驴，冬兰在后面跟着，两个人按原路返回。

　　路途中，耿小姑的眼皮不停地跳动，有小飞虫迷了耿小姑的眼，她发出了犀利的尖叫声。冬兰快步走上前去，从耿小姑的手中接过缰绳牵在手里。耿小姑用指头在眼皮上揉了几揉，把小飞虫从眼里揉出来了，又要从冬兰手中接回缰绳。

　　冬兰对耿小姑说："婶子，我来牵。"

　　耿小姑拗不过冬兰，也就不再僵持，跟在后边走。半路上，天色突变，空中的疙瘩云往南边的方向聚，越聚越多。倏地，空中响起了一声炸雷，麻驴受了惊，飞起的腿撞到了耿小姑。耿小姑被麻驴狠狠地撞到了一棵桐树上，因惯性使然，又从桐树上弹回到路面。受惊了的麻驴飞起一蹄子，耿小姑又被狠狠地弹到了桐树上。两个笼子里的柿子在雨水里滚动着，哗啦啦地滚了一地。

"老天爷呀！"冬兰转过身来，惨烈地叫了一声。她浑身战栗着，一屁股瘫坐在泥水里。一切来得太突然了，令她猝不及防。脱缰了的麻驴在雨中叫着，跳着，跑着。

冬兰趴在泥水里，将耿小姑抱在怀里，用尽浑身的气力大声喊："来人啊，快来人啊……"

冬兰的声音很大，还是被一阵又一阵的雷声湮没了。脸上也被泪水和雨水浸透了，她难过地抬起手臂，给耿小姑擦脸，又将手臂横在空中，希冀雨水能少淋到耿小姑的身上。

第七十三章 人心都是肉长的

日啊，月啊，老天爷啊，耿小姑总算是捡回了一条命。可惜的是，人醒过来了，却走不了路，说不了话，甚至连一个清晰的字也说不了。冬兰一直不离左右地陪伴着，好多时候，冬兰担心耿小姑的心里憋闷得慌，给她说许许多多关于西河的传说和神话故事，也给耿小姑说唱西河流传下来的古歌子。

冬兰肚里的传说、神话故事、古歌子，几天几夜都说不完。当然，就冬兰所说的这些，是柳玉秀给她说的，是虎娃子给她说的，是秦仁义给她说的，是郑忠信给她说的，也有村里上年纪的人给她说的。

冬兰的记性好，只听一遍传说和神话故事，里边的人物、细节，都记得清清楚楚。时间久了，只要耿小姑一个表情，或者说是嘴角蠕动一下，或者根据嘴形的变化，冬兰就知道耿小姑该喝水了，还是肚里饿了；是想吃改样儿饭菜，还是想吃干饭；是想喝稀饭，还是想吃馍；是肚里饱得很，还是啥都不想吃；是想喝水，还是想睡觉……

这些，冬兰都知道。她给耿小姑做喜欢的饭食，时不时地，也背着她在院里晒日头。每每吕百灵跟着虎娃子外出演出，每每吕百灵去镇上，每每去西河县赶集上会卖麻绳，冬兰都会小心翼翼地侍候着耿小姑。

耿小姑最初在炕上躺的时候，心情糟糕透了，不吃也不喝，脸上始终挂着一副愁肠百结的忧伤，谁拿她都没办法。吕百灵瞅着他的娘，心疼得直掉眼泪。他不知道该怎么办。

冬兰在没有办法的情况下，轻声细语地对耿小姑劝说："婶子，要好好吃饭，要等到百灵结婚的时候，看一看新媳妇长啥样儿？你这样不吃不喝，我难受，百灵也难受，你自个儿也一定比我们更难受。我难受倒也没啥，关键是百灵，他是你的儿，是你亲不溜溜的亲儿呀！虽然他不会给你说开导之类的话，但我相信，那些年出门在外，他一定遭了不少罪，受了不少难。千难万难的，好不容易回来了，你咋忍心他孤孤单单，进了门连一声娘也没地儿叫。婶子，我虽然不知道你心里是咋想的，但我知道，如果换作是我，我绝不会像你这样不吃不喝，跟自个儿过不去，跟自个儿的儿过不去，跟自个儿往后的日子过不去。我一定会好好地吃，好好地喝，把身体养好。说不定有一天，还会像以前那样，活蹦乱跳地站起来，想去哪里去哪里，想吃啥做啥。将来有一天，你的儿娶媳妇了，有娃了，娃长大了，满院里追撵着鸡子鸭子到处跑。一声奶奶叫的，那舒服的劲儿，可不是凭嘴吹哩，是真真切切的、结结实实的日子，就在你的眼前。你咋就不珍惜自个儿呢？活着，够苦的了，为啥还要为难自个儿，让自个儿更苦？"

人心都是肉长的，冬兰的这一番晓之以理、动之以情的打比方的话，耿小姑全听进去了，她对冬兰充满了发自内心的亲切、感激、信任和喜欢。但还是一言不发，她的脸上，依然露出硬邦邦的表情。

冬兰又说："婶子，我对你说了这么多的话，你似乎没有一丁点儿反应。好，没反应也好，我走。我只要踏出这个院子，就永远不踏进来一步。"

冬兰说这番话的时候，露出一脸的真诚，似乎还夹带了一些情绪。这情绪让听者深信不疑，但有一种感觉，是源自她内心深处最真挚的情感和善良。

一旁的吕百灵瞅着躺在炕上的耿小姑，将她的手搁到自个儿的掌心，说："娘啊娘，你这样不吃不喝，是不想要你的儿吗？娘，你不想看到你的儿结婚的那一天吗？娘，你真不想听孙娃子喊你一声奶奶吗？娘，你真的不想听吗？"

耿小姑没有回答，她瞅着冬兰，用眼神示意，脸上有了一抹惭愧之色。

冬兰读懂了，刚才自个儿说的一番话，还有吕百灵说的话，她是真的听进去了。

倏地，耿小姑不知从哪里鞠来了一股子憨力气，将冬兰和吕百灵的手牢牢地抓住，放到一起。冬兰瞅了一眼吕百灵，心颤颤的，脸色变得羞红羞红。但她没有将自个儿的手从耿小姑和吕百灵的手中抽出来。

这时候，耿小姑说话了，脸上充满微笑："我希望你们两个能在一起过日子，谁也不要离开谁。"

天呐，炕上躺了五年的耿小姑，手能动了，脸上的表情舒展了，还能说话了。说话的时候，利落得不打一个结巴。冬兰吃惊地"啊"了一声，因为太惊异和太高兴，泪水涌满了眼眶，流到了嘴里，她泪笑着对吕百灵这样说："百灵，百灵，娘会说话了，娘真的会说话了。"

冬兰一急，竟然把"娘"字前面的那个"你"字省略了。

吕百灵停顿了一下，瞅着冬兰高兴地说："对对对，娘会说话了，娘真的会说话了。"

接下来的日子，冬兰依然去吕百灵的家，吕百灵每次从镇上或县上卖麻绳回来，或者出村唱戏回来，都会给冬兰买一些女人稀罕的小物件。所有的小物件都很精美，虽然说他见了冬兰后，嘴变得有一些笨，有一些拙，冬兰却能从这笨与拙的背后，感受到一颗热乎乎的、滚烫烫的心。她知道，吕百灵很在乎她，从来没有把她当外人。冬兰是个知恩图报的人，哪怕一丁点儿的好，都能将她的心融化。

冬兰越来越觉得，吕百灵的声音好听、新奇，也美妙。慢慢地，她一瞅见吕百灵，脸就红了，心里也会有毛慌慌的感觉。时间久了，难免生情，两个人的心里都有对方，只是因为太羞涩的缘故，谁也没有说出口。耿小姑猛地将两个人的手放到一起，就算是将两个人没有说出来的话说了出来。儿是娘的灵丹妙药，没多久，耿小姑能下地走路了，也能端着瓷碗喂鸡了。

这一年的麦子长势好，到处都是好闻的清香。这时节，吕百灵和冬兰闪电般地结婚了。吕百灵和冬兰结婚的前一天，冬兰流了很多眼泪，把这辈子该哭的眼泪，都哭了出来。

虎娃子、柳玉秀和秦仁义，给冬兰置备了炫腾腾、亮鲜鲜的嫁妆，铺的盖的，穿的戴的，还有几件老物件，样样行行的，还真不少。村里好些人都来瞧稀罕，看啥都觉得新奇，看啥都觉得看不够。

有人说："瞧瞧杨家，像嫁亲闺女呢。"

有人说："杨家风风光光地将冬兰嫁到吕家，冬兰这女子跌到福窝里了。"

有人说："以前都没瞅出来，冬兰的脸粉嘟嘟的。这一打扮，红袄红裤往身上一穿，真耐看。"

有人说："杨家人这辈子活得不容易，冬兰这辈子活得不容易，吕家人这辈子也活得不容易。接下来的日子，苦心人和苦心人走到一起，相互依偎，相互帮扶，就都好活了。"

冬兰和吕百灵结婚的这一天，虎娃子当着众人的面对吕百灵说："今儿个应该正儿八经地，把我叫一声哥了。"

吕百灵瞅着虎娃子，深情地叫了一声："哥——"

虎娃子想了想，将拳头攥起，一字一句，认认真真地对吕百灵说："从今往后，你要是敢欺负我妹妹，小心拳头。哥的拳头不讲情面。"

吕百灵瞅着冬兰对虎娃子说："我才舍不得欺负她，疼都疼不过来呢。"

在场的人听了虎娃子和吕百灵的一番对话，哈哈哈地大笑起来。

冬兰深情地瞅了一眼吕百灵，脸色羞红了。接着，又瞅了一眼虎娃子，眼神如孩童般明净澄澈，在心里默默地对自个儿说："虎娃子哥哥，你永远都是冬兰的亲人，你永远都是冬兰最心爱的哥哥。"

第七十四章　绕了一个弯儿

红花日头在眼皮下一晃一晃，又过去了几个年。几个年虽说不是太久，却足以将苏银花由当初那个如花似玉的姑娘，变成一个慵懒的、脾气暴躁的俗女人。陆云魁对待苏银花的态度，也从当初的腻歪和宠爱，变成了厌倦、嫌弃，甚至到了置之不理的程度。

苏银花心中所认为的好日子，走得比刮一阵风还快，成了昨日之事。曾经花钱大手大脚的苏银花，在陆云魁眼里，是会生活的表现，是有品位的体现，也是属于他的另一种体面，而在如今的陆云魁看来，则是败家、不吉，更是不祥之兆的代名词。陆云魁觉得自个儿的家产，爱咋折腾咋折腾，是自个儿的事情，与别人没有任何关系，若是让一个外姓人这样来糟践，万万使不得。

苏银花因陆云魁对她的大转弯的态度，心情糟透了，加之被生活中的琐碎事情揪扯着，时不时地乱发脾气。脾气一上来，屋里的物品件件，变成了一地的瓷片。都是些个坛坛罐罐，哪经得起这般摔摔打打。陆云魁碰到苏银花摔摔打打耍小性子，懒得搭理，但脸上所呈现出来的表情，并不是爱理不理、不想搭理，而是满脸的不痛快，手痒痒地想要打人的那一种。

一段日子折腾下来，苏银花的背身变弯了，整个人看起来蔫蔫的，像被寒霜肆虐了一样，一下子老了十几岁。

陆云魁但凡在院里碰着苏银花，会装作没瞅见，绕着她走。有时候，实在是绕不过去，会瞪圆了眼，从嘴里蹦跶出几句逆耳根的话。苏银花听了，特别难受，她的心被陆云魁的话撕疼了，撕伤了。这才多久的事情呀，说变就变了？苏银花头一回感觉到黑漆漆的长夜是如此难熬。

有一天，苏银花从屋里走出来，撞上陆云魁从"翠香楼"领回来一个涂脂抹粉名叫赵小雀的妖艳女人。赵小雀说话嗲声嗲气，在"翠香楼"这阵子正风光。就是这嗲声嗲气把陆云魁迷住了。陆云魁将赵小雀领回家，是花了大价钱的。这个大价钱，在当时的西河县，也引起了不大不小的轰动。

苏银花狠狠地瞅了一眼这个花了大价钱的赵小雀，双臂忽地一伸，拦住了他们。

陆云魁瞪圆着眼，说话的语气狠巴巴的："有你吃有你喝，管住你的嘴，别自找不痛快。"

苏银花瞅着近在眼前的妖艳女人，想起了几年前的自个儿。那时候，她也是光鲜水滑的俏人儿呀！于这一刻，苏银花有种想流泪的感觉，这才多久的事情，咋就成这样了？转眼又一想，若不是眼前这个小骚货，兴许陆云魁对自个儿还会像以前一样。哦，对呀，陆云魁是受了眼前这个小骚货的迷惑，受了眼前这个小骚货的勾引，才会对她如此嫌弃，才会变成现在的样子。苏银花一气，一急，手就上去了，双手挥舞着抓赵小雀的脸。但因赵小雀躲闪得及时，苏银花扑了空，整个人重重地摔倒在地上。

赵小雀将大半个身子凑到陆云魁的怀中，抿了抿嘴唇，骚里骚气地说："云魁哎，咋就不给这个贱女人一点儿厉害看看，谁让她扫了咱们俩的兴致。云魁哎，快点呀，人家都等不及了。"那骚气映在赵小雀的脸上，是一份兴奋的迷惑，也是迷死人的诱惑。

陆云魁指着苏银花大骂："福薄命浅，吃饭打碗。我叫你在我跟前耍泼。今儿个要是治不了你，往后我的日子还咋过？哼！还能叫你骑到我的脖子上撒野，简直是笑话！"

这当儿，陆云魁的大老婆扭动着肥硕的腰身过来了，脸上映出来一抹不太自然的愉悦之色。这几年，大老婆的心荒得长满了草，可以这么说吧，自打苏银花进了家门，她算是吃大亏了，在人前人后，在内心深处，她受够了苏银花。只是苏银花一直有陆云魁这把伞罩着，她不敢指戳这女人一个手指头，连在她面前拍着胸脯高嗓门说一句话的机会都没有。现在总算是有了能挺起胸，逮着给自个儿出一口恶气的机会了。

大老婆走到陆云魁跟前，插嘴说："当家的，把这个丢人卖赖的贱货往死里打。你要是今儿个不打，你要是今儿个不治一治，让这个贱货耍了威风，往后你还有啥脸面？"

赵小雀也跟着附和着："往死里打，把这个丢人卖赖的贱货往死里打。"

赵小雀一边说着话，故意将身子扭来摆去，一双绵润润的手，在陆云魁的裆前轻轻地一撩，又一撩，发出嗲里嗲气的浪笑声。

苏银花的眼睛涩涩的，一急，声音里夹带着怒气："陆云魁，你咋变成这样了？"

陆云魁只说了一声："贱货。"却没有瞅苏银花，而是把目光投向赵小雀，色眯眯的心领神会，这面热心跳的诱惑啊，就是块石头，也该懂得这一层意思。

陆云魁喜得嘴里直流口水，瞅着赵小雀笑着说："人嘛，还是要顾脸面。我的脸面比啥都重要，不能被这个贱货给毁了。我先治一治这个不知天高地厚的贱货。咱俩再……哈哈，咱俩再咋，后边那几个心动肉跳的字眼，我就不说了。你这人灵性，一点就透，知道我说的是啥意思。"

说完，将赵小雀往边儿一推，一把揪住瘦溜溜的苏银花，"嘿嘿嘿"地一笑，阴阳怪气地说："贱货，别怕别怕，我把你咋不了，就是放一点儿血呗。不过嘛，你得做好被剥两层皮的准备。今儿个我要是咋不了你，就没脸给我身后的这两个女人交代。"

苏银花气愤地冲陆云魁大吼："你把一张人皮褪了，良心叫猪啃了，你说你还是个啥？你狗屁都不是。"

陆云魁又"嘿嘿嘿"地一笑,瞪着眼珠子说:"贱货,我是个啥,你说了不算。在陆云魁的地盘上,还轮不着你来撒野。我就不信,你不怕我?"

苏银花不知是从哪里掬来了一股子胆气,铮铮地对陆云魁说:"呸,你懂个屁!人要是怕人,是从骨子里怕的。我今儿个不怕你,我是从骨子里小瞧你,瞧不起你这种丧失人性的渣子。褪了人皮,你就是鬼,你就是魔鬼!"

"我把话都说到这份儿上了,不信你个贱货还掂量不来个轻重?不掂量掂量自个儿有几斤几两?还在我面前喷喷喷的,你喷喷喷个啥哩?你有啥资格在我面前喷?我的意思是你省点劲儿。我今儿个还就不信了,不信你不怕我?"

说完,陆云魁"哼"了一声,往手心掬了一把力气,"啪啪"地给了苏银花两个嘴巴。这两个嘴巴打得实在是狠,将手腕打疼了。陆云魁气呼呼的,一只手摩挲着自个儿的手腕,双手左右摆动着,活动了一会儿说:"我就不信,我的气势压不住你?我今儿个啥都不做,专门收拾你,发泄我心中的这一团儿怨气。"

说完,吩咐下人将苏银花拖到后院。后院有一棵碗口粗的桐树,陆云魁一仰头,发出一连串的大笑声。笑声止住了,吩咐管家将苏银花用绳子吊到桐树上。把绳子的一端往下一拉,苏银花重重地落到地上。陆云魁又将绳子的另一端一拉,把苏银花又吊上去。又把绳子放下来,如此反复,不时地发出"扑通扑通"的声响。

这声响啊,令人心惊胆寒。陆云魁还嫌不解恨,走上前去,脚在苏银花的腿上、脚上,乱踢乱踩,乱踏乱碾。劲儿用大了,声响也大了,苏银花疼得龇牙咧嘴,一阵阵揪心的、撕心裂肺的、动物般的号啕声从嗓眼里喷薄而出。

太刺耳了。为了掩人耳目,陆云魁梗着脖子,又给了苏银花两个嘴巴,往苏银花的嘴里塞了一团脏乎乎的棉花,厉声警告她别出声。

一辈子从来没有受的罪,一辈子从来没有受过的煎熬,在短短的一天之内,苏银花将该经历的、不该经历的、从来没有经历的,都经历了一个遍。不,应该说是把她该承受的、不该承受的,在这一天都承受了。就是承受不住,也得咬着牙承受。

苏银花觉得自个儿已经失去知觉了,疼痛到不知道这人世间,还有令人生怕的疼痛两个字了。是福是祸,躲不过!躲不过呀!把眼睛瞎了,这辈子错就错在眼前云遮雾绕,把真正的福气没珍惜,把祸当福气紧紧地攥在手心,还扬扬得意,沾沾自喜。这一切的一切,都是欲念作祟,把自个儿的青春断送了,也把自个儿的一生毁了。

曾经的她是多么开心,那些过去了的日子,都是美好的。追忆起往昔的一切,苏银花流下了悔恨的眼泪,她也在泪水中,追忆过去的美好。这一刻,她特别想千里之外的爹和娘,她想和自个儿一起在京城念过大学的陆云轩了,也想陆云轩的妹妹陆婉容。啊哦,就连小菊,她也真真正正地想了。她还想起陆婉容亲亲热热地叫她一声:"银花姐——"小菊也跟着叫她一声:"银花姐——"那'姐'字叫得真亲呀,是从骨子里往外渗的亲。

这些过往的点点滴滴,她都想了,强烈地想了。她也想老寡母了,她记得,当初老寡母瞅着她的脸,笑眯眯地对她说:"银花这闺女瞅着真俊呐。我家云轩眼里有水水呢,好看,真好看。"

苏银花还记得,老寡母将她叫成了苏瑛花。她当时听了没做解释,只是抿着嘴笑。老寡母说这番话的时候,一直拉着她的手,咋稀罕都稀罕不够。苏银花又想到她离开陆云轩的家时,陆济慈说的那一番话,那番话说明白了其间的利害和道理。她也想到了陆济慈脸上呈现出来的那种说不出来的善意,还有多味的表情。这会儿,她才真真正正地明白过来,那是人间真味,那是人间真情。"我咋能以那样的方式,对待他们,对待善良的人呢？我的脑壳被驴踢了，做了不该做的事情，才会有如此凄惨的下场。"

"日啊，月啊，我自作自受啊！"苏银花的心头又开始泛酸了，腿软得立不住。整个人像是从雨帘子下钻出来的。她啥话都不想说，她想忘记这些曾经滋润她内心的温暖，她觉得，她没有资格再去回味这些融在她生命里的美好。就算余生有机会能见到她们，她也没脸去见。

"没脸去见啊！"苏银花发出了一声长长的叹息。

对和错，毗邻而居，一步错了，步步错。人生，没有如果！苏银花发出了一声又一声长长的叹息之后，用手背擦了一把嘴边的血沫子，对自个儿说："接下来会发生啥样的事情？还会吃啥样的苦？由不得我，由着命。命叫我咋样，就咋样吧！"

富贵由命，生死一瞬间。这一瞬间，死，已经到了她的眼皮底下。苏银花专注地瞅着某一处，她的心，也在经历了惊心动魄的大磨难之后，在经历了日子给她绕了一个大弯儿之后，回归于平静。一切，就当是命定的；一切，就当是上天用这样的方式，来惩罚她曾经的不懂事，来惩罚她曾经犯下的过错。

接下来的第五天早上，陆云魁从外面带回来一个陌生人。这个陌生人是个单身屠夫，陆云魁将遍体鳞伤的苏银花以一个猪的价钱，卖给了这个单身屠夫。

苏银花离开陆云魁家的那一刻，一只狗从后院蹿了出来，咬住陆云魁的裤腿不放。陆云魁蹲下身，摸摸狗身上的毛，以恐吓的语气说："再这样对我，我会叫你饿死，会叫你死得更难堪。"

狗似乎是听懂了陆云魁的话，往后退了几步。

曾经有一些日子，陆云魁在赌场因为手气不顺，回来就跑到后院冲狗撒气，狗时常被饿得撑不起身子。这种情况下，陆云魁给家里所有的人下了狠话："不准给狗喂吃的，谁要是给狗喂吃的被发现，别怪我要赖卖横。"

苏银花瞅着孤立无援的狗，瞅着狗奄奄一息的恓惶样子，心里不是个滋味。那一刻，她联想到自个儿，流下了悔恨的眼泪。她趁着陆云魁外出的当儿，趁着陆云魁家大大小小的人都睡着了，偷偷地给狗送了几回吃的。每回一去，苏银花都会小声对狗说："可怜的狗哇，吃吧，吃饱了生力气。"

狗的眼角淌着泪，用一双像是人的眼神瞅着苏银花。苏银花的心颤抖了一下，有种说不出来的感觉。她哆嗦着手，轻轻地抚摸着狗背说："可怜的狗哇，你和我一样可怜！"

说完，苏银花捂住嘴，无声地哭。

屠夫赶着驴车在路上行走，狗没命地挣断了缰绳，从陆云魁家的后院跑出来。一出门，狗淌着泪瞅着驴车离去的方向，站在路口迷茫了一下，一鼓劲儿沿着驴车的方向追去。

路茫茫，路漫漫。路旁的狗尾巴草和艾蒿蔫干了，其他开花的野草也蔫干了，偶有几根被遗落在路旁的玉米秆，衰败枯黄，更是毫无生气。躺在驴车上的苏银花遍体鳞伤，疼痛得厉害。更糟糕的是，她的身下只铺着一张旧草席，在这样的季节，加之又在野外，更显得潮湿。苏银花浑身疼痛，驴车在路上颠簸行走，草席来回地摩擦，就更加疼痛了。赶驴车的屠夫是个木讷人，一路上连一句话也没有。她连瞅他一眼的机会都没有，她也不知道自个儿要被谁带走，也不知道自个儿被带往哪里。她时而清醒，时而糊涂，时而双眼紧闭，眉心紧锁。

有时候，她昏昏欲睡，也胡言乱语。即便是胡言乱语，说的都是自惭形秽的话。有时候，会睁大眼睛，脸上呈现出来的神色和神情，是一种久经寒凉之后的大彻大悟。有时候，她的眼睛也会微微地合着，眼角有晶莹剔透的泪水，悄无声息地往下落。这一刻，容貌憔悴的她，是清醒的；身心俱惫的她，是清醒的。清醒的苏银花能感觉出来，身上的伤口有剜心割肉的疼痛感，一阵一阵地袭来。她想起了陆云轩，她也想起了在陆云轩家的那一段美好的快乐时光。糊涂的时候，她会一连着几个时辰睡觉，也会在梦中喊叫着陆云轩的名字，一遍一遍地喊叫，一问一答式地喊："老天爷呀，我咋就那么不开眼呐，把路选错了，选错了呀！所有的一切，都是由自个儿的错生出的。过去的好日子能回来吗？不,回不来了！回不来了！"

苏银花永远不会知道，她被人抬上驴车没多久，狗跟在驴车的后面，陪着她一起赶着漫漫长路。驴车越走越远，越走越远，狗也因为疲劳不堪，累死在半道上。

第七十五章　外乡人

　　一天早上，西窝村来了一个身材高大、相貌堂堂的外乡人。村上好多人都瞅到了他，有些人甚是好奇，一串子脑壳一个挨一个地蹲在南墙下，一个一个地发挥着各自的想象。有说外乡人像个逃难的；有说外乡人像是在外面干过大事，惹了不该惹的麻烦，到西窝村来了；有说外乡人面相和善，肯定是好人，人在难中有一口，强如有了给一斗，好人遭难了，要善待；还有说，出门在外不容易，人家既然到咱西窝村了，又在咱西窝村住下了，就是缘分，咱们得拿出西窝村人的实诚。

　　外乡人来到西窝村有一些日子了，人们都知道了这个外乡人是个石匠，会看病，识得许多字，懂得些个理，还会给娃们讲各种各样的故事。村里有个好事者夜里在家睡不着觉，觍着脸去了一趟外乡人的住处，瞅见了一个简易的土炕上搁着一些简单的行李，一个用泥和石块砌成的灶台，还有一些简单的做饭用具。这些简单的做饭用具，从外形和式样来看，应该是从西河县买回来的。好事者一边和他唠话，一边往这边瞅瞅，那边瞧瞧。外乡人瞅着好事者呈现出来的样态，想笑，却又觉得笑了不礼貌。索性给他介绍了几样儿简单的行李，介绍了石匠干活时必用的几样儿工具。

　　外乡人的工具简单，和其他的石匠干活时所用的工具没有多大区别。铁锤、凿子、尺、墨斗……这几样儿说是工具，实则更应该说是外乡人吃饭的家伙。墙角搁着他凿石时穿的一身衣裳，瞅着有些旧，瞧不出原色。虽说是瞧不出原色，却因了曾多次被汗水浸湿，上面出现了一些图案，跟画上去的一样清晰，一样逼真。

外乡人来到西窝村之后，村里人再也不用去镇上找其他石匠给家里凿碾麦子用的碌碡、碾坊里用的石碾子、喂牲口用的石槽子、盖房时柱子底下用的础石，门前的石门墩、拴马桩等。更难得的是，外乡人慈眉善目，目光坚毅，干净利落，还心细，手底下出活快。一样的物件，外乡人凿得瞅着就顺眼，瞅着人心里头也舒坦。到年跟前了，外乡人起了个大早，去了一趟西河县，买回来一沓红纸和笔墨。红纸买得少，有些不够用，外乡人将红纸全部裁成一绺儿一绺儿的，一家写一副。虽然说是小了些，却耐看，外乡人每家每户亲自上门送一副。

耿小姑瞅着外乡人送来的红对联，那个喜欢劲儿就别提了。她用双手捧着红对联，一个劲儿地说："您是好人，大好人！"

这副红对联，耿小姑怎么也瞅不够。那时候，耿小姑的男人还活在人世间，每到过年时门上贴的对联，都是耿小姑自个儿来张罗。男人说对联应该叫村上的先生写，这样有年的真味。

耿小姑摆摆手对男人说："都到年跟前了，家家户户忙这忙那的，不要再去麻烦先生了。"

男人说："不麻烦咋办？咱往门上贴啥？咱往坛坛罐罐上贴啥？"

耿小姑对男人哈哈大笑着说："这个你就不要操心了，我自有办法。"

男人瞅着耿小姑，脸上全是疑惑与不解。

其实，耿小姑嘴里说的办法，还真有点儿意想不到。她一只手沾着从锅底上刷下来的锅黑，用沾着锅黑的手在红纸上画圆圈。这样有次序地连着画了六个大致相同却又不太相同的圆圈，接着，又用同样的办法画了六个。

六六顺，六六大顺，团团圆圆，这是耿小姑心中的道理。就这样，耿小姑到大门上贴了以圆圈代替字的对联。以圆圈代替字的对联她年年贴，已经贴了好多年了。当然，耿小姑拿起一把剪刀，用彩色纸给灶王爷剪帘子，并在除夕之夜贴在灶神像上，也有好多年了。她年年剪，年年贴，剪得认认真真，贴得也认认真真，从来不嫌麻烦。

当耿小姑用双手捧着外乡人写的对联时，想起自个儿这些年来一直往门上贴着用锅黑抹的所谓的对联，"咯咯咯"地笑出了声，笑到直不起腰身。能从耿小姑的这种状态上瞅出来，她的身体完全恢复了，恢复到原来的那种良好的状态。

村里人见了耿小姑，一个对一个说："老天创造了奇迹两个字，奇迹不常有，但一定有。耿小姑身上所表现出来的状态，就是所谓的奇迹。"

第七十六章　牛庄祈雨戏

西河县有个村叫牛庄。这一年,牛庄庙上过会,村里请了虎娃子的如意戏班前来助兴。其实,这一年牛庄庙上过会请戏班,真正的用意是为了祈雨。已经有好长日子没落一滴雨了,眼瞅着秋庄稼种到土里,长出来不到寸把长的芽儿,拧成了卷状、绳状耷拉着,渐渐地泛黄,没有一丁点儿活气。人们瞅着无精打采的庄稼,心里着急得没办法说。

西窝村的几个老寡妇凑到一起商量好了,说是在一个天上星星特别多的夜里,一起拿着箩面用的箩子和扫炕用的笤帚,到村外的涝池边转一圈儿,扫一些涝池里的土。将土放在箩面用的箩子里,几个人不停地筛。她们认为这样做,能让夜里巡视人间的天神爷瞅见。天神爷要是瞅见了,不几天就会下大雨,庄稼也就得救了。

村里还有几个女人也商量好了,说是在一个夜深人静的时候,一人端一盆水,拿着用老土布做成的抹布,去庙门口和大路边清洗用石头凿成的狮子。一边洗,嘴里一边说着:

　　　　洗了狮子头

　　　　下得满街流

　　　　洗了狮子腰

　　　　下得起了蛟

　　　　洗了狮子尾

　　　　下得没处避

虎娃子就是在这个时候,到牛庄村唱戏去了。一到牛庄,他把请戏的主管叫到一边儿，对他说："牛庄这次唱戏，不管唱几天，一文钱都不收。"

请戏的主管听了，睁圆大眼睛，不相信似的。虎娃子连着又说了两遍同样的话，请戏的主管听明白了，感动得说不出话来。

牛庄距离山里近，山里树多，戏台就搭在树底下。祈雨戏唱了没几天，下雨了，大颗大颗地往下落。人们都没有预料到，这一年，西河的庄稼都获得了好收成。当然，这是后话。唱罢祈雨戏后，所有的艺人收拾好行囊，按原路返回。在通往西河县的十字路口，有一个飒爽利落的年轻人，急急地赶过来，说是要找虎娃子。

年轻人从贴身的袄兜里掏出一封信，虎娃子打开信一瞅，又仔细地瞅了瞅年轻人的脸，心里大惊。两个人又站到一边儿，嘀嘀咕咕地说了一些话。说完之后，虎娃子吩咐戏班的其他艺人带着唱戏的家当先回去，让一位艺人给柳玉秀捎了口信。他背着一把皮弦胡，和几件唱戏用的行头，跟着这个飒爽利落的年轻人去了远方。

第七十七章　卸纠纠

冬兰和吕百灵结了婚，已经有好几个年了，肚皮老不见"有喜"。耿小姑瞅着村里其他人家的孙娃子追撵着叫这喊那的，心里特别着急。耿小姑实在是没办法在冬兰和吕百灵面前催说这件事，她时常会想，若是能听见孙娃子叫她一声祖母，骨头都要被叫酥了，这是一件多么体面、多么让人羡慕的事情。从吕百灵和冬兰拜堂成亲的那一天起，耿小姑就一直盼望着当祖母。前几天，冬兰给她说，这几夜老做梦，梦见蛇，梦见花儿，梦见自个儿馋酸，还想吃辣。耿小姑记得，冬兰说话时的样子很害羞，说完她馋酸吃辣之类的话后，脸上忽地飞起了两朵红晕。不，更应该说是脸上漾起了两朵不用涂抹的红胭脂。

虽然冬兰只是对她说梦中梦见蛇和花儿，耿小姑心里也特别高兴。西河民间有"酸男辣女"的说法。耿小姑觉得，这虽然说只是个梦，却是吉祥的兆头。兴许老天爷就是在用这个梦来暗示，吕家要添丁进口了。

西河县各个村都有庙宇，南王村青石殿的香火最为旺盛，距离西窝村也比较近，路也好走。这天，南王村过庙会，耿小姑一个人前往青石殿上香，卸纠纠。纠纠是用红线绳做成的，搭在泥胎神像的胳膊上。

耿小姑去青石殿的路上都想好了，给神烧完香后，取一条搭在泥胎神像胳膊上的红线绳，一定给神好好磕几个嘭嘭响的头，一定给神多念几遍《求子》经。《求子》经的内容太长了，耿小姑担心自个儿记不住，在去青石殿前的整整十六天里，无论是早上起来，还是晚上睡觉之前，耿小姑最重要的事情，就是念诵和背诵《求子》经。

"如果来年有个孙娃子,我就把红线绳用红布裹住,用针线纳好,给孙娃子戴到脖子上,保佑孙娃子平平安安。"耿小姑这样想着,脸上乐开了花。

第七十八章　揣"棉花娃"

这几年，陆云轩一直没有回西窝村，虎娃子也没有回来。虽然说虎娃子和陆婉容两个人彼此都心生喜欢，明眼人一瞅都能瞅出来。即便是陆云轩回来了，陆济慈能不能答应这门亲事，柳玉秀的心里依然没个底儿。毕竟两家的家道、家庭背景、虎娃子和陆婉容两个人的成长经历，以及生活环境，都有着太大的悬殊。心里这样想归这样想，柳玉秀依然做不了两个年轻人的主。

有时候，柳玉秀的脑壳里会突地蹦跶出来两个字，这两个字就是时间。时间真是个好东西，能见证日月，能见证人心。如此这般一想，柳玉秀的心里也就舒坦了。就在耿小姑去南王青石殿上香卸纠纠的时候，柳玉秀也在为冬兰肚皮不见"有喜"的事情着急上火。这个夜里，柳玉秀盘腿坐在炕上，掐着指头算了算，从村东到村西，从这条巷到另一条巷，但凡和冬兰、吕百灵年纪相仿的后生，屁股后面紧跟着的，都是叫爹喊娘的。也就是在这个夜里，柳玉秀的心里，有了她自个儿的打算。

接下来的这一年元宵节，西窝村要耍社火。耍社火的那天，社火队伍前面放着锣鼓的木轮车上，还放着几个"棉花娃"。这几个"棉花娃"，都是用西河最好的棉花精心做成的。"棉花娃"的眉头和头发，是用黑颜色的纸剪的；嘴巴和肚兜，是用红颜色的纸剪的；手上和脚上，戴着手镯和脚镯，胖乎乎，圆嘟嘟，特别好看。

社火演完后，几个人在拆除演社火的木轮车时，站在一边的柳玉秀以最快的速度，将一个"棉花娃"揣到怀里，去了耿小姑的家。

一进门，不和任何人说一句话，不吭不声地将"棉花娃"放到冬兰铺在炕上的褥子里，心里一下子轻松了，想着过不了多久，冬兰一定会添一个胖嘟嘟的娃。柳玉秀悄没声息地做完这一切，笑了，这才和耿小姑打着招呼，说着话，喝了一杯耿小姑递的蜂蜜水，高高兴兴地回家了。

第七十九章　多事之秋

这几年，西窝村实在是不素净，先是虎娃子出门去牛庄唱祈雨戏，再没有回来；没过多久，陆云魁的家被土匪抢了。村里有人传言，说是陆云魁的家之所以被土匪盯上，是陆云魁的张管家通风报信。陆云魁的大老婆一字不漏地听信了传言，整天拍着屁股骂人，从她嘴里嘟噜出来的，都是些不堪入耳的羞脸话。

传言没几天，赵小雀躲在屋里，双手捂住耳朵不出门。赵小雀只要是见着陆云魁，就会指着陆云魁的脸，说着千篇一律的话："你真坏，头顶生疮，脚底流脓，坏透了。你不是人，你是鬼，你是魔鬼。"

陆云魁心情郁闷，踹了赵小雀一脚，将屋里藏着的一些值钱家当拿到当铺。从当铺出来后连家都不回，就去了烟馆，去了"翠香楼"。

陆云魁每次去"翠香楼"逍遥，必先去烟馆云里雾里一回。一些日子下来，人越来越瘦，走起路来两腿像麻秆，两腿之间的距离有两尺长。

西窝村的一些人瞅着陆云魁半死不活的模样，晃着脑壳说："瞎东西不走正道，染上了治不好的脏病。几辈人辛辛苦苦攒下来的家业，被这个败家子败光了。"

有一天早上，陆云魁推开门出来了，瞅见门上贴着一张五指宽的白纸片，气得脸色乌黑，只见上面写着：

　　一个鸡蛋吃不饱

　　一身臭名背到老

就在这五指宽的白纸片贴出来的第五个晚上，陆云魁手痒难耐，又外出去赌博了。因了手气太背、心情郁闷的缘故，多喝了一些酒，走起路来跟跟跄跄，趔趔趄趄，敞着胸脯返回西窝村的半道上，一不小心，倒栽葱似的扎到了涝池里。

陆云魁死了没几天，赵小雀带着私藏的金银珠宝，在一个月亮圆圆的夜里，被人从外面接应，翻墙逃走了。没有人知道，接赵小雀的这个人不是别人，就是跟随着陆云魁多年，也是陆云魁最信任的张管家。

陆云魁的大老婆受不了这一连串突如其来的变故和打击，将门窗紧闭，闷在屋里不愿出来。突然有一天，陆云魁的大老婆啥都没穿，精赤赤地打开屋门出来了，走到院里转了一圈后，又打开门闩跑到了门外。

人们这才发现，陆云魁的大老婆变疯癫了，嘴里一个劲儿重复着这样的话："我就不信，我还拴不住你的心？出笑话哩，出大笑话哩！"

陆济慈给陆云魁置备了一套装裹和一副棺材，将他埋葬了。打发人将陆云魁已疯癫了的老婆接回到自个儿的家，请了两个人专门照顾。

西窝村清静了没多久，村里就来了一伙抢粮的、抢鸡的、抢猪抢狗的。一进门，蒜呀、辣子呀、南瓜呀、能吃能喝的，甚至于洗脸盆、锅呀灶具呀，见啥都抢。

消停了没几天，也就是这一年的秋口上，又来了一伙抓壮丁的。眼瞅着村里的外乡人要被这一伙人抓走，陆济慈大吼一声，出了很大一笔钱，将外乡人保下了。

这伙人临走的时候，瞅着手里拿着锤和凿子的外乡人，其中一个独眼人恶狠狠地问陆济慈："老老实实地说，他是谁？如果说假话，连你一起抓走。"

陆济慈微微地一笑，对这伙人说："他是我们陆家的少爷陆云轩。"

村里人一听，一个个都惊住了。他们知晓陆济慈和外乡人的为人，这种特殊的时刻，每个人的脸上都表现得沉着、自然、冷静，没有呈现出一丁点儿惊讶的表情。独眼人有点儿不相信，一个穿着干净长衫的，一个穿着干活的脏衣裳，说啥都不能相信这两个人有交集，更不用说两人是父子了。

独眼人又恶狠狠地说:"你的,撒谎不得活。"

陆济慈指着自个儿的一张脸,似笑非笑地对独眼人说:"你瞅一瞅我的这张脸,再瞅一瞅他的那张脸,一定能从我们两个人的脸上,瞧出一些名堂。"

独眼人仔细地一瞅,眼前的这两个人,眉眉眼眼的,还真像。他们又似乎有些不甘心,用刀枪逼架在村里人的脖子上。其中有陆婉容、小菊、柳玉秀、王师娘、卫厚岱、郑忠信、秦仁义、冬兰、耿小姑,还有西窝村另外的一些人……

在生死存亡之际,陆婉容、小菊、柳玉秀、王师娘、卫厚岱、郑忠信、秦仁义、冬兰、耿小姑,还有村里另外一些人,面对着刀枪的威逼,脊梁骨挺得直直的,口径始终和陆济慈保持着一致,说外乡人是陆家的少爷陆云轩。

这伙人虽然不甘心,但又瞧不出任何的端倪,嘴里骂骂咧咧地走了。

这一年刚入冬,西窝村又来了一伙人,这一伙人衣冠不整,歪戴帽,斜穿衣,身上背着枪,说话粗声粗气,动不动就发脾气,嘴里时不时地骂爹骂娘骂祖宗。原来,他们是循着枪声跑到西窝村的,一个一个地进了西窝村,跟贼似的。村民们将门窗紧闭,吓得不敢开。有愍胆儿稍微肥些的,顺着墙根在院里搭个木梯子,从墙缝里瞅外面究竟是咋了。即便是这样,经过大半夜的折腾,村里人还是被一溜一串地赶到村南的打谷场。

有个会说当地话的矮个子,在一个个头更矮小的瘦猴脸耳边耳语了一番。瘦猴脸喉咙里发出了一声狞笑,焦躁地在场地走来走去,当他走到一村民面前,随手就是一个嘴巴。之后,瘦猴脸又转了一下眼珠子,叽哩呱啦地又吩咐会说当地话的矮个子和几个歪戴帽的,将村里一个刚过门的媳妇拉出来。瘦猴脸摸了一把媳妇的嫩脸蛋,发出一阵刺耳的浪笑声。

会说当地话的矮个子清了清嗓子,一连着说了一大串叽里呱啦的话。村里人支楞起耳朵,总算是听明白了。这伙衣冠不整的人,是在找一个叫党伟民的老八,说老八在山西晋城杀了五个鬼子和会说鬼子话的汉奸。

西窝村的人总算是听明白了，是我们自个儿的人，杀了五个挨千刀剐的鬼子和汉奸。村里人心里高兴、激动。当然，他们的这份好心情，只能隐藏在心里，不能露到脸上。

这伙人贼头鼠脑，问过来问过去，审来审去的，也没问出个眉眉眼眼。瘦猴脸瞅着聚集在打谷场上的人们，叽里呱啦地发出几声喊，手往腰间一掏，拔枪就要打人。

在这个节骨眼儿上，村外传来了一阵噼里啪啦的声响，这伙人以为是枪声，都慌了，丢下打谷场上的村民，没命地逃窜了。

被吓着了的媳妇"哇哇"大哭，一屁股跌坐在地上。婆婆颤巍巍地颠着小脚，抱住受了惊吓的媳妇，嘴里骂着："这些挨天刀杀的，这些挨天刀剐的……"

是谁救了西窝村的人呢？没有人知道。过了几天，有心细的几个人把那天晚上被赶到打谷场上的所有人从脑壳里齐齐地过了一遍，发现在打谷场上，没有瞅见外乡人。

恩人呐！大恩人呐！他们遂明白过来，那天，那个相貌堂堂、身材魁梧高大的外乡人，救了西窝村父老乡亲们的命。

第八十章　有喜

这些日子，冬兰一直馋酸，时不时地干呕，哇哇哇地吐个不停，吐到眼冒金星，啥都吐不出来了。从地里干活回来的耿小姑，匆忙地撂下锄头，瞅着正在干呕的冬兰，以关切的语气问："是不是早上吃了没对胃口的东西？"

冬兰回答说："我啥东西都没吃，只喝了一碗水。"这话没说完，肚里又是一阵翻江倒海，冬兰赶紧捂住嘴，又是一阵子"哇哇哇"干呕。

耿小姑皱紧眉头，不知道这究竟是咋啦？心里还想着："是不是今儿个出门干活，有啥不干净的东西把冬兰缠住了？"

耿小姑心里这样想着，准备到屋里拿面、拿水、拿筷子、拿盛水的碗，给冬兰"送一下"。

这时候，冬兰冲耿小姑的背影叫了一声："娘——"

耿小姑停下脚步，转过身来对冬兰说："冬兰，咱不怕。娘这就准备准备，把那些不干净的东西送走，就好了。"

耿小姑说着话，往灶屋的方向走，冬兰又叫了一声："娘——"接着说："我这几天不想动弹，举胳膊抬脚的劲儿也懒得使。还馋酸哩，想吃酸不溜溜的酸东西。酸枣子、酸石榴、酸酸的搅团。哎呀，一想起这些，我馋得都流口水呢。"

冬兰说完话，闭目养了一会儿神，又睁开眼睛，不好意思地瞅着耿小姑。

冬兰的脸色黄黄寡寡，耿小姑心里想："冬兰的脸色不中看，不对劲儿呀。"

耿小姑盯着冬兰的脸又瞅了几瞅，心里想着："难道是？"

冬兰被耿小姑瞅得有点儿不好意思，羞涩地叫了一声娘。

"我这脑壳咋就变成了一团儿糨糊？"猛然间，耿小姑明白过来，冬兰应该是"有喜"了。

耿小姑由于心情太过激动，脸上如同被涂抹了一层亮色，喘息也有些急促，说话结结巴巴："冬兰……你……怀上娃……啦！"

耿小姑说出这些话时，冬兰怔了一下，憨憨地笑了。这个娃，等得娘真心焦啊，终于"有喜"了。耿小姑太高兴了，这几年想孙娃子，想得那个委屈呀，那个慌呀，没办法说。

耿小姑拉着冬兰的手说："你到炕上躺着，娘这就舀面捣蒜，给咱做一顿麦面搅团。往蒜水里多倒些醋，酸酸辣辣的，吃了解馋。以后你想吃啥，娘就给你做啥。"

耿小姑的性子大大咧咧，在做饭这件事情上，却是个细详人。她一边对冬兰说着话，一边伸胳膊挽袖子，去门外的柴垛上抱柴火去了。一个多时辰过去了，做熟了一锅麦面搅团，给冬兰舀了一碗，浇了些调好的辣子蒜泥醋汁，又往碗里撒了些葱花，喜颠颠地递到冬兰手中，又转身回到灶屋，将锅里的搅团全部舀到几个碗中。

耿小姑一边舀，一边自言自语着："一碗送给王师娘，一碗送给亲家母，一碗送给郑忠信，一碗送给对门赵老汉，一碗送到陆家，一碗留给我的儿。这一碗，一定要送给外乡人，叫他也尝一尝。啊呀，瞧我这张嘴呀，还说啥外乡人呢，他叫党伟民，是西窝村人的亲人，救过乡亲们的命。人啊，不论走到啥时候，走到啥境况，都不能忘本，都要有一颗感恩的心。"

第八十一章　恋歌

这几年，日子悠悠地远走，林绣云的身子骨一天不如一天。这个，还不是紧要的事情，最紧要的是她的眼睛不好使了。一开始，林绣云凭着感觉，还能做家里、地里的一些活儿，也能捏着绣花针在绸布上扎几下。慢慢地，就觉得有些力不从心了。即便是这样，她还是没有对郑忠信说。

已经有好多次了，村里和她要好的几个老姐妹劝说林绣云："要替活着的人着想，不要纠结在过去里，跟自个儿拧劲儿，让自个儿的心在苦水里泡着拔不出来。"

"绣云，人活一辈子不容易。孤孤单单的，连个暖脚的人都没有。头疼脑热的，连个往跟前端一碗水的人都没有。你呀，该为自个儿做一回主了。"

"双腿往前迈一步，天宽地阔。郑忠信那个人，在方圆多里打听不打听的，都说他那人脑壳活泛，是个实诚人。"

"这些年，郑忠信对你的那些好，明眼人都能瞅出来。这种掏心掏肺的付出，一天两天可以装，几十年如一日地装不出来。也就说明了一个道理，这个人稀罕你，心里装着你，千万不要错过。"

"绣云，你说你往前迈一步，会落笑话。落啥笑话呢，谁家门上都没挂无事牌，日子是给自个儿过的，又不是给别人过的。你，应该最懂你的心。"

"世上啥事情啥人都有，有些人长着一张嘴，只有两样儿功能。一种功能是吃饭，另一种功能是说别人。一天不说别人，嘴巴就痒痒得难受。唉，说实在的，那根本不是在说话，是满嘴胡乱喷粪哩！你别搭理，也别计较，该咋活还咋活。自个儿的心想咋，自个儿需要啥，自个儿的心最清楚。"

"一个人，一直能对另一个人好，千千万万遍地对另一个人好。有好吃的，不管风吹雨打，远天远地地都要给一个人送来，那这个人，是把你放在心的最深处，值得托付一生。"

"日子，把一个嫩闺女熬成老婆婆了。再这样下去，冷了人家的心，一切都来不及了。"

"我如果是你，早就和他过到一起了。这么好的人，提着灯笼都难找。也不知道这么些年，你一个人孤孤地在夜里想些啥呢？"

"村里的老王，你应该熟悉，前几天一觉睡下去，再没醒过来。听说被人发现的时候，那个场面都不敢用眼睛瞅。"

"西窝村的郑忠信，人憨厚，实诚。关键是对你知冷知热。这么多年了，无怨无悔，你也不给人家一个'肯'字。过了这村没那个店，到时候后悔了，路黑了，迟了。"

……

一天中午，林绣云猛地想起了好姐妹们对她说过的这些话，心里生起一种暖烘烘的感觉，高兴了一阵子，激动了一阵子，自个儿与自个儿的心绞缠了一阵子，又任由酸酸的泪水滴到心口，淌了一阵子。她终于下定了决心，这辈子趁着还活着，趁着手脚还能动，圆一个心愿。对自个儿的心，有一个交代；对郑忠信，也有一个交代。

那天，郑忠信从西河县回来，喜颠颠地给林绣云送绣花线和油糕，还有一块做衣裳用的绿色布料。这一回，他进门前没给林绣云吱声，而是想给林绣云一个惊喜。明明瞅见林绣云在朝着门口的方向望去，当他走到距离林绣云不到一米的地方，依然看不出林绣云有啥反应。

郑忠信心里纳闷着，走近喊了一声："绣云——"

林绣云这才发现，爱了她一辈子的人儿，就站在眼前。当林绣云将自个儿的眼睛不好使了的消息告诉给郑忠信时，这个西河汉子，竟然蹲在地上"嘤嘤嘤"地哭开了，夹着哭音怪自个儿没照顾好林绣云；怪自个儿粗心大意，错过了治疗眼睛的最好时段；怪自个儿太自私，一天到晚忙这忙那，把个大活人遇上事情给忽略了。郑忠信哭着哭着，一把握住了林绣云的手，对她怔怔地说："这是上天的旨意，是上天要我来照顾你，是上天给了我这么一个机会，叫我和你不离不弃。"

这些话，都是实心实意的话；这些话，都是发自肺腑的话；这些话，都是从郑忠信心里流淌出来的真心话；这些话，也是一直憋在郑忠信的心里，憋了大半辈子的话呀；这些话，他今儿个就想说，即便是林绣云不答应，他也要说出来。

青叶落，黄叶掉，生死路上无老少。如今，日子无情地把林绣云活老了，也无情地把郑忠信活老了。郑忠信知道，再熬下去，没几天绿日子了，有些心里话，就真的没有机会给林绣云说了。

岁月因彼此珍惜而温润，林绣云的眼睛虽说不好使了，但她还是痴痴地瞅着郑忠信。她能触摸到这一番话的背后，是一颗真诚的心，一颗一直深爱着自个儿的心。但她一想起天哪头的那个人，心里还是有些五味杂陈，鼓足勇气想要说的话，又憋了回去。

郑忠信捏着林绣云的一双手不放，哽咽着说："天底下，想要的东西多了，我啥都不要。求你这么一回，让我做你的一双眼睛吧。如果你还不愿意，我的日子就没法活了。"

此时此刻，对于林绣云本人来说，是美妙的，是甜蜜的，也是一种痛楚的感觉。她泪流满面，终于狠下了决心，她想好了，跟着郑忠信回西窝村。但她还是给郑忠信提了一个要求："有件事情，你答应的话，今儿个就是咱俩的好日子。你今儿个要是不答应，从今往后，你我桥归桥，路归路，各活各的人生。"

说完，林绣云抿了抿嘴唇，又对郑忠信说："活着，热烫烫的软身子陪着你；死了，请将我埋到他坟墓堆旁。至于我为啥要这么做，又为啥这么对你狠，相信你该知道，你也明白我的心。"

郑忠信深知林绣云要说的是啥，如果不是这个，两个人年轻的时候早就在一起了。他理解她，也为她的这种想法和做法而深深感动。

是啊，他没有爱错人，她是一个有情有义的人。虽然他知道她的意思，但他还是没有让林绣云从嘴里说出来。她也知他意，知他已经懂了，这就足够了。她相信，这个叫郑忠信的红脸膛汉子，不会辜负她，不会辜负她的心，也不会辜负她的意愿。

牵挂着彼此的两个人，苦苦深爱着对方的两个人，在多年之后，终于过到了一起。

第八十二章　梦从心头起

自从吕百灵离开梵庄后，无数次地梦到了豆腐婆婆。也不知道是因为忙，还是真的忙，吕百灵一直对自个儿说："得空一定去看望豆腐婆婆，不知道豆腐婆婆现在咋样了？过得好不好？"事实上，他是一直拖着没去，拖了一年又一年。

那天晚上，吕百灵是在睡梦中哭醒的，他梦见豆腐婆婆站在风雪中，哆嗦着双手，不停地抹眼泪。他着急地从炕上爬起来，摇醒了身旁的冬兰，给冬兰说了他做了怎样的一个梦。冬兰揉了揉眼睛，似乎是没睡醒的样子，梦呓般地对他说："梦从心头起，该去看望豆腐婆婆了。"

说完，就又裹着被子睡着了。

吕百灵穿好衣裳，又去了耿小姑的屋里，给耿小姑说了他做了怎样的一个梦。耿小姑的话，和冬兰说的话一字不差，就跟两个人提前商量过一样。

第二天，天还没亮，耿小姑起得比鸡还早，把自个儿穿得暖暖和和，往头上裹了个灰颜色的土布头巾，到灶屋里忙开了。吕百灵起来的时候，她已经烙好了九个又大又圆的锅盔。锅盔里垫着花椒、香油，还有油葱花，都搁在灶屋的楸木案板上。

吕百灵背着装有九个锅盔的褡裢出门了。出门时，天还没亮，吕百灵摸着黑赶路。路过党伟民所住的地方时，瞅见屋里漆黑一片，却似乎听见有人在小声地说话。"是谁呢？"吕百灵问自个儿？本打算轻手轻脚地走过去听几句，还是停了下来。

"党伟民是个大好人，救过西窝村乡亲们的命。你这样做，有损西窝村人的形象,失了做人的样子。你走开,你赶紧走开啊!"吕百灵这般一想,脸上火辣辣的,往后退了几步,顺着大道,大步流星地往前走。

吕百灵出门看望豆腐婆婆,耿小姑满心里都是赞成。原打算去对门赵老汉家借麻驴过来,吕百灵却不让,意志坚定地说他要走着去看望豆腐婆婆。经过长途跋涉,终于到了梵庄,吕百灵按捺不住心中的激动和喜悦。走到豆腐婆婆家门口时,瞅见豆腐婆婆的门敞开着。

吕百灵走了进去,一边走,一边喊:"豆腐婆婆——豆腐婆婆——"

屋里没有人答话。

吕百灵又放大音量喊:"豆腐婆婆——吕百灵看望您来了。"

屋里依然没有人应答。

"她去哪里了?"只见豆腐婆婆的房屋门上,挂了一把锈迹斑斑的铜锁,满院里都是杂草,也不见个人拔。正在吕百灵胡思乱想的时候,豆腐婆婆从外面晃晃悠悠地进来了。手里拄着一根拐杖,胳膊上携着一个旧乎乎的竹篮,竹篮是用桃树条子编的,里面放着一块黑颜色的土布头巾。

豆腐婆婆走路的样子有些笨拙,人瞅着也有些缩骨,穿着一件灰扑扑的衣裳。吕百灵的心颤抖了一下,喊:"豆腐婆婆!"

豆腐婆婆揉了揉自个儿的眼睛,满脸疑惑地问吕百灵:"你是谁?你认识我这个孤老婆子?来,快到我跟前来,叫我瞅一瞅,是谁来看望我这个孤老婆子。"

吕百灵的眼泪下来了,他快步走上前去,拉着豆腐婆婆的手说,"豆腐婆婆,您好好地瞅一瞅,我是吕百灵。"

豆腐婆婆瞅了吕百灵好大一会儿,说:"吕百灵是谁?我咋记不清了?脑壳里没一点儿印象?一年一年的,腿脚越来越不好使,脑壳也越来越不好使。老喽,活成老糊涂虫了,啥都记不住。"

吕百灵哽咽着说:"豆腐婆婆,我是您救过的吕百灵。那一年,您给我做了搁着葱花的豆腐臊子面。我离开梵庄的时候,穿着您给我做的一身新衣裳。要不是那身新衣裳，估摸我都冻成死鬼了。"

豆腐婆婆惊喜地说："啊呀，我记起来了，我听出来了，是吕百灵，你就是吕百灵，你就是那个可怜娃儿。"

豆腐婆婆说着话，竹篮从手中跌落到了地上，她说："快叫我瞅一瞅，好好地瞅一瞅。我还以为这辈子，再也见不上你了。"

豆腐婆婆说着话，用一双粗粗糙糙的手，轻轻地抚摸着吕百灵的脸，抚摸着吕百灵的眼睛……摸着摸着，哭了。

吕百灵用手背擦了擦豆腐婆婆脸上的泪，哽咽着说："豆腐婆婆，不哭，咱不哭。"

嘴上说的是不哭，两个人还是相拥着哭了一阵子。

倏地，豆腐婆婆停止了哭声，湿着眼睛对吕百灵说："娃儿，走，咱回屋。"

吕百灵一弯腰，捡起了豆腐婆婆跌到地上的竹篮。竹篮的边角破了，豁豁牙牙。里面放着一把小铁铲，还有从地里挖回来的小蒜、荠荠菜、苦苦菜。

第八十三章 红红绿绿纸窗花

党伟民要离开西窝村了，离开前的先一天夜里，他早早地干完手边的活，将居住的地方收拾了一下，等收拾利落了，去了一趟陆济慈家。进门刚落座，党伟民将自个儿这一趟来陆家的真正缘由，逐字逐句给陆济慈说清楚了。

陆济慈听说党伟民要离开一段日子，心里竟然生出许多的不舍。这种不舍，是亲人和亲人离别时的那种融入骨子里的不舍。在陆济慈的心里，早已喜欢上了这个和陆云轩的长相有几分相似的党伟民。这种喜欢，是不是在打谷场发生那件事情那一刻开始的，陆济慈说不准。在他心里，从来没有将党伟民看作是外乡人，而是将这个身材高大、相貌堂堂的党伟民，当成了西窝村的一分子，当成了一个顶天立地的男子汉。也不知道为啥，他只要是一瞅见党伟民，就会想起陆云轩，就会觉得自个儿的心和陆云轩的心，离得很近、很近。这种感觉说来就来了，不需前兆，也不需酝酿，是从心里，或者说从心尖尖上，自自然然、大大方方地生发出来的。

有时候，陆济慈甚至觉得只要瞅见了党伟民，心情便会受到某种鼓舞，走起路来都觉得有劲儿。若是一些日子没瞅见党伟民，他的心里就会有空落落的感觉，不想打理生意，也不想吃饭，一夜一夜地睡不着觉。他始终相信，他和这个党伟民之间，有着一种说不清的人间情愫牵连着。

好多时候，西窝村的人都沉浸在睡梦中，陆济慈轻手轻脚地从家里走出来，不知不觉地，就走到了党伟民居住的地方。在月明地里远远地瞅几眼，他的心里就倍觉踏实，回到屋里捂住被子睡觉，一觉能睡到天大亮。

对于陆济慈来说，这是他一个人的事情，他没有对任何人说过，也没有对党伟民提起过。无数个夜里，他站在党伟民所居住的院子外面，想伸手敲一下门。真的，他是发自肺腑真的想。为了不打扰党伟民睡觉，为了不惊扰他，陆济慈在月明黑夜里站着，一站就是几个时辰。

这个夜里，陆济慈看到党伟民来到家里的那一刻，眼泪扑簌簌地掉下来了，甚至于泪眼婆娑中，将眼前的党伟民瞅成了陆云轩。陆济慈尽量控制住自个儿的情绪，他不想自个儿的情绪把眼前的党伟民给惊着了。但他还是没忍住，说："云轩，爹想和你说一说心里话。你知道这么多年，爹是咋熬过来的呀？"

陆济慈说完这一番话，忽地意识到站在自个儿面前的是党伟民，并不是陆云轩。陆济慈擦了一把泪，脸上有些纠结，有些忧伤，有些尴尬，有些迷茫地对党伟民说："年轻人，没吓着你吧？我也不晓得自个儿这是咋了？竟然这般失礼，让你见笑话了。"

一切来得太快了，说是意料之中，却是意料之外。党伟民本想把一些话留到这次出门回来的时候再说给陆济慈，当他听了陆济慈的话后，他的内心颤抖了。这是人间最真挚的情感，这是一个年迈的父亲对亲人最真的牵挂和思念之情。

接下来，党伟民对陆济慈说了一番很是动情的话，陆济慈听了这一番动情的话后，先是一怔，遂反应过来。他哈哈哈地大笑起来，快乐得像个娃。对，党伟民说的一番话里，不只是有内容在里面的，还有一股子力量在里面的。陆济慈突然感觉到，世界在他的眼前展开了，他的心疙瘩也一下子解开了，心里松快了，舒展了。谈笑间眉飞色舞，很痛快，如同被春风吹过一样，抑制不住的兴奋和美好爬满了脸。是啊，在他眉宇之间的愁烦和心头的阴霾，一下子都飘散了。他已经好久没有这样激动过，他已经好久没有这样兴奋过，他已经好久没有这样开心过，他也已经好久没有过这样美好的心情。

第二天，陆济慈起得特别早，高喉咙大嗓门起来又落下，吩咐下人往家里的老花木格窗上，多贴一些红红绿绿的纸窗花。

"不年不节的，老爷这是咋啦？"陆家上上下下，每个人的心里都想着这问题，每个人的心里都揣着一个疑惑。陆济慈没有说啥，他们也不该问，但他们很快又都发现，只是一夜之间，原来的那个陆家老爷陆济慈，活回来了。

第八十四章　靖边之行

那一年，陆云轩离开西窝村村口的时候，忽地想到了肖实。自打肖实结婚，陆云轩和肖实在西河这边的亲人去了一趟靖边，再也没有谁见过他。好久没见了，这会儿就想见他。如此这般之想，陆云轩决定去靖边找肖实。

"靖边的那家人姓郑，肖实过去后，村里人叫他郑有卿。"陆云轩这样想着，便吩咐车夫朝黄河边的方向赶去。他是要坐船去山西，在山西住了几天后，又在一个中午时分，到达郑有卿的家。而真正见到郑有卿本人，已经是九天之后的事情了。

陆云轩和郑有卿两个人的年龄虽说是一般大，陆云轩还是将郑有卿的女人红莲叫嫂子。红莲待陆云轩如同自个儿的亲兄弟，早上是小米稠饭、凉菜丝，午饭做洋芋擦擦、烙饼子，还有土豆和腌菜。晚上，给陆云轩准备一些"打饥儿"的吃食。而她自个儿，总是吃得清汤寡水。陆云轩问起来，她总是以胃口不开，不想吃饭作为借口，好吃的全留给两个娃和陆云轩。

一开始，陆云轩没意识到这个，几天后，陆云轩瞅见红莲的脸色寡寡的，黄黄的，一瞬间才突然明白过来。他放下手中的饭碗说："嫂子，您不吃菜，我也不吃。"

红莲又说些自个儿这几天胃口不好，不想吃饭之类的话。陆云轩很是感动地说："嫂子，您待兄弟如手足，兄弟怎能不瞅在眼里，记挂在心上呢。"

红莲说："兄弟，快别说这个了，你有卿哥还没回来。嫂子这人心眼儿实，却是个粗人。做好做坏，你都别弹嫌。"

多好的女人啊！陆云轩的心里很受感动，从随身携带的行李中取出一些钱,递到红莲的手里说:"嫂子,给你和咱两个娃,一人做一身新衣裳吧。"

红莲一个劲儿地推说着:"不要,不要。使不得,使不得,这万万使不得。"

陆云轩对红莲说:"嫂子还是没当兄弟是自家人,那我就不能在这里白吃白住了,我到城里找客栈去。"

说完,陆云轩提起行李,迈腿就准备往外走。

红莲犹豫了一下,红着眼睛说:"云轩兄弟,你别这样,看来今天嫂子不答应是不行了。我听有卿说过,你们两个是好兄弟。你这样走了,他回来了,嫂子咋有脸面对他说?今儿个也就豁出去了,嫂子做一回主,收下好兄弟的心意。"

陆云轩放下随身携带的行李,高兴地对红莲说:"嫂子,我不走了。"

第八十五章　方向

这天吃完饭，结绿和小草蹦蹦跳跳着去院里玩，红莲坐在屋里纳鞋底，陆云轩坐在炕边。红莲因了这几天一连着纳鞋底，又因为太过于专注的缘故，脖颈又酸又疼。实在酸疼得不行，红莲放下手中纳着的鞋底，脑袋左右两边轻轻地摇了摇，摆动了一会儿，感觉好多了，又拿起鞋底，将针往头皮上轻轻地一擦，一针一线地继续纳起来。

红莲一边纳鞋底，一边和陆云轩说话。红莲说郑有卿，说两个娃，说她自个儿，说地里的收成，说世道，说人心，说自个儿的难肠，也说自个儿对未来的期望和美好的心愿。陆云轩说他和郑有卿之间的一些令人难忘的事情，说父亲陆济慈，说老祖母，说妹妹陆婉容，说西窝村的王先生，说虎娃子，说秦仁义，说郑忠信，说西河的社火，说西河的秋千，说西河的"四镇八塔七十二疙瘩"，说太妞在西河的故事，说天下奇泉——伏鱼泉，说为啥把戏窝村叫成了西窝村，也说戏窝村这三个字里面所蕴含的深邃意义……他想到啥说啥，说出个啥就是个啥，只是始终不提苏银花这三个字。

两个人说话的过程中，红莲多次给陆云轩提到的，是一个土生土长的西河人。红莲说这个西河人参加了许多次战斗，杀死过多名鬼子，受到了八路军总司令朱德的亲自嘉奖。

红莲在给陆云轩说的过程中，语言不疾不徐，自然大方，一直亲切地称呼这个西河人为史同志。说是那一年的春天，年轻帅气的史同志，还有他的三名同学，相约一起投奔了革命，跟着部队到达了延安。还说那一年的六月份，史同志在中国抗日军政大学学习，也是抗大一期学员。后来，他跟随抗大第一大队学员，编入到了贺龙领导的八路军120师部队。东渡黄河之前，史同志写下了誓言："冲锋在前，退却在后；轻伤不哭，重伤不下前线；杀不完鬼子，不算好汉。"

史同志的铮铮誓言，给陆云轩传递着一股强大的力量，陆云轩的脊梁骨，不由自主地挺直了。这一刻，他激动不已，热血沸腾，双手紧紧地握住拳头。就是这种强大而磅礴的力量鼓舞着他，指引着他，而他的内心，也在这一刻有了明确而清晰的方向。

红莲说到这里的时候，泪水在眼里闪闪烁烁，她哽咽着对陆云轩说："西河的这个史同志，是真真正正的中华好儿男。你见了有卿以后，他会给你说史同志的传奇故事。有卿知道的比我多，几天几夜都说不完。"

第八十六章　好兄弟

那一年，牛庄庙会上唱祈雨戏。虎娃子唱罢祈雨戏回家的路上，碰见一个年轻人带着一封信专程来找他。原来，来找虎娃子的那个年轻人，是跟着郑有卿去了延安的。因为情况特殊，时间紧迫，路上又不能有一丝一毫的耽搁，陆云轩专门派部队里的一位同志到西河联系他。虎娃子连回西窝村给柳玉秀打声招呼的时间都没有，委托戏班里的其他人给柳玉秀捎了口信，然后背着皮弦胡和一些简易的行头，跟着这位年轻的同志就去了延安。

虎娃子没有想到，和陆云轩相见的时候，见到了郑有卿、党伟民、卫厚岱，还有另外几名同志。在一次激烈的战斗中，郑有卿为了救陆云轩，穿过枪林弹雨，整个身子扑到陆云轩的身上，陆云轩得救了。他自个儿因身中数弹，失血过多，失了性命。临走前的那一刻，撑着气力对陆云轩说："兄弟……我想听……咱西河的提线木偶戏。"

"虎娃子——！虎娃子——！"陆云轩声嘶力竭地冲不远处的虎娃子大声喊叫。虎娃子的脸上都是黑，只能瞅见一嘴白生生的牙。他听见了陆云轩的喊叫声，手上拿着枪，身上背着皮弦胡，慌里慌张地跑了过来。

很快地，"哎咳呀哈哎呀哈……"伴随着悠扬婉转的皮弦胡声，一声声叫板从虎娃子的喉腔里发了出来，一台提线木偶戏，热热火火地开演了。声声悠扬的弦乐，声声低缓的旋律，声声高亢悲怆的声音，在空旷而辽阔的天地间响起，万物都激越起来。

这熟悉的滋味儿，这荡气回肠的旋律，郑有卿立时被勾了魂魄。字字句句，他听见了，都听见了。这就是他从小听到大的提线木偶戏，这就是直抵人心的声音，这就是一曲行走在云端、行走在天地之间的高腔。

虎娃子唱得太好了，郑有卿美美地过了一把戏瘾，嘴唇翕张着动了动，跟着小声唱。倏地，郑有卿的眼睛直直地瞅着陆云轩。这一刻，他真的是有话想说，有话要说，使尽浑身的力气，喉咙还是被啥卡住了一样，嘴巴一张一张，只发出了"你是我兄弟"这五个字的音儿。

陆云轩紧紧地握住郑有卿的手，大颗大颗的泪水，肆无忌惮地从眼角汹涌而出，他颤抖着说："我的好兄弟，你……你……你放心，我知道你想说啥……我明白你想说啥……"

第八十七章　伤口

　　窗外起风了，一股寒风顺着老花木格窗缝爬了进来，睡在炕上的吕百灵，忍不住地打了一个响响的喷嚏。豆腐婆婆听见了喷嚏声，摸摸索索地起来了，点亮了搁在炕墙上的油灯，往吕百灵的身上加了个厚被子，这才放心地躺下了。

　　和豆腐婆婆再次相见，无论是对于吕百灵，还是对于豆腐婆婆来说，两个人心中都有许多话要和对方说，都有许多话想和对方说。但真正张嘴的那一刻，两个人都不知道从何说起。是啊，内心的柔软，已经悄无声息地触碰到了往事的豁口上，各自的心，也已经被泪水淹了个透。在一声又一声酸酸的哀叹声中，豆腐婆婆揭开了还未结痂的伤口。

　　那天晚上睡觉前，豆腐婆婆瞅了瞅满天的星星，对她的儿说："明天是个好天气。"

　　说完，吩咐她的儿赶快睡觉。她的儿一会儿叮嘱豆腐婆婆要爱惜身体，一会儿叮嘱他出门了，要豆腐婆婆照顾好自个儿；一会儿又叮嘱豆腐婆婆，无论发生多大的事情，都要想开，该吃就吃，该喝就喝。豆腐婆婆听了她的儿一番体贴的话，脸上全是藏不住的喜意。

　　第二天，豆腐婆婆早早起来了，她的儿和往常一样，也起来了，挑着水桶去担水。豆腐婆婆对正要出门的儿说："瓮里还有水，卖豆腐回来了再担。"

　　豆腐婆婆的儿说："娘，瓮里水满，出门了我心里踏实。"说完，担着水桶到村边的井台上打了四桶水，往灶屋里抱了一些烧水煮饭用的柴火，又往肚里灌了一碗水，吃了四个玉米馍，新的一天开始了。

豆腐婆婆的儿担着豆腐挑子走到门外，又转过身瞅了一眼娘，这才迈开步子，放心地出门去了。可豆腐婆婆的心里却一直惶惶不安，这种感觉一阵紧似一阵，一直在她的胸前悬着。天黑透了，还听不见她的儿在门外喊叫娘的声音。

搁以往，她的儿每次出村卖豆腐回来，还没进家门，就会在门外对她喊："娘，儿回来了。"

豆腐婆婆的儿性格内向，话少。豆腐婆婆说过，这方面是天生的，随了他那死鬼老爹。出门卖豆腐，得吆喝。一开始卖豆腐，她的儿咋着说都吆喝不出那一嗓子。在自个儿的屋里吆喝一嗓子，脸憋得像老柿树上的柿子，听着有些不伦不类。

豆腐婆婆笑着对她的儿说："我的儿呀，你吆喝卖豆腐的声音，把人能笑死。"

她的儿瞅着娘，"嘿嘿，嘿嘿，嘿嘿，嘿嘿"，憨笑了四声。

"咋办呢？卖豆腐要吆喝，也是大事情。"豆腐婆婆想来想去，和她的儿一起去了村南的沟边，吩咐她的儿站在沟边吆喝。豆腐婆婆陪着她的儿，吆喝了整整七天，那令人期待的吆喝声，听着总算是有了些意思……

都到啥时候了，出门卖豆腐的儿还没回来，豆腐婆婆在屋里想起了一些过往。想着想着，在屋里坐不住了。从墙角拿了个顶门用的桐木棍当拐杖，在门外的捶布石上坐了一会儿，心慌得坐不住，又拄着桐木棍去了村口，天黑下来了。

不知啥时候了，她听见有脚步声由远及近，从村口的方向朝这边走来，忍不住地喊了一声："我的儿——"

风把她的这一声喊吹走了，脚步声也由远及近到跟前了，豆腐婆婆又喊："我的儿，你咋才回来，把娘能急死。"

有人说话了："豆腐婆婆，我是村里的吴桠。"

豆腐婆婆对来人说:"哦,吴桠,是你呀。这黑灯瞎火的,一颗星星都没有,啥都瞅不见。都到这会儿了,我的儿咋还不回来?我这心里忽上忽下,着急得很。"

吴桠摸黑搀住了豆腐婆婆,对她说:"豆腐婆婆,不要着急,你的儿一准儿在路上往回赶呢。"

豆腐婆婆万万没想到的是,搀扶她回村的吴桠,嘴上是这样安慰她的,实则上给她带来了他的儿没了的坏消息。这个坏消息来得太猛烈,荡碎了她的心情。豆腐婆婆嘴上虽然说着不可能,绝对不可能之类的话,但她的身子骨,还是承受不住如此惨重的打击,轻飘飘地倒下了。

这天的豆腐不好卖,豆腐婆婆的儿走了四个村,又翻沟越岭去了南吴村。到南吴村时,碰着了一件突发事件。

南吴村有一对母女,男人走得早,日子虽说过得清苦,做娘的和姑娘两个相依为命,也算是实在日子。那天饭后,做娘的去地里拔草,村里大多数人都到田间地头干活去了。姑娘一个人坐在院里的杏树下纳鞋底,嘴里轻声吟唱着从远古流传下来的古歌子。由于她的神情全倾注在手中的鞋底上,倾注在自个儿动听的歌声中,院里进来了一个楚姓恶人,她一点儿都不知道。

纳鞋底用的白线绳没了,姑娘停止了嘴里的吟唱,到屋里去取白线绳。推门进去的那一刻,楚姓恶人从身后死死地抱住她,一张脏乎乎的嘴,在她的脸上乱啃乱咬,姑娘没命地大声呼救,声音犀利,悲伤而绝望,恰巧被走到门外的豆腐婆婆的儿听见了。

"碰见这种事情,若装作啥都没听见,我就不是人,枉披了一张人壳壳。"豆腐婆婆的儿心里嘀咕着,扔掉了捎在肩上的重物,拿着一根楸木扁担冲进去,一声骂腔出了口:"猪狗不如的畜生。"

话音刚落,楸木扁担抡了上去,楚姓恶人疼得龇牙咧嘴,松开了手。豆腐婆婆的儿心里轻松了,也就放松了警惕,扔掉了手中的楸木扁担,却忘了恶人还没走，转身去安慰被惊吓了的姑娘。

这时，楚姓恶人趁着豆腐婆婆的儿安慰姑娘的当儿，歪着脑壳从地上爬起来，一句狠话说出了口："叫你多管闲事。"说话的同时，一把抓起顶门用的杂木棍，又使了一把狠力气，重重地砸在豆腐婆婆的儿子头上。楚姓恶人脸上挂着一股笑的时候，豆腐婆婆的儿连哼一声的机会都没有了，满脸是血倒在地上。

刚才还活生生的一个汉子，现在却瘫在地上成一坨儿。血水如注，流了一地。楚姓恶人受了惊，撒腿往外跑。豆腐婆婆的儿用手指着楚姓恶人跑出门的背影，瞪着一双惊惧的眼睛，不动了。一个善良的规矩人，就这样失了命……

这天中午，一个衣衫褴褛的人，腿脚有些蹒跚地背着一个满脸褶皱的老人，来到了西窝村。看样子，应该是孝顺儿背着年迈的老娘，走了不是一天两天，也不是一月两月，应该是走了很长的时间，也应该是从很远的地方走来的。

这个衣衫褴褛的人不是别人，是西窝村的吕百灵，身上背着豆腐婆婆。回到西窝村了，吕百灵的眼睛里有了一抹藏不住的光亮，他再也不能把持住心中的激动，对背在身上的豆腐婆婆说："咱到家了，到西窝村的家了。"

故土难离、乡情难断、无论走多远，那个叫楚庠的地方，一直驻扎在她的心里。此时此刻，勾起了她对那个地方的无限思念与怀恋之情，也勾起了令她悲伤的往事，一串眼泪悄无声息地落了下来。这时候，吕百灵的话掐断了她的思绪，她"嗯"了一声。

其实，吕百灵独自去看望豆腐婆婆，离开西窝村时也是万般的不舍，他流着泪给冬兰千叮咛万嘱托，说这种年月，啥事情都有可能发生，只要不出意外，自己很快就会回来。他没想到，这一走就是几个年。

院子里有个叫菁菁的娃儿，模样儿周正、耐看、嘴里"咿咿呀呀"地说着话，也挪动着步子，欢快地蹦跳着。娃儿瞅见有人进来了，吓得扭身就跑，一边跑，一边噘嘴冲屋里喊："娘——你看你看，来人啦！来人啦！"

那嗓子可不是吹哩，亮骚得很。娃儿是爹娘的定心干粮呐！吕百灵的心里明白得很，这是他的血亲。这一刻，写在他脸上的，是掩饰不住的激动，是掩饰不住的欣慰，是掩饰不住的欣喜。他憨憨地笑了几声，冲屋里喊道："娘——"又喊，"冬兰——"

第八十八章　还乡

多年后的一天，虎娃子回来了，回到了他日思夜想的西河，回到了他心心念念的西窝村。还没进家门，就冲院里喊上了："娘——秦爷爷——虎娃子回来啦，你们的虎娃子回来啦。"

柳玉秀听见她的儿在喊叫着她，对，是虎娃子的声音，听得准准儿的，是他的声音，他在喊娘，喊爷爷。柳玉秀从炕上下来，着急地连鞋都没穿，光脚着地，疯癫癫地出来了。

秦仁义也听见了虎娃子的声音，眼边滴答下来一行老泪，蠕动着嘴唇说："我的虎娃子回来了，我的孙娃子回来了。这些年，爷爷怕就怕等不到这一天，爷爷怕就怕等不到我的虎娃子回来的这一天。"

说完，"呜呜哇哇"地哭开了。

这时候的秦仁义，身体还可以，就是迈不动腿脚。这会儿，他的心里很急切，很高兴，只能待在屋里，眼睛盯着门口，急切地朝门外的方向瞅，一天一天，一年一年，日子，都是在瞅和盼中度过的。

柳玉秀的手上长满了老茧，头发白了，白得没有一丝杂色，看起来苍老了很多，个头也矮了，像是缩骨了。

"娘是因为牵挂她的儿，才老成这副样子。"虎娃子的心沉沉的，"扑通"一声跪到了地上。

柳玉秀抖着嘴唇，颤着声音对虎娃子说："我的儿，快叫娘瞅一瞅，快叫娘好好地瞅一瞅，娘想我的儿，想我的儿都要想疯了。"

是啊，自打虎娃子从牛庄唱完祈雨戏之后，柳玉秀再也没有瞅见过她的儿。虽然说她的儿托某个有名有姓的艺人给她捎口信回来，说是有一件很重要的事情得亲自走一趟，一时三刻地回不来，等回来了，再给娘细说缘由。但柳玉秀真的没有想到，这一等就是好久，好久。春走了，夏来了，秋走了，冬来了。一股秋风，一抹寒凉，一次又一次地吹干了挂在柳玉秀脸上的眼泪。她的儿还能不能回来？这辈子还能不能见着她的儿？她都不敢想。是的，只要脑壳里倏地蹦跶出这个问题，她便想法子让自个儿回避，回避这个令她无法把控的问题。她真的不敢触碰，她怕啊，怕得要命。

甚至于有些时候，想儿想到连呼吸也变得不顺畅，变得急促起来；想儿想到浑身难受；想儿想到心里空落落的。这种时候，是她最愁的时刻，是她最烦的时刻，也是她最煎熬的时刻。这些感觉让她害怕，这害怕的感觉将她的心填得满满当当。不知不觉地，也将她带到了面对死亡的悬崖边。

对，是悬崖边。她竟然会有了死的念头，一了百了，所有的事情，就都不叫事情了。但每次这种时候，就会有一种来自遥远的、模模糊糊的声音附在她的耳边，她听得真真切切："你蹬腿撅屁股走了，家里的老人咋办呀？"

"家里的老人？对，我爹，他是我爹。"柳玉秀想起了屋里的秦仁义。这个爹待她如亲闺女，待虎娃子如亲孙娃子，她怎么能狠下心来撇下他不管不顾呢？不，这对于他来说太残忍了。生而为人，不能这样做。

前几年，秦仁义的胳膊腿儿身子骨都还硬朗，常担着剃头挑子出门去。有时候，也会被一些戏班请去唱提线木偶戏。这几年，他的腿脚不听使唤了，出门的日子也少了。怎么能狠心丢下他不管？丢不下，丢不下啊！还有可怜的冬兰，自打虎娃子将她带回到杨家，冬兰也成了她心尖尖上的另一疙瘩肉肉。还有，还有，还有外孙女菁菁，嫩乎乎的，小胳膊、小腿儿、小脸儿的，多么可爱，多么招人喜欢。一声声"外婆——外婆——外婆——"的叫声，叫得脆脆亮亮，她听了，心里像灌了蜜糖般甜。菁菁还是个娃，那一副好嗓子，是生出来的。你咋忍心丢下她呢？丢不下，丢不下呀！

恍恍惚惚间，那个来自遥远的、模模糊糊的声音又附在她的耳边："你等，你一定要等。你的儿会回来的，你的儿一定会回来的。"

"活着，咋就这么难？我咋就活得这么难？我这一辈子，咋就这么坎坷？这些年，再苦再难，坎坎坷坷的，总算是熬过来了。对，熬过来了。"柳玉秀对自个儿这样说着，眼眶里打着转儿的泪水没有了，死的念头也没有了。她的身上，又有了足够的耐心，有了足够的韧劲儿，有了足够的力量。

她缓缓地抬起头来，一缕风吹过她的脸庞，柳玉秀在心里暗暗地告诫自个儿："等，我一定要等，一定要等到我的儿回来的那一天。"

眼前站着的，是她的儿，柳玉秀终于把她的儿盼回来了，等回来了。这会儿，她捂住胸口，"呜哇呜哇"地哭开了，委屈得像个娃。哭着哭着，泪眼瞅着高高大大的儿，满心里都是中意。她对站在眼前的虎娃子说："我的儿，娘把你等回来了，娘终于把你等回来了。"

柳玉秀说完这一番话，双手要抓住虎娃子的手，忽觉得哪里不对劲儿，她的心"咯噔"一下，一股悲怆寒凉的滋味爬上心头。定睛一瞅，天呐！不得了呀！她的脸上变了颜色，眼里充满了深深的恐惧，充满了层层叠叠的忧伤。

柳玉秀颤着声音问她的儿："快给娘说说，发生了啥事情？"

娘的问话没法反驳，弯弯绕绕的，虎娃子给他的娘说了许多。不，更应该说是虎娃子给他的娘说了曾经发生的一件真实的事情。柳玉秀也终于明白了，虎娃子的一条腿，是在一次激烈的战斗中，为了拯救一个战友的性命，被敌人的炮火炸伤失去的。

柳玉秀瞅着虎娃子，沉默了一会儿，拍了拍虎娃子的那条好腿，泪笑着说："我的儿，是我柳玉秀亲咣咣的儿。我的儿有勇气，有胆量，没给老杨家丢脸。"柳玉秀说到"没给老杨家丢脸"这句话时，忍不住地哭出了声。

虎娃子冲柳玉秀傻憨地咧嘴一笑，说："我娘不哭，娘听儿说，娘听儿说。儿说啥都不会做给老杨家丢脸的事情。儿在住院期间，和当地幸存的几个艺人，自动组成了'民间傀儡剧团'，慰问救治中的伤病员，为他们唱优秀的传统剧目。他们对儿的独特声腔和表演技巧，非常赞赏。在此期间，儿还编了几个新剧，演出了多次。娘，发生了的一切，过去了的一切，儿扛得住。现如今，就这一条腿，儿也能扛得住一家人的天。"

柳玉秀的眼里闪着泪光，哽咽着问："我的儿，你疼吗？"

虎娃子瞅着柳玉秀，字铿句锵地说："娘，我不疼。"

柳玉秀泪笑着抱住虎娃子说："我的儿，好样的儿！你没给娘丢脸，没给老杨家丢脸，也没给咱西河人丢脸！"

第八十九章　永恒

这一天，陆云轩也回来了，带着郑有卿的女人红莲，还有郑有卿的一双可爱的儿女，回到了西窝村。两个娃的个头齐过窗台了，一个叫结绿，一个叫小草。几个人齐齐整整地走进了陆家院里。

最先瞅见他们的是陆婉容的丫鬟小菊，一切来得太突然了，小菊发出了一声惊叫，手中拿着的东西，"砰"的一声滚落到地上。她竟然忘记了捡拾，也忘记了应该先和少爷打一声招呼，而是大着嗓门，拉长声音冲坐在屋里的陆婉容喊："小姐——小姐——少爷回来了，咱家少爷回来了！"

这时候，陆婉容双手托腮，正在屋里静静地坐着，思绪飘得很远，沉浸在对往昔美好的回忆中。猛地，小菊的大嗓门蹿进她的思绪，一嗓子给掐断了。

"哥哥当初离家的时候，是说了几句模棱两可的话。她常常想，这辈子还能不能见到哥哥，说不好。哥哥，心爱的哥哥真的回来了？"陆婉容不相信自个儿的耳朵似的，支棱起耳朵仔细地听。

小菊又大着嗓门，急急地冲屋里的陆婉容喊："小姐——小姐——少爷回来啦，咱家少爷回来啦。这一回，咱家少爷真真正正地回来啦。"

小菊的话，陆婉容一字不漏地听清楚了，人还在屋里，声音先跑了出去："哥哥——哥哥——"

小菊的话，陆家所有的人都听得清清楚楚，他们放下手中的活儿，慌里慌张地跑了出来，陆济慈也从屋里出来了。陆云轩双手拉着爹，心里特别高兴，也忐忑不安，五味杂陈。他这一走啊，不是一天两天，不是一两个月，而是好久，好久了。陆云轩瞅着眼前被核桃皮皱纹爬满了脸的父亲，嘴唇轻轻地翕动了几下，心中涌起万语千言，却不知从何提起。

陆济慈望着他的儿，大笑着说："云轩哎，快叫爹瞅一瞅，快叫爹好好地瞅一瞅，看把我的儿难肠成啥了。爹听党伟民同志说过你小子，也就是从那一刻起，爹心里就已经大放松了。爹知道这么些年，你在外面干得都是大事情。我的儿，你没给咱陆家的老祖宗丢脸，你也给爹的脸上长了光彩。我的儿，爹早就活通透了，一切的不如意，从爹的心里，都一笔勾销了。"

说完，又是一阵哈哈大笑。

爹说了这么一番话，很显然，自个儿这些年在外面的情况，他都知道了。陆云轩心里这么想着，悬着的一颗忐忑不安的心，于多年之后，终于放下了。

陆婉容瞅着陆云轩，笑着说："哥哥，你要是再不回来，就没媒人上咱陆家门上提亲了。妹妹就变成老婆婆了，没人娶了。"

"瞧妹妹说的，哥哥这不是回来了。哦，哥哥给你说，虎娃子面善心慈，是个好人。在战场上英勇杀敌，是一名合格的战士。你和虎娃子的婚事，早该到了上门提亲的时候。哥哥给咱爹说，好日子一定搁不下你。"陆云轩将声音压得小小的，小到只有陆婉容和他才能听得见。

陆云轩说完话，紧紧地握住陆婉容的手。这动作，是陆婉容最熟悉的。因为这个，陆婉容的情绪变得更加兴奋，脸上映出来的全是喜意，她笑着对陆云轩说："哥哥，你说的话当真？"

"哥哥啥时候哄过你？"陆云轩瞅着陆婉容反问道。

"哥哥，我思来想去的，还真没有啊！"陆婉容瞅着陆云轩，扑哧一声笑了。

这时候，结绿和小草亲亲地喊叫着："陆爷爷——陆爷爷——"

满头白发的陆济慈弯下身子，一只手牵着结绿，一只手牵着小草，脸上的笑容灿灿烂烂，层层叠叠，充满了无限的仁慈和喜爱。

这个晚上，红莲、结绿、小草，被安排在陆家最好的上房里。红莲说啥都不同意，说是要和小菊她们一起住。

这当儿，陆婉容说话了："我和红莲姐、结绿，还有小草，我们一起睡。晚上，我还可以和红莲姐说说话。"

陆云轩以鼓励的眼神望着红莲，红莲心里一暖，泪笑着朝陆婉容点头。结绿和小草拍着小手，高高兴兴地蹦跳着。

这个晚上，陆济慈和陆云轩面对面地坐在炕上，陆济慈不眨眼地瞅着他的儿，眼神里充满了浓浓的爱意。当他听完陆云轩回忆起郑有卿在战场上奋不顾身救他的事情后，泪水一波一波地从眼角涌出来，他哽咽着说："英雄啊，大英雄啊！这辈子，一定要照顾好他的家人，不能让红莲、结绿和小草受一丁点儿委屈。就是我们受委屈了，也不能让她们受委屈。"

陆云轩瞅着陆济慈，不住地点着头。

时间过得真快，陆云轩回到西窝村已经有四个多月了。一个黑漆漆的夜里，陆家的其他人都睡下了，陆济慈将刚睡到炕上的陆云轩叫到自个儿的屋里，对他说："我的儿，这一阵子嘛，爹总感觉到身子骨不太好，一天比一天弱。爹想着，怕是到了枯枝败叶的时候了。你是爹的依傍，爹有一件很重要的事情给你安顿，你一定要记住。不然的话，爹死不瞑目。"

陆云轩对陆济慈说："爹，好好的，说啥死呀死的，您这身子骨，硬朗着呢。"

陆济慈说："我的儿，人有时候说筋骨，从山崖上摔下去，都好好的；要说倒霉，一块土疙瘩绊了，也会丢了性命。至于说爹这身子骨硬朗还是不硬朗，爹是上了年纪的人了，自个儿的身子骨，自个儿清楚。你和爹是亲不溜溜的亲，有好多的话，爹就不拐着弯儿，直说了。若是不给你说，爹怕到时候来不及。陆家做了这么多年生意，留下了一大笔数目可观的银钱。爹想在临走的时候，把爹操心的一件大事情交给你来完成。你若是实心实意地答应爹，爹就没啥遗憾了。"

"爹,我答应您,您无论说啥,儿都答应。"陆云轩感觉到事态的庄严和重大,点着头,硬是忍着没让眼泪落下来。

陆济慈沉默了一会儿,镇静地瞅着陆云轩说:"好,是我陆济慈亲咣咣的儿,你先给爹发个誓。"

虽然在这一刻,陆云轩并不知道爹要交给他的是啥样的心愿要他来完成,但他知道,只要是爹交代的事情,就是大事情,必须竭尽全力来完成,必须完成。

陆云轩很是动情地对陆济慈说:"爹,儿替爹办事情,古今一理,天经地义。我会按照爹的意愿来完成,绝不食言。若要食言,天地不容。"

陆济慈听了陆云轩一番发自肺腑的誓言,眼睛红了。是啊,陆云轩很痛快地答应了,当下表明了自个儿的态度,字字句句回答得铿锵有力。陆济慈的心里很满意,眼睛里也有了一种心满意足的神色。他激动极了,说话的时候,嘴唇忍不住地打着战:"你是我陆济慈亲咣咣的儿,有些事情,注定得由你来承担,也必须由你来承担。爹老了,没精力等到哪一天了,这件事情就由你来做。我的儿,遇着事情多转转脑壳,想一想前因后果,想一想为啥?等世道平静了,天下太平了,把这一大笔数目可观的银钱全部捐出去……"

说完,陆济慈对陆云轩招手说:"我的儿,你快,快到爹的跟前来,爹还有一些要紧话给你说。"

陆云轩很受震动,也很感动。他"嗯"了一声,走到了陆济慈跟前,陆济慈将自个儿的嘴附到陆云轩的耳边,对他低声说着话。那些话,他一字不漏地都听见了,一个劲儿地点着头。

一连说了许多话,陆济慈喘得厉害。猛地咳了几下,喘声算是暂时延缓了。

陆济慈拍拍陆云轩的肩膀,以一副慈爱而随和的语气对他说:"我的儿,爹还有几句话你要记住,人活着,要活得周正,要活得端正,要有善心，要有善行，还要有大气量。爹今儿个给你敞开来这么一说，心一下子轻松了，平静了，也踏实了。我的儿，这会儿，有一团儿困意在爹的跟前徘徘徊徊，绕来绕去的，爹咋着都赶不走，眼皮子连眨的劲儿都没有。爹就想扯呼噜睡大觉，爹就想展展豁豁、踏踏实实、美美地睡一场大觉。"

陆济慈对陆云轩说着话，神态便陷入了一种平静的、安详的迷醉状态。他没能再说出多余的一个字，声音戛然而止，眼睛轻轻地一合，合成一团儿，神情慈祥平静，超凡脱俗。

陆婉容和虎娃子之间的事情，陆云轩还没有来得及和他的爹说，但陆云轩知道，爹是个开明人，他一定会同意他们的这桩婚事。

人生漫漫，长眠无期。陆济慈这一睡，便是天长地久，便是永恒。

第九十章　夜的气息

　　贴红贴绿贴对子，窗上、门上、坛坛罐罐上、桌桌椅椅上，贴的都是炫腾腾的红颜色。这是一个晴朗的好日子，虎娃子和陆婉容，两个相爱的人儿穿过艰难险阻，穿过千山万水，终于走到了一起。几天后，陆婉容托人给小菊找了一个好人家。小菊要出嫁了，小菊的父母没了，陆云轩和陆婉容以哥哥姐姐的身份，给小菊置备了丰厚的嫁妆，以娘家人的身份，让小菊风风光光地出嫁了。出嫁的那天，陆云轩对小菊说："我和婉容，永远都是你的哥哥姐姐，陆家永远是你的娘家。我们是你的亲人，永远都是。"

　　虎娃子对小菊说："你是婉容的亲人，你也是我的亲人，永远都是。"

　　小菊瞅了瞅陆云轩，瞅了瞅陆婉容，瞅了瞅虎娃子，眼里有一抹晶莹透亮的泪光。

　　又是一年春天到，杨家院里发出了一声哭音。挽着袖筒的接生婆长长地吁了一口气，声音从门缝里挤了出来："啊哟嗨，是个带锤锤的，带锤锤的。"

　　哭声野野的，是直抵人心的湿润和温暖。一直盯着屋门的虎娃子脸上有了喜感，眼眶里也有了感动的欢喜。陆婉容刚怀上娃的那会儿，虎娃子和陆婉容已经商量好了，无论生男还是生女，都叫念祖。

　　伴随着一股飒飒的寒凉，冬天的味道来了，随处便可触摸。过了一些日子，念祖已经会在炕上爬来爬去，嘴里咿咿呀呀着他自个儿能听懂的语言。不多久，会在炕上坐了。又过了一些日子，念祖开始能将碗里的饭往自个儿的嘴里刮拉了。

　　活干三年没影影，娃抱三年提笼笼。一天早上，念祖会叫祖母了。柳玉秀听着这振奋人心的喊叫，一声接一声地应答着，就连脸上的皱皱褶褶也舒展开了。

这天下午，吕百灵讷讷地来到了杨家，从他脸上所呈现出来的状态来看，心情并不好。柳玉秀见是吕百灵来了，去灶屋给吕百灵端了一碗水，给虎娃子也端了一碗水。虎娃子瞅着柳玉秀，以无比心疼的语气说："娘，这事情您就别操心，有我和婉容呢。"

柳玉秀说："我的儿，娘的心劲儿大着呢，这点活儿难不倒娘。再说，婉容还要管娃，念祖正是猪嫌狗不爱的时候，跟前一步都离不开人。"

虎娃子说："娘，儿这不是担心您吗？"

柳玉秀说："我的儿，你娘是纸糊的，就这么不经摔打？我的儿，你娘只要是还有一口气，还有一口能填到肚里的吃食，就能熬，慢慢地熬。冬天一出来，距离'立春日'就不远了，娘还等着给念祖到袄袖上缝彩色布条，娘还等着到咱家大门上贴红颜色的'报春帖'，娘还要等到咱西河的提线木偶戏，重新开锣拉弦索的那一天。"

"好了好了，瞧娘话多的，你们说吧！我就不在这秧秧蔓蔓地一扯一大串啰唆了。"柳玉秀对虎娃子和吕百灵笑着说，说完后，扭身移步出去了。

吕百灵喝了一口水，把瓷碗搁到榆木桌上，叹了一口气对虎娃子说："哥，肚里真憋屈哇！吃饭的家当再不拿起来，皮弦胡再不拉起来，木偶人再不提起来，就剩下发霉了。"

虎娃子和吕百灵两个人，你瞅着我，我望着你，明明心里有一股怨气，却不能对自个儿的人发火。两个人就这样相互瞅着，都不说话。接着，又是一阵长长的沉默。这长长的沉默胜过万语千言，啥都不说，便也是说了。虎娃子和吕百灵想要说的话、说不出口的话、不能说的话，都藏在这长长的沉默之中。

过了好长一会儿，虎娃子端起瓷碗喝了一口水，内心沉沉地对吕百灵说："世事难料啊！都说老牛肉有嚼头，老人言有听头。可如今，老祖宗的一些老话,在时下不应验了,当成耳旁风了。嚷嚷着说是要破除迷信,咱这提线木偶戏没人请了,谁还敢憋着胆请提线木偶戏。"

说完,虎娃子又端起搁在榆木桌上的瓷碗,一仰脖全喝了。喝完后,发出一声沉沉的叹息。接着,一脸无奈地说了另一番话:"其他戏班都和咱一样,已经歇了一段日子了。眼下,还真没有办法。人呀,在没有办法的情况下,所谓的办法,就是熬,慢慢地熬,一天一天地往出熬。苍穹之下,世间许多事情,都绕不过熬这一关。一辈子,不都是熬出来的。"

一个黑漆漆的夜里,村外传来了几声狗吠。郑忠信和虎娃子两个人,慌里慌张地将家藏的老绣衣、泛黄的线装戏本,还有虎娃子给如意戏班置备的一些行头、一些老物件,藏在了沟崖上的土窑里。刚刚藏好,几个陌生的毛头小伙,盛气凌人地来到西窝村,见了雕着木刻的桌子就砸,见了石碑就砸,见了演提线木偶戏的戏箱,点一把火就烧了。村上两个庙里的泥胎神像,也被几个毛头小伙用榔头毁掉,推到了涝池里。就连一些绣着图案的花手帕、绣鞋、五颜六色的肚兜,都不放过,把个西窝村搅得鸡犬不宁。

吕百灵也没少被拳打脚踢,他觉得自个儿实在是憋屈,转念又一想,觉得有人比他还憋屈呢。在某一瞬间,他猛地想明白了,也像是被啥东西给捅了一下,一下子捅通透了,他自言自语地说:"也许可以走这么一条路,其他艺人,兴许会免遭劫难。"

一个月朗星稀的夜晚,吕百灵挥动着胳膊,迷迷瞪瞪地走到了西沟边,就在他一跃而跳的那一刻,被一把钳子般的大手抓住了。紧接着,是一阵急促的吼叫声:"你在这里做啥?你是不是疯癫了?谁给你壮的胆子这样做?世间有些事情,火烧眉毛眼前事,轮不到你来做。"

声音咋就这么熟悉?这个人不是别人,吕百灵听出来了,这是几年前就腿脚不灵便、躺在炕上的秦仁义。不知道他是从哪里掬来了一股子憋力气,走走爬爬,连走带爬,摔倒过无数次,硬是拖着病身子来到西沟边。

在这极为关键的时刻，秦仁义抓住了吕百灵的胳膊，连着甩了他两耳光，气呼呼地张着豁牙漏风的嘴，冲吕百灵吼："你这娃憨胆儿肥，是不是疯了？你说你傻不傻？你说你是不是疯了？吕百灵啊吕百灵，不管咋着说，也不能由了你的脾气。秦爷爷老了，能活到现在，已经够本了。秦爷爷不怕死，我死了，一些由头，一些说是，被我一个人带走了。"说完，嘴上浮出了一丝谁也瞅不见的凄凉，连同一丝诡异的笑意。

吕百灵的眉头紧皱，鼻腔泛着酸，说话有些语无伦次，却是以十分恭敬的语气对秦仁义说："秦爷爷……您是我们……是我们……"吕百灵难受得说不下去了。

秦仁义心里有个问题，他也知道吕百灵是如何来回答这个问题的，但他还是要问，要听吕百灵从嘴里说出来那个字。他问吕百灵："秦爷爷问你一个问题，你要老老实实地回答。你说，你爱不爱咱西河的提线木偶戏？"

这个问题对于吕百灵来说，并不难，他连想都不用想，回答说："爱，像爱自己的生命一样去爱。"

秦仁义从吕百灵的嘴里听到了这个稀罕死人的"爱"字时，心终于放下了，很是赞许地在黑夜里盯着吕百灵好长一会儿，意味深长地说道："爱，和我想的是一模一样，是从骨子里透出来的爱。好哇，秦爷爷放心了。百灵，今儿个把你的脾性收起来。你记住，心字头上一把刀，遇着事情要忍！把腰杆子挺一挺，忍吧，熬吧，一天一天地忍，一天一天地熬，往出熬，总会有熬出来的那一天。世间有些事情，注定得经过熬这么一关。熬，就要有熬的性子，熬过了，熬尽了，就熬出来了。百灵啊，要牢牢地记住秦爷爷说的话，一定要爱惜自个儿，往后提线木偶戏露脸的机会，还指靠虎娃子和你们出大力气呢。你们往后，还有别的事情要做，身上肩负的担子重着呢。秦爷爷年岁大了，该走了。早走早托生，早爬早转世。是结束，是延续，更是天意。天意不可违啊！"

吕百灵的脸上增添了一层惶恐，仍要坚持，战战兢兢地说："可是……

可是……我还有事情……"

秦仁义不再言语了。他实在没有办法拦住和劝说吕百灵,只是深深地在黑夜里长叹了一声。倏地,秦仁义"扑通"往地上一跪,说话的嗓门提高了,也变形了:"百灵啊百灵,都到鬼上身的关头了,你究竟还在这里可是个啥呀?有事情,你有啥事情?醒醒吧,就是有事情,也轮不到你来抗。你抗了,秦爷爷羞都羞死了。秦爷爷知道,知道自个儿的大限到了,该上路了。今儿个秦爷爷算是求你了。留得青山在,不怕没柴烧。百灵,要相信,提线木偶戏,一定会有登台露脸的那一天,还等着你们到那个时候,出大力呢。百灵,你一定要记住,从今往后,不许再这样鲁莽,遇着事情要沉着冷静,不能做不该做的事情,还有好多有意义的事情,等着你来做。眼前的事情不由人,总得有个交代。我坚信,提线木偶戏还有一段路要走;我坚信头顶三尺,自有神明;我坚信苍天有眼,苍天有眼呐!"

秦仁义说最后一句话的时候,显然加重了语气,用了一番气力。吕百灵的心沉沉的,不知道该说啥才是好,他使劲地点着头,双膝贴地跪下了。他抹着眼泪,哭着喊叫着:"老天爷呀,你说咋办呀?你说我该咋办呀?我咋承受得起这么大的礼啊?秦爷爷!秦爷爷!您起来,您起来,您快起来。"

趁着吕百灵用手抹眼泪说话的当儿,秦仁义闷着一口气,奋身往前一跃,跳下沟去。

吕百灵感觉到野天野地里有一股风,"唰"的一下,一股寒气迅速钻进了他的骨头缝。他抖着嘴唇,打着哆嗦,不敢相信刚才发生的一切。这刚刚发生的一切把他吓坏了,也吓蒙了。他是被那一声哑哑的、沉沉的、闷闷的咕咚声吓坏的、吓蒙的。吕百灵的目光呆滞,眼睛里有了茫然,有了惊悚,有了寒凉,有了飘飘忽忽的麻木之感。整个人像是被谁打闷了一样傻傻地呆立着,舌头在嘴里也理不顺当。

过了好长一会儿,人清醒了许多,他大声朝着一个方向喊着叫着:"我的秦爷爷——秦爷爷——秦爷爷——"

一声声急促的喊叫声从他的喉管里发了出来："秦爷爷——秦爷爷啊——一股疼上到我心里了。心酸啊……我心疼您呐……"

夜，黑透了，黑实了。风，飒飒地吹着。天地莽莽苍苍，世间万物混沌在夜的黑里。吕百灵有些气涩，涩得喘不上来，眼泪顺着他的脸庞滚滚落下，他的心碎了，膝盖骨软了，头贴住地，"嘭嘭嘭"恭敬地磕了三个头。双手抓住自个儿的头发，使劲儿捶自个儿的脑壳。接着的，是扯起嗓子，忍不住地张开嘴哇哇大哭，哭着喊叫着："都怪我，都怪我，都怪我没本事留住您！"

这揪心割肉的哭声，在空中飘荡，在空中起起落落。一声比一声大，一声比一声跟得紧，越来越大，越来越紧。这声嘶力竭的哭声凄厉而遥远，把夜的宁静压了下去；这声嘶力竭的哭声，被一股风追撵着，在天地之间横冲直撞；这声嘶力竭的哭声，被一股风追撵着，在夜空中荡漾着，踉踉跄跄。哇哇哇的哭声从吕百灵的喉管里往出冒，他哭得没有了声，嘴一张一合地，一直都没有停下来。

一个好人出了事情，离开了让他爱恨交织的人世间。一个曾经鲜活的生命，以自信和笃定，以一种无奈的方式作为话别，结束了属于一个人磕磕绊绊的一生。

风把这个消息灌到了西窝村。出人命了，西窝村的人，在夜的半睡半醒中，知道秦仁义出事情了。村里沸腾了，这事情揪着心呐，在人们的嘴里悄悄地转了话题，在方圆多里，也起了不小的动静。

"人世间悲戚戚的寒凉啊！真不懂了，一个老好人咋就？咋就一夜间没了？没了呀……"惊讶之声连连不断。有人惊得找不着东南西北，泪水滴答滴答地滑落在脸边，滑落在胸前。他们万万没有想到，成天躺在炕上的秦仁义，究竟是从哪里掬来了一股子蓬蓬勃勃的憨力气？这股子憨力气啊，真叫人心疼。一切的一切，都含在这股子"憨"里了！

"世间有些事，滤不清；世间有些话，不敢想，不好说。心中明明有苦，却说不得。"好些人只能从心里发出这样沉沉重重的感慨之声。

岁月悠悠，造化弄人，活人如此坎坷。这一世的缘分，还能再续吗？秦仁义死了，秦仁义的一生，是以这样的方式和人世间挥手诀别，是以这样的方式封在土里，给自个儿的苍凉而坎坷的人生，画上了一个让人感触、让人叹惋、让人苦痛、让人肝肠寸断的大句号。世间有些事情，有些道道，有些理，原本是明明白白、清清楚楚，却不能用言语来说，也说不得。天生注定只适宜憋，只适宜压，憋在一个人的内心深处，压在一个人的内心深处。这所谓的"憋"和"压"，沉沉的、重重的，无时无刻不碾压着吕百灵的心。

吕百灵疲惫极了，看上去很伤感，又跟没睡醒一样。一个人待坐的日子多了，一个人站立的日子多了，一个人神思恍惚的日子多了，一个人用手擦眼角的日子多了，一个人遥望着天空的日子也就多了。心头有痛在他的胸腔中盘根错节，于不知不觉中，脸上的神色突地变了，眼泪扯下来了。不知不觉中，陷入无奈与孤独中的吕百灵变得更老相了，心情和疲倦的感觉簇拥着爬到他的脑壳上，他的脸上。他的声音、他的相貌、他的身形、他的性格，在这个令他难熬、令他难以接受的冬夜里，发生了巨大的变化。吕百灵的话更少了，头发也越来越凌乱。许多时候，吕百灵保持着沉默，满脸堆着核桃皮皱纹，满脸堆着的都是乌云，走起路来没有底气，弯腰弓背，耷拉着脑壳，一副没精打采的样子，脊背也变成弯的了，如同一个倒扣的铁锅压在瘦溜溜的肩膀上。

第九十一章 艺术的春天

政策越来越好，越来越好，越来越好了。分田到了组，又到了家家户户。西河的提线木偶戏，迎来了露脸的好日子。在这种时候，为了丰富乡亲们的文化艺术生活，镇上的一个对提线木偶戏有着特别强烈的兴趣和爱好又特别了解民间艺术真实情况的干部，专程去了一趟西河县，给县领导推荐了西河提线木偶戏。

在当时，虽然说只是一个简单的推荐，却也是一件极其重大的事情。过了没多久，县上的领导有了答复，而且是肯定的答复，说是要将提线木偶戏请到镇上唱，唱六天。过大年的时候，再热闹六天。到了正月十五的时候，还要被请到县上唱，热闹九天。这六天，还有这九天，镇上和县上给每个艺人顿顿都管饭，还说要给每个艺人每天发补助哩。

"哥——哥——哥——"吕百灵一听到这个令人振奋的消息，脸上的表情渐渐舒展了，像是换了一个人。这个令人振奋的消息，也照暖了他的心，他高兴啊，高兴得想要喊叫，热泪却盈满了他的双眼。他气喘吁吁地，一路奔跑着跑到杨家，大着嗓门一连着喊叫了三声。

虎娃子从院里听出来是吕百灵的声音，却又觉得哪里不对劲儿？对，是吕百灵，就是吕百灵发出来的喊叫声，又似乎不像，就在虎娃子心里有疑虑的当儿，吕百灵大踏步地走进来了。

虎娃子对吕百灵说："百灵，你再喊我一声哥。"

吕百灵虽然不知道虎娃子要他再喊一声哥是啥意思，但他心里高兴，脸上也堆满了高兴，又一连着喊了三声："哥——哥——哥——"

这"哥"字叫得真个亲，真个有趣，真个有味，虎娃子听得真真切切。对，刚才就是吕百灵在喊我，虎娃子瞅着吕百灵，傻笑着乐。

吕百灵不解地对虎娃子说："哥，你这是啥意思呀？兄弟都叫你乐糊涂了。"

虎娃子笑着说："百灵，今天是个好日子，有大喜事！"

吕百灵对虎娃子说："大喜事，我还没给你说，你都知道了？你是有一对千里眼，还是长了一对招风耳？"

虎娃子哈哈大笑着对吕百灵说："哥虽说是没有千里眼，也没有招风耳，但哥听得清清楚楚，你刚才叫的那三声'哥'，跟平时听着就不一样。"

吕百灵有些不解，一下子紧张了，脸色唰地一下也变了，噘着嘴对虎娃子说："哥，你说啥呢？兄弟有苦压在心里，你是当哥的，咋就拿自个儿的兄弟开这种玩笑？兄弟伤心了。"

虎娃子听了吕百灵的话后，知道吕百灵对他刚才说的话上心了，脸上的表情变得极其严谨，以正儿八经的语气对吕百灵说："兄弟，哥是说你的声音好了，彻底好了。我刚才听得清清楚楚。"

声音这个词，是压在吕百灵心头的大痛，被虎娃子这么一说，情绪变化得很快，身子变得稀软稀软，他有些撑持不住了。

虎娃子瞅着吕百灵说："瞧你这稀松的架势，叫哥咋说你呢？我是你哥，我能跟你开这种玩笑吗？兄弟，你误会哥了，哥说的是好事情，你的嗓音彻底变好了。"

吕百灵相信虎娃子说的话，溢在眼底的泪挤回去了。两个人四目相对，憨憨地拉着手，感觉如同是回到了小时候。不知啥时候了，虎娃子和吕百灵两个人的脸上，爬满了晶莹剔透的泪水。

吕百灵虽说是泪眼瞅着虎娃子，但脸上却飞扬着自信，把"要将提线木偶戏请到镇上唱，请到县上唱……"这个好消息告诉给了虎娃子。虎娃子听了吕百灵的话后，好久没有这么高兴过，一仰脖，声音响响地唱了起来:"风停了,雪住了,艺术的春天,真真正正地来了。"

虎娃子刚唱完,拉住吕百灵的手,高兴地说:"走,咱哥俩赶紧把这个好消息,告诉天那头的亲人……"

这天,镇上刚好逢集日,虎娃子和吕百灵去了一趟王师娘的家,又去了一趟郑忠信的家,把这个天大的好消息,一一给他们说了。

不容易啊,真不容易!王师娘听了后感慨万千,老泪纵横。郑忠信听了,竟然"呜呜哇哇"地哭开了。一旁的林绣云,也跟着不停地抹着眼泪。从郑忠信家出来后,虎娃子对吕百灵说:"我今天想去镇上走一趟。"

吕百灵不解地问虎娃子:"哥,你咋了?"

虎娃子笑着对吕百灵说:"看把你紧张成啥了,没咋。哥是因为太高兴了,想亲自去镇上走一趟。"

吕百灵接住虎娃子的话说:"咱哥俩一起去。"

虎娃子对吕百灵点着头,应了一声:"咱哥俩一起去。"

虎娃子说话的时候,将柳木拐杖在地上杵得当当响,声音异常洪亮:"兄弟,别看你哥只有一条腿,就这一条腿,哥哪里都能去。"

吕百灵点点头,瞅着虎娃子说:"哥说的这些话我相信,字字句句,我都相信。"

当天,两个人说完这一番话后,走着去镇上。返回西窝村的时候,割了六斤肉,又称了六斤豆腐。

柳玉秀和陆婉容两个,一个抱柴烧火,一个挽胳膊切肉,把六斤肉洗得干干净净,切成块,下到锅里煮了几个时辰。肉煮熟后,将六斤豆腐切成方块形样的,一半放着,一半用锅蒸,蒸好后放着晾凉,炸成烧豆腐,做了三桌"十碗席"。

在西河,"十碗席"是过年和过红白喜事的时候才做的,有时候也请人做。讲究的说法是"六肉和四菜",做好的"六肉和四菜"端上桌,都很有讲究。最先上桌的是鸡,还有肘子,最后上桌的则是"丸子",如果将做好的菜贸然端上桌，或者说是摆乱了顺序，定是会惹出一些笑话的。

"六肉"，有切成方块的红烧肉，有切成条状的长条肉，有过油酥肉，有鸡肉，有肘子，还有肉丸子。所谓的"四菜"，说的是白菜、金针花、绿豆芽、菠菜。这里说的"四菜"，就没有那么多的条条框框来限制了。只要是瞅着顺眼，菜品颜色搭配得舒心爽目，都可以用来替代。

不年不节的，做啥"十碗席"呢？心里实在是开心，高兴哇！"十碗席"就该做。吕百灵、虎娃子，几个年轻的后生，还有其他几个戏班里的艺人，都叫到了一起，一伙人坐在饭桌前，你一筷子，他一筷子地夹着菜，吃着喝着说着。往后可以好好地过一把提线木偶戏瘾了，这一刻的他们，知足透了。每个人的脸上，都洋溢着兜不住的笑容。

为了去镇上和县上演出，艺人们吃住都在虎娃子的家里。在"提、拨、勾、挑、扭、抢、闪、摇"等技法的基础上，虎娃子又做了大胆的尝试，让提线木偶人能模仿成真人一般的复杂动作，分别是走、坐、跑、跳、坐花轿、骑大马、抢刀、划船、关门、睡觉、挪椅子、脱衣服、卸帽子、撒发、吹须、吊毛、跪拜、抢水袖、踢纱帽、腾空驾、闪官翅等。每一个细节和动作，都达到了形象逼真、栩栩如生的境界。

柳玉秀、陆婉容，还有前来帮忙的耿小姑、冬兰、林绣云……几个人一天三晌都不闲着，轮流烧水、做菜、蒸馍。她们的心劲儿大着呢，似乎就没有累的时候。迎来提线木偶戏重新登台的这一天，她们和虎娃子、吕百灵，还有其他艺人们一样，心里充满了无限的美好。

提线木偶戏到镇上和县上演出了，每演出一场，乡亲们都夸赞说提线木偶戏耐看、耐听，有看头、有听头，叫好声和掌声连连不断，一阵胜似一阵。

第九十二章　迟到的消息

　　为了丰富表演艺术，为了让提线木偶戏在演出过程中产生更加强烈的艺术效果，从镇上和县上演出回来，郑忠信、虎娃子、吕百灵，还有其他几位有名气的艺人又加班加点，慎重研究和探讨了接下来需要排练的演出剧目。在唱腔、道白以及表演等方面，艺人们各有各的见解，各有各的经验，也各自谦虚地找寻出自己的不足，达成共识之后，确定好了应该排练的剧目。

　　一天中午，虎娃子倏地意识到在排练演出的过程中，隐隐约约还存在着一些不足。当天，虎娃子将心中的这种感觉和感受，对吕百灵和郑忠信说了。两个人听了虎娃子心中的疑惑之后，吃了一惊，又都觉得虎娃子的感觉和感受很有道理，也就和其他艺人们坐在一起，以严肃认真的态度，就此展开了深度的商讨和交流。在大家的共同努力下，终于查找出了原因。

　　所谓的原因，竟然出在打击乐这个方面。在提线木偶戏的演出过程中，坐在"鼓板怀"里的艺人得同时掌握马锣、堂鼓、暴鼓等五六种乐器，既要敲击鼓，还得敲击锣。在这种情况下，双槌敲击鼓锣发出来的声音之轻重与高低就有所不同了。就是这所谓的有所不同，便会发出来一些不和谐的音感，也就是这所谓的不同，影响到了声音的韵味、节奏和效果。艺人们一致认为，让坐在"鼓板怀"里的艺人只掌握铮子、手锣和马锣这三种乐器，效果应该会更好一些。

　　谢天谢地，原因找出来了。郑忠信、虎娃子、吕百灵，还有其他艺人们，在继承和发扬提线木偶戏的独特声腔意蕴和独具风格的基础上，又做了研究和改进，重新安排了所选的剧目，排练演出的效果非常好。

这天夜里，虎娃子和陆婉容激动得一夜没合眼；吕百灵和冬兰激动得一夜没合眼；其他艺人们激动得一夜没合眼；郑忠信和林绣云也激动得彻夜难眠，唠了一晚上。

三十六天过后，西河的提线木偶戏受邀去北京参加全国第一届木偶皮影观摩演出大会。演出的剧目是传统戏《小放牛》，以及《打金枝》中的《进宫背舌》。在演出的过程中，一句"哗啦啦衣裳齐扯破"的唱词脱口而出，伴随着手线一抡一闪两个动作，偶人快速地换了一身衣裳，台下顿时响起了雷鸣般的掌声。西河的提线木偶戏受到了首都戏剧界和外国专家的一致好评，当时的《文艺报》有文如是说："在《小放牛》《打金枝》等优美的剧中，人物性格鲜明并富于变化，大大地突出了各个人物的性格。而西河提线木偶戏《打金枝》中公主的表情，活化了一个任性的却不失千娇百媚的闺阁千金……"

虎娃子、吕百灵，还有西河提线木偶戏班的所有艺人们，一个拉着一个的手，脸上洋溢着璀璨的笑容。

九年之后，西河提线木偶戏代表中国独特的民间艺术受邀出国演出，演出的有《孙悟空三打白骨精》《挡马》等剧目。这一次演出，依然是大获成功，开辟了提线木偶艺术走向世界的先河。

当地的专家们看了提线木偶戏演出之后，一致认为："这样情节曲折、人物复杂、表演逼真的演出，如此之精彩，是他们从来没有见到过的。提线木偶戏竟然能容纳这么多精彩的人物，是个大奇迹。"

室外，一群人围着拄着拐杖、头发花白、穿着大红中式对襟袄的虎娃子，说是要采访一下他，想知道有啥窍道。

虎娃子笑了，摇摇头，摆摆手说："胳膊腕工到了，工夫到了，就啥都到了。我这皱皮皱脸的老壳壳，半截身子埋到土里的人了，没啥好说的。你们要采访，就采访我们的年轻人。只要工夫到，定会出奥妙。我们的年轻人，有朝气，记性好，背戏文不打一个磕巴。'提、拔、勾、挑、扭、抡、闪、摇'，这么些精到的技法，被我们的年轻人运用到了惟妙惟肖的程度，取得了很好的艺术效果，唱出了新气象。他们，都是中华好儿男。"

一群人围着虎娃子，用虎娃子听不懂的语言，一个对一个说："这是个有故事的人。"

有人说："这个人有着非凡的功力，是个传奇。用红、蓝、黑三种颜色的线绳，把木头偶人操纵得活灵活现，创造出令人惊叹的提线木偶艺术。那一双手啊，简直是太神奇了，几个动作下来，如同给木偶人注入了生命。"

有人说："一个有钢骨的人。"

有人说："中国的提线木偶艺术非常好，不但能表现出人物内在的情感，还体现出了艺术最好的表达方式。"

又有人称赞道："我被中国的提线木偶戏惊呆了！中国提线木偶戏是个古老的剧种。以'线'制胜，以'腔'迷人。戏词精练，特技很多，唱腔丰富。偶人雕刻的造型更美。太神奇了，简直是太神奇了。"

……

这些人在说话的过程中，不由自主地瞅了一眼虎娃子，双手竖起大拇指。他们脸上所呈现出来的，是艳羡和赞美的神情。一个陪同戏班艺人的高个头、穿大红中式对襟袄的人，将这些叽里呱啦的话，翻译成优美动听的中文。虎娃子听明白了，他们是想让他当着这么多人的面，讲几句话。

虎娃子连连摆手，用地道的西河方言说着推托之类的话，这些人依然围成一个圈儿，将虎娃子围在中间。有个人上去要搀扶虎娃子，更加强了虎娃子的胆气，他连连摆摆手，直出直入地说："不用搀扶，我能站住！"语气不容置疑。说完，虎娃子挺了挺脊梁骨，用地地道道的西河口音字铿句锵地说："西河提线木偶戏，是具有民族文化特色的稀有剧种，距今已经有2000多年的历史了。该唱腔委婉细腻、悲怆苍凉，显示出独特的魅力和独有的唱法，更具有其独特的表现形式和个性特征。该唱腔是民间艺术的一枝花，是中国民间艺术和戏曲艺术花园里的一枝美丽的花，也是世界傀儡艺术宝库中的一枝奇特的花。我们的艺人，不管是年轻的还是年老的，不管是男的还是女的，不管是高的还是矮的、胖的还是瘦的，人人都爱戏。这种爱，不是在嘴上说一说的那种肤浅的爱，也不是表象上的爱，而是从骨子里透出来的实实在在、结结实实、情真意切、深沉而深厚的爱。从我爷爷的爷爷以上很多辈那会儿起，西河人就开始唱提线木偶戏了。农忙时节，个个儿都是挽着裤腿种庄稼的汉子，地里样样数数的活儿，都难不住；农闲时候，他们就是艺人，弦索一响，各就各位，随着一声'哎咳呀哈哎呀哈……'手提提线木偶，就站到'亮子'背后的高凳上。一线串成天下事，双手拨弄古今人。一场大戏，就开演了。"

……

虎娃子出国回来的时候，是一个早上，他和其他艺人们一样，风尘仆仆地回来了。到家了，感觉真好，每个人脸上都洋溢着灿烂的笑容。虎娃子一进门，来不及喝一口水，对柳玉秀说："娘，我这就去看望王师娘，将这个好消息告诉给王师娘，让王师娘也高兴高兴。我还要去看望忠信叔、绣云婶子……啊哦，娘，我还要将好消息告诉给天那头的亲人……香烛祭果都买好了。"

柳玉秀催促着说："我的儿，你赶紧去。前几天，王师娘打发人过来问了几回。昨天又打发人过来问你回来了没，还说她知道你回来的日子就在这几天，还是忍不住地想打发人来问一问。说问一问，她心里稳妥、踏实。啊哦，你忠信叔和你绣云婶子，也来过几回了，他们都牵心着呢。"

虎娃子点了点头，心里潮潮润润，拄着拐杖跨出门槛的当儿，瞅见吕百灵和王师娘的远房亲戚，急急慌慌地走过来。从两个人脸上呈现出来的表情来看，都有些肃穆。

吕百灵对虎娃子说："哥，我刚才听这位兄弟说，王师娘已经有好几天没吃东西了，脸色蜡黄蜡黄，人瞅着不舒展，怕是撑持不住几天了。"

人心都是肉长的，这话叫人听了，是世间最刺心入骨的寒凉。虎娃子的心里有了几分寒，几分冷，几分酸，几分憾。这几分几分的感觉加在一起，就跟有人悄无声息地在他的心口上掐了一把，又狠狠地拧了一把。虎娃子的脑壳里发出"嗡嗡嗡"的声响，脚步沉沉的，像灌了铅似的挪不动，嘴里说着："老天爷呀，这个迟到的消息，王师娘还能不能听到……"

说完，虎娃子的嘴角抽搐了那么几下，想哭，又忍着将哭憋了回去，将身子倚在门框上，嘴里喃喃着："莫紧张，要压得住事情，要压得住事情。我相信，王师娘能听到……王师娘能听到……她一定能听到……"

第九十三章　好嗓子

这一年秋末冬初，西窝村一连着添了十一个娃。娃们个个儿圆滚滚的，见风就长，壮实着哩。稀罕的是这十一个娃，不管是男娃还是女娃，声音都出奇地野。仔细一听，啊呀嗨，都是生出来的好嗓子。村里人高兴地买了祭果，去田间地头祭拜天那头的亲人。

虎娃子和吕百灵两个人，专意去了一趟西河县，买香蜡、纸钱、祭果，他们也要去祭拜老祖宗。去西河县的路上，虎娃子对吕百灵说："要是娘还活着，能瞅一眼川成，能瞅一眼创新，该有多好哇！"说完，忍不住地落了泪。

吕百灵对虎娃子说："哥，天地有灵，娘一定能知道老杨家生了一个叫川成的大胖孙娃子，还生了一个叫创新的外孙哩！"

虎娃子听了吕百灵的话，内心松宽多了，但记忆的栅栏还是被打开了。

半个月前，柳玉秀还活在这人世间，她的肚里候地火烧火燎，整天抱住盛水的碗不放，如同没见过水一样。

虎娃子和吕百灵感觉到不对劲儿，连夜去了一趟西河县，邀请了西河县很有名气的白先生为娘瞧病。白先生瞧完病后，将虎娃子叫到一边儿说："男怕穿靴，女怕戴帽。回去准备后事吧。"

这些话，将虎娃子震得跌坐到地上，半天起不来。虽说柳玉秀的眼睛瞅东西时有一些模糊，胳膊腿奇疼无比，但她的心明亮着呢。在娘家做姑娘的时候，杏林洼有一个姓李的老太太，按辈分，柳玉秀叫她五娘。当时的五娘和她如今的年龄差不多，和她身上表现出来的各种特征和症状也一模一样。因而，柳玉秀对于自个儿的病情，也就比任何人都清楚。

夜深人静的时候，柳玉秀对自个儿说："病来如山倒，说来就来了。我能活到现在，也算是好福气，该知足了。再说，虎娃子心地善良，待人宽厚，一门心思操持在提线木偶戏和雕刻偶头的技艺上。这是最令我感到骄傲和自豪的，我放心着呢。再则，虎娃子心眼儿好，乐于帮助别人，也是令我欣慰的。娶进门的儿媳妇陆婉容，美丽大方，善良贤惠，对我很孝敬，见人不笑不说话。孙娃子念祖的个头，外孙女菁菁的个头，一天天地往高里长。耿小姑把冬兰既当媳妇又当闺女，相处得非常和谐，村里人羡慕着呢。"

要说遗憾嘛，还真有。婉容和冬兰马上要生了，根据掐算的日子，就在这十三四天内。为了这事情，柳玉秀急得在院里团团转。这几天，腿脚越来越疼了，走起路来像灌了铅一样。磕磕绊绊的，也就很少到院里去。

虎娃子心如刀割，他心疼他的娘，再次去了一趟西河县，花大价钱又请了一个很有名气的田先生。田先生来了后，一番望闻问切之后，对虎娃子说："头部浮肿，不太好，还是趁早做准备吧！"

虎娃子听了，本想多嘴问一句，或者说是和这位田先生商议商议，可人家把话说到这里了，商议似乎已经是多余的，他强迫自个儿将嘴关了。田先生走后，虎娃子又觉得不甘心，连夜和吕百灵再次去了一趟西河县，又请来了县城有名的"得裕堂"的杜先生。

杜先生来到了杨家，依然是一番望闻问切。之后，也依然说着和几位先生说的内容大致相同的话。

虎娃子心里有些承受不住了，但他依然坚持给娘重新请先生来瞧病。当虎娃子拄着柳木拐杖，准备叫吕百灵一块儿去西河县时，柳玉秀像是猜出了虎娃子的心思。她扬起嗓门，冲着往门外走的虎娃子喊："我的儿，到娘屋里来，娘有要紧话对你说。"

虎娃子听见了娘在喊他，但他没有停住，只怕娘不让他去。

"我的儿，娘叫你停住，你就停住！"柳玉秀对虎娃子再次说话的时候,声音更响更亮,甚至于有了一种歇斯底里的味道。

虎娃子在院里叫了一声:"娘——"走到柳玉秀的屋里,柳玉秀吩咐虎娃子坐到炕边,拉着虎娃子的手说:"我的儿,你尽力了。娘就想吃咱家用野杏仁腌制的杏仁菜。"

紧接着,她又对虎娃子说:"再别操心娘。你记着,婉容生了娃后,去镇上的肉铺买些羊肉,再去药铺买些生姜和当归回来。回来后一块儿放到铁锅里炖,炖成羊肉汤。汤汤水水的,让婉容好好地补一补。哦,对了,等到冬兰生了娃,也要好好地补一补。"

这当儿,陆婉容瑟瑟发抖,疼得要死要活。柳玉秀将握住虎娃子的手推向一边儿,对他说:"我的儿,赶紧请老娘婆,婉容要生了。"

柳玉秀的胳膊奇疼无比,耳朵却很灵,陆婉容的喊叫声,她字字句句都能听见,就是困得撑不起眼皮。这会儿,她知道虎娃子把村里的老娘婆请来了,她放心着呢。要说怕么,怕就怕听不见娃来到人世间的第一声哭音。

柳玉秀的肚里火烧火燎的,浑身没有一点劲儿,早上一起来坐在炕上。只要有人进屋,即便是不说话,她都能知晓是谁来了。这会儿,她困得坐不住了,向后一仰,倒在了炕上,呼哧呼哧地喘着气,喘着对自个儿说:"腿伸长,靠南墙,看我两个娃做的赢人活。"

说完,安详地闭上了眼睛。

这时候,杨家院里发出了一声娃落地的哭音,声音亮骚得很。紧接着,门外又传来了吕百灵的脚步声。吕百灵他爹不在了,报喜这事儿,顺理成章地落到了他身上。吕百灵一边往杨家院里走,一边大声嚷嚷:"生了生了,冬兰生了个带锤锤的,生出来的好嗓子,好嗓子。"

第九十四章　修来的福

一场绵绵细雨伴着微风，连着下了一天一夜，刮了一天一夜。一天一夜过后，天放晴了。这段日子，地里的活儿不多，陆婉容还在月子里。从柳玉秀离开的第二天起，耿小姑便承担起了照顾冬兰和陆婉容一日三餐的任务。小菊帮着陆婉容照看念祖，还有新生的娃儿川成。耿小姑帮着冬兰照看菁菁，还有新生的娃儿创新。虎娃子和吕百灵都觉得耿小姑年纪大了，来来回回的，太不容易了，也太辛苦。说是这边有小菊照看，让她不要两头跑，把身体累坏了，遭罪受。

耿小姑笑着说："这种紧要关头，还说啥累不累的。累不是问题，关键是我没觉得累。一趟一趟地来回跑，两边都能照顾，我安心。再说，月子里的女人不能受凉，更不能劳累。这时候受凉了，劳累了，把毛病得下了，是一辈子的大事情。我生吕百灵那会儿，双手过早地沾了凉水，如今天气一有变化，这双手就像有无数个蚂蚁在肉里挠，难受得很，只想把一双手给剁了。啊呀，我咋说这话哩，关于女人的一些事情，你们不懂。村里有几个女人，就是因为身子在月子里受了凉，受了劳累，即便是到了夏天，腿上还穿着棉裤，嘴里依然嚷叫着冷。"

吕百灵不解地问耿小姑："娘，你夏天也穿着棉裤，不嫌热？"

耿小姑发出"唉"的一声叹息，说道："咋不嫌，嫌呢，没办法。这样穿着腿能舒服些，能好受些。不然的话，一晚上疼得哼哼唧唧，就别想挨着枕头睡一眼觉。"

说完，耿小姑瞅了吕百灵一眼，又瞅了虎娃子一眼，笑着说："好了好了，这事情说到此为止，我忙我累我愿意。你们两个，地里活儿少不了费力劳神，外出唱提线木偶戏更少不了你们。这些妇道人家做的活，就不用你们操心了。虽说我年纪大了，但这根本不叫累，我心甘情愿。即便是累，心情也舒畅。再说，咱两家几辈人关系都那么好，如今又是亲上加亲。我用心侍候，也是我这做娘的和做婶子的应尽的责任和义务。不说了，我做饭去，要说的话多着呢，一时半刻的说不完。"

耿小姑心直口快，是个率性人。她说的话句句在理，说话时的语气和神态，也很诚恳，很实在，很率真。而写在她脸上的那股子率真，把吕百灵和虎娃子都逗笑了。

只是谁也不会想到，耿小姑将陆婉容和冬兰这两个产妇伺候了整整一百天，一觉睡下去，就再没有醒过来。

村里人每每提起她，会感慨地说："人在做，天在看，苍天有眼。耿小姑走的时候，没遭一点儿罪，是修来的福。"

第九十五章 传承

　　为了让西河提线木偶戏更好地传承下去，虎娃子和吕百灵、郑忠信，还有西河其他九位著名的老艺人，在一个春天的好天气里，相约来到西窝村。他们就"如何让西河提线木偶戏更好地传承下去"这个问题，做了深刻的交谈和深度的探讨。九位著名的老艺人和虎娃子一样，个个儿技艺精湛，连说带唱，还能兼奏几种乐器。在西河，他们享有很高的声望，他们在对曾经几代艺人所付出的艰辛和努力，以及他们身上所具有的美好品质予以肯定的同时，都觉得自个儿的身上，肩负着相同的责任和使命。

　　有个老艺人说："我这一辈子，说啥都离不开提线木偶戏。"

　　又有个老艺人说："今天，我们每个艺人结合自身的情况，说出自个儿的感受，以及对提线木偶戏中的复杂动作提出了合理化的建议。这样能使乡亲们更深刻地感受到艺人们的非凡功力，展现更加强烈的艺术效果。"

　　有个老艺人说："如今，学戏的人越来越少了，我们这一茬人的年纪也越来越大，到了说这事情的时候了。如果再拖下去，后果将不堪设想。"

　　老艺人的话刚说完，郑忠信接住说："不管有多难，都要把提线木偶戏这个剧种传承下去。对于这个剧种来说，遗忘和丢失，都是最可怕的。这是历代艺人们，用汗水和泪水，用心血和智慧留下来的，一定要传承下去。"

　　……

　　虎娃子接住话茬说："坐在这里的，都是西河戏剧领域很有名气的前辈。今天，就'如何让西河提线木偶戏更好地传承下去'这个问题，大家做了深刻的交谈和深度的探讨。刚才听了九位前辈发自肺腑的话语，我感到很激动,很惭愧。西河提线木偶戏,起于汉,而兴于唐,盛于明清,距今已有2000多年的历史。该剧种极具地域特色,以其独特的地域色彩与风格,深受乡亲们喜爱,也是西河历代艺人们的心血和智慧的结晶。如今,后继人才的培养是关键。我今天在这里表个态,往后余生,我会在提线木偶戏的创作、表演技巧、塑造饱满的艺术人物形象、提高艺术质量、丰富剧情,发掘、继承、培养后起之秀等方面,尽自个儿的一份绵薄之力……"

虎娃子说这一番话的时候,眼前似乎出现了萧福祥、韩梅、王先生、王师娘、杨守艺、柳玉秀……这些亲人们的音容和笑貌。他们依然是慈祥的面孔,依然是可亲可敬的笑貌,也依然是原来的样子。他们没有远走,一直驻扎在他的心里。无论何时何地都在,一直都在。虎娃子说话的时候,声音哽咽,鼻子发酸,泪水在不知不觉中流了下来。

在场的九位著名老艺人,深知虎娃子是个非常难得的好把式,吐字清晰,声音洪亮,技艺精湛,更难得的是,多少年来,虎娃子为人忠厚、真诚、善良,有一颗比金子还贵重的心。当然,他们在认真聆听了虎娃子这一番发自肺腑的话后,相互对望了一眼,达成了共识。

这一年的九月九日,在九位老艺人、虎娃子和吕百灵,以及西河众多艺人们的努力下,西河提线木偶戏剧团正式成立了,剧团的团长叫宏扬,是一个德艺双馨的西河人。人心齐,泰山移。他们心系提线木偶戏,以满腔的真诚和热情,共同用汗水和心血浇灌这朵民间艺术之花。他们真心希望,西河提线木偶戏,通过创新、发展与传承,于世界提线木偶艺术舞台上大放异彩。

西河提线木偶戏剧团成立的那一天,有的老艺人送来戳子、干鼓、堂鼓、战鼓;有的老艺人捐赠了提线木偶戏的箱衣道具;有的老艺人将演出提线木偶戏所需用的衣裳、头饰、鞋靴、把杖等都送来了;有的老艺人送来了演出用的幕布、偶身、帐帘;有的老艺人送来了装乐器用的乐器箱、装布景用的布景箱、装道具用的道具箱;郑忠信送来了林绣云绣制的几套偶衣、绣帘、丝鞭等一些物件；吕百灵送来了手锣和马锣两种乐器；虎娃子拿来了萧福祥爬着背回到西河的那把珍贵的皮弦胡，也拿来了秦仁义留下来的绣衣和泛黄的线装剧本……

第一期学员培训班，一共有九名年轻的后生，主讲老师是虎娃子和吕百灵。开班的第一天，虎娃子给全体学员讲了提线木偶戏的发展史，也讲了萧福祥的故事、韩梅的故事、王先生的故事、王师娘的故事。吕百灵给学员们讲了李灌的故事、王韩芜的故事……

其他九位老艺人年纪都大了，步行多有不便。常不常的，是被家人和村里人用牛车或者马车送到培训班来给学员们上课。一位叫马久久的老艺人被家人用马车送到培训班，他给学员们详细地讲解线戏艺术曲牌。几节课听下来，学员们也就知道了常用的曲牌有弦索曲牌和唢呐曲牌，还有各种开场锣鼓谱。而弦索曲牌包括"重台""假重台""洗衣（三出头）""银纽丝""十娘奉琴""扭门闩""割韭菜""花老把开门"等。唢呐曲牌包括"大开门""小开门""石榴花""背娃娃""唢呐皮""剪边花"等。老艺人讲完了这些后，又给学员们讲到重要的锣鼓开场时所演奏的曲牌有"瞒楼""桂花城""节节紧""南瓜蔓""十样景"等。在这几个曲牌中，"十样景"最复杂。接着，老艺人又给学员们讲到了音调的高和低，讲到各种乐器之间的配合和演奏。

老艺人们的腿脚虽说不灵便了，记忆力却非常好，语速也均匀，给学员们讲得特别细致。他们都知道，年纪大了，日子不多了，来一次就少一次，他们都特别珍惜和学员们在一起的美好时光。

第九十六章　灯火可亲

为了让虎娃子安心给学员们传授技艺，把一些高难度的绝活传授给年轻的一代，为国家、为西河多培养几个能挑得起大梁的年轻人，地里的庄稼活儿，陆婉容从不用虎娃子插手，一肩膀全挑了，小菊和丈夫也经常过来帮忙。

每天早上，鸡还没叫头遍，陆婉容就早早起来了，一年四季，一天到晚，总没个闲。为了干活方便，陆婉容专门托熟人从南方买回来一个竹编背篓。每每上田间地头，会将年幼的川成用竹编背篓背到肩上。干得困了、乏了，陆婉容会坐到地头歇息。歇息的间隙，给川成说一些做人的义理，说一些流传在西河的民间传说和故事。

一到夜里，陆婉容会坐在昏黄的油灯下，给念祖和川成说杨家和陆家过去的一些事情，也说萧福祥的故事、韩梅的故事、王先生的故事、王师娘的故事、李灌的故事、王韩芜的故事……虽然说川成年纪小，听不懂她在说啥，但陆婉容说的时候，川成扬起脑壳，扑闪着忽灵灵的眼睛，一副认真听的样子。每到这种时候，陆婉容就会用双手抱住川成，在他的团团脸上"叭"地亲一下，又一下，也会在念祖的脸上"叭"地亲一下，又一下。

窗外的月亮明晃晃的，陆婉容和念祖相互拍着手，嘴里说着娃娃们喜欢的《拍手歌》。坐在一边的川成，也跟着咿咿呀呀：

　　大麦，小麦
　　花花手儿一齐拍
　　你一我一

莲花磕一
你两我两
豌豆角儿打掌
你三我三
三队形对银簪
你四我四
双手写字
你五我五
鸡蛋瓢儿擂鼓
……

第九十七章　守艺人

再过九天，宏扬团长和虎娃子、吕百灵以及其他九位西河提线木偶戏剧团的艺人，就要去北京参加第二届木偶皮影戏观摩演出大会。这段日子，虎娃子上半天在培训班上课，下半天和其他几位艺人加紧演练进京参演的剧目。在此之前的几年内，虎娃子除却给培训班的学员上课，随团演出外，其他时间都专心雕刻偶头。

剧团成立之前，虎娃子再次精读了一遍王先生所著的九十九万字的《提线木偶戏简史》，读过之后，有启迪，有顿悟，也有新的想法，感慨颇多。在此期间，虎娃子又看到了一首唐天宝年间梁锽写的《傀儡吟》。这首诗的内容和西河提线木偶戏中的偶人头有着特别密切的关系。诗中所说的"刻木牵丝"和"鸡皮鹤发"的形状，也与西河提线木偶戏中的木偶有着非凡的相似之处。这个重大的发现，让虎娃子欣喜不已。他暗暗地发誓，这辈子，无论耗费多少精力和体力，即便是搭上一条命，也要将提线木偶戏唱到最妙处，也一定要雕刻出一套这辈子见到的最出彩、最令乡亲们满意的一套偶头。虽然说老艺人们一个一个地相继去世了，但他们的精神，依然鼓舞和影响着他，影响着吕百灵，还有年轻的一代。

通过长期的艺术实践和提炼，虎娃子将自个儿多年来总结出来的提线技巧八法，以及操纵偶人时所需用的一些高难度的动作技法，悉心传授给年轻人。他告诉年轻人："操纵偶人的时候，动作不能僵硬，不能做作。雕刻偶头时，要根据情境，以及偶人所饰演的剧中的角色来把握……"

其他艺人们年轻，也都是同行，某些关键之处，虎娃子会及时地给他们提醒，年轻的艺人们便心领神会。他们对于虎娃子独特的实践形式和高超的操纵技法打心眼里佩服，都夸赞师傅是"真真正正的大把式！"

西河提线木偶戏剧代表团赴京演出之前的九天内，虎娃子没睡过一天安稳觉。为了防止犯瞌睡，虎娃子往喝水杯里放了一把花椒面和辣椒面。喉咙辣得难受，睡不着了，就能将时间全部利用上。油灯一晚上续添了四次灯油，其中有过两次，虎娃子的脸色白惨惨的，晕倒了。陆婉容发现后，大惊，撑着力气将他扶起，以埋怨而心疼的语气说："你再不歇缓，就撑持不住了。"

虎娃子望着陆婉容，深深地吸了一口气，说："这些工艺，容不得半点马虎，要一辈一辈地往下传。就是把我累死，只要能把这些偶头精心雕刻完成，这一辈子，活得值了。"

陆婉容低头不语，心里感觉异常悲伤和恐惧，转身端碗倒水的当儿，她哭了，放声悲哭。

西河提线木偶戏剧代表团赴京参加全国第二届木偶皮影观摩演出大会前的那个早上，虎娃子将九个形态各异、面部丰腴、雕刻细致、个性突出、酷似真人的偶头捐赠给了剧团。在场的吕百灵瞅着这九个形态各异、栩栩如生的偶头，落泪了。艺人们被虎娃子高超的雕刻造型和扎实的粉彩技艺震撼了，也都流下了感动而心疼的泪水。他们心里都清楚，要得惊人艺，须下苦功夫。这九个酷似真人的偶头，是虎娃子拿命雕刻出来的。

这一次赴京演出，和上一届木偶皮影观摩演出大会一样，依然大获成功。因了西河提线木偶戏的悠扬婉转、悲怆苍凉而不失激情、细腻委婉而不失刚烈的个性风格，以及西河提线木偶戏具有的独特的声腔，令观众获得了赏心悦目的美好感受，再次得到了广大观众的喜爱和称赞，也得到了首都木偶专家们的一致好评。

第九十八章　中秋节

农历八月十五日中秋节，又被称作"秋月节""月夕""追月节""拜月节""端正月""团圆节""女儿节"等，是我国四大传统节日之一。在西河，到了这个节日的先一天或者两三天，家家户户都有蒸各种各样的花糕和月饼的习俗。花糕的形样儿各不相同，大致有猪头形样儿的、狮子形样儿的，还有老虎形样儿的。无论是啥形样儿的花糕，里面都垫着一层西河的大红枣。

冬兰和吕百灵结婚后，每到过八月十五的时候，柳玉秀都会给冬兰蒸一个石榴糕，寄予日子和和美美，红红火火，也有多子多福的寓意。自从柳玉秀走了以后，每到八月十五日的先一天，耿小姑都会到杨家送一个用大红枣铺垫的花糕。陆婉容则会在灶屋忙个大半天，一个人蒸着芝麻、油、盐、茴香做成的圆月饼，为虎娃子蒸一个虎糕，给冬兰蒸一个花糕。

八月十五日这一天，虎娃子会拄着拐杖来到地里，给天那头的亲人送一些圆月饼。但今年的这个八月十五日，虎娃子和西河提线木偶戏剧团的十五名艺人，去黑池唱戏去了。这天，陆婉容起得特别早，带着念祖和川成，去地里给天那头的亲人们点香烛，烧纸钱，祭献圆月饼。

西河提线木偶戏剧团这一次去黑池演出，演出的剧目是《金钟记》。《金钟记》唱完后，又加了一折捎戏。相邻的几个村的土墙上，吕百灵自个儿争着去提前贴了海报，晚上唱戏的时候，是用老爷庙的签子代替所售的票。

《金钟记》唱完后，虎娃子来不及喝口水润嗓子，又紧接着唱了一折捎戏，这折捎戏的剧目叫《解破米》。虎娃子唱捎戏之前，觉得胸口有些不适，他想着，无论如何都得把戏唱完，不能唱半截子。看戏的人特别多，都是方圆十里的乡亲们。吕百灵瞅见虎娃子的脸阴晴不定，以关切的语气叫了一声："哥——"

虎娃子瞅着吕百灵，心里涌起了一股暖流，情真意切地说："戏比天大。带戏上场，带戏下场。我希望我最后一口气，是在戏台上。"

吕百灵听了虎娃子的话后，有一种说不出的气息在弥漫。他的心，地疼了一下，一股悲怆滋味涌上心头。这一折戏很长，戏词的内容诙谐风趣，台下雷鸣般的掌声此起彼伏，一阵儿胜似一阵儿。虎娃子忍住身体里的所有不适，声腔音韵和提线节奏运用得得当自如。

　　她言说男一半女一半
　　都要守灵戴麻冠
　　她不为守灵来坐草
　　（夹白）老婆子
　　（唱）她为混的穿一身孝衫
　　这半晌只觉我呼吸气短
　　（夹白）老婆子
　　没料想我的命不得到明天

"不得到明天"这五个字，虎娃子用尽了全身所有的力气，如同把整个生命都注入了。

又是一阵雷鸣般的掌声，此起彼伏，经久不息。没有人听出来最后一个字的音儿收得紧，收得急。这个"天"字，艰难地从虎娃子的嘴角蹦跶出来，落地的当儿，脑壳软得往下一垂。虎娃子清楚地意识到，自己的时间凝结住了，这就是死。

出事儿了！吕百灵的脸色不自然了，把虎娃子抱在怀中，又把自个儿的脸紧紧地贴在他脸上，大声而急切地喊："哥！哥！哥！"然后用双手将虎娃子紧紧地抱着，没命地喊："来人哪，来人哪，快来人哪！"

身边围了一群人,接着,便是一阵肝肠寸断的号啕大哭。

此时此刻,杨家窑屋里的榆木桌上,放着虎娃子撰写完成的书稿《中国提线木偶文化的传承、保护与表演艺术》,散发着庄严的气度。这次去黑池演出之前,虎娃子又重新整理了一遍书稿,特别对前言、后记以及目录进行了校订。书稿分为上、下两部分。上部分,着重于西河提线木偶的形态和样式,以及在继承和保护传统的前提下,如何推陈出新;下部分,是从提高木偶操作的灵活度写起,真正做到让每一个木偶展示出属于各自的性情和风格。

这次去黑池演出之前,虎娃子还在想,如果不出意外的话,到下一个岁末的时候,另一部书稿也将全部完成,他给这部已经完成了一大半的书稿起名为《偶头的造型及制作工艺》,只可惜,他已经没有能力再去完成了。

第九十九章　粉色蝴蝶

这天中午，林绣云热了一大锅水，坐在木盆里洗了个热水澡，洗完后又去了灶屋。舀水、和面、擀面、做菜……虽说眼睛不好使了，摸摸索索着，却也成习惯了，一个工序接着一个工序，林绣云还是很熟练地忙活着。一个多时辰后，又细又长的白面做熟了。林绣云凭着经验，摸索着给郑忠信舀了一碗，调了辣椒、盐、柿子醋，搁了一些早上吃饭时剩下的凉拌白萝卜丝，又往他手里递了一个剥开了的蒜瓣。两个人就着蒜瓣，香喷喷地吃着。

林绣云吃了四碗面，连着打了四个响响的饱嗝，以满足的语气对郑忠信说："信儿，我感觉天上的云彩忽左忽右，忽右忽左，飘浮不定。今儿个吃美了，是我这辈子吃得最多的一顿饭。也不知道是咋了，我今儿个就想把世间所有的饭食，挨个儿吃一遍。只是这肚里饱胀得难受，啥都吃不了。这一顿饭吃多了，把我在人世间的口粮，吃完了。"

林绣云说话的时候，一张苍白的脸上，显露出一坨很不耐看的粉色，声音听起来虚虚的，精气神儿也像是被啥东西给抽走了。

绣云刚才叫丈夫的小名儿，郑忠信还不相信似的。自打老爹娘离世后，没有人再这样叫过他。林绣云冷不丁地这么一叫，他还是有些惊诧，甚至于有些不习惯。

林绣云像是感觉到了郑忠信的惊诧和不习惯，张开嘴"咻咻"地一笑，说："瞧把你惊成啥了，不就是连着吃了四碗面。吃了就吃了呗，没啥惊诧的。只是这会儿我感觉眼皮犯困了，得在炕上躺一躺，蓄些气力来，我还有一些话想对你说。"

林绣云一边说着话，一边冲郑忠信"哧哧"地一笑，倒头睡觉的那一刻，又说："来不及了，赶紧到我跟前来，你赶紧到我跟前来……"

郑忠信还没走到炕跟前，林绣云又催促道："你坐到炕边，我现在就想靠着你躺一躺。"

一说完话，林绣云不言语了。郑忠信来不及走到炕边，林绣云就已经喘不上来气，短短的一瞬间，一个活脱脱的人就被上天召走了。

郑忠信的嘴唇翕动着，茫然无措地瞅着沉睡了的眼前人。恍惚间，一股巨大的恐惧和悲哀向他涌来。郑忠信盯着炕上的林绣云，怯怯地说："你咋忍心撇下孤孤的一个我……"

郑忠信一边说着话，一边将林绣云抱在怀里，抱得紧紧的。两行泪淌下来了，痛苦湮漫了郑忠信的喉咙，湮漫了郑忠信的胸口。郑忠信的喉咙和胸口出现了不同程度的憋闷，他想大声喊，却喊不出来。

林绣云离开郑忠信的日子，满打满算，已经五十七天过去了。在这五十七天的时段里，郑忠信有滋有味的日子，随着林绣云的匆匆离开，空虚了，不顺心了，变得一蹶不振，变得夜长昼长。发生了这么大的变故，郑忠信被摧垮了，额头上的核桃皮皱纹，粗粗糙糙，纵横交织，整个人越来越瘦；眼睛，不，更应该说是眼眶，变得愈来愈大。

有时候，花白着脑壳的郑忠信，一个人面对着空孤孤的屋子，老泪纵横；有时候，郑忠信面对着林绣云用过的碟子碗儿，一遍又一遍地抚摸；有时候，郑忠信用双手摩挲着林绣云睡过的地儿，摩挲着炕上并排放着的两个装着麦秸草的枕头，将脸贴在上面，一动不动。郑忠信沉醉其中，他似乎感觉到，脸贴着的不是装着麦秸草的枕头，而是一张鲜活活的脸，一个热烫烫的软身子。

这感觉，让冰冷寒凉的一颗心，于瞬间之内有了些许温暖。有时候，郑忠信会抓起酒杯，从酒坛里倒一杯酒，像喝凉水一样地自斟自饮。酒水下了肚,话就稠了。郑忠信憋红了脸,一遍又一遍地喊着林绣云的名字,自个儿给自个儿说眼前话,说梦话,说疯话,说傻里傻气的二杆子话。说着说着,把自个儿说哭了,委屈得像个娃。有时候,郑忠信会睡在冰冷冷的地面上,醉卧如泥,嘴里"喃喃"着林绣云的名字,陷入沉思,陷入自个儿的怀念里。一坐就是几个时辰,一坐就是大半天,一坐就是一整天,甚至于一坐下去,连着一整个夜。在夜的黑里,花白着脑壳的郑忠信,依然在寻找着一个人。

有时候,郑忠信也会对自个儿发一阵脾气,也会双手掩面,号啕大哭;有时候,郑忠信坐到地上,晃着花白的脑壳,扬起他的好嗓子,哎咳呀哈哎呀哈,唱一段林绣云最爱听的提线木偶戏;有时候,郑忠信会呆呆地坐在炕边,无来由地笑几声,只是笑着的一张脸,比哭还要难看。

有时候,郑忠信也会滴酒不沾,一个人木讷讷地坐在木桌旁,嘴上说着:"绣云,我想你想得好苦哇!快,你快坐下,叫我好好地瞅一瞅。"这声音,这说话的语气,如同林绣云真的回来了,就坐在木桌对面,就坐在他的眼前,是和他以面对面的姿势坐着唠话。有时候,郑忠信是一个人说着两个人的话。一会儿他是他,一会儿又变成了林绣云。两个人有说有笑,似乎回到了从前,回到了两个人在一起的好日子。

有时候,郑忠信也会将声音压得很低,对天那头的林绣云说一些悄悄话,说日子把他糊弄了,剩下孤零零的一个他。睁眼闭眼的,满脑壳里都是她的样子。说他心里想她了,想她想得睡不着觉,一夜一夜睡不着。有时候,郑忠信会仰起脑壳望星空,说着不知道说了多少遍的千篇一律的话:"绣云啊,你不知道,你走了,就剩下寒冷和黑暗,你真的不知道我的心里有多冷哇!日子太难熬了,干巴地拧不出一滴水。你不知道,一到夜晚,黑灯瞎火的,我这双腿硬得都打不过来一个弯儿。"有时候,郑忠信会瞅着天空,摸一把流在嘴边的口水,对天空说着话:"绣云,我害怕,我害怕我想你想到想不起来了。"有时候,郑忠信会蜷在炕上睡觉,不到一会儿,又醒了。他使劲地闭上眼睛，强迫自个儿睡觉，不到一会儿，就又醒了。一个孤孤的身影，来来回回地在院里走动着，在窑屋里走动着。有时候，郑忠信会透过老花木格窗瞅向窗外，他的目光所能触及的，或者说折射出来的，是一种孤独，一种漫长，一种惧怕，一种惶惑，一种失落，一种落寞。

这天晚上，坐在油灯下的郑忠信，嘴里奇奇怪怪地念叨着，说他吃完饭睡着了的时候，做了一个特别奇怪的梦。梦中的他站在门边不动，瞅见土墙边挂着半篮子辣椒、半篮子干槐花、半篮子南瓜干。还有，他瞅见林绣云的脸白生生的，纸一样的白，两鬓上也布满了白发，头上插着银簪子，手上戴着一个耀眼的蓝色玉镯。林绣云在一棵开满杏花的杏树下，捡起一朵又一朵被风吹落到地上的杏花。倏地，一阵微风轻轻地吹过，空中如同下着杏花雨，飘飘悠悠地落在林绣云的身上。林绣云的体型、身态，好看死了。梦中的郑忠信，一步一步地走向林绣云。林绣云眨巴着眼睛，跟年轻的时候一样，羞涩地瞅了一眼郑忠信，两个人的目光碰到了一起。有那么一刻，郑忠信竟将落在林绣云头上的杏花，瞅成了银白银白的雪花。

没有及时地往油灯里续添灯油，灯花在不停地跳动着，一会儿明，一会儿暗。郑忠信瞅着摇曳不定的火苗，恍恍惚惚地感觉到眼里所瞅见的人和物，都有些诡异。虽然说他对自个儿的眼睛从来没有产生过任何怀疑，但在这一刻，他还是有一些怀疑了。想着是不是人活老了，到岁数了，眼睛不好使了，看啥瞅啥都觉得恍恍惚惚。他揉了揉眼睛，却又觉得自个儿瞅得很真，很清晰。满树都是杏花，白格生生的，散发着一股令他说不出来的奇异的香味。

郑忠信兴奋极了，撇撇嘴憨笑了几声，听见胸腔里发出"扑通、扑通"的狂跳声。这狂跳声令他变得有些心不在焉，他告诉天那头的林绣云："这种鬼天气，越来越冷。冷到这份儿上，身子骨撑持不住。绣云，我真的撑持不住，连一个时辰都撑持不住了。你不晓得，我这身子骨疼的呀，哪儿哪儿都疼。你知道吗？最疼的，是我的心。疼疼痛痛的感觉，驱不走，我真拿自个儿没办法。这几天，眼睛也越来越不好使，气喘得厉害，咳嗽得厉害，舌头也在悄然发硬。肚里，是一阵又一阵子的翻江倒海，一阵紧似一阵的绞痛。这一阵又一阵翻江倒海和绞痛，令我喘不过气儿来。绣云，我触摸到了那个世界的气息。四周色彩斑斓，飘飘忽忽，我像是被啥东西架着，我这颗跳动的心，跳不动了。我在想啊，凡事都有个时候，闭眼的那个时候来了。"

郑忠信说这些话的时候，脸神变得痛苦凄楚，咳嗽出一些泪来。对，这个时候，他感觉到林绣云的脸，又在他的脑壳里闪现。他还听到自个儿梦呓般的、极其虚弱的声音，一字一句地喃喃着："命有命数，命数到了，就该走了。这个老皮皱丑的老壳壳，就是这样的命。一辈子到头了，就该归西了。婉容、婉容——，百灵、百灵——你们在哪里？我有话要对你们说。你们一定要把提线木偶戏传下去……把千年古艺，传下去……一定要传下去……这是活着的责任，也是活着的使命。"

刹那间，话音断了，郑忠信连着打了几个哈欠，呼吸骤然间变得急促起来。咳嗽是稳住了，身子骨却极为虚弱，情绪和力量也变得极为虚弱，如一团面在原地打着哆嗦。没多久，整个身子变得软软塌塌，瘫瘫软软，呼吸也逐渐消散，一种气息在弥漫。

油灯灭了。时间在他的眼里凝结了，一个人的心，一个人的魂，被天那头的另一个人勾走了。曾经的一颗活腾腾的心，伴随着弯弯曲曲的人生，伴随着弯弯绕绕的日子，走向无边无际。

这天飘着鹅毛大雪，是进入到这个冬季的第一场雪。陆婉容早早地起来了，给郑忠信缝了一个杏黄色的花棉被。缝好后，对正在背戏词的念祖说："娘给你忠信爷把花棉被送过去。你把弟弟照看好，娘一会儿就回来。"

陆婉容一边对念祖说着话，一边将花棉被用麻绳捆到背上，往郑忠信的家走去。

郑忠信家的门虚掩着，倏地掀起了一股儿过堂风。风很大，将门吹得

"嘎吱嘎吱"响。陆婉容稍一使力，门开了，又发出了"嘎吱嘎吱"的声响。这声响听着跟平儿个不一样，像一声悲伤的呜咽，也像一声寒凉的呼唤。陆婉容没敢往别处想，进门时，和往常一样扯着嗓子冲屋里喊上了："忠信叔——忠信叔——"

屋里静悄悄的，没有一丁点儿声音，郑忠信一动不动地仰躺在炕上。陆婉容有些疑惑，嘴里嘀咕着："咦，这么早就犯困了？"

"人老了，瞌睡多，说乏就乏了。剩下顺地溜，也算是有福人。"这一刻，陆婉容想起四天前和忠信叔坐在一起时，他说过的话。她不由得紧张了，扯着嗓子喊："忠信叔——"

躺在炕上的人沉默不语，睡熟了一般。陆婉容发了一下愣，心跟着惊抖了一下。这惊抖，是一种莫名的恐惧，是一种沉沉的、不祥的感觉。陆婉容按捺住情绪，将杏黄色的花棉被放到炕边，这才睁大眼睛仔细地瞅。

郑忠信的脸上挂了一层黄，是一张瘦削的、失了形样儿的黄寡脸。嘴是半张着的，好像有啥话要说。陆婉容不由得心头一紧，一股不祥之感攫住了她的心："糟糕，人怕是疲沓了。"

陆婉容神色紧张，意识到了这一点。她极力地张开嘴，大口大口地呼吸着，企图让自个儿接受眼前将要发生的事情，或者说是让自个儿接受眼前已经发生的一切。陆婉容伸出手来，又将手往后缩了缩，手在空中无助地抖了一阵子，终于摸到了那双只剩下皱皮包着骨头的手。可这双皱皮包着骨头的手，已经僵僵冷冷，硬硬邦邦。

陆婉容此时犹如刺心剜肺，泪水顺着她的嘴角流了下来："几时走的哇？忠信叔走了哇！忠信叔，婉容来迟了……"

一声声牵心动腑的呼唤，响彻西窝村的上空："忠信叔——忠信叔——忠信叔——婉容来迟了，迟了呀……"

人生一世，草木一秋。回首悲凉，撕心裂肺。于此刻，属于一个人的音容笑貌，已成回忆。陆婉容的心中涌起了一股酸涩，一股惆怅，一股悲痛,一股寒凉。这所有的情绪,这所有的情愫,沉沉地碾压着她的心。她控制住自个儿的情绪,抖着手,将"苦脸绸"盖在郑忠信的脸上。

就在这个时候,吕百灵提着缝好了的一身厚棉衣、厚棉裤、棉鞋,还有冬兰给郑忠信蒸好的刚出锅的花卷馍,推门进来了……

小菊有一些日子没见陆婉容、念祖和川成母子三人,心里想她们了,夜里还梦见了。这天一大早,也就不管不顾地,兴冲冲地带着给母子三人做的御寒的棉背心,冒着风雪赶来了。小菊的男人担心路滑不好走,也就跟着一起来了。恰巧遇上了这种让人伤心难过的事情,两个人便成了陆婉容的得力帮手。

陆婉容迎着风雪,请人为郑忠信备了棺材和寿衣,寻了一块好墓地。墓地距离林绣云的墓地,只隔着一条土路。陆婉容还请人写挽联、讣告、门牌,又请人糊哭棍、蒙纸鞋、糊引魂幡……五天后,按照西河的规矩和风俗,正在忙忙碌碌地准备着忠信叔的丧事。

西窝村有人感慨地说:"陆婉容的脾性,越来越像她的婆婆柳玉秀,就连走路的姿势,说话的声音,做事的风格,也越来越像了。"

有人说:"不是一家人,不进一家门;进了一家门,就是一家人。这话说得有道理,一家人在一起,日子久了,就有些相似。陆婉容美丽、善良、端庄,做事的方式,跟柳玉秀很像。"

有人说:"陆婉容这女人有担当,能撑起一家子的天。看到如今的她,不由自主地就会想起当初的柳玉秀。"

有人说:"是啊,很像,很像啊!前儿天,陆婉容亲自给西窝村的几户贫寒人家,送了一些银两。一瞅见陆婉容周正的样子,我不由自主地想起了她的父亲陆济慈。"

有人说:"前几天,陆婉容带着念祖和川成,给村南头的顾婆婆送了一身抵御风寒的棉衣裳,还有她自个儿蒸的热馍。"

有人说:"瞎子余桂仁死后,陆婉容常去照顾被撇下的顾婆婆。有了陆婉容，顾婆婆这个孤老婆子豁开口子的日子接住了。"

有人说："好人遇上了好人，一家子都是周正人，做的好事情太多了，数都数不清。"

还有人说："陆婉容貌美心善，明事理，知大义。"

……

这天，陆婉容、吕百灵和冬兰都披麻戴孝，腰上都系着一圈细麻绳，齐刷刷地跪着。念祖、川成、菁菁、创新，头上都缠着用黄颜色染成的孝布。陆云轩、小菊、红莲、结绿、小草以及西窝村的人们，还有西河提线木偶戏剧团的宏扬团长、剧团里的艺人们……一个一个地都来了。

有人用木盘端着一碟用肉丝、豆腐和粉条拌成的一盘菜，将一把筷子往牛皮鼓上轻轻地一放，说道："请吃菜吧。"

披麻戴孝的陆婉容、吕百灵、冬兰他们听了这句话后，眼皮垂落下来，怎么也控制不住自个儿的情感，一人磕一个"嘭嘭"响的头，然后扶棺号啕。霎时里，是一片肝肠寸断的哭。

苍穹之下，天地一色，粉妆玉砌，银白银白。这场雪伴随着冽冽寒风，纷纷扬扬地落下。村庄、树木、房屋、天空、山川、河流……到处呈现出一片银白。风，越来越大；雪，也越来越大。所有的人，不得不将身子侧着，顶着一身雪花，迈着沉沉的、重重的、小心翼翼的脚步，在白雪覆盖着的乡间土路上，艰难地行走着。

伴随着飒飒的寒风发出来的"呜呜呜"的声音，伴随着人们脚底下踩着厚厚的积雪，伴随着积雪发出来的"咯吱咯吱"的声响，伴随着响器家伙一阵毫无悠扬可言的热热闹闹，属于一个人的活腾腾、鲜活活的日子，终于走到了尽头。人们怀着无限悲痛的心情，送穿着圆口鞋的郑忠信上路。

忽然，有个人声音沙哑，惊恐地喊叫着："天呐，这是咋了？蝴蝶？"

有人张开嘴，尖利地喊："冰天雪地里，咋会有蝴蝶呢？"

这时候，有人这样说了话："我活到这一把岁数了，从来没见过这种稀奇古怪的事情。"

也有人一声不吭地瞅着出现在人们视野里的蝴蝶,眼珠子一转不转,瞅呆了,瞅木了,瞅傻了。

还有几个人抬起脑壳,望着雪中飞舞着的蝴蝶,以为是雪花迷了眼睛,他们胡乱地在眼前抹一把,将目光齐刷刷地聚在一处。

这是一只美丽的粉色蝴蝶。蝴蝶慢慢地、轻轻地、稳妥妥地落到了轿杆上,任凭抬轿的人怎么撵、怎么赶、怎么嚷、怎么吼、怎么凶,都不飞走。

空中依然下着麻麻纱纱的雪,越下越大,越下越大,飘飘悠悠地落到轿杆上,给桐树、柳树、杏树、榆树、老柿树、木瓜树披上了一层厚厚白白的雪衣。天地一色,一色的苍茫,一色的空旷,一色的壮丽。这苍茫、空旷、壮丽、寒冷的冰天雪地里,咋会有蝴蝶?咋会有粉色的蝴蝶在空中飞舞呢?这只粉色的蝴蝶,为啥在这一天,为啥在这个时辰,跟随着送行的队伍,怎么也不肯离开?太神奇了,这种事情,这番情景,让人捉摸不透。

有人用手将蝴蝶轻轻地拨到一边儿,但蝴蝶仿佛一点也没受到惊扰似的,飞回来了;又有人将蝴蝶轻轻地拨到一边儿,蝴蝶舞动着蝶翼,又飞了回来,一直跟随着送别的队伍。

这只蝴蝶为何一直跟随?这只蝴蝶又是从哪里来的?似乎无法猜测,无法猜透,也无法回答,但又似乎是以另外一种温情,或者说是另外一种方式,做了回答。这所有的回答,都含在"天地之间,万物有灵"这老话里了。

有人瞅着雪中飞舞的蝴蝶,被眼前的情景触动着,感动着,感慨着,不知不觉,眼里有了泪光,有了晶莹剔透的东西。这泪光,这晶莹剔透的东西,悄无声息地打湿了眼角,打湿了脸颊,打湿了在场的每一个人的心。

有人将油灯放到棺材盖上,又将一个食罐放到棺材的左侧,而棺材的右边,放着一个火盆,其他的生活用品都放到另一边了。这时候,又有个人从逝者嘴里取出含在嘴中的钱,揭去了"苦脸绸",然后将"苦脸绸"盖在牌位上。另外的几个人忙着将墓门穴用土坯垒严实。整个过程中,蝴蝶忽左忽右、忽上忽下地飞舞着,一直没有离开。

雪花密密麻麻,没完没了地在空中飞飞扬扬,飘飘洒洒。天地间,连成了一片粉妆玉砌的世界。人们顶着风雪,抡起铁锨往墓穴里填土,雪地里隆起了一个新的墓堆。

墓堆上插着花圈,插着几根用白纸条缠着的柳木哭棍。墓堆前,有人将一些纸钱和花圈烧成了一团儿火,随之一缕青烟在墓堆前缭绕,继之,四散而去。

粉色的蝴蝶在空中转了一个圈儿,似乎是以这样的方式向人们表示感谢,向人们告别;而后,扑棱了一下轻盈的蝶翼,向西边飞去。

第一百章　生生不息

漫长的冬天过去了，广袤的大地上绽放出一派朝气蓬勃、生生不息的气象。葱翠青绿、林木茂盛的春天来了。

这天，天气特别好，红花日头均匀地照耀着山川大地、江河湖海。一个面相敦厚的少年，顶着一头乱蓬蓬的自来卷儿，目光直直地瞅向黄河。瞅着瞅着，少年想起了一些以序数排列的习惯，具有研究价值的历代剧目。他知道，这些剧目，是一代又一代提线木偶艺人们的看家戏，也是中华民族文化遗产的重要组成部分。虽说年龄还小，但少年知道，这些剧目，是由广大劳动人民创造并掌握的戏曲艺术，历史悠久，深入民间，它们独有的艺术个性、独到的风情韵味、独特的韵律节奏，被一代又一代西河儿女，以特有的才智与艺术创造力，以满腹的喜爱与热情，将这集结了民族灵气而被广大劳动人民所喜爱的民间之花，将这世界艺术宝库中的瑰宝传承下来，并赋予其新的生命……

想到这里，少年的唇轻轻地动了一下，以纯正的西河方言背诵道："一靴、二楼、三箱、四金、五寿、六珠、七铡、八计、九缘、十记、十一镜、十二龙凤、十三钗簪、十四鸳鸯、二十四卷传、七十二图……一靴：《一只靴》；二楼：《谪仙楼》《鸳鸯楼》；三箱：《西厢记》《百宝箱》《囊哉装箱》；四金：《金瓶梅》《金钟罩》《金玉缘》《金玉坠》；六珠：《宝莲珠》《蜜蜡珠》《熙乘珠》《庆顶珠》《九连珠》……二十四卷传：《孝廉卷》《药王卷》……七十二图：《忠孝图》《山海图》《日月图》……"

少年背诵到这里的时候，两行热泪顺着少年的脸，扑簌簌地落下。少年没有擦眼泪，而是抬高了嗓门，望向遥远的天空，情真意切地说："这些剧目，我都记住了，吃到肚里了。天那头的亲人，你们听见我背诵的声音了吗？我想，你们一定都听见了。"

后记

坚韧与珍贵融合的生命回响

任彩虹

岁月流转，季节转换。时间的沙，在昼与夜的往复，在指缝与指缝间，无声息地流淌，不知不觉，六年过去了。小说依托坚实的大地，以深情回望的视域，寻找流逝的岁月，再现岁月长河中的一段无法忽视、不能忘记的历史。

伴随着其独特的禀性、温情、节奏、气韵、音符，以及蓬勃的生命气息，虎娃子承载着几代守艺人的沧桑往事，承载着几代守艺人的信念与坚韧，承载着几代守艺人的执着与坚守，也承载着生命的韧性与光芒，以黄河儿女固有的善良、真挚、仁义为底色的高尚品格，从容穿行、跳切、铺开，一路长途跋涉，历经波折，穿过时光的隧道，穿过岁月的风雨长廊，近了尾声。

提笔写下这些文字，秋高气爽已悄然别离，寒风沙沙，风吹草动，枯黄的落叶不情愿地在风中犹豫徘徊，凝成了霜。生命与季节的变化、变换与转换，是如此的和谐一致。我们没有选择，也无法去选择。当一个又一个寒冬如约而至，我们依然继续前行。

寒冬刚至，接到娘的电话，也接到好兄弟的电话，心里潮潮润润，暖暖和和，一切人间的风霜，消隐殆尽。时间过得真快，爹走了十多年了，往事如昨，历历在目。当了一辈子乡村基层干部，也种了一辈子庄稼的他，大道理不会说，却用行动诠释着为人的豁达和淳朴，用行动诠释着一名乡村基层干部的责任和使命……

此时此刻,我想要说的话,拥拥挤挤,挡都挡不住。窗外有风,下了一场雨,这一刻我的心情,五味杂陈。恍惚中,我双手托腮,瞅着明晃晃的玻璃窗,目光探向遥远的地方。

一段尘封已久的回忆打开了,回忆里每一个跳动的音符,栩栩如生,不时闪现,都是一段凄美而动人的故事。活在这人世间,每个人都拥有一种属于自己的关于回忆的独特体验。这种体验,是对岁月的回眸和凝望,是藏在岁月里的过往,是过往里的一抹深情,是一段又一段生命里的画卷。经年之后,这种体验随着时光的磨砺和漂洗,依旧斑斓。

人的成长,拥有着关于回忆的体验,我也不例外。幸亏有回忆这条蜿蜒曲折、连绵不断的大河,让我可以顺着这条大河,慢慢地去寻找,无论怎么找,说不尽的,依然是故乡。故乡的山水、故乡的风物、故乡的人,与故乡有关的事,甚至故乡的方言、民俗风情、古歌子,故乡人们的生活方式,原有的乡土文化、历史风貌,以及一叶一花、一草一木。

2006年,提线木偶戏被列入第一批国家级非物质文化遗产名录。面对这个生长在民间,深受乡亲们喜爱的,距今有2000多年历史的剧种;面对这个苍凉而不失激情,独具秦地风韵的剧种;面对这个保持着地域个性特征和独特魅力,葆有独属于自身的质朴、丰富、性情和意义,于质朴中见精巧,于豪放中见深沉的奇倔剧种,我该如何更好地书写?在书写的过程中,如何更好地保持其特有的个性化特征、艺术特质和独特的魅力?我也无数遍地问自己:"在创作非物质文化遗产小说题材的时候,如何写出它的'新'和'味'?如何更好地写出它的鲜活,丰富及多样?当地域文化与文学创作发生关联,我该如何更好地书写?"

在这种情况下,我开始了一次又一次特殊的寻访之旅。我大量接触、搜集与提线木偶戏有关的史料记载,对有着长达几十年演艺生涯的老艺人一一进行了实地走访,和他们席地而坐,倾心畅谈。褶褶皱皱,纵横交错,岁月在老艺人们的脸上，留下了浓重的痕迹。交谈过程中，他们没有豪言壮语，我却不时被带进一个传统而新奇、现实而有情的艺术世界。内心感触到的，不只是寒来暑往，不只是草木青葱，不只是枯萎衰黄，随着他们的讲述和对过往的深情追忆，我感受到了他们对于千年古艺的最深沉的热爱。生活的温度和烟火气息，在老艺人们的叙述中扑面而来。说到动情之处，老艺人们会情不自禁地落泪，或者用双手做出操作木偶的动作，嘴里不忘唱一段。秦风秦韵，心手合一，唱腔富有生趣，哀婉悲怆，似乎又有一股子力量，入心入肝，入了魂魄。我一次又一次地感受到极强的穿透力，一次又一次地感受到强烈的精神涤荡和心灵震撼。

在寻访之旅中，我结识了剧团的党文辉老团长，结识了雕刻提线木偶戏专用偶头的王新兴老师，他们总是不厌其烦地给我讲解，答疑解惑。

在寻访之旅中，我也结识了雕刻提线木偶头的郭平西老师。在书写这部小说的过程中，我曾多次前往他处，请教一些木偶头雕刻方面的知识。

记得那个冬天，郭平西老师骑着摩托车，和我一起走村入户，实地走访，见的次数多了，他对我敞开心扉，畅所欲言。他说他对这门千年古艺有着一份天然的亲近和喜爱，说他如何克服自身的局限，如何克服生活的烦琐，让自己静下心来，拿起雕刻所用的工具，自学这门千年古艺。

在寻访之旅中，我还结识了郭崔成老师，郭老师有着多年演唱提线木偶戏的经验。让我感动的是，他陪同爱人在当地中医院住院期间，给我打电话说他从外地回来了，要见一下我，看有什么需要他说的。我专程去医院看望他，简短的一两个小时，他给我提供了提线木偶戏方面的许多知识，以及一些珍贵的细节。他也曾多次打电话问我，这部小说开始写没，写到啥程度了？

在寻访之旅中，我有幸与异地一位皮影艺人刘银顺老师结识，他一辈子只做一件事，多年的坚持和坚守，令人动容，许多感动人心的画面，温煦如初。面对老艺人们的坦诚和真诚，以及谆谆教诲和殷切希望，我诚惶诚恐，忐忑不安。

六年前的一天，依然是一个冬天，我和一些翔实的史料邂逅、相遇，一段话如今想来记忆犹新：

民国十八年，灾荒严重，一个深受乡亲们喜爱、深受同行称颂的西河艺人，率领十几名艺人，前往潼关扎园，售票演出。因为当地流氓的滋扰，形成"观众满园，没人掏钱"的混乱局面。所有的艺人在身无分文、身心俱惫、万般无奈的情况下，撂下所有的"家当"，逃出了潼关城。这个时候，适逢百年不遇的贱年。十几名艺人因多日吃不饱的缘故，腿肚抽筋，发烧发冷，上吐下泻，把命丢在半道上……

人生无常，变幻莫测。我阅读到这里的时候，泪水悄然而落，疼痛之感触动到心中的柔软，萌发出写一部关于非物质文化遗产题材小说的念头。小说里的人物，是穿着布衣的西河汉子。农忙时节，他们都是种庄稼的一把好手；响器家伙一响，伴随着"哎咳呀哈哎呀哈"的腔调，他们就成了艺人，成了唱提线木偶戏的"好把式""大把式"。伴随着一阵阵悠扬婉转的胡琴声，一声声叫板从喉腔发出来，一场大戏，热热火火地开演了。

非物质文化遗产，是中华优秀传统文化的重要组成部分。和另外一些史料记载的邂逅和遇见，更坚定了我书写这部非物质文化遗产题材小说的决心。时光倒流，记忆与故土，怀旧与召唤，西河与往事，我决定在传与承之间，抓住人物的命运，塑造一批活生生的西河儿女，讲述他们平凡而不平凡的故事，呈现他们实实在在的生活，挖掘生活背后令人动容的精神特质。他们亲切、淳朴、真诚、善良、仁义……一个大致的轮廓和人物谱有了。无法想象的距离和我的想象之域，以及现实有了深度碰撞、勾连、对话、交流，同频共振，虚实相生，便也迸发出灵感的火花。小说的样态和脉络，在我的脑海里跌宕出的感知，自然生长，自行吟唱，鲜鲜活活，生机勃勃。我梳理了一下，这部作品离不开土气息、泥滋味的滋养，离不开黄河文化的滋养。浓郁的地域文化，是这部小说茁壮成长的厚土，汲取浓郁的地域性文化，便是这部小说的质地。

悬丝指尖，演绎万千；古艺新姿，传承千年。在传与承之间，一代又一代西河儿女，在漫长岁月的锻造和刻蚀之下，有着各自的生命本色，活出了各自的生命图谱，也活出了平凡人生的不平凡意义。风雨沧桑，人间现实，有艰辛，有无奈，有悲喜，有愁苦……不管怎么样，经历人间折腾和磨砺的一代又一代西河儿女，承担着生命之重，却依然保持着作为一个人应有的高贵品质。他们用真心，用真情，用坚韧，用满腔的热血和生命，谱写出一曲蓬勃、悲壮与传承交织的人间高腔。

年华易老，技艺永存。一代又一代西河儿女，将这个屹立于天地间的奇崛剧种，将这个集结了民族灵气、被广大劳动人民喜爱的民间之花，一代一代传承下来，并赋予其新的生命。他们身上所具有的温柔和灼热，坚强和坚韧，他们身上所具有的人性光辉和悲悯情怀，都触及我的心魄，浸润着我，激励着我，鼓舞着我。我不断地告诫自己：心怀感恩，做一个坦坦荡荡、真诚善良、淳朴厚道的人；我不断地告诫自己：拥抱生活，扎根沃土，以一颗真正的文学之心，潜心写作。

此时此刻，我依然坐在窗前，依然双手托腮，依然瞅着明晃晃的玻璃窗，也依然将目光探向遥远的地方。

写完这部小说的那一刻，我打电话给一位叫梅的朋友。她上班的地点与我居住的地方很近，等不及走一趟去告诉她，无法用文字形容的一刻，两个好朋友在电话里分享。生活中，我们相互欣赏，惺惺相惜，无话不谈，谈生活，谈人生，谈活着，谈人在天地间的脆弱和渺小，谈坚强和伟大，也谈责任和使命……生活中的我们，一起熬过彼此艰难的日子，一起见证彼此内心的柔润和柔软，一起见证过彼此的无助、渺茫、开心、欢乐。生活中的我们，是朋友，也是好姐妹。她见证了我的倔强和执着，也见证了我写这部长篇小说的心路历程。

人间百味，落笔有声。丝丝缕缕，都是人间最美的情愫。各自忙碌，相互牵挂，是弥足珍贵，更是刻骨铭心。总有一些嵌在岁月里的柔软，滋润心田；总有一些嵌在岁月里的温暖，于某个不经意的瞬间，让人泪流满面。到了和小说里的人物说再见的时候了，我思绪万千，潸然泪下。六年的烟火之温，日渐生情，纵有万般不舍，只能存念心中，互道珍重，挥手作别。

于我而言，是一次生长，也是再出发。

2020 年 9 月 6 日初改
2021 年 8 月 9 日再改
2023 年 6 月 28 日定稿于陕西合阳